1400

Deutsche Gedichte und ihre Interpretationen

Herausgegeben von Marcel Reich-Ranicki

Zehnter Band

Von
Erich Fried
bis
Hans Magnus Enzensberger

Insel Verlag

Umschlaggestaltung: Hermann Michels und Regina Göllner

Quellenhinweise am Schluß des Bandes
Satz: Memminger MedienCentrum AG, Memmingen
Druck: Ebner & Spiegel, Ulm
Printed in Germany
Erste Auflage 2002

1 2 3 4 5 6 – 07 06 05 04 03 02

Von Erich Fried
bis Hans Magnus Enzensberger

INHALT

ILSE AICHINGER
BRIEFWECHSEL

Wenn die Post nachts käme
und der Mond
schöbe die Kränkungen
unter die Tür:
Sie erschienen wie Engel
in ihren weißen Gewändern
und stünden still im Flur.

GERTRUD FUSSENEGGER
LEISER AUSTAUSCH

Sieben Zeilen, zwei Sätze; der zweite Satz wird aus dem ersten entwickelt, durch beide fließt der Irrealis und verbindet sie. Man kann das Gedicht in *einem* Atem sprechen, vielleicht will es auch so gesprochen sein. Eine leise Art zu bezwingen – immer schon hat Ilse Aichinger so bezwungen, sie hat sich immer in eine (ihre) unbestechliche Sanftmut zurückgezogen. Dort war sie – bei aller Verletzlichkeit – als Autor unverwundbar.

»Sie erschienen wie Engel.« Hier bleibt das Gedicht stehen, es stellt sich, sozusagen, mit in die Reihe der Engel, als einer von ihnen, in »weißen Gewändern«, undeutlich schimmernd, schemenhaft. So steht der Engelschor »im Flur«. Im Flur, natürlich, dort pflegen wir ja unsere Post in Empfang zu nehmen. Der Flur – ein Raum in unserem Haus, doch ein Raum besonderer Art, ein Raum der Ankunft, des Eintritts, doch auch der Zugang in das Innere des Hauses, der Flur ist weitläufig, entsendet Treppen, ist immer von leichter Zugluft durchweht. Da stehen jetzt die Engel, diese Wesen aus Licht und Flügeln, poetisches Synonym für Sublimation.

Woher kommen sie? Der Satz über die Engel zieht, so meine ich, seine Kraft und dichterische Bedeutung aus den ersten vier Zeilen: Wenn der Mond die Post brächte. Ein schöner Einfall! Wurde hier das Horn des Mondes zum Posthorn umgedacht? Ich glaube nicht. Eher ist das stille Herankommen des Boten gemeint, das Rätselhafte seines

Auftritts. Er kommt – als Schicksalfigur, als Sachwalter von womöglich Unabwendbarem. Ganz leise kommt er, fast wie ein Dieb. Wen von uns hat das Unheimliche des Vorgangs noch nie berührt, wenn uns ein Brief, ein Telegramm, ja, auch nur eine Reklame unter die Tür gesteckt wurde?

So sehen wir hier die langen schmalen Umschläge wie von Geisterfingern hereingeschoben, die Rückseiten von den schiefen Kreuzen der Verschlüsse gezeichnet: Briefe? Die Dichterin hält sich nicht auf damit, von *Briefen* zu sprechen, sie spricht von *Kränkungen.* Welche Behauptung, welche Vorwegnahme! So kommen Kränkungen mit der Post, der stillen Mondpost, wirklich *nur* Kränkungen? Ist die Dichterin so sicher, daß jede Nachricht nur Enttäuschung bringt, daß keine etwas anderes anzeigt als Verlust?

Lange Leideserfahrung muß bei dieser Identifikation mitgewirkt haben: Aus der nächtlichen Welt raschelt nur Trauerbotschaft über unsere Schwelle. Freilich: gleich setzt neue Verwandlung ein, neuer Austausch. Die Kränkungen fliegen auf, werden zu Engeln, zum Anschein von Engeln, diesen Wesen aus Licht und Flügeln, entkörpert, sublimiert.

So ließe sich der Text einfangen in der Sentenz, daß sich Enttäuschung und Verlust umdeuten läßt in Trost und Segen? Keineswegs. Denn das Gedicht wahrt seine Freiheit im Irrealis. Es entzieht sich jedem Versuch indikativischer Verfestigung. So bleibt es für sich, leichtfüßig bewegt, zwischen Trauer, Hoffnung und Traum.

ILSE AICHINGER
GEBIRGSRAND

Denn was täte ich,
wenn die Jäger nicht wären, meine Träume,
die am Morgen
auf der Rückseite der Gebirge
niedersteigen, im Schatten.

HEINZ POLITZER
DIE SACHLICHKEIT DER TRÄUME

Chinesisch-deutsche Jahres- und Tageszeit waltet. Die sechsunddreißig Silben sind deutsch, aber die Ökonomie und Intensität der fünf Zeilen sind fernöstlich. Kein Buchstabe, der zuviel wäre! (Im Deutschen gibt es sie kaum anderswo als in »Wanderers Nachtlied«, Mörikes »September-Morgen« und gelegentlich in ein paar Zeilen der Droste.) Aber selbst von diesen Gedichten unterscheiden sich die Verse der Aichinger durch die Abwesenheit jeden Glanzes. Alles ist hier Gesicht. Die Strophe besitzt die Sachlichkeit der Träume, von der sie handelt. Und wie auf chinesischen Zeichnungen nicht nur die Linie spricht, sondern auch der leere Raum, der sie umgibt und den sie zum Leben erweckt, so sind es weniger die Wörter, die dieses Gedicht ausmachen, sondern es ist das Schweigen, das diese Wörter zugleich brechen und bewahren.

Zunächst scheint alles ins Ungewisse zu schwanken. Was uns zu Beginn anspricht, ist ein Bedingungssatz, ein Irrealis (»Was täte ich, wenn nicht ...«) Spricht er uns an? Gewiß, aber ... mit äußerster Dezenz. Die offenen Lautträger in den Wörtern »täte«, »Jäger« und »wäre« ergeben eine positive Korrespondenz, nehmen diese jedoch sogleich wieder zurück, da sie allesamt Träumen gelten, deren Stammsilbe den einzigen Diphthong des Gedichtes umschließt. Diphtonge sind bunt; der Zweilaut setzt die lauteste Wortfarbe in die verhaltene Abgeschiedenheit des Ganzen. Die Träume sind Jäger; keine Metapher wird angewandt; es herrscht Identität. So weit reicht der östliche Archetypus, daß man sich die Schützen eher mit Pfeil und Bogen vorstellt als mit den in der deutschen Gegenwart üblicheren Gewehren. Noch wird nicht gesagt, ob diese Jäger, die Träume, die Träumende bedrohen oder beschützen. Wir erfahren lediglich, daß die Jäger vor den Träumen Vorrang besitzen, da die Sprache sie zuerst nennt, und daß das träumende Ich auf die Jäger angewiesen ist (»Denn was täte ich, wenn die Jäger nicht wären...«).

Das erste Wort, das »denn«, öffnet das Gedicht, noch ehe es begonnen hat, ins Unendliche. Vieles ist ihm vorangegangen, Gespräche, Gedanken, Erwägungen, Zweifel. All das zu wissen, bleibt uns benommen. (Solche Gedichtanfänge aus dem Unendlichen sind seit Romantik und Neuromantik nicht überraschend. Vergleichen wir aber das hochmütig-einschränkende »freilich« in Hofmannsthals Anfangszeile »Manche freilich müssen drunten sterben« mit diesem »denn« der Aichinger, dann ersieht es sich leicht, wieweit hier die Dichtung vom Bewußtsein der Klasse zu dem des Daseins selbst fortgeschritten ist.)

Bewußtsein des Daseins? Die drei letzten von den fünf Zeilen behaupten die Wirklichkeit, die un-scheinbare, der Träume. Das Verbum, um das sie sich drehen, steht im Indikativ. Die Träume steigen nieder, und dieses Niedersteigen ist wiederum das einzige Tätigkeitswort der Strophe, das ein Ereignis berichtet. Es steht nicht in der Möglichkeitsform, sondern in der ganzen Nacktheit der Realität. Daß es Träume sind, die im Niedersteigen das Wirkliche tun, bildet das Paradox, um das sich das Gedicht schließt wie um eine Pfeilspitze.

Das Spiel des Widerspruchs – es ist ein blutiges Spiel – wiederholt sich in dem Morgen, an dem die Jäger niedersteigen, und in dem Schatten, in den sie sich verlieren. Daß alles dieses an der »Rückseite des Gebirges« geschieht, also jenseits des Gebirgsrandes, an dem die Träumende die Jäger träumt, spricht sowohl von Befreiung wie von Trennung. Die Spitzenkrone der Paradoxie aber besteht darin, daß sich der Morgen, dem die Schatten, die letzten beiden Wörter des Gedichts, widersprechend entgegengesetzt sind, vor diesen verschleierte. Das deutet auf die Wiederkehr der Nacht. Aber doch ist es Licht und wird Licht bleiben, bis sich die Träume, die Jäger, diesseits des Gebirges wieder zeigen.

Die Zärtlichkeit des Possessivpronomens »meine Träume« darf nicht so verstanden werden, als wären die Schützen Beschützer. Vermutlich sind ihre Pfeilspitzen auf die Stirne der Träumenden gerichtet. Aber das bloße Vorhandensein dieser zweiundzwanzig Wörter bezeugt, daß die Jäger, wenn auch aus Angst geboren, der Träumenden geneigt gewesen sind.

Wie das Gedicht vom Gebirgsrand mit einem »denn« aus der Unendlichkeit geschöpft worden war, verliert es sich auch wieder in eine Erinnerung, die unerschöpflich ist. Aus der Unerschöpflichkeit dieser Schatten kehren die Jäger, die Träume wieder. Dürfen wir am Ende das Wort wagen, sie erstünden auf?

ILSE AICHINGER
NACHRUF

Gib mir den Mantel, Martin,
aber geh erst vom Sattel
und laß dein Schwert, wo es ist,
gib mir den ganzen.

MICHAEL KRÜGER
DER BETTLER BEFIEHLT

Vier Zeilen, einundzwanzig anspruchslose Worte, die wir mehr oder weniger täglich im Munde führen, und doch bilden sie ein abgrundtiefes, grundstürzendes Gedicht. Die Legende, die Ilse Aichinger hier mit minimalistischen Mitteln neu schreibt, ist von vielen Darstellungen her bekannt, von der Romantik bis zu Simone Martini in Assisi. Martin von Tours, der spätere Heilige und Schutzpatron des merowingisch-fränkischen Reiches, soll als Soldat vor den Stadttoren von Amiens seinen Mantel, die *cappa*, mit einem frierenden Bettler geteilt haben, in dem er, hoch zu Roß, das ihn umhüllende Tuch in zwei Teile teilte. Ein Heiliger ist man nur, wie bekannt, in den Augen anderer, und das Erwähltsein durch Gott bedarf der Zustimmung der Menschen. Man wird wegen guter Taten heilig gesprochen.

Bei Ilse Aichinger, der großen Dichterin kleiner Gedichte, wird die gute Tat durch eine entscheidende Drehung der Perspektive in ein anderes Licht gerückt. Bei ihr ist Martin bereits an dem frierenden Bettler vorbeigeritten, ohne diesen halbnackten Burschen in seinem Elend zu bemerken – wie man es besonders prägnant am Sandsteinrelief des Naumburger Meisters in der Bassenheimer Pfarrkirche sehen kann. Ein Soldat hat keine Zeit für Bettler, wenn er auf dem Weg zum Feind ist. Der Bettler mußte also Martin nachrufen, wie es im Titel des Gedichts heißt.

Wir stellen uns vor, der Bettler habe eine kräftige Stimme

gehabt, denn immerhin beschließt Martin, dem armen Mann einen Teil seines Mantels mit dem Schwert abzutrennen. Aber im Begriff, dies zu tun, muß er sich von unten drei Ungeheuerlichkeiten sagen lassen: Steig von deinem Pferd ab, wenn du mit mir reden willst; laß das Schwert, das Zeichen deiner Macht und Würde, in der Scheide; gib mir den ganzen Mantel gegen die Kälte, du hast zu Hause genug andere hängen! (Hätte Martin auch noch die Gans bei sich gehabt, neben dem Mantel sein zweites Attribut, hätte der Bettler auch diese für sich gefordert, selbst wenn dadurch das Gedicht länger geworden wäre.)

Die Forderung des Bettlers, wie sie Ilse Aichinger formuliert, stellt das System des modernen Mitleids auf den Kopf. Der Zerlumpte will keine Almosen, nicht den Groschen, den man im Vorübergehen achtlos oder ein wenig peinlich berührt in den umgedrehten Hut wirft, froh, ohne großes Nachdenken eine gute Tat vollbracht zu haben. Und während man, seelisch-moralisch ein wenig gestärkt, gerade die Tür des Restaurants öffnen will, in Vorfreude auf einen Braten und eine Flasche Wein, hört man den Nachruf des Bettlers.

Ilse Aichingers Gedicht ist eine poetische Kalendergeschichte im Geiste Hebels. Es fiel mir wieder ein, als ich in diesen Tagen im Fernsehen das zerlumpte, frierende, stumme Volk der Kosovaren im Schlamm an der Grenze versinken sah. Steigt aus euren Geländewagen, ihr modernen Ritter, laßt die Bomben stecken und gebt den Frierenden einen Mantel, wollte ich rufen, aber in dem Moment waren die Nachrichten schon wieder vorbei. Das Wetter.

ILSE AICHINGER
SCHNEELEUTE

Ich mische mich nicht leicht
unter die Fremden aus Schnee
mit Kohlen, Rüben, Hölzern,
ich rühre sie nicht an,
solang sie heiter prangen,
manche mit mehr Gesichtern
als mit einem.
Wenn dann die Kohlen
und die Rüben fallen,
Knöpfe, Knopfleisten,
die roten Lippenbänder,
seh ich es steif mit an
und ohne Laut,
ich eile nicht zu Hilfe.
Vielleicht sprechen sie
das Mailändische
schöner als ich,
es soll nicht ans Licht kommen.
Und darum Stille,
bis dieses Licht sie leicht
genommen hat
mit allem, was sich da
zwischen mailändisch
und mailändisch verbirgt,
dann auch mit mir.

WALTER HELMUT FRITZ
IM LICHT VON ABSCHIED

Man findet in Ilse Aichingers Gedichten Titel wie »Winterantwort«, »Winterfrüh«, »Winteranfang«, »Winterrichtung«, »Winter, gemalt«. Schnee kann bei ihr »rosten«. Unter dem Schnee entdeckt sie die Morgenröte. Ein Findelkind ist »dem Schnee untergeschoben«. Oder man sieht im Schnee einfach »die Österreicher«. Auch in der Prosa und in den Spielen der Dichterin gibt es im Zusammenhang mit dem Schnee verblüffende Sätze. »Wenn es zur Zeit der Sintflut geschneit und nicht geregnet hätte, hätte Noah seine selbstsüchtige Arche nichts geholfen.«
Als Kinder bauten wir Schneemänner. Warum nicht auch Schneefrauen, Schneekinder? Das sprechende Ich in Ilse Aichingers Gedicht nimmt jedenfalls Schneeleute wahr. Es erkennt sie als »Fremde«, hält Distanz zu ihnen, merkt, daß manche mehr als nur ein Gesicht haben.
Eines Tages sind nicht mehr die Schneeleute »steif« und stumm, sondern das ihrer Auflösung zuschauende Ich. Seltsame Umkehrung. Die Schneeleute schmelzen; Kohlen, Rüben, Knöpfe, Lippenbänder fallen. Bewegung dem Ende zu. Das Ich jedoch scheint – vor Schrecken? – starr geworden zu sein, eilt nicht (wie auch?) zu Hilfe.
Was aber hat es mit dem »Mailändischen« auf sich, das die Schneeleute sprechen, sogar »schöner als ich«? Warum soll es nicht »ans Licht kommen«? Eine Feststellung ohne »Sinn«? Beispiel dafür, daß in allem ein nicht entzifferbarer Rest bleibt? Ausdruck von Ratlosigkeit angesichts des

geheimen Entsetzens, das in den Versen lebt? Was »verbirgt« sich »zwischen mailändisch und mailändisch«? Die Zeilen lassen sich nicht entschlüsseln, entziehen sich (wie sich ein Traum entzieht), tauchen ein in die erwähnte »Stille«.

Erich Fried hat in einem längeren Aufsatz über die Gedichte Ilse Aichingers gemeint, das Mailändische sei eine »querlaufende Assoziation«, möglicherweise ein Hinweis auf den Mai als einen Monat ohne Schnee oder auf den Süden, auf Wärme und Frühling. Vielleicht. Vielleicht sollte man aber auch Ilse Aichingers Satz im Ohr behalten: »Niemand kann von mir verlangen, daß ich Zusammenhänge herstelle, solange sie vermeidbar sind.«

Gegen Schluß nimmt das Licht die Schneeleute weg, löst sie auf, »dann auch« das Ich, das ihrem Verfall zugesehen hat. Im Schwinden der Schneeleute, in der Lautlosigkeit des Vorgangs erkennt das Ich jäh seine eigene Hinfälligkeit. Von da deutet das ruhig-beherrschte und zugleich atemlose Gedicht auf Ilse Aichingers Satz: »Vielleicht erkennen wir einander nur richtig in einem Licht von Abschied, und vieles, was wir sonst vergeuden würden, erscheint uns darin kostbar.«

Ein Gedicht vom Abschied und der damit einhergehenden Trauer. Aber – trotz der Verrätselung – so »leicht« wie die Zeit, wie das Licht, das die Schneeleute und das Ich (auch wir sind Schneeleute) »nimmt« und unsichtbar werden läßt.

ILSE AICHINGER
WIDMUNG

Ich schreibe euch keine Briefe,
aber es wäre mir leicht, mit euch zu sterben.
Wir ließen uns sacht die Monde hinunter
und läge die erste Rast noch bei den wollenen Herzen,
die zweite fände uns schon mit Wölfen und Himbeergrün
und dem nichts lindernden Feuer, die dritte, da war ich
durch das fallende dünne Gewölk mit seinen spärlichen Moosen
und das arme Gewimmel der Sterne, das wir so leicht überschritten,
in eurem Himmel bei euch.

HILDE SPIEL
ZWISCHEN LEBEN UND TOD

Es ist möglich, ein Gedicht wie dieses zu lieben, ohne es völlig entschlüsseln zu wollen. Man folgt ihm einfach in seinem Gleitflug in unbekannte Bereiche, man überläßt sich den bedeutungsschweren Wörtern, verzichtet auf Klarheit und tauscht Beziehungsreichtum dafür ein. Aber so leicht dürfen wir es uns nicht machen, müssen vielmehr wagen, Ilse Aichingers Bildern einen vermutlichen, obschon unbeweisbaren Sinn zu unterlegen, auf die Gefahr hin, daß dadurch ihr Gehalt verarmt und ihre Geltung eingeschränkt wird.

In den ersten Zeilen ist auf knappste Weise viel gesagt: Die Dichterin lebt in einer Abgeschlossenheit, die keine ständige Kommunikation zuläßt, aber sie hat Freunde, mit denen sie bereit ist, in den Tod zu gehen. Das mag übertrieben klingen, doch die Imagination, mit der sie den Gedanken weiterspinnt, steht dafür ein. Es beginnt, gemeinsam, jene Wanderung, die nach dem Augenblick des Sterbens einsetzt. Der Seele, oder dem Nachhang einer Identität, die es auf Erden gegeben hat, ist eine Zeitspanne allmählichen Sich-Loslösens von der irdischen Begriffswelt gewährt.

Von der Vorstellung einer Region zwischen Leben und Tod waren andere Schriftsteller vor Ilse Aichinger ergriffen, so ihr Landsmann Alexander Lernet-Holenia, der lange Stücke seiner Erzählung »Nächtliche Hochzeit«, seiner Novelle »Der Baron Bagge« und seines Romans

»Der Graf Luna« in jenem Schwebezustand, jenem Niemandsland spielen läßt. Bei Gerhart Hauptmann fragt der Florian Geyer das Mädchen Marei: »Wo ist man die erste Nacht nach dem Tode?« Darauf sie: »Bei St. Gertrauden«. Und er: »Wo ist man die zweite Nacht nach dem Tode?« Die Marei: »Bei St. Michael«.

Ilse Aichinger tritt die Reise an in einen Raum, der kein oben und unten kennt, denn zuerst geht es sacht an den Monden hinunter und endet doch im Himmel, der gewißlich oben liegt. Ein kosmischer Raum denn, dessen Stationen sich immer weiter von der Erde entfernen. Die erste Rast verbringt man noch bei den wollenen Herzen – das »noch« will heißen, man habe die vertraute Umgebung nicht völlig verlassen, befinde sich an einem Ort, wo es Herzen gibt, warme und weiche Herzen, wofür der Begriff Wolle wohl bürgen kann. Es ist, um ein Wort der Autorin aus anderem Kontext zu entlehnen, noch »erträglich«, aus der Aura des Irdischen nicht getilgt.

Unheimlicher wird es an der zweiten Rast, denn hier gibt es Wölfe, die man bereits apokalyptisch deuten darf, als Fenriswölfe vielleicht, die in der alten Sage die Götterdämmerung begleiten. Auch die Himbeeren sind nicht appetitlich rot wie in den Kindertagen, sondern bitter und unreif, ja zur ewigen Unreife verdammt. Ein nichts linderndes Feuer lodert, man muß hindurch, es gelingt im Verein mit den Freunden. Nun aber treten wir ein in ein wunderschönes, ein wahrhaft surreales Bild, wie es von Magritte oder Dali oder Tanguy hätte gemalt werden können: fallendes dünnes Gewölk, auf dem spärliche Moose wachsen, dann ein kleiner Sternenhaufen, dürftig, schütter, man schreitet mühelos hindurch.

Endlich der Himmel: Die Freunde sind offenbar in ihm

daheim, sind vielleicht gefallene Engel, die mit ihr den Rückweg angetreten haben. Denn ihr Himmel ist es, den man zuletzt erreicht. Wie es sich damit verhält, ist nicht ganz zu enträtseln. Doch ein ungeklärter Rest darf bleiben. Genug daran, daß hier ein Sternenflug nach dem Leben stattgefunden hat, ein Hinausschwingen in den Weltraum, aber in Begleitung, nicht allein – Traum einer Einsamen, die einsam lebt und einsam nicht sterben möchte.

ILSE AICHINGER
WINTER, GEMALT

Und in den weißen Röcken
im Schnee die Österreicher.
Laß uns aufschauen
und ihre Spuren
im Finkenschlag finden,
in den Gebirgsspitzen.
Grün dämmert schon
die Ölbergfarbe
von den Wänden,
die wispernden Scheunendächer.
So leicht wie heute
wechseln die Schatten nie mehr.

ECKART KLESSMANN
INNERE SPIEGELUNG

»Der Sinn – wenn das Gedicht überhaupt einen hat – wird durch eine innere Spiegelung der Worte selber heraufbeschworen.« Man wird guttun, sich dieses Satzes von Stéphane Mallarmé zu erinnern, wenn man sich einem Gedicht wie diesem nähert, das auf den ersten Blick dunkel verrätselt zu sein scheint.

Das beginnt mit dem Titel. Meint er eine gemalte Winterlandschaft? Wohl nicht; »wispern« und »wechseln« lösen die Statik auf. Also kein fertiges Gemälde, das als Winterbild an der Wand hängt. Zu denken ist an einen Blick aus einem Fenster, dessen Rahmen die geschaute Landschaft wie ein Gemälde umschließt.

Bewegung kommt in die Landschaft durch die österreichischen Soldaten in der traditionell weißen Uniformfarbe der alten k. u. k. Armee. Ihr wanderndes Weiß bewegt sich hinauf (die Vokale steigern das zum sechsfachen i-Laut in zwei Versen) zu Bildern der Höhe: »Finkenschlag« und »Gebirgsspitzen«. Die Sonnenreflexe im Gipfelschnee werden hörbar variiert im hellen metallischen Schlag des Finkenrufs, einem Frühlingssymbol.

Die zweite Hälfte des Gedichts (dem Oben wie dem Unten gelten jeweils sechs Verse) malt das Tal, das im Schatten liegt, wenn auch die Gipfel im Licht glänzen. Grün ist die Kontrastfarbe zu Weiß (verschneit und unverschneit); Grün wird hier »Ölbergfarbe« genannt. Das weckt Assoziationen: Von der Ölfarbe eines grünen Ölsockelan-

strichs zur Ölfarbe eines Gemäldes, vom Ölberg (der Garten Gethsemane) zur Passionsgeschichte des Gründonnerstags; und die Passion fällt in den Frühling, in die Zeit aufbrechenden Grüns und schwindenden Schnees.
Geistlich ausgedeutet ließe sich auch denken: Im Winter (Schnee, Weiß) findet die Christgeburt statt, und sie weist schon auf das Passionsgeschehen hin; solche Symbolik kennen wir vom Isenheimer Altar bis zum Gedicht Mörikes (»Auf ein altes Bild«).
Den Klang aus der Höhe (Finkenschlag) nehmen die wispernden Scheunendächer im Tal auf, das Wispern des Winds in den Schindeln; ein Laut, der an dieser Stelle dem Gedicht eine Bewegung gibt, deren Akustik von den »wechselnden« Schatten ihrerseits kontrapunktisch aufgenommen und verwandelt wird in Optik.
Wann ist dieses »heute«? Gewiß nicht fixiert im Kalender. Es ist das Glück eines einmaligen Augenblicks, empfunden als unwiederholbar, aber dauerhaft geworden durch das Gedicht und die Musikalität seiner Rhythmik. Sie erschließt sich leichter, wenn man sich dieses Gedicht laut vorspricht; die beiden letzten Verse zeichnen noch einmal die Auf- und Abwärtsbewegung des Ganzen nach und verharren dennoch in schwebender Bewegung.
»Ein Gedicht«, um noch einmal Mallarmé zu zitieren, »ist ein Geheimnis, dessen Schlüssel der Leser suchen muß.« Ich bin mir nicht sicher, ob ich den richtigen Schlüssel gefunden habe. Aber es gehört auch zum vollkommenen Gedicht, daß ein Rest von Geheimnis unentschlüsselbar bleibt und ihm wohl auch bleiben muß.

ILSE AICHINGER
WINTERANTWORT

Die Welt ist aus dem Stoff,
der Betrachtung verlangt:
keine Augen mehr,
um die weißen Wiesen zu sehen,
keine Ohren, um im Geäst
das Schwirren der Vögel zu hören.
Großmutter, wo sind deine Lippen hin,
um die Gräser zu schmecken,
und wer riecht uns den Himmel zu Ende,
wessen Wangen reiben sich heute
noch wund an den Mauern im Dorf?
Ist es nicht ein finsterer Wald,
in den wir gerieten?
Nein, Großmutter, er ist nicht finster,
ich weiß es, ich wohnte lang
bei den Kindern am Rande,
und es ist auch kein Wald.

WALTER HINCK
REQUIEM IN DUR

In gut einem Drittel aller Texte des Bandes »Verschenkter Rat«, in dem Ilse Aichinger Gedichte aus der Zeit zwischen 1958 und 1978 vereinigte, tauchen die Motive Schnee und Winter auf. Nichts wird zur eindringlicheren Metapher als der Schnee. Das Heu erwartet den ersten Schnee, »der ihm den Himmel nehmen wird«. Aber »aus der Ferne« kann Gott »über dem Schnee« gesehen werden. Menschen, Fremde können »aus Schnee« sein. Im Schnee erscheinen »die goldenen Füchse«. Das »Findelkind«, »dem Schnee untergeschoben«, wird von einem »tollen Fuchs« gewärmt. Tatsächlich sah Ilse Aichinger während ihrer Nachkriegsjahre in Bayern und, zwischen 1963 und 1984, in Großgmain bei Salzburg monatelang eine Landschaft im Schnee.

»Winteranfang«, »Winterfrüh« oder »Winter, gemalt« sind Gedichttitel von einiger Anschaulichkeit. Schon unbestimmtere Erwartungen weckt »Winterrichtung«. Und »Winterantwort«? »Winterliche« Antwort oder Antwort in winterlicher Zeit? Die Bedeutung bleibt in der Schwebe. Unzweifelhaft ist der Bezug zur Großmutter, die Anrede an die Tote. Mehrfach im Gedichtband wird die Großmutter genannt; die Erinnerung an sie ist intensiver als die Erinnerung an die Mutter. Nach der Scheidung der Eltern (1927), eines nichtjüdischen Lehrers und einer jüdischen Ärztin, nahm sich in Wien vor allem die jüdische Großmutter des Kindes an. Unauslöschlich eingebrannt ins Ge-

dächtnis der Enkelin hat sich die Deportation der Großmutter in den Osten im Jahre 1942. So bietet sich dem Leser ein biographischer Kompaß, der ihm die Orientierung im Gedicht erleichtert. Ein Passepartout ist auch er nicht. Sie stelle, so hat Ilse Aichinger einmal gesagt, keine Zusammenhänge her, solange sie vermeidbar seien.
Beim Lesen der ersten beiden Verse meint man ein Echo auf den Anfangsvers von Terzinen Hugo von Hofmannsthals mitzuhören: »Wir sind aus solchem Zeug wie das zu Träumen.« Ilse Aichinger kannte aus ihrer Kindheit die Umgebung der Wiener Wohnung Hofmannsthals, und sie mag später den berühmten Vers im Ohr gehabt haben. Aber wie ein Gegenwort liest sich ihr Text. Von Träumen, die »in uns« sind und »immer Leben« haben, wissen ihre Verse nichts. Denn ihr Gedicht ist eine Totenklage. Es klagt nicht an, beschwört keine Torturen der Verschleppung und nicht das schreckliche Ende. Es beklagt die Verluste, das Erloschensein der Sinneswahrnehmungen: des Sehens, des Hörens, des Schmeckens, des Riechens und des Tastens, der Hautempfindlichkeit. Aber die Reihung bleibt nicht beim aufzählenden Benennen, dem metaphorischen Auftakt (das Weiß der Wiesen steht für die winterliche Landschaft) antwortet eine Verknüpfung eigentlich sich ausschließender Vorstellungen: die Wahrnehmung des Himmels durch den Geruchssinn. Ein Himmel von unerhörter sinnlicher Gegenwärtigkeit wird hier vermißt, nur die Wendung »zu Ende« deutet Metaphysisches an. Das Bild der an Mauern wund geriebenen Wangen mag auf ein bestimmtes Kindheitserlebnis zurückgehen.
Kindheit wird auch in den folgenden Versen zurückgeholt: im Märchenrequisit des finsteren Waldes. In die Finsternis geriet tatsächlich die Familie nach dem »Anschluß« Öster-

reichs, als die Zeit der Willkür begann. Aber das »Nein« leitet im Gedicht eine Wende ein, den Übergang in die Nachvergangenheit. Sie ist »nicht finster« – als Zeugen werden die Kinder aufgerufen. (Das Gedicht entstand vor dem Tod des Sohnes Clemens, des Schauspielers und Schriftstellers.) So ist denn »Wald« auch nicht der angsteinflößende Wald der Kindheit und der Märchen.

Wenn das Gedicht mit einer Aufhellung schließt, so erschwindelt es keine Harmonie und widerruft nicht die Klage um das Verlorene. Es wird auf eine wohl nur Ilse Aichinger zu Gebote stehende Weise einer Welt gerecht, die »Betrachtung« verlangt: Aufnahme mit allen Sinnen und Nerven und zugleich abwägende Reflexion. Die Klage um den Verlust ruft das Bild einer Großmutter zurück, die – solange sie durfte – alle Poren zur Welt geöffnet hielt. So wird das Gedicht zum Requiem in Dur.

H. C. ARTMANN
DEN HINTERN SOLLTE ICH DIR

den hintern
sollte ich dir
mit der Rute
glattfegen,
sagt anselm,
du hast mir das herz
zerschnitten,
schöne fleischerin,
was soll ich
nun tun
ohne das rote,
schlagende ding,
wie wär es
einem einfachen
menschen möglich
ohne es
weiter zu leben?
da geht
der sinnreiche
anselm hinaus
in den garten
der hausfrau
und fällt
einen reifen kürbis . . .
ich mache mir jetzt,
sagt er,

mit meinem neuen
kirchtagsmesser
ein andres!
wunderbar!
seine kunstfertigkeit
in der skulptur
ist immerhin
eminent genug,
daß er sie nach
allem trübsal noch
nicht vergessen hat . . .

ELISABETH BORCHERS
MAL DRUNTER, MAL DRÜBER

Aus den Jahren 1954, 1960, 1961 stammen die Gedichte, die ein Kapitel der H.-C.-Artmannschen Poesie ausmachen; als Großmeister der Sprachenvielfalt hat er es wie folgt überschrieben: »Anselm, Antonia und der böse Caspar oder ein kleines Handbuch zum Mißbrauch der Lasterhaftigkeit«. Demnach, damit wir uns recht verstehen: nicht zur *Ausübung*, sondern zur *mißbräuchlichen* Ausübung der Lasterhaftigkeit. Das heißt, die Lasterhaftigkeit wird in einem Atemzug genannt und aufgehoben. Sie wird jedoch erst aufgehoben, nachdem oder während sie benannt ist. Wäre es nicht so, wären die Gedichte lediglich das Gegenteil von lasterhaft, also: artig, uncouragiert, sie kämen niedergeschlagenen Auges daher – was, so frage ich, gingen uns Anselm, Antonia und der böse Caspar an?

So aber wissen wir nun, wie man's macht oder machen könnte und es doch nicht machen darf. Ein Beispiel: Hier geht nicht wie anderswo und in gesitteten Umständen das Herz *verloren*, oder es wird *gestohlen*, kommt also unblutigst abhanden; es wird auch nicht *heraus*geschnitten, so wie man zur Genesung den Blinddarm entfernt, nein, hier wird laienhaft, verstand- und disziplinlos *zer*schnitten, ein wüstes, hochgradiges Vergehen. Kein Fleischer würde sich derart verhalten – eine Fleischerin aber doch, zumal eine schöne. So sieht es der Geschädigte. Und insgeheim taucht der ganz und gar kommune Gedanke auf:

Wird schon angebracht sein, wird ihm schon recht geschehen. Denn im ausdrücklich genannten Kapitel heißt es auch: *als das christkind / am anfang der welt / seine gaben verteilte / da gab es: / anselm die treue / antonien die anmut / und caspar sein bösartiges / dunkeles / herz ...*
Man wird den Verdacht nicht los, Anselm könnte desgleichen dieser bösartige Caspar sein, damit Anselm nicht zeitlebens mit dem Makel der Treue geschlagen ist, sondern, in einem anderen Gedicht, seine Frau durchaus mal um einen Milchtopf schicken kann, obwohl er weiß, daß der Kaufmann ein Blaubart ist und eine finstere Kammer hat, und damit er ein Caspar sein darf und seine sieben Freundinnen herbeitelefonieren kann. Wenn Anselm (unter dem Namen Anselm) imstande ist, Antonia mit der Rute den Hintern glattzufegen (man sehe sich dieses verabscheuungswürdige Vokabular an), dann soll er, soll er sich doch ein Kürbisherz ausschneiden im Garten der Hausfrau und sich auf seine Kunstfertigkeit in der Skulptur etwas einbilden. Dieser schnöde Anselm mit einem Kürbisherzen.
Man sieht, wie verlockend es ist, auf den Inhalt eines solchen Gedichtes einzugehen, wo es drunter und drüber, mal drunter, mal drüber geht, und Partei zu ergreifen – statt das Knie zu benennen, mit dessen Hilfe der Stab zu brechen ist. Zugegeben, ein rabiater Vergleich für das Wundermittel Poesie, das nicht nur alle Wunden heilt, ja, das sie gar nicht erst aufkommen läßt, sie ganz schnell *ad absurdum* führt, selbst außerhalb der Liebe. (Ein Beispiel darüber hinaus: Jener unberechenbare Caspar zündet sich mit einer neuen Zehnrubelnote eine Zigarre an, und dann heißt es: *par-bleu / da steigt der rauch / und auch / ein feuer hoch / die schwälbchen / müssen niesen ...*)

Die Poesie: die Heilerin von Schäden, die entstanden oder noch nicht entstanden sind. Die Warnerin vor lasterhaftem, zu Kannibalismus führendem Tun. Der Krimiheld zum Einsatz gegen den Schlamassel. Das Moritatenbild, das von aller Welt verstanden wird, weil es schön bunt und plastisch anzuschauen ist. Wie da, bei diesem Anschauen die Herzkammern aufgehen, sage und schreibe wie das Fenster, wenn die Sonne darauf scheint.

H. C. ARTMANN

ein reißbrett aus winter
alles pro forma,
der abend reiter darüber.

ich hätte ein klares aug
und den sinn für sterne.

ich bin vierzig jahre.

meine beine sind in einen
einzigen stiefel genäht.

ich bin ein hüpfender
unter guten läufern.

KARL KROLOW
ALLES PRO FORMA

Man weiß, daß H. C. Artmann keine Erfindung ist. Es gibt ihn wirklich, seit langer Zeit und dichtend, immer wieder anders, seit er mit dem österreichisch-wienerischen Dialekt-Bestseller »med ana schwoazza dintn« vor bald zwanzig Jahren unter die Leute und in die Literatur kam. Und man muß hinzufügen, daß er von jenem fernen Zeitpunkt an für Überraschungen gesorgt hat. Artmann wurde eine Art von Personifizierung für das Unvermutete, das ganz und gar nicht Erwartete, für den literarischen Schabernack in jeder Hinsicht, ein Mann der Spiel-Arten in Lyrik, Prosa, Tagebuchaufzeichnungen und in Stücken für die Bühne. Er beherrscht viele Sprachen, doch scheint es, daß die Sprache, in der er sich ausdrückt, ihn beherrscht. Er läßt sie mit sich spielen.

Das Wintergedicht ohne Überschrift zählt zu den sogenannten »Berliner Gedichten«, die vom Jahre 1962 datieren. Damals hatte Artmann, Liebhaber in allen Gestaltungen des Gedichts, schon einiges mit Bravour und Zungenbrecherei hinter sich gebracht: den Dialekt, das Naturgedicht, die frühe surrealistische Manier und überhaupt manchen Manierismus, den er sich – zum Gaudium der Zeitgenossen und ständig gewissermaßen auf dem literarischen Spielbein balancierend – jeweils mit Hingebung geleistet hatte. »ein reißbrett aus winter« ist, bei aller Einfachheit, so still abgefeimt und überlegt, autobiographisch und verbal kalkuliert, Spielwerk und Mach-Werk, im Art-

mannschen Sinne, wie man es von einem Maskenwechsler und Wechselbalg seiner Art sich nur denken und wünschen kann.
Alles ist ohnehin in diesen zehn Zeilen »pro forma«: der Winter, die Landschaft, der Reiter, und wie er über das »Reißbrett« gleitet – eine Spielfigur, eine Marionette, für einen Augenblick, um wieder zu verschwinden. Was folgt, geht mehr den Schreiber an, auf ebenso biographische Weise (»ich bin vierzig jahre«) wie auf ganz andere, koboldhafte, mutwillige, märchenhafte oder hanebüchene Weise, was alles miteinander bei Artmann zu tun hat, was zusammengehört wie die beiden Beine, die »in einen einzigen stiefel genäht« sind, aus welchen Gründen auch immer, jedenfalls nicht nur aus jahreszeitlichen.
Das pro forma winterliche Gedicht ist ein von vornherein für alles mögliche freigegebenes, ein phantastisches Gedicht, das mit ein paar Wörtern auskommen will, um anzudeuten, was alles an Übermut möglich sein könnte. Pro forma kann man es mit fast allem versuchen und jedem ein Schnippchen schlagen, noch auf die unauffällige Weise, fast wortlos, fast lautlos, ein skurriles Vorüberhuschen von Jahreszeit, Tageszeit, Spielfigur, Reißbrett-Figur, samt Autor, der seinen Geburtsjahrgang nennt, ehe es – schon in der nächsten Zeile – wunderlich weitergeht und verschmitzt-tiefsinnig schließt »ich bin ein hüpfender / unter guten läufern.« Ich bin jedenfalls anders. Mit mir ist es vertrackter. Ich weiß nach meiner Art weiterzukommen, mögen die anderen das andere tun, das übliche, das Gängige, hier: das gehörige gute Laufen.
Dabei ist Hans Carl Artmann ein literarischer Schnelläufer. Er ist es bis heute geblieben. Er kam allen Vermutungen zuvor mit seiner Schnelligkeit des Erfindens und vor

allem des Sich-Verwandelns. Geschwindigkeit ist bei ihm keine Hexerei, sondern Talent, das manchmal unerschöpflich scheint. Seine Phantasie jagte über die Jahre durch alle denkbaren literarischen Stilarten, ohne daß sie dabei zu Schaden kam. Ihre unglaubliche Neugier hält sie bei Gesundheit.

H. C. ARTMANN
ES ZUPFT DIE MANDOLINE

es zupft die mandoline
der edle graf vom gral,
klar klingt die sonatine
durch das leandertal;
der tag wird immer runder,
der tau dampft ab vom strauch,
die sonne auf holunder
löst sich in düftehauch.

der gamsbock auf der leiter
zwingt steile felsenwand,
auch bergfex klettert heiter
durch der tyroler land,
die kuhmagd, braun vom firne,
weilt noch im federbett,
ein troll tritt bei der dirne
ins näpflein mit dem fett.

waldvöglein sitzt zu aste,
speist von der nassen nuß,
am feldrain ein fantaste
hebt seinen stock zum gruß,
stumm streunet sein kollege,
der astrolog, im moos,
traumdeuter stehn am wege,
verliebt und heimatlos.

die birnen blühn im garten,
die nessel wuchert scharf,
der graf langt in die zarten
gezeiten seiner harf . .
nun hechtet die forelle
von hohem trampolin,
es kehrt vor ihrer schwelle
die saubre ameisin.

im weißkohl haust der hase,
miaut ein teutsches lied,
maiglöcklein sprießt im grase,
ein aar gen himmel zieht,
ich zieh auf meine weise
die sprachbewegung nach,
verführt, auf wilder reise –
noch liegt so vieles brach . .

BARBARA FRISCHMUTH
EINE ARTIGE SPRACHBEWEGUNG

So verspielt und dennoch so kunstvoll setzt nur einer die Vogeltrittschrift seiner Verse in den Schnee, nämlich H. C., als den wir, damit meine ich seine Kollegen und Freunde aus den fünfziger, sechziger, siebziger und so weiter Jahren ihn kennen, verehren und lieben gelernt haben. Und was aus seiner »Botanisiertrommel« fiel, füllt längst einige versuchte Gesamtausgaben und hat doch nichts vom *maiglöcklein*-Duft seiner herzhaften Reime verloren. Einen so raffinierten, bei dem *trampolin* auf *ameisin* aufgeht, wird man lange im Gestrüpp der von der Werbung usurpierten, zeitgenössischen Reimschmiedekunst suchen müssen.
Dieses Gedicht entfaltet sich von einem seiner Schlußverse her: *ich zieh auf meine weise / die sprachbewegung nach.* Dieser Satz könnte programmatisch für den Großteil des Artmann'schen Werkes stehen, das einer Sprachbewegung folgt, die zwischen den mythischen, historischen, folkloristischen und stilistischen Ebenen der Tradition *streunet*, ohne einen wohlgeformten Rolls Royce als gelegentliches Transportmittel zu verachten.
Mit jeder Zeile dieses Gedichts werden Welten in Erscheinung gelockt, die wir zu kennen vermeinen und an die wir doch schon lange nicht mehr gedacht haben. Der an seiner Mandoline zupfende *graf vom gral* bringt alles zum Klingen, was wir je über König Artus und die Ritter seiner Tafelrunde – mit einem Wort »das Keltische«, dem Artmann stets verbunden war – gehört haben. Und schon geht es

weiter ins *leandertal*, wobei mit Leander-Neander wohl eher auf den frühmittelalterlichen Erzbischof von Sevilla als auf Heros Geliebten vom Ufer der Dardanellen angespielt wird.

Es wäre nicht Artmann, bemächtigte er sich nicht auch der alpenländischen Szenerie, die – ansonsten für Lyrik ungeeignet – sich im artigen Sprachduktus des Meisters zu einem *fettnäpflein* mausert, in das nicht nur Trolle gerne träten. So kommt auch ein *bergfex* zu poetischen Ehren, und die *kuhmagd, braun vom firne* (worin die Dirne nachklingt), läßt den Gamsbock zum poetischen Gegenstand avancieren, und selbst das Waldvöglein (übrigens als Pflanze unter dem Namen *Cephalanthera rubra* bekannt) darf eine lyrische Wegmarke bilden.

Der *fantaste*, der *seinen stock zum gruß* hebt, deutet durchaus erkennbar auf seinen Erfinder zurück, ebenso wie der *traumdeuter*, *verliebt und heimatlos*, der einen geradewegs in ein anderes Artmann-Werk entführt, nämlich in den Band »Grünverschlossene Botschaft 90 Träume« aus dem Jahr 1967. Es zeugt für poetische Ökonomie, wenn die vierte Strophe harmloser als alle anderen beginnt, mit einem Satz, an dem beim besten Willen kein Hintersinn zu entdecken ist. Aber schon das scharfe Wuchern der Nessel hebt ein wenig ab, um sich auf den Gezeiten der gräflichen Harfe zu wiegen, von der dann der geniale Absprung erfolgt: *nun hechtet die forelle*, und sie hechtet so gekonnt, daß die *saubre ameisin* gar nicht mehr philiströs anmutet in ihrer großen Ordentlichkeit. Der im Weißkohl hausende Hase, der ein teutsches Lied miaut, läßt, wenn auch ein wenig verschwommen, die Assoziation zum Hasen im »Struwwelpeter« zu, der die Flinte auf seinen Jäger anlegt. Wohingegen der *gen himmel* ziehende *aar* wieder

eines von Meister Artmanns wohlgebrauchten Fundstükken aus einer anderen Sprachwelt und als solches unverzichtbar ist, leistet es doch in seiner lautlichen Verschlankung beste rhythmische Dienste.
Daß mittlerweile und nach vielen Werken aus dem Fundus Artmannscher Verbarien nicht mehr so vieles brachliegt, wie im Gedicht beklagt, versteht sich von selbst, dennoch hoffen wir weiter auf die zauberische Wirkung des *verführt, auf wilder reise* –. Möge es dem Grandgoschier und Sindtbart alias Señor Artmanno noch oft widerfahren, daß er zu einem Gedicht verführt wird. Es muß ja nicht unbedingt auf dem Flohmarkt von La Paz in Niedercalifornien sein . . .

H. C. ARTMANN
TAPROBANE

wenn die kindheit fertig wird
nimmt sie die tischtücher
und faltet sie nett zusammen:
maritime karten für kommende
fort-reisen in meinen eigenen
augen die nicht anderer leute
fixsterne oder fenster sind
sondern flugbares im wind
bewegliches zwischen
den beiden starren polen
die mich einfassen wie ein
links und rechts

JOCHEN JUNG
DAS LOSUNGSWORT

Bisweilen entstehen Gedichte, die von einer solchen Klarheit, ja Luzidität sind, daß selbst von ihren rätselhaften Stellen nichts Dunkles mehr ausgeht. Ein leuchtendes Beispiel dafür ist dieses Gedicht von H.C. Artmann. Jeder versteht seine Verse. Aber wer weiß schon, was Taprobane ist? Und doch steht dieses Wort wie ein heller Wimpel über den Zeilen, die von einer fernen Welt reden, für die Taprobane das Losungswort ist.

Daran ändert auch nichts, daß es sich hier in Wirklichkeit um einen alten Namen für Sri Lanka handelt und daß der Dichter vor nunmehr zehn Jahren eine einwöchige Flugreise dorthin unternommen hat, von der er dieses Gedicht mitbrachte: hier wurde mehr als ein Entstehungsort festgehalten. Jene Insel, die man Artmann zuliebe einmal auch noch Ceylon nennen sollte, ist freilich nicht jene ferne Welt, von der hier die Rede geht – das ist die Kindheit. Oder vielmehr das, was sie für den älter gewordenen Dichter bedeutet.

»Wenn die Kindheit fertig wird« – es ist unnachahmlich, wie allein dieses »fertig wird« die ganze Aura der Kindheit heraufbeschwört und zugleich ihr unaufhaltsames Ende markiert. Mit einer manierlichen Geste der Wohlerzogenheit wird sie beendet und weggepackt. Nicht aber vergessen. Denn damals wurden jene Längen- und Breitengrade abgesteckt, auf denen sich die Lebensreise bewegen sollte, und zwar die dieses einen und besonderen Menschen. Und der erlebt sie und erzählt davon auf seine Weise, die niemanden zu irgend etwas verpflichten will. Gerade das aber, was ihn von anderen unterscheidet, ist das, was ihn beweglich und lebendig hält oder, wie Artmann mit einem glänzend erfundenen Wort sagt: *flugbar*.

Freilich sind es die Augen selbst, die hier fliegen, und nicht »mit«, sondern »in meinen eigenen Augen« finden die »fort-reisen« statt, und das kann wohl nichts anderes heißen, als daß es keineswegs um den Reise-Bericht als Lebens-Erzählung geht, sondern um Phantasie, Einbildungskraft und Traum: Artmann, der sich selbst gern einen deutschen Dichter nennt, ist eben Österreicher durch und durch. Und dazu gehört natürlich auch, daß die »beiden starren Pole« gewiß nicht nur der Nord- und Südpol sind, sondern ebenso Geborenwerden und Tod meinen.

Aber das haben wir nun gewissermaßen nur noch ganz leise hingeschrieben. Denn allzu viel schwerer Sinn verträgt sich nicht gut mit dem hellen und leichten Ton, den dieses Gedicht hat, und nicht mit Artmanns poetischem Credo, das der Zauberkunst der Sprache traut und nicht dem Welterklären.

Und einmal auch nicht dem eigenen ingeniösen Einfall?

Seltsam, daß – anders als im Erstdruck – später, und so auch in der schönen Kassette seiner gesammelten Gedichte, der Wimpel eingeholt, das Losungswort zurückgenommen, der Titel eliminiert wurde. Dürfen wir den Dichter abschließend bitten, ihn wieder zurückzuschenken?

WOLFGANG BORCHERT
ANTIQUITÄTEN

Erinnerung an die Hohen Bleichen

Weitab vom Lärm der großen Gegenwart,
verfallumwittert, ruhmreich und verlassen,
stehn stille Dinge rings, verstaubt, apart
ein paar kokette Biedermeiertassen.

Darüber wuchtet bleich ein Imperator,
doch seiner Büste Würde ist gegipst.
Ein ausgestopfter Südseealligator
grinst glasig grünen Auges wie beschwipst.

Der bronzne Kienspanhalter Karls des Weisen
blinkt über Buddhas Bauch und seinen Falten.
Die Zopfperücke hat noch einen leisen
verführerischen Puderhauch behalten.

Malaiisch glotzt mit hölzern starren Zügen
ein Götze. Fahl erglimmen Zähne von Mulatten.
Verrostet träumen Waffen von den Kriegen
und klirren leis in Rembrandts weichem Schatten.

Der Totenwurm in der Barockkommode
tickt zeitlos in den ausgedörrten Wänden.
Betrübt summt eine Fliege ihre Ode –
das macht, sie hockt auf Schopenhauers
dreizehn Bänden.

GÜNTER KUNERT
GEGENSTÄNDLICHE GARANTIE

Von Wolfgang Borcherts Schaffen scheint nur noch sein Theaterstück einigermaßen bekannt zu sein, weil immer wieder einmal irgendwo aufgeführt: »Draußen vor der Tür«. Im Widerspruch zum Untertitel: »Ein Stück, das kein Theater spielen und kein Publikum sehen will« gehörte das Spiel um einen Heimkehrer noch lange nach dem Kriege zum festen Repertoire deutscher Bühnen. Borchert hat es in nur acht Tagen niedergeschrieben, »im Angesicht des Todes«, dem der Dichter 1947 als erst Sechsundzwanzigjähriger erlag: Im Kriege schwer verwundet, als Kriegsgegner zum Tode verurteilt und zur »Frontbewährung« begnadigt, kehrte er 1943 sterbenskrank in seine Vaterstadt Hamburg zurück, wo er erneut verhaftet wurde. Nach dem Zusammenbruch blieben ihm zwei ganze Jahre für ein »schmal« genanntes Werk: Gedichte, Prosastücke und Geschichten.

Der Anlaß für das Gedicht »Antiquitäten« hat den Dichter schließlich überdauert: Bei den »Hohen Bleichen« handelt es sich nämlich keineswegs um blasse, riesenwüchsige Personen, vielmehr um einen Hamburger Straßenzug, der teilweise den Luftangriffen entgangen ist und seinen Geschäftscharakter fast unverändert bewahrt hat. Dort befinden sich noch heute zahlreiche Antiquitätenläden, in deren Fenstern man die von Borchert aufgezählten Relikte halb vergessener, versunkener Kulturen bestaunen kann.

Borcherts »Erinnerung«, obwohl sie das Erinnerte fast satirisch kommentierend aufreiht, läßt doch auf den einstmaligen starken Eindruck durch den Allerweltströdel schließen – sonst wäre kein Gedicht daraus entstanden. Was mag einen Mann mit einem derart »eindrücklichen« Schicksal an dem Kram fasziniert haben, daß er ihm ein langes Gedicht widmete? Trotz der Ironie, so scheint es, meldet sich unterschwellig Verwunderung über die heterogene Fülle, über das gegenständliche Chaos und den unübersehbaren Gegensatz historisch und geographisch unterschiedlicher Hervorbringungen.
Auch heute noch (oder vielleicht gerade heute) unter dem Aspekt der Normierung aller Produkte, der Verödung des Gegenständlichen zur globalen Dutzendware, ziehen uns die Überbleibsel des unwiederbringlich Gewesenen in ihren milden Bann. Gleich Borchert wissen wir, wie nichtig diese Dinge im Grunde sind, ohne uns jedoch ihrer Wirkung ganz entziehen zu können: den Zeichen aus dem Gestern, das wir insgeheim und entgegen aller rationalen Einsicht für »besser«, nämlich für die verlorene Heimstatt größerer Geborgenheit halten.
Borcherts und unsere Erfahrung treffen sich in einem Punkt: dem historischen Bruch. Ein Klischee, gewiß: daß die fehlende Kontinuität scheinbar überbrückt wird durch die konkreten Dinge, da sie eine Quasi-Identität erlauben gegenüber einer Vergangenheit, welche selber durch rasch wechselnde Interpretationen instabil geworden ist. Dergestalt werden die Barockkommode und die Biedermeiertasse zur Garantie für eine uns persönlich gehörende Historie, die damit verwirrenden Relativierungen entzogen ist.
Nur wer an den Zufall zu glauben vermag, zumindest im

ästhetischen Bereich (wo Gott gewiß nicht würfelt), wird auch das Auftauchen Schopenhauers für zufällig halten. Mir hingegen kommt es vor, als wenn dieser Name (als Synonym für tiefen Skeptizismus) die Geschichte, hier in Symbolen versammelt, bewußt konterkariert. Und daß, von der Schopenhauerschen Betrachtungsweise ausgehend, Oden betrübt und betrübend klingen müssen, gilt ganz bestimmt nicht allein für Fliegen.

WOLFGANG BORCHERT IN HAMBURG

In Hamburg ist die Nacht
nicht wie in andern Städten
die sanfte blaue Frau,
in Hamburg ist sie grau
und hält bei denen, die nicht beten,
im Regen Wacht.

In Hamburg wohnt die Nacht
in allen Hafenschänken
und trägt die Röcke leicht,
sie kuppelt, spukt und schleicht,
wenn es auf schmalen Bänken
sich liebt und lacht.

In Hamburg kann die Nacht
nicht süße Melodien summen
mit Nachtigallentönen,
sie weiß, daß uns das Lied der Schiffssirenen,
die aus dem Hafen stadtwärtsbrummen,
genau so selig macht.

MATTHIAS WEGNER
GELIEBTE ZWISCHEN HIMMEL UND HÖLLE

Sind Hamburgs Nächte anders? Auf den ersten Blick bestätigt Wolfgang Borcherts Liebeserklärung an die norddeutsche Metropole nur die herkömmlichen Klischees von Hafenromantik und Großstadtgräue. Aber auch in Frankfurt oder Bremen können die Nächte ziemlich grau sein, regnet es genauso oft, mag die Nacht in den Schänken wohnen, liebt *es* sich und lacht *es* auf schmalen Bänken. Ist das Gedicht nur eine lockere, regionale Schwärmerei?
In welchem Jahr der von Krieg, mehrmonatiger Gefängnishaft – bei wochenlanger Drohung der Todesstrafe –, »Frontbewährung« und einer tödlichen Leberkrankheit gezeichnete Dichter diese Verse geschrieben hat, wissen wir nicht. Das Gedicht ist während des Krieges oder kurz danach entstanden. Am Totensonntag des Jahres 1946 wurde es in Hamburg-Eppendorf zum ersten Mal vorgelesen. Die Resonanz auf dieses und zwölf andere Borchert-Gedichte, die im selben Jahr in einem kleinen Bändchen mit dem harmlosen Titel »Laterne, Nacht und Sterne« erschienen, war erheblich. Borchert, damals gerade fünfundzwanzig Jahre alt, war schon ein um sein Leben betrogener Todeskandidat, der seine Heimatstadt nur in den kurzen Augenblicken erforschen konnte, in denen er das Bett verlassen durfte. Ein Jahr später ist er in Basel gestorben. Man hatte den sogleich wieder von inbrünstigem Heimweh geplagten Kranken in der Hoffnung auf Rettung aus dem hungernden Deutschland zuletzt noch in ein Schweizer Krankenhaus gebracht. Es war viel zu spät.

»Hamburg ... das ist das Leben! Das einzige Leben!« hat Borchert gesagt. Er hat die Stadt an Elbe und Alster als seine »Geliebte zwischen Himmel und Hölle« besungen. Der wegen der flachen Wellenbewegungen von drei- und zweihebigen Senkungen sanft-elegische Rhythmus der drei Strophen erinnert an den kurzen Wellenschlag der Elbe. Nur in der letzten Strophe treiben plötzlich die vier Hebungen der dritt- und vorletzten Zeile den bis dahin gleichmäßigen Singsang noch einmal zu jähem Vorwärtsdrängen. Mit den Sirenen der Schiffe scheint sich für einen Augenblick das Tor zur Welt zu öffnen. Dem Dichter, der seinen triumphalen Durchbruch mit dem Stück »Draußen vor der Tür« nicht mehr erlebt hat (einen Tag vor der Uraufführung ist er gestorben), blieb diese Welt verschlossen.

Die Trauer, die sich hinter zärtlichem Regionalismus verbirgt, offenbart sich nicht gleich beim ersten Lesen. Die Wiederholungen der Strophenanfänge – sowohl Hamburg wie die Nacht klingen in den drei Strophen viermal an – verweisen auf zwei Dominanten in Borcherts Dichtung: die Stadt und das Dunkel. Hamburg – das war dem leidenschaftlichen Bürger der Stadt das verlockende Diesseits, die Lust seiner Jugend und die Hoffnung auf Leben. In der Nacht leuchtete ihm die Stadt seiner Sehnsucht und seiner Verzweiflung am hellsten. Borchert hielt es mit denen, die nicht beten: »Gott ist das Leben – das ist alles«, hat er gesagt.

Das Leben, von dem er nur träumen durfte – das war diese »Wüste von Steinen und Toten«, die er bei seiner Heimkehr aus dem Inferno vorgefunden hatte. Als alle Heimatdichtung im braunen Schlamm versandet und für immer diskreditiert war, hat Borchert mit seinen frühen Gedichten, vor allem auch mit seiner Prosa, die heimatliche Großstadt in einer ganz eigenen, explosiven und sinnlich-suggestiven Sprache als das höchste Glück gefeiert. Auch dieses Hamburg-Gedicht greift über die Regionalschwärmerei weit hinaus: Seine schwerelose Selbstverständlichkeit und seine sanfte Melancholie verbinden sich zu jenem berührenden Borchert-Ton, dessen stilsichere Bildhaftigkeit und empfindsam-traurige Verzückung unverwechselbar sind.

FRIEDRICH DÜRRENMATT
KRONENHALLE

1.
Ich bin an wenigen Orten daheim

Im Haus über dem See

Auf der andern Seite des Monds

Auf der Bühne des Schauspielhauses
Umstellt von Kulissen

Und in der Kronenhalle
In Mutter Zumstegs Reich

Die Leberknödelsuppe dampft
Aldo kommt mit dem Wagen angerollt
Und ich denke über einen Auftritt der Giehse nach

2.
An den Nachmittagen zwischen drei und vier
  Am Tisch
Zwischen den Glasscheiben

Wie hinter Silberstaub schläft die Katze
  Auf der Bank in der Ecke
Kein Gast wagt sie zu stören

Vor blauen Tramwagen manchmal
Bewegen sich die Vorhänge

Geisterhaft auf die gleiche Scheibe gespiegelt
Erscheint aber auch
Mein Gesicht und die fernere Theke

Schiebt sich
Der Hintergrund vor den Vordergrund.

HEINZ LUDWIG ARNOLD
ÜBERALL UMSTELLT VON KULISSEN

Maler wollte Friedrich Dürrenmatt einmal werden – und wurde dann ein Schriftsteller, der seine Worte auf der Bühne in Bilder setzte; und Bilder nebenher zeichnete und malte, naiv, aber ausdrucksstark. Er tat es, um sich vom Schreiben zu erholen. So beiläufig hat er auch die wenigen Gedichte geschrieben, die von ihm überliefert sind, viel weniger übrigens als Bilder. Denn die meisten, die im Band seiner »Ausgewählten Gedichte« abgedruckt sind, stammen aus Stücken: es sind Songs, Psalmen, Chöre. Nur gut zwei Dutzend Gedichte sind frei und selbständig verfaßt. Sie formulieren eine politische Botschaft wie die frühen »Schweizer Psalmen«, sie sind Freunden zugeschrieben wie dem Schauspieler Willy Birgel oder dem Maler Varlin, sie erfassen eine momentane Stimmung wie der »Blick durchs Fenster«, oder sie geben einen »dramaturgischen Rat«.

Das Gedicht »Kronenhalle« ist auf dem Weg zum Bild: Es nähert sich ihm von außen und gedanklich. Doch ich stelle mir vor, daß es aus der im zweiten Teil gemalten Situation heraus entstanden ist, unmittelbar und spontan: die nach dem Essen, beim Kaffee und beim Pflümli entworfene Skizze eines Stillebens, die nachträglich in einen größeren Rahmen gestellt wird.

Es ist eine vertraute Situation. Wenn Dürrenmatt am Zürcher Schauspielhaus inszenierte, verbrachte er die Pausen zwischen den Proben stets in der »Kronenhalle«, spät, wenn die meisten Gäste schon gegessen hatten, und meist allein, um über die Arbeit vom Vormittag nachzudenken: die dramaturgischen Erkenntnisse der Proben in den Stücktext umsetzend, alte Szenen umschreibend oder neue erfindend, die Auf- und Abtritte seiner Schauspieler bedenkend. Manchmal, wenn es »hakte«, wie er sich ausdrückte, lud er in den Pausen auch Schauspieler zum Essen ein, um mit ihnen unter vier Augen ihre Rollen durchzusprechen. Hier in der »Kronenhalle« hatte Dürrenmatt seinen Stammplatz, in einer Ecke, die von Glasscheiben etwas abgeschirmt wurde. Sie verschafften dem Dramatiker den angemessenen Ort, mitten im Zentrum eines Spiegelkabinetts, das ihn unansprechbar machte und ihm zugleich den Durchblick ermöglichte.

Er überschaut das Lokal, in dem es nun ruhig ist; denn auf einer Bank hinter einer der Scheiben schläft die Katze der Wirtin. Und schauend wird ihm das Lokal zur Bühne: Vorhänge bewegen sich manchmal und geben den Blick frei auf Straßenbahnen, die wie Kulissen vorbeischwimmen; auch die hinter ihm liegende Theke erscheint auf der Scheibe und schiebt sich in dem Moment, da er sie erkennt und betrachtet, ebenfalls wie eine Kulisse vors Spiegelbild seines Gesichts.

An diesem Ort, im kostspielig köstlichen Reich der Wirtin Hulda Zumsteg, fühlte sich Friedrich Dürrenmatt aufgehoben, da war er daheim wie auf der Bühne des Schauspielhauses; und auch umgeben von zahlreichen Bildern, Hinterlassenschaften jener vielen Maler, die in der »Kronenhalle« dafür aßen, auch von Dürrenmatt hängen dort Bilder, für die er gute Mahlzeiten genossen hat. Dort konnte er sich heimisch fühlen, daheim wie in seinem Haus über dem Neuenburger See, das auch voller Bilder

hing und dem das gesamte Alpenpanorama eine dauerhaft großartige Kulisse und zuweilen dramatische Naturschauspiele lieferte. Dort also, hinter dem Mond, wo für Dürrenmatt seit je jene Schweiz lag, die er trotz aller Kritik immer als seine ureigenste Heimat empfunden hat.
Übrigens dürfte das Gedicht, das sich im Nachlaß undatiert fand, während der Proben zu der Uraufführung der »Physiker« im Februar 1962 am Schauspielhaus Zürich entstanden sein. Dürrenmatt hatte darin die Rolle des Irrenarztes, weil Therese Giehse, die das Stück gelesen hatte, sie unbedingt spielen wollte, über Nacht in die weibliche Rolle der Mathilde von Zahnd umgeschrieben. Weshalb er wohl, während Aldo, der Servierkellner, mit dem Speisewagen anrollte, immer noch über den Auftritt der Giehse nachdachte.

FRIEDRICH DÜRRENMATT
SIRIUSBEGLEITER

Von den Dingen, die ich sah
bist du mir besonders nah

Fühle aller Welten Schluß
Was da kommen wird und muß

Ein vollkommner Diamant
Hast du Raum und Zeit verbrannt

Deiner ungeheuren Schwere
Bleibt allein der Weg ins Leere

Dein dir anvertrautes Leben
hast du wieder weggegeben

Erdenkleiner Sternengreis
Heiß wie Feuer, weiß wie Eis

Deine Härte ist der Tod
Unsrer Herzen, der uns droht

PETER VON MATT
VOM SONNENSCHICKSAL

Friedrich Dürrenmatt war dem Kosmos verfallen wie Rilke den Rosen und Thomas Mann den Wagnerklängen. Ein Sog ging vom Weltraum aus und zwang ihn immer wieder hinter das Teleskop. Und wenn er über den Neuenburger See hinweg zum Hochgebirge blickte, sah er in den weißen Zacken nicht die riesige Natur, sondern nur eine zarte Kulisse vor der maßlosen Wirklichkeit der fahrenden Sonnen und schleudernden Galaxien. Seit Jean Paul hat es keinen deutschen Dichter gegeben, der so auf die Tatsächlichkeit des Weltalls bezogen war und es immerzu mit Augen sehen wollte und den Abgrund aushielt. Jean Paul versuchte verzweifelt, das astronomische Wissen seiner Zeit mit dem Schöpfergott zusammenzudenken, und im Scheitern gewann er das siderische Licht seiner Prosa. Dürrenmatt bezichtigte den Kosmos mit wütendem Hohn seiner Leere, und doch liebte er ihn am meisten um dieser Leere willen – als wäre sie die hohle Fußspur des alten Gottes.

Wie wenig ihm der Kosmos bloße Idee, wie durchaus konkret er ihm war, zeigt dieses Gedicht. Es versucht, das Allergewaltigste mit der Schlichtheit von Kinderversen aufzufangen. Worum es geht, ist das Schicksal der Sonne, auch der unsern. Dürrenmatt hat dieses Schicksal immer wieder zur Sprache gebracht, am ausführlichsten im »Winterkrieg in Tibet«. Da denkt einer tief im Innern des Himalaja »über die Sterne nach« und schreibt an die Höhlenwand, wie die Sonnen entstehen und wieder enden.

Aus Gas und Nebeln kondensiert sich eine »Ursonne«. Sie wird rot und riesig. Dann stabilisiert sie sich zu einem »Gelben Zwerg«. Um ihn können auch Planeten kreisen: Es ist das Stadium unserer Sonne. Eines Tages bläht sich der Gelbe Zwerg wieder auf und explodiert und erfreut als Supernova die Astronomen, falls es irgendwo im Weltall solche gibt. Die Planeten brennen aus, und nach ungeheurem Lichtverschleudern endet die Nova als »Weißer Zwerg«: erdenklein, aber von extremer Dichte, diamanthart.

Der »Siriusbegleiter«, von dem das Gedicht handelt, ist einer der bekanntesten Weißen Zwerge am Nordhimmel. Dürrenmatt muß ihn oft ausgespäht und meditierend betrachtet haben. Als winziger Punkt schwebte hier vor ihm der fünfte Akt eines kosmischen Trauerspiels – die »schlimmstmögliche Wendung« im Sonnenschicksal.

Das Gedicht ist bewegt von unverstelltem Gefühl. Wieso diese herzliche Zuneigung gegenüber dem »Sternengreis«? Wird dieser denn nicht in seiner Härte zuletzt zum Gleichnis menschlicher Verödung, zur Metapher dafür, daß uns die Liebe verlorengehen kann wie der Sonne das »anvertraute« Planetenleben? Soll man das schlechthin Lieblose noch lieben?

Das ist genau der Punkt. Dürrenmatt denkt nicht moralisch, sondern als Dramatiker. Das Furchtbare geschieht der Sonne. Sie erleidet die Zerstörung, die sie anrichtet. Das aber ist eine Formel für das Tragische. Alle hurtigen Weltdeutungen, die mit der Scheidung von Gut und Böse arbeiten, heben sich darin auf. Der gleichzeitig naive und erschreckende Reim: »Schluß« – »muß« ist dem Ganzen wie ein Siegel aufgeprägt.

So, in Abfolgen bitterer Notwendigkeiten, hat Dürrenmatt gedacht und denkerisch gespielt und Stücke erfunden. Und all das Bittere, Furchtbare, Unausweichliche, dem gegenüber er sich so gern in ein aristophanisches Gelächter flüchtete, trat ihm in diesem Sternchen aufs Mal vor Augen, rührend klein und ganz einfach. Dieser trügerischen Einfachheit entspricht die trügerische Einfachheit der Verse.

ERICH FRIED
ANGST UND ZWEIFEL

Zweifle nicht
an dem
der dir sagt
er hat Angst

aber hab Angst
vor dem
der dir sagt
er kennt keinen Zweifel

THOMAS ANZ
AUFKLÄRUNG UND ANGST

Gefunden habe ich das Gedicht 1975 in dieser Zeitung [Frankfurter Allgemeine Zeitung]. Ich habe es gelesen, aufgehoben, mir zu eigen gemacht. Es enthielt in einleuchtender und einprägsamer Kürze eine Maxime, die sich als intellektuelle Richtschnur gebrauchen ließ. Auch waren mir die Zeilen als Motto zu dem willkommen, was mich gerade beschäftigte: die Ängste in der Moderne, wie sie Kafka und seine Zeitgenossen in den Anfängen unseres schreckensreichen Jahrhunderts zum Ausdruck gebracht hatten. Zu ihrer Rechtfertigung war Fried die dichteste Formulierung gelungen.

Die Lektüre der Wochenzeitung »Die Zeit« wiederum war unlängst der Anlaß, das Gedicht erneut in Erinnerung zu rufen, maßloser Ärger nämlich über einen Artikel, in dem Odo Marquard, ein angesehener Berufsphilosoph, der sich den heute vielgeschmähten Traditionen aufgeklärter Modernität verpflichtet sieht, sich mit rhetorischer Raffinesse und schlichter Psychologie daranmachte, der Öffentlichkeit all die Bedrohungen eines aus der Kontrolle geratenen Fortschritts auszureden, die zur Angst vielfältige Veranlassungen geben.

An Traditionen der Aufklärung knüpft auch Frieds Gedicht an, schon mit dem gewitzten, pointierten Wortspiel und der knappen, klaren Sprache, die vor allem das Denken in Bewegung setzt. Doch erst recht mit dem Begriff, der eine fundamentale Tugend aufgeklärten Geistes bezeichnet: »Zweifel«. *De omnibus dubitandum est.* Descartes war es bekanntlich, der den Zweifel zum Grundprinzip rationaler Philosophie erhob.

Anders schätzte man die Angst ein, die das Gedicht dem Zweifel so nahe rückt. Sie lähmt den Verstand, so hieß es, und sie hat ihre Quellen zumeist in jenen abergläubischen Vorstellungen, die den unaufgeklärten Mangel an Wissen und Erfahrung verraten. Die aufklärerische Kampagne gegen den Aberglauben war auch eine gegen unnötiges Leiden an Angst, die Kampagne gegen die Angst eine gegen falsches, irrationales Bewußtsein. Mut (sich seines eigenen Verstandes zu bedienen) und Überwindung von Furcht galten als Voraussetzungen moralischer und intellektueller Mündigkeit. – Bekommt Frieds Gedicht also mit seinem Lob der Angst gegenaufklärerische Tendenzen? Die Gespenster hat das Zeitalter der Vernunft mit einigem Erfolg vertrieben, doch an die Stelle alter Ängste sind neue getreten. Und nur eine blind, borniert und selbstüberheblich gewordene Aufklärung, die keinen Zweifel kennt gegenüber den Gefahren, die ihre technische Vernunft (neben vielen Annehmlichkeiten) produziert hat, kann übersehen, daß die Mißachtung und die Austreibung dieser neuen Ängste tödliche Konsequenzen haben könnten.

»Zweifle nicht / an dem / der dir sagt / er hat Angst«. In den zwölf Jahren seit dem Erscheinen dieses Gedichts ist das Reden über die Angst vielfach zum Gerede verkommen und, zugegeben, rhetorisch vielfach mißbraucht worden: Auch Zweifel an dem, der von seiner Angst redet, scheinen durchaus angebracht. Dennoch behält Erich Frieds Gedicht seine Wahrheit: In einer veränderten Welt, so lese ich es heute, kann die Angst dazu geeignet sein, die Aufklärung über sich selbst aufzuklären.

ERICH FRIED
BEVOR ICH STERBE

Noch einmal sprechen
von der Wärme des Lebens
damit doch einige wissen:
Es ist nicht warm
aber es könnte warm sein

Bevor ich sterbe
noch einmal sprechen
von Liebe
damit doch einige sagen:
Das gab es
das muß es geben

Noch einmal sprechen
vom Glück der Hoffnung auf Glück
damit doch einige fragen:
Was war das
wann kommt es wieder?

BEATE PINKERNEIL
VOM GLÜCK DER HOFFNUNG AUF GLÜCK

Erich Fried ist ein trotziger, aufrührerischer, widerspenstiger, unbequemer Dichter, ein Neinsager, dessen größte Tugend darin besteht, daß er unfähig ist, sich zu gewöhnen, sich einzufügen ins herkömmlich Normative. »Wenn ich mich auch nur an den Anfang gewöhne, fange ich an, mich an das Ende zu gewöhnen.« Genauer, trefflicher läßt sich das Lebens- und Weltgefühl, aus dem er schreibt, nicht kennzeichnen.

Was aber meint Fried mit solchem Anfang von Gewöhnung? In allen politischen Gedichten – mehr oder minder verschleiert – stets dasselbe: die beschwörende Warnung, jenen Anfängen der Fühllosigkeit, der Taub- und Stumpfheit zu wehren, die unweigerlich ein Ende bedeuten würden, ein Ende des unerläßlichen Kampfes gegen Unrecht, Verbrechen, Verrat und Gewalt, gegen Leiden und Erniedrigung. Den Schwachen und Entmutigten, den Zweiflern und Fragenden, den Außenseitern und Störenfrieden gehört seine ganze Sympathie. Er ist ihr Bruder, einer von ihnen.

Was ihn freilich von diesen unterscheidet, ist sein Mut zur Verzweiflung, der nichts Selbstquälerisches an sich hat und die Verliebtheit ins eigene Unglück nicht kennt, vielmehr auf einen Skeptizismus des Erkennenden vertraut, der in der Überzeugung lebt: »Es gibt kein Wissen ohne Schmerz, es gibt ohne Schmerz auch keine Einsicht und keine Vernunft.« Und genau diese schmerzhelle Vernünftigkeit bezeichnet die Grenze, an der Erich Fried, der zornige Neinsager, zum leidenschaftlichen Jasager wird, zu einem Verfechter und Anwalt der Hoffnung auf Güte, Humanität und Menschenfreundlichkeit. »Wenn wir zu hoffen aufhören, kommt, was wir befürchten, bestimmt«: eine Maxime Christa Wolfs, die als Leuchtspur im lyrischen Werk Frieds wiederzufinden ist.

Eine solch ambivalente Hoffnung, die den Gedanken an ihr Scheitern miteinschließt – sie bildet den Nährboden, aus dem Frieds Verse vom Sterben und Tod ihre befreiende, erlösende Kraft beziehen. Ich kenne kein zeitgenössisches Gedicht, das vergleichbar eindringlich, schlicht und vollkommen die Überwindung von Lebensmüdigkeit, Tristesse, Todesangst und Verzweiflung versinnbildlicht wie dieses. Dennoch will es nicht besänftigen, beruhigen, versöhnen. Der Verführung, dem unerbittlichen Herausforderer Tod verläßliche, tröstliche, dauerhafte Gewißheiten abzutrotzen, erliegt der Schreibende zu seinem und unserem Besten nicht.

Worin aber besteht dann sein poetisches Vermächtnis zu Lebzeiten? Auf den ersten Blick in der scheinbar rettenden »Wärme des Lebens«, in der »Liebe«, im »Glück der Hoffnung auf Glück«. Indes auf alle drei ist, sehen wir genauer hin, kein Verlaß. Denn sie existieren mitnichten in der Form von Wirklichkeit, sondern einzig und allein als Möglichkeit, Forderung und Vision. Und also stört Fried uns abermals auf, indem er uns aus der bequemen Genügsamkeit befreit, dem bloß Tatsächlichen zu verfallen, uns mit ihm abzufinden. Seine Forderung dagegen heißt: die Welt zu lieben, wie sie sein könnte. Das Glück der Hoffnung auf Glück hat hier seinen Ursprung.

ERICH FRIED
DIE MASSNAHMEN

Die Faulen werden geschlachtet
die Welt wird fleißig

Die Häßlichen werden geschlachtet
die Welt wird schön

Die Narren werden geschlachtet
die Welt wird weise

Die Kranken werden geschlachtet
die Welt wird gesund

Die Traurigen werden geschlachtet
die Welt wird lustig

Die Alten werden geschlachtet
die Welt wird jung

Die Feinde werden geschlachtet
die Welt wird freundlich

Die Bösen werden geschlachtet
die Welt wird gut

VOLKER KAUKOREIT
TRIUMPH DER SCHLÄCHTER

Was ist das für ein kalkuliert unpoetisches Gedicht, das Erich Fried in seiner ersten westdeutschen Lyriksammlung »Gedichte« von 1958 veröffentlichte? Aufschlußreich ist der Titel, der auf Brechts umstrittenes Lehrstück »Die Maßnahme« (1929/30) anspielt, was nicht nur eine frühe, »dem armen B. B.« gewidmete Fassung im Fried-Nachlaß nahelegt. Denn die berühmt-berüchtigte Lehrstück-»Maßnahme« besteht ja bekanntlich in der »Auslöschung« eines »jungen Genossen« durch KP-Mitglieder. Dessen Mitleid mit den »Unterdrückten« war mit der kommunistischen Propagandaarbeit nicht vereinbar.
Nicht nur, daß durch die Liquidation dieses »Schwachen« die (kommunistische) Welt wirklich »stark« würde, bestreitet das Gedicht, sondern gleichsam die Illusion jeder gleichmacherischen Ideologie, die alles Artfremde oder wie auch immer Störende der scheinlogisch konsequenten Vernichtung überantwortet; als gäbe es »Schönes« ohne »Häßliches«, »Junges« ohne »Altes«, als wären Welt und Mensch ohne Krankheit und jedwede Deformation vorstellbar. Der Sieg der Gleichmacherei ist der Triumph der Schlächter.
Mit dem Mittel der Wiederholung führt das Gedicht vor, daß aus den Greueln der Schlächter und der Vergeblichkeit ihres Tuns keine Lehre gezogen wird, sondern im Gegenteil immer größere Heilserwartungen an die kontinuierliche Auslöschung aller vermeintlicher »Abweichler« ge-

knüpft werden. Immer rabiater geht es der »guten Welt« entgegen.
So ist es kein Zufall, daß Frieds Verse auf ihrem Höhepunkt abbrechen, mit den Attributen »böse/gut«. Zusammen mit »feindlich/freundlich« gehören sie zu jenen Denkfiguren, die Freud als Schwachpunkt aufklärerischer Utopie und mehr noch als das wirklichkeitsverkennende Fundament der neutestamentarischen Ethik brandmarkte. Doch so gewiß, wie der Dichter letztendlich am christlichen Ideal der »Feindes-« und »Nächstenliebe« festzuhalten scheint, teilt er die religionskritische Perspektive des Psychoanalytikers. Parallelismus und das Vokabular der einfachen großen Worte erinnern unwillkürlich an die Sprache der Bibel, insbesondere an die »Seligpreisungen« der »Bergpredigt« mit ihrer wiederholten Kausalargumentation, etwa »Selig sind, die da Leid tragen; denn sie sollen getröstet werden« (Matth. 5,2-11). Hierzu schafft Fried einen komplexen (und weiterhin interpretationsbedürftigen) Gegenentwurf, der kein »Eiapopeia vom Himmel«, aber vorerst auch keine Aussicht auf ein »Himmelreich auf Erden« (Heine) vorgaukelt.
Doch es war nicht diese Folie, die viele österreichische Schüler dazu anregte, sich im Frühjahr 1996 bei einem Fried gewidmeten Interpretationswettbewerb ausgerechnet mit den »Maßnahmen« auseinanderzusetzen. Die meisten haben Frieds Verse vor dem Hintergrund des Hitlerschen Terrorregimes gelesen (Holocaust, Euthanasie), fast alle aber deren Aktualität betont, sie übertragen auf neuen Rassismus und Ausländerfeindlichkeit, die »ethnischen Säuberungen« im Jugoslawien-Krieg. Daß es sich hier um »engagierte Dichtung« handelt, war für die jungen Interpreten selbstverständlich, und tatsächlich hat der frühe

Erich Fried den Text gegenüber der Verlegerin Hilde Claassen 1957 »als eines der ganz wenigen ›politischen‹ Gedichte« innerhalb seiner damals eher als »zeitlos« verstandenen Lyrik bezeichnet.

Es spricht für dieses Gedicht, daß es der kritischen Überprüfung der Schüler standgehalten hat, daß es als Versuch einer sprachlich modernen Zeitdichtung der fünfziger Jahre überleben konnte, am Ende eines Jahrhunderts, dessen bitterer Ausdruck es ist – ein Zeugnis literarischer Gegenwehr, dessen sarkastisch-ironische Botschaft ein Wettbewerbsteilnehmer paraphrasierte: »Rotten wir sie aus! Jagen wir sie fort! Dann bricht das Paradies wie eine Seuche über uns herein.« Wir? Die Passivkonstruktion in der jeweils ersten Strophenzeile läßt die Täter ja unbenannt.

ERICH FRIED
LINKS RECHTS LINKS RECHTS

Wenn ein Linker denkt
daß ein Linker
bloß weil er links ist
besser ist als ein Rechter
dann ist er so selbstgerecht
daß er schon wieder rechts ist
Wenn ein Rechter denkt
daß ein Rechter
bloß weil er rechts ist
besser ist als ein Linker
dann ist er so selbstgerecht
daß er schon rechtsradikal ist

Und weil ich
gegen die Rechten
und Rechtsradikalen bin
bin ich gegen
Linke
die denken
daß sie besser sind
als die Rechten
Und weil ich gegen sie bin
denke ich manchmal
ich habe ein Recht zu denken
daß ich doch besser als sie bin

THOMAS ANZ
LECHTS UND RINKS

Nein, an den ästhetischen Witz des genialen Wortspiels von Ernst Jandl reicht dieses Gedicht nicht heran: »lechts und rinks / kann man nicht / velwechsern«. Dort dementiert die Verwechslung von Buchstaben die Behauptung unverwechselbarer politischer Positionen. Mechanismen des Versprechens oder Verschreibens, wie sie Freud in seiner »Psychopathologie des Alltagslebens« beschrieben hatte, werden hier artifiziell imitiert. Versehentliche wie künstlich erzeugte Fehler können den Sinn einer sprachlichen Äußerung auf überraschende Weise unterlaufen.
Nach Jandls längst zu geflügelten Worten gewordenen Zeilen ließ sich die Erfahrung, daß scheinbar völlig konträre Einstellungen zuweilen erstaunliche Gemeinsamkeiten haben, nicht bündiger formulieren. Erich Frieds Gedicht zum gleichen Thema hat freilich seine eigenen Qualitäten. Die Buchstaben oder Laute beläßt der Autor hier wie auch sonst in seiner Lyrik zwar an ihrem richtigen Ort, aber ein geradezu besessener Spieler mit dem Material der Sprache ist auch er. Die Spielregel, die Fried sich beim Schreiben immer wieder selbst auferlegt hat, lautet etwa so: »Verwende eine begrenzte Menge gleicher oder im Klang ähnlicher Wörter und arrangiere sie in leicht variierten Abfolgen so, daß sich überraschende Sinneffekte ergeben!« In diesem Fall gehören zum Spielmaterial neben einigen anderen Wörtern vor allem diejenigen, die schon im Titel stehen. Sie nehmen sich dort noch aus wie Befehle,

nach denen man zu marschieren hat. Das Spiel mit ihnen bringt deren stupiden Rhythmus durcheinander.
Gewiß, Frieds Spiel nach dieser Regel hat bessere Gedichte hervorgebracht. Doch auch dieses lohnt sich zu lesen. Es ist ein für ihn typisches Gedicht, enthält eine bedenkenswerte Einsicht und bereitet auch deshalb Vergnügen, weil es ziemlich raffiniert gemacht ist.
Es beruht freilich zunächst auf einer fragwürdigen Voraussetzung. Die suggestiven Verführungskräfte der Sprache überspielen sie. »Rechts« und »selbstgerecht« scheinen, weil sie dieselbe Laute enthalten, auch inhaltlich verwandt zu sein. Diese Suggestion wird bis zum Ende des Gedichts aufrechterhalten und zugleich ad absurdum geführt. Ein Linker, der denkt, besser zu sein als sein politischer Gegner, ist »selbstgerecht«, demnach also selbst ein Rechter. Damit bleibt das Gedicht noch ziemlich simpel und ähnlich plakativ wie das Denken, gegen das es sich richtet. Erheblich raffinierter wird es erst mit den letzten vier Zeilen: Wer derart gegen die Selbstgerechtigkeit der Rechten wie der Linken anschreibt, entgeht damit dem Makel der Überheblichkeit selbst keineswegs. Indem das Ich »ein Recht« zu haben glaubt, sich besser als die selbstgerechten Rechten und ihre linken Verwandten zu dünken, bleibt es, der sprachlichen Suggestion nach, den Rechten nahe.
Dieses »späte« Gedicht Frieds erschien 1981, als der »Kalte Krieg« noch nicht zu Ende war und auch im Inneren Westeuropas die Kämpfe zwischen links und rechts, in die der Autor massiv involviert war, mit erstarrter Routine geführt wurden. Die Zeilen lesen sich in der Erinnerung daran wie ein Friedensangebot oder Ausbruchsversuch. Sie waren jedenfalls dazu geeignet, im Spiel mit Denk- und Sprachschablonen die Verhärtungen der Fronten aufzu-

weichen, und sie verweisen noch heute auf eine Persönlichkeit, zu deren Überzeugungskraft die Zweifel an sich selbst gehörten.

Fried starb im November 1988, als die Epoche, in der er lebte und schrieb, kurz vor ihrem Ende war. Als Text gegen den Dünkel nicht nur politischer, sondern zugleich auch moralischer, religiöser, nationaler oder ethnischer Selbstgerechtigkeit gelesen, vermag dieses Gedicht den Autor und seine Zeit zu überdauern. Vor allem jedoch mit der Einsicht, daß man dem Mechanismus der Selbstaufwertung durch Abwertung anderer kaum entkommen kann. Wer gegen jemanden ist und ihn herabsetzt, folgt neben noch so guten Gründen auch einem persönlichen, ganz unsachlichen Bedürfnis. Er will sich selbst »besser« fühlen. Das Ich in dem Gedicht veranschaulicht dies am Beispiel der eigenen Person. Das macht es glaubwürdig und mir zugleich den Autor einmal mehr sympathisch.

ERICH FRIED
LOGOS

Das Wort ist mein Schwert
und das Wort beschwert mich

Das Wort ist mein Schild
und das Wort schilt mich

Das Wort ist fest
und das Wort ist lose

Das Wort ist mein Fest
und das Wort ist mein Los

MARCEL REICH-RANICKI
DAS WORT WAR SEIN LOS

»Die Toten reiten schnelle« heißt es in Gottfried August Bürgers Ballade »Lenore«. Das stimmt schon: Zwölf Jahre ist Erich Fried tot – und schon ist sein Werk, nein, noch nicht vergessen, doch schon merklich verblaßt und jedenfalls aus der Mode gekommen. Einst von seinen Gesinnungsgenossen maßlos überschätzt, wird Fried heute wohl unterschätzt.

Er wurde in Österreich geboren, er hat jahrzehntelang in England gelebt und ist während eines Aufenthalts in Deutschland gestorben. Aber er war, wenn man es recht bedenkt, weder ein Österreicher noch ein Engländer oder ein Deutscher. Er war und blieb ein mitteleuropäischer Jude, dem freilich das Judentum nicht mehr viel bedeutete. In London hatte er ein Haus, doch zu Hause war der unruhige Geist dort nicht. Vielleicht war er es nur unterwegs, auf vielen Reisen quer durch die deutschsprachigen Länder, stets seinen Zorn und seinen Protest in Vers und Prosa offerierend.

War etwa die Literatur seine Heimat? Eher könnte man sagen, das Schreiben sei seine Heimat gewesen. Er schrieb, er dichtete immer und überall. Als er bei der BBC arbeitete (von 1952 bis 1968), fuhr er täglich mit dem Autobus zur Arbeit. In der Regel produzierte er auf dem Hinweg zwei Gedichte und auf dem Rückweg ebenfalls, mitunter noch mehr. Der Ausdruckszwang war sein Glück. Zugleich allerdings war Fried ein Opfer dieses manischen Zwangs.

So entwickelte sich seine Lyrik ohne Heimat, ja gerade dank der Heimatlosigkeit. Inmitten der englischen Welt wuchs Frieds ohnehin außerordentliche Empfindlichkeit für die Eigenart der deutschen Sprache, seine Reizbarkeit für den Klang und Sinn des deutschen Wortes. Das führte schon bald zum Wortspiel, einem der zentralen Elemente seiner Poesie.

Was er mit Wortspielen im Sinne hatte, zeigt auf beispielhafte Weise das frühe Gedicht »Logos«: Es sind Spiele, die das Wort beim Wort nehmen, die jede Wendung hin und her wenden. Vieldeutigkeiten, Lautübereinstimmungen und Lautähnlichkeiten irritieren Fried stets aufs neue. Natürlich läßt er Gedanken Sprache werden, aber zugleich – und darauf kommt es hier an – läßt er die Sprache denken. Möglicherweise hat diese passionierte Wortgläubigkeit mit Frieds jüdischem Erbteil zu tun.

Aber das Gedicht »Logos« zielt, ähnlich wie andere Wortspiele von Fried, nicht oder nicht nur auf das Wort ab, das ernste Spiel ist nicht nur Selbstzweck. Seine Sprachkritik meint also mehr als die Sprache: Mit dem Wortspiel greift er das Leben an, um es zu begreifen, es ist seine Zuflucht und sein Erkenntnisinstrument, es soll etwas, was für den Autor wichtig ist, blitzartig sichtbar und durchsichtig machen. Und nichts ist für ihn – wie so oft in der Lyrik aller Zeiten – wichtiger als seine eigene Person.

Ein Selbstporträt ist dieses Gedicht. Form und Inhalt, strenge Schmucklosigkeit und verblüffende Kunstfertigkeit bilden hier eine Einheit: In jedem Vers steht die Schlüsselvokabel: das »Wort«. Es gibt nur zwei Requisiten (Schwert und Schild), beide entstammen einer längst vergangenen Epoche und sind daher geeignet, die Person des Autors zu verfremden. Kargheit und Knappheit sind nicht zu überbieten, dennoch entsteht nicht der Eindruck der Künstlichkeit oder Gedrängtheit. Das Gedicht »Logos« ist ein kleines, vollkommenes Gebilde.

In der englischen Literatur, zumindest seit Shakespeare geschätzt und beliebt, hat das poetische Wortspiel auch bei uns eine beachtliche Tradition: Morgenstern und Karl Kraus hatten eine Schwäche für dieses Spiel, Goethe, Schiller und Heine haben es nicht verpönt, und Fried hat es auf seine Weise virtuos erneuert und aktualisiert. Freilich konnte auch er, wie manche seiner großen Vorgänger, den Kalauer nicht immer vermeiden.

Zusammen mit einigen wunderbaren erotischen Gedichten werden, so will es mir scheinen, nicht wenige der Wortspiele Erich Frieds die Zeit besser überstehen als seine unzähligen politischen Gedichte. Wie auch immer: Wir sollten seiner gedenken, wie er es verdient – mit Nachsicht und mit Respekt.

ERICH FRIED
MACHT DER DICHTUNG

»Dein geniales Gedicht
wird nicht nur sehr nützlich sein
und die Seefahrt sicherer machen
als je bisher
weil es so unüberhörbar
vor Eisbergen warnt
auf scheinbar offener See
sondern es wird
dank der Schönheit deiner Beschreibung
der Eisberge und der Wogen
und des Zusammenstoßes
zwischen der wilden Natur
und ihrem Besieger Mensch
auch dich unsterblich machen!«

Das etwa soll ein Mädchen
zu einem jungen Dichter
gesagt haben
den sie dabei
schwärmerisch ansah
im Schiffssalon
am Tag vor dem Ende der Fahrt
laut Bericht eines Zuhörers
dem die Worte dann nach dem Unglück
nicht aus dem Kopf gingen

auch nicht nach seiner Bergung
aus einem der überfüllten
Rettungsboote

WALTER HINCK
SCHIFFBRUCH DER ILLUSIONEN

Seit der Antike gedeihen die Mythen und Legenden von der Macht der Dichtung. Orpheus sänftigte ein wildes Volk, zog sogar Bäume und Steine in seinen Bann, ja erweichte mit seinem Gesang selbst den Beherrscher der Totenwelt, so daß er Eurydike wieder freigab. In Deutschland hat, in seinem Gedicht »Die Macht des Gesangs«, Schiller die Allmacht der Dichtung am schwungvollsten gefeiert; Vermittler göttlicher Botschaft, Zerstörer der Lüge und Befreier aus irdischen Verhängnissen ist ihm der Gesang, Schlüssel zur Rückkehr in die »Unschuld« der »Jugend« und der »Natur«.

Den Vormärz-Revolutionären des neunzehnten Jahrhunderts wird gar das politische Lied zur Tat: Es hat Macht über Leben oder Tod der Fürsten. Heine allerdings durchschaut das Papierene und die Ventilfunktion solcher Drohung: »Der Knecht singt gern ein Freiheitslied / Des Abends in der Schenke: / Das fördert die Verdauungskraft / Und würzet die Getränke.«

In unserem Jahrhundert begleiten Abstürze des hochgemuten dichterischen Selbstgefühls die Schrecken und den Fall des »Dritten Reichs«. Gegen Zungenfertigkeit hält Paul Celan das Bild von der »nachzustotternden Welt«. Aber wieder erholt sich der Glaube an den Tatcharakter des Worts in den sechziger und siebziger Jahren. »Politische Dichtung« feiert Triumphe in Lektoraten und Redaktionen, in Schulen und Arenen – auch Erich Fried füllt mit seinen Lesungen die Säle. Zumal der Vietnam-Krieg setzt Wort-Feldzüge in Gang. Erich Fried, damals Mitarbeiter der BBC in London, münzt fast jede Nachricht zu einem Gedicht um, wird zu einer Art »rasendem Verworter«. Mit seinem Band »und Vietnam und« (1966) greift er schon den »Ho-Ho-Ho-Chi-Minh«-Rufen der Straßendemonstrationen vor. Um so erstaunlicher sein Text »Macht der Dichtung«.

Geradezu ein Prüfstein für den Rang eines Dichters scheint es zu sein, ob er von seinen optimistischen Höhenflügen zur Erde, zum Realitätssinn zurückfindet. Wolf Biermanns Erkenntnis zeigt resignative Züge: »Mund hat keine Mündung / ... Bleistift verschießt kein Blei.« Und Erich Fried räumt schon in einem längeren Gedicht von 1974 seine »Zweifel an der Sprache« ein. Aber erst ein Jahrfünft vor seinem Tod, in »Macht der Dichtung«, wird der Zweifel zur vollen Nüchternheit. Der Titel zitiert, wie die beiden Strophen rückwirkend offenbaren, den überlieferten Topos ironisch.

Die schwärmerische Rede des Mädchens an den verehrten jungen Dichter beruft sich auf die seit der Antike geläufigen Gedanken vom Nutzen und der Schönheit der Dichtung und von der Unsterblichkeit, die sie dem Dichter verleiht. Sie spielt auch auf die eigenen »Warngedichte« Frieds von 1964 und im übrigen auf den Zusammenstoß der stolzen »Titanic« mit dem Eisberg an. Dem Gedicht wird nachgerühmt, durch eine Warnung vor Eisbergen die See sicherer zu machen.

In der zweiten Strophe, im Bericht eines Zeugen der Schiffbruchkatastrophe, erleiden auch die illusionären Vorstellungen von der Macht der Dichtung ihren Schiffbruch. Geradezu zynisch – der Bericht läßt auf den Tod

des jungen Dichters schließen – antworten Natur und Wirklichkeit auf die überzogenen Erwartungen. Der Autor des Warngedichts selbst fällt der Katastrophe zum Opfer, an deren Verhinderung seine Verse mitwirken sollten.
Nimmt hier ein »politischer« Dichter endgültig von einer Fata Morgana Abschied? Schneidet er gar seiner eigenen früheren Dichtung die Ehre ab? Auf jeden Fall spricht er mit einer selbstkritischen Skepsis, die ihn ehrt.

ERICH FRIED
MIT DEN JAHREN

Mit meiner Erfahrung
wächst
meine Fähigkeit
zu beschreiben
was ich
nicht mehr
beschreiben werde

WERNER FULD
EIN WIDERSPRUCH VOLL HARMONIE

In den Gedichten Erich Frieds führen die Melancholie mit wacher Aggressivität und die Lebenslust in manchmal heller Verzweiflung einen ständigen Kampf, dessen Schauplätze rasch und häufig wechseln. Die Jahrzehnte hindurch ist dabei so etwas wie eine politische Wetterkarte mit zahlreichen poetischen Hochs und nicht gerade wenigen Tiefs zusammengekommen. Der Gewalt der Weltgewitter wird auch der Dichter nicht Herr werden, doch seine widerspenstigen Empfindungen kann Fried zähmen durch den künstlerischen Seitenhieb der Lakonie.

Zwar verfügt Erich Fried nicht nur, wie frühe Gedichte zeigen, über den Kanon der traditionellen Formenvielfalt, sondern mit ihr auch über die ganze Skala der Wortgebärden zwischen Wut und Lust, aber er kommt jetzt meist mit wenigen Tönen aus. Diese Lakonie in Frieds späten Gedichten wirkt stets auf unbestimmte Weise beunruhigend; ihre Wurzel hat sie in der erzwungenen Ruhelosigkeit des politisch Verfolgten, der seit 1938 in London lebt und sich »ohne Vaterland« fühlt als Österreicher in Deutschland, als Deutscher im Exil und als Jude, der die israelische Politik in der Palästinenserfrage scharf kritisiert (»Höre, Israel!«, 1974).

Hier genügt, ein Lebensalter umgreifend, ein einziger und durchaus nicht langer Satz, um aus einer dialektischen Einsicht voller verzweifelter Gelassenheit ein Gedicht entstehen zu lassen. Aber was ist eigentlich der Grundton –

Verzweiflung oder Gelassenheit? Was wird hier vorgetragen – selbstironische Zuversicht, Melancholie, gar Resignation oder doch Lebens- und Arbeitslust? Es beginnt vollmundig und steigert sich selbstbewußt von der ersten zur dritten Zeile: »Mit meiner Erfahrung / wächst / meine Fähigkeit«, aber dann, mit der Zäsur der vierten Zeile: »zu beschreiben«, ist der Gipfel der Selbstherrlichkeit schon überschritten; die restlichen drei Zeilen stürzen hinab in eine trostlose Gewißheit: »was ich / nicht mehr / beschreiben werde«. Eine ganz einfache Form also: zweimal drei Zeilen antithetisch gegenübergestellt und in der Mitte verbunden. Aber zugleich eine höchst komplizierte Angelegenheit, denn beide Gedichthälften halten sich mit der Schwere ihrer Gegensätze in einem subtilen Gleichgewicht: ein Widerspruch voll Harmonie.

Vom Himmel fällt solche Harmonie allerdings nicht; sie ist erlitten. Läse man das Gedicht nur als private Aussage, schiene sein Fazit eher lapidar. Viele Künstler haben im Alter bedauert, ihr Leben lang nur gelernt und geübt zu haben für das endgültige Meisterwerk, das ihnen durch den Tod verwehrt ist. Aber in einem Seufzer »ars longa, vita brevis« ist Frieds Gedicht nicht erschöpft.

Es gehört in den Zusammenhang seiner Warnungen vor dem Atomkrieg. Vierzig Jahre nach der Zündung der ersten Bombe schrieb Fried: »Vierzig Jahre Wanderung durch die Wüste / und die Pilzwolke bei Tag / und die Feuersäule bei Nacht / Wandern / durch die wüster werdende Welt / um uns reif zu machen / zu welchem Los?« Die Auschwitz entgangen sind, die Hiroshima überlebt haben und die aus Vietnam zurückkamen, sie werden im computergesteuerten Atomkrieg keine Chance haben. Auch der Dichter nicht. Aus der Geschichte wächst ihm eine Erfahrung künftiger Leiden zu, die er mangels künftiger Geschichte nicht mehr beschreiben wird.

Ist es also ein Gedicht ohne Hoffnung? Keineswegs, denn für Fried existiert Hoffnung gerade in der Fähigkeit zu verzweifeln, und sein Mut zur Angst äußert sich in Lakonie.

ERICH FRIED
NEUE NATURDICHTUNG

Er weiß daß es eintönig wäre
nur immer Gedichte zu machen
über die Widersprüche dieser Gesellschaft
und daß er lieber über die Tannen am Morgen
schreiben sollte
Daher fällt ihm bald ein Gedicht ein
über den nötigen Themenwechsel und über
seinen Vorsatz
von den Tannen am Morgen zu schreiben

Aber sogar wenn er wirklich früh genug aufsteht
und sich hinausfahren läßt zu den Tannen am Morgen
fällt ihm dann etwas ein zu ihrem Anblick und Duft?
Oder ertappt er sich auf der Fahrt bei dem Einfall:
Wenn wir hinauskommen
sind sie vielleicht schon gefällt
und liegen astlos auf dem zerklüfteten Sandgrund
zwischen Sägemehl Spänen und abgefallenen Nadeln
weil irgendein Spekulant den Boden gekauft hat

Das wäre zwar traurig
doch der Harzgeruch wäre dann stärker
und das Morgenlicht auf den gelben gesägten Stümpfen
wäre dann heller weil keine Baumkrone mehr
der Sonne im Weg stünde. Das
wäre ein neuer Eindruck
selbsterlebt und sicher mehr als genug
für ein Gedicht
das diese Gesellschaft anklagt

KARL OTTO CONRADY
EIN GEDICHT ÜBER DICHTUNG

Neuartig ist die Thematik dieses Gedichtes nicht[1]: Gedanken über Dichten und Dichtung haben Poeten seit alters her auch in Gedichten selbst vorgetragen. Poetologische Verse also. Sie eröffnen die Folge von zehn Gedichten, die Erich Fried in seinem Band »Die Freiheit den Mund aufzumachen« (1972) unter der Überschrift »p^2« zusammengestellt hat. Die Erläuterung liefert er mit: »Friedrich Schlegel schrieb in seinen Notizbüchern ›p‹ für ›Poesie‹, ›p^2‹ für ›Poesie über Poesie‹.«
Haben nicht die meisten von uns an Naturgedichten zum ersten Mal erfahren, was das sei: »lyrische« Dichtung? »Füllest wieder Busch und Tal …«, »Es schienen so golden die Sterne …«, »O flaumenleichte Zeit der dunkeln Frühe …« So sicher haben freilich schon die sogenannten Naturlyriker unseres Jahrhunderts nicht mehr zu schreiben vermocht, kein Oskar Loerke und kein Wilhelm Lehmann, zu schweigen von den Jüngeren nach 1945, Karl Krolow etwa oder Heinz Piontek, und sie haben bereits ihre frühere naturlyrische Phase hinter sich gelassen. Natur kann nicht (mehr) als etwas Zeitloses, Unveränderliches aufgefaßt und solcherart empfindsam verinnerlicht werden. Wer so zu ihr flieht, läuft Gefahr, die Wirklichkeit zu verlieren und an ihr vorbeizuschreiben.
Über Naturdichtung heute nachzudenken und ihre Möglichkeiten zu erproben, bleibt ein aktuelles Thema, auch wenn Brechts bekanntes Wort inzwischen »ein abge-

schabtes Versatzstück in Salonreden« (Werner Weber) geworden ist: »Was sind das für Zeiten, wo/Ein Gespräch über Bäume fast ein Verbrechen ist.«

Frieds Strophen spielen die Überlegungen eines Lyrikers (»Er«) durch und halten vom »wäre« des Anfangs bis zum »wäre« des Resultats die hypothetische Perspektive durch, bedenkenvoll und vielfach gebrochen Naturdichtung selbst versuchend. Nichts von idyllischer Beschaulichkeit, sondern distanziertes Abwägen möglicher Dichtung angesichts »dieser Gesellschaft«. »Er« fingiert den Versuch, sich von gesellschaftskritischen Gedichten abzuwenden. Wer will eigentlich, daß er »lieber über die Tannen am Morgen schreiben sollte«? Welch ironisches Ungefähr! Und die »Tannen am Morgen« (dreimal im Gedicht berufen) sind Zitat: Zeichen für Aufnahme und Weitergabe dichterischer Theorie und Praxis. Brecht schrieb, sich seinerseits an den »armen B. B.« erinnernd, die Verse: »In der Frühe / Sind die Tannen kupfern. / So sah ich sie / Vor einem halben Jahrhundert / Vor zwei Weltkriegen / Mit jungen Augen.« Aber so sind sie nicht mehr zu sehen; Geschichte und Wirklichkeit haben den Blick verändert.

Unserm Lyriker fällt allerlei ein; doch schon das »aber« der zweiten Strophe lenkt zu prekären Einfällen über, und was am Ende ihrer Musterung bleibt, ist nichts als ein Scheitern der erwogenen Abkehr. Denn was er zum Sujet seines Gedichts nehmen möchte, ist vielleicht schon zerstört, und geblieben sind die astlosen Stämme, an denen ein spekulierender Grundbesitzer vom Schlage eines Puntila in Tavastland und nicht nur dort seine klingende Freude haben könnte.

Ohne Klage und Anklage wäre neue Naturdichtung blind, substanzlos, abgestandene gefühlige Spielerei. Dieses re-

flektierende Gedicht zitiert zwar auch gewohnte Wörter aus dem Arsenal der Naturlyrik, aber in der dritten Strophe sind sie in provozierend fremde Zusammenhänge eingelassen, in genauer Entsprechung zur fremd gemachten, zum Profitobjekt verkommenen Natur. Ich weiß, manche werden diese reimlose Lyrik in unregelmäßigen Rhythmen nicht als »echtes« Gedicht akzeptieren. Doch es ist kunstvoll gebaut: mit der Wiederkehr und ironischen Verschränkung von Motiven, mit den kalkulierten Versgrenzen, mit dem dialektischen Fortschreiten von Strophe zu Strophe. Und auch jener auffällige Rhythmus der Leitmotive »diese Gesellschaft« und »Tannen am Morgen« ist kaum zu überhören, der weit mehr als die Hälfte der Versschlüsse markiert. Der Philologe merkt, daß es eine der Schlußfiguren der öffentlichen Rede ist, der *cursus planus*, und gemäß der Lehre der alten Rhetorik wird sie gern zum Zwecke größeren Nachdrucks bemüht.
Das Gedicht trägt, wie alle Dichtung, die Spuren seiner Zeit. Erich Fried, 1921 in Wien geboren, entkam 1938 nach England, und seine Gedichtbände seit »und Vietnam und« (1966) dokumentieren, wie sich sein antifaschistisches Engagement im scharfen Blick auf die beim Namen zu nennenden Inhumanitäten »dieser Gesellschaft« zeitbezogen konkretisierte. Da ist für die bemüht-besorgte, aber verschleiernde Rede vom »Bleibenden« kein Ort. Ich kenne keine provokantere und nachdenklichere Zurückweisung als jene Parodie eines Hölderlin-Wortes, mit der das nächste Gedicht (»Lyrischer Winter«) schließt »Was bleibt geht stiften.«

ERICH FRIED
REDEN

Zu den Menschen
vom Frieden sprechen
und dabei an dich denken
Von der Zukunft sprechen
und dabei an dich denken
Vom Recht auf Leben sprechen
und dabei an dich denken
Von der Angst um Mitmenschen
und dabei an dich denken –
ist das Heuchelei
oder ist das endlich die Wahrheit?

KARL KROLOW
SUCHE NACH DER WAHRHEIT

Wo beginnt das Reden, das Dichten, und wo endet es bei Erich Fried? Man täuscht sich leicht. Man meint, es zu wissen, und man weiß es nicht. Es ist nicht bloße Vielseitigkeit oder die Schnelligkeit, etwas in Worte und literarisch umzusetzen: als Lyriker, Erzähler, Übersetzer. Eben dachte man noch an den Shakespeare-Übersetzer, an den Mann, der uns Dylan Thomas, T.S. Eliot, Sylvia Plath ins Deutsche übertrug, der über die »Freiheit, den Mund aufzumachen«, gedichtet hatte, ein zorniger, ein ganz und gar unbequemer und für manche aufreizender Schreiber, der auf der Suche war und warnte. Warngedichte und Liebesgedichte sind während solcher lebenslangen Suche entstanden. Erich Fried war immer ein Angefochtener, ein zu sehr und meist ein zuwenig Verstandener gewesen, einer, der Mißverständnis um Mißverständnis auf sich gezogen hatte, der gewarnt und vorgewarnt hatte und dabei seinen Unmut ausschüttete in einfach scheinenden Versen, die so einfach und so wichtig waren, daß man sie sich hinter die Ohren schreiben konnte, wenn man hören und vor allem zuhören wollte.
Erich Fried war von Anfang an auf (möglichst viele) Zuhörer angewiesen. Er brauchte sie, um zu sagen, was faul war und wo die Fäulnis steckte, aber auch, was der Liebe wert, was einfach und liebenswert geblieben war. Seine Gedichte können als ständiges Zureden, Hinweisen, Mahnen verstanden werden. Es geht oft um Kopf und Kragen: für

den einen und für die anderen. So ist es bei ihm seit Jahrzehnten. Er will nicht zur Ruhe kommen lassen. In seinem Kopf, im Gefühl sind ständige Unruhe. Die Einfachheit, in der er beides ausdrückt – sein »Reden« –, ist Dringlichkeit, die keine Wiederholung scheut. Es geht schließlich ums Ganze. Fried begnügt sich nicht mit weniger.
Auch im Gedicht »Reden« geht es um dieses Ganze und um den einzelnen, um die andere. »Reden« ist ein Liebesgedicht und ein Gedicht auf der Suche nach der Wahrheit. Es ist jene absolute, illusionär scheinende Wahrheit, illusionär, weil sie von vielem verhindert wird: von Heuchelei, von Egoismus, von Feigheit vor sich selber, von Mutlosigkeit.
Fried hatte immer Mut. Er war manchmal schonungslos. Doch was er in diesem persönlichen Gedicht wollte, wollte er im Grunde jedesmal: »Zu den Menschen / vom Frieden sprechen«, »Vom Recht auf Leben sprechen«, »Von der Angst um Mitmenschen« und endlich auch diesmal von jener Herausforderung, die Wahrheit heißt. Fried suchte stets nach der Herausforderung, und er selbst forderte in Gedicht und Prosa oder Aufsatz heraus: »Reden« ist ein äußerst diskret »privates« Gedicht, und es ist von der ersten bis zur letzten seiner elf Zeilen ein »öffentliches« Gedicht, das die anderen, die Zeitgenossen und Mitmenschen, das Gegenwart und Zukunft meint, Recht und Unrecht, Frieden und Angst und immer wieder – im Kehrreim – das An-dich-Denken. Mehr soll hierüber nicht gesagt werden: es ist alles über die Person gesagt worden, an die hier gedacht wird: über ihre Wichtigkeit und ihre Einbezogenheit in das, was alle angeht oder doch angehen sollte.
Das Gedicht endet in einem Fragesatz. Es läßt die wich-

tige, entscheidende Frage offen: Was ist Wahrheit? So lautete die Pilatus-Frage. ». . . ist das Heuchelei / oder ist das endlich die Wahrheit?« Es geht – wie gesagt – ums Ganze. Auch in diesem Gedicht. Erich Fried ist ein Rigorist. Er ist folgerichtig, noch in einem Text, in dem – in beinahe jeder zweiten Zeile – das Liebesgedicht durchscheint.

MARGARETE HANNSMANN
PFAD IN EFTALU

Sieben Mandeln fand ich am Weg
die erste war taub
die zweite war bitter
mit der dritten zerbiß ich den süßen
Kern des Sommerrests
Salz auf den Lippen
Westwind schüttelt die Feigenbäume
triefend vom Mark der zerplatzenden Früchte
stopfe ich
verklebt und besudelt
alles Leben in mich hinein

WALTER HINDERER
KEIN AUSWEG INS LEBEN

Das Gedicht beginnt wie ein alter Rätselspruch mit einer mystischen Zahl. Sieben Mandeln liegen am Weg, die erste erweist sich als taub, die zweite als bitter. Doch was geschieht mit den anderen? Mit der dritten vollzieht sich im Gedicht ganz plötzlich eine metaphorisch-poetische Verwandlung, die sich nicht auf Anhieb deuten läßt, obwohl die Bilder bei dem äußeren Anlaß bleiben und verständlich scheinen. Der Biß in die süße Mandel wird mit dem »Kern des Sommerrests« in Verbindung gebracht, dann mit dem Geschmack von »Salz auf den Lippen« und schließlich mit dem Mark der Feigen. – Es läßt sich allerdings schnell ein Zusammenhang herstellen zwischen dem Kern der süßen Mandel, dem Kern des Sommerrests und dem »Mark der zerplatzenden Früchte«. Es handelt sich um konkrete Reduktionen, in denen sich das Wesen der Dinge versinnlicht, oder, anders ausgedrückt, das Innere sich nach außen wendet. Das Gedicht, so zeigt sich hier, spricht nicht in Rätseln, sondern strebt eine Enthüllung mit den Mitteln der Poesie an. Der Reiz dieses Textes besteht darin, daß aus der ebenso einfachen wie vollkommenen poetischen Zeichensprache sich Zeile für Zeile ein vielseitiger Bedeutungszusammenhang aufbaut, der die Phantasie des Lesers beschäftigt und nicht mehr losläßt. Es ist im wahrsten Sinne des Wortes ein spannendes Gedicht.
Die abgezählten Mandeln beziehen sich auf die Außenwelt und die hier gemachten Erfahrungen, negative und posi-

tive. Doch auch in der positiven Erfahrung, dem »süßen Kern des Sommerrests«, steckt noch die Erinnerung an die Bitterkeit, nun verschoben und abgemildert zum »Salz auf den Lippen«. Es fällt auf, daß diese Feststellung in der sechsten Zeile gerade die Mitte des Gedichts bildet; sie trennt den Text in zwei Hälften: in der ersten wird das Bild- und Aussagefeld von den Mandeln, in der zweiten von den Feigen bestimmt.

Der, wenn man will, kontemplativere erste Teil schlägt in dem zweiten in einen frenetischen Lebenshunger um: alles Leben wird geradezu zwanghaft dem Inneren einverleibt. Nichtsdestoweniger bleiben die negativen Signale anwesend: es ist der Westwind, der die Feigenbäume schüttelt, es sind außerdem »zerplatzende Früchte«, die »hineingestopft« werden; das lyrische Ich weiß sich selbst »verklebt und besudelt«. Tod und Leben, Ende und Anfang, Herbst und Sommer, Zerstörung und Zeugung kommen aus einer Frucht oder einem Kern. Der Pfad in Eftalu, einem kleinen Ort auf der Insel Lesbos, erweist sich als Lebens- und Todespfad zugleich.

Der Text gehört nicht von ungefähr zu dem Zyklus »Elegie auf Lesbos«, den Margarete Hannsmann in Erinnerung an ihren 1981 verstorbenen Lebensgefährten, den Holzschneider und Graphiker HAP Grieshaber, geschrieben hat. Der Tote ist, wie es in einem anderen Gedicht heißt, in allem, im »Eingeweide der aufgeplatzten / Feigen im Baum« und »im Lila des Herbstes«. Während der Verstorbene in den meisten Gedichten des Zyklus angeredet wird, scheint er in »Pfad in Eftalu« nur indirekt anwesend. Worte wie »Salz« und »Feigen« verweisen deutlich auf frühere Texte der Gedichtgruppe und beziehen von daher ihren Zusammenhang.

Zu Beginn des Zyklus gesteht die Autorin, sie wolle den Toten von Lesbos, der Insel der Sappho und so mancher antiker Lyriker, fernhalten, aber er wird gerade hier, am geheiligten Ort der griechischen Poesie, zum Anlaß der elegischen Klage und der poetischen »Verherrlichung«. Doch Margarete Hannsmann teilt nicht mehr den poetischen Glauben von Schillers »Nänie«, wo eben als »herrlich« gefeiert wird, »auch ein Klaglied zu sein im Mund der Geliebten«.

Der »Pfad in Eftalu« dagegen bietet keinen Ausweg: weder ins Leben noch in die Poesie. Am Schluß bleibt vielmehr unversöhnbar die Trauer zurück, die »Abfallgrube« oder, wie es in der letzten Zeile der Elegie hintersinnig heißt: »Daphnis und Chloe sind nicht verschont.« Das Steben des einen bedroht das Leben des anderen. Da gibt es keinen Widerruf, da hält sich nur der Widerspruch, der das getrennte Dasein unwiderruflich beschwert.

HELMUT HEISSENBÜTTEL

Tage abziehen Ärger zählen exakt funktionieren
interesselos an den Interessen der Interessierten
daß mit dem was erreicht werden kann weniger
erreicht wird als wenn nichts erreicht wird
die Verführung zu immer derselben Sorte von Sätzen
Schlupfwinkel Benjamin Peret und Francis Picabia
stornierte Einfälle
überlebende Gedanken
alles ist anders als seine Hypothese
die Wahrheit ist mein Gedächtnis
ich sammle Passanten die vor sich hin reden
ich bedeute das Fehlen der Gedanken in den
abgefallenen Gesichtern

PETER HÄRTLING
KONZENTRIERTE WÖRTLICHKEIT

Jemand, der schreibt, denkt nach über das, was er schreibt; er schreibt ein Selbstgespräch. Viele Texte Heißenbüttels sind monologisch – und dies in doppeltem Sinne: Nicht nur der Autor, auch der Text redet mit sich selbst. Die Zeilen sammeln sich in einer wissentlichen, fast hochmütigen Einsamkeit. Der Schreibende zieht sich zurück, um die Ausschnitte, die ihm momentan von Bedeutung sind, genauer wahrzunehmen, zu memorieren. Die Wirklichkeit, die für diesen einen Augenblick verlassen oder zurückgewiesen wurde, summiert das Gedicht in den ersten beiden Zeilen, wobei aber schon in der zweiten und besonders in der langen dritten Zeile der Text mit sich zu reden beginnt; das Muster vieler Arbeiten wird hier gleichsam zitiert (oft sind es Muster einer resignativen Logik): »daß mit dem was erreicht werden kann weniger erreicht wird als wenn nichts erreicht wird«, und wird aufgefangen von einer selbstkritischen Wendung: »die Verführung zu immer derselben Sorte von Sätzen.«
Ebendiese Sorte von Sätzen hat Heißenbüttel berühmt gemacht. Sicher prägen sie viele seiner Texte, vor allem die großen Prosapassagen wie »Kalkulation über was alle gewußt haben« oder »Politische Grammatik«, aber sie ließen auch die Ansicht über diesen Autor zum Klischee werden. Heißenbüttel ist in dem Sinne nie ein »Konkreter« gewesen und auch die Etikettierung »Grammatiker« ist zu einengend. Erinnerte man sich noch an Fritz Mauthner und

an dessen »Beiträge zu einer Kritik der Sprache«, wäre es leichter, Heißenbüttel in eine Tradition der Sprachangst und der Sprachgenauigkeit einzuordnen. So blieb er ein Einzelgänger, den mitunter Gruppen für sich beanspruchten.

Halten wir uns an das Gedicht. Nun wird gegen das Abgewiesene und sarkastisch Eingesehene angeredet, nun öffnet sich unverhohlen der private Raum des Monologs: »Schlupfwinkel«. Als Gefährten der Introversion ruft Heißenbüttel, wie so oft, Monomane, Außenseiter auf, die Surrealisten Péret und Picabia.

Dieser Autor ist, das ließe sich nachweisen, selbst in den kühlsten grammatischen Reihungen ein Meister der verdeckten Metapher. Immer mehr ziehen sich die halben oder ganzen Sätze auf den, der spricht, zurück; ein melancholisches Parlando; die Wirklichkeit, die ohnehin unterstellt und dann gar falsch unterstellt ist (»alles ist anders als seine Hypothese«), reduziert sich auf Memoriertes. Ein alter Poetenstolz spricht es aus: »die Wahrheit ist mein Gedächtnis«. Und dort beginnt die Wirklichkeit der Wörter.

Nun bricht in die Abwendung, in den fröstelnden Widerspruch die Metapher ein, fügt sich beinahe zu einem bitteren Chanson »ich sammle Passanten die vor sich hin reden / ich bedeute das Fehlen der Gedanken in den abgefallenen Gesichtern«. Das heißt: Mein Rückzug in das Selbstgespräch hat sich ausgezahlt, weil ich Herr des Monologs bin. Die andern, die Passanten (»Passanten« in ihrer Vieldeutigkeit), die mit sich, doch unwissend, reden, fallen meiner Rede, meinen Gedanken anheim; und zugleich bin ich, weil ich es weiß, Leere in ihren Gesichtern. Ein dialektischer Schluß, der Schritt für Schritt vorbereitet wird.

Dieses Gedicht Heißenbüttels ist mir vertraut. Es ist Bestandteil meiner wörtlichen Erinnerung. Es altert nicht, wenn es auch Geschichte ist und sich, zumindest für mich, mit einer bestimmten Zeit verbindet. Einige der Gedichte Heißenbüttels haben die Wörtlichkeit jener Zeit konzentriert.

KURT MARTI
GROSSER GOTT KLEIN

grosser gott:
uns näher
als haut
oder halsschlagader
kleiner
als herzmuskel
zwerchfell oft:
zu nahe
zu klein –
wozu
dich suchen?

wir:
deine verstecke

WALTER HELMUT FRITZ
FERNE UND NÄHE

Wir: Gottes Verstecke? Theologie und Poesie sind verbunden in einem erstaunlichen Bild. Kurt Marti ist seit über zwanzig Jahren Prediger in Bern. Ein Mißverständnis wäre es, das, was in seinen Strophen zum Vorschein kommt, nur als »Botschaft« zu verstehen oder als Kommentare zu den Evangelien. Seine Verse fügen sich zu Gedicht-Figuren: die in »Bärner Umgangsschprach« ebenso wie seine berühmten Leichenreden, die Etüde ebenso wie das Gebet: »Unser tägliches Brot/gib uns heute/damit wir nicht nur/für Brot uns/abrackern müssen/damit wir nicht/von Brotgebern/erpreßt werden können/aus Brotangst/gefügig werden.«
Ist Gott uns näher als Haut oder Schlagader, und als was ist er uns näher? In einem seiner schönsten Bücher, dem Notizen-Band »Zärtlichkeit und Schmerz«, wehrt sich der Autor dagegen, Gott auf einen Begriff, etwa den der Person, zu bringen. Warum sollte er nicht, so fragt er, Geschehen oder Möglichkeit oder Akt oder Schwingung sein? Martis Wunsch, »daß Gott ein Tätigkeitswort werde«, hängt zusammen mit seiner Überzeugung, daß Theologie »praktisch« sein, im »Diesseits« sich bewähren müsse.
Ist Gott kleiner als Herzmuskel und Zwerchfell? Das Gedicht hat – unausgesprochen – unter anderem zu tun mit der Frage nach der Transzendenz. Marti erwähnt einmal die in der Geschichte des Denkens zuweilen erwogene

Möglichkeit, daß Gott nach der Erschaffung der Welt sich zurückgezogen hat. Aus diesem Rückzug könnte der Gedanke von seiner Jenseitigkeit entstanden sein. Marti stellt nun die für ihn kennzeichnende, mit dem Gedicht eng zusammenhängende Frage: »Wie aber, wenn Gott sich in diesseitige Unauffälligkeit zurückgezogen hätte, ins Inkognito dessen, was nichts gilt, nichts ist, nichts bedeutet im Denken der Philosophen, im Kalkül der Machthaber?« Wenn er sich etwa »Zartheit« als Name und Inkognito gewählt hätte?

»Spekulation«, gewiß. Aber sie führt unmittelbar zu dem Gedicht, das ohne sie kaum verständlich wäre, führt auch zu dem, was Marti die Wiederentdeckung des täglichen Wunders nennt, das Außerordentliche des Selbstverständlichen. Mit anderen Worten: derartige Gedanken bilden das Kraftfeld, in dessen Linien man das Gedicht entstehen sieht.

Ein Poem von klarem Umriß, das mit wenigen einfachen Worten auskommt, nicht assoziativ-schweifend, sondern ruhig-unruhig auf die beiden letzten Zeilen gerichtet. Was dem Text vorausgeht, ist eine Bewegung aus großer Ferne in immer deutlichere Nähe. Die Erfahrung solcher Nähe, solcher »Nachbarschaft« (Nachbar ist, wer nahe mit einem zusammen wohnt) ist die Mitte dieser Verse, die zudem aus der Frage nach dem Unterschied von Größe und Kleinheit, von Ferne und Nähe leben. Gott: zu nahe, als daß man ihn suchen müßte.

Es gibt bei Karl Barth, der für Marti (etwa durch die Vorstellung von der »Menschlichkeit« Gottes) wesentlich geworden ist, die Bemerkung, Gott dürfte »der kleinste Seufzer und das kleinste Lachen des Menschen wichtiger sein als der Dienst der wichtigsten Institutionen, der Bau der großartigsten Apparate«. Ist in Martis Zeilen nicht auch das Echo eines solchen Gedankens zu vernehmen?

CLAUDE VIGÉE
WINTERWEIDEN

Hinter versteinertem Bach
Die starren Winterweiden.

Das Warten ohne Welt, das wir erleiden,
ist das noch wirklich Leben?
Wollen wir lebend das Leben meiden?

O tote Welt der Freuden
Nach der wir trostlos streben …
Hier wird uns nicht einmal der Tod
zum Scheiden.

Versteinerte Augen starr
Hinter den Winterscheiben.

CHRISTA MELCHINGER
GEDICHT IN FREMDER SPRACHE

Vigée – den Namen hat sich der Dichter selbst gegeben, dem Klang von *j'ai vie* (ich habe Leben) folgend. Leben haben ist für einen Mann, der 1921 mit dem Namen »Strauss« geboren ist, keine Selbstverständlichkeit. Ist er gar noch als elsässischer Jude zur Welt gekommen, so wird dieser Name zum Programm: »Ich bin elsässischer Jude, also doppelt Jude und doppelt Elsässer« – der Trotz, mit dem sich Vigée seinen Namen gibt, zeigt, daß er aus dieser doppelten Last doppelte Kraft geschöpft hat.
1940 mußte er aus dem Elsaß, 1942 aus Frankreich fliehen. Er lebte achtzehn Jahre lang als Emigrant in den Vereinigten Staaten. In diesen einsamen Jahren entstand das Gedicht »Winterweiden«. Es ist ebenso ein Bild für die Situation des Exils wie für das, was ihn dorthin gebracht hat.
Vigée hat sehr deutlich sein Leiden an Amerika, an der langen Emigrationszeit, ausgesprochen. In den Jahren, die er dort verbrachte, konnte er nie vergessen, daß dieses Land für ihn keine freie Wahl bedeutet hatte: »Die Wahl war zwischen Amerika und dem Konzentrationslager, dem Tod, und in diesem Sinn war es die Rettung. Ich habe mich aber in diesen langen Jahren, die ich in Amerika verbrachte, nie an das Leben dort gewöhnt, wirklich nicht. Äußerlich schon, ich war ja noch jung; englisch zu lernen, das war gar nichts, und im akademischen Leben sich durchzusetzen, das war sehr interessant: aber innerlich

habe ich mich nie an die amerikanische Landschaft angepaßt.«
So ist auch die Landschaft des Gedichts keine amerikanische. Der Bach und die Weiden weisen auf die elsässische Heimat. Aber der Bach ist versteinert, und die Bäume sind starr. Es ist Winter.
Eines der Bücher, in denen Vigée seine Erfahrungen in Amerika niedergelegt hat, heißt »La Lune d'Hiver« (Wintermond), und den Mond im Winter, in der Kälte, hat er als eine Chiffre des Exils bekannt: »...diese winterliche Landschaft, in der man die Zeit mit Warten und in der Langeweile verbringt.«
In kaum einem anderen Exilgedicht lebt für mich so wie in diesem die grausame Erfahrung des aus der Heimat Vertriebenen: Lebensrettung ist nicht in jedem Fall die Alternative zu Todesgefahr. Leben und Tod sind für einen Emigranten wie Claude Vigée kein Gegensatz mehr, der die Welt erklärt.
Ich sehe den noch jungen Literaten aus dem oberelsässischen Städtchen, der, den Nazis entkommen, junge amerikanische Offizierskandidaten in französischer Sprache unterrichtet und sich fragt, was er eigentlich tut an diesem Ort. Überleben, ja gewiß. Aber die Gefahr ist da, in der »Leere und Richtungslosigkeit« des bloßen Überlebens das Leben zu verlieren, »lebend das Leben meiden«.
Claude Vigée hat uns wissen lassen, wie ihm die Rettung aus dieser hoffnungslosen Lage gelungen ist: es geschah so, wie es sich für einen Dichter gehört, mittels der Sprache. Vigée hat schon in früher Jugend Gedichte geschrieben, vorwiegend französische. Jetzt, abgeschnitten von seinen Ursprüngen, wird er auf die Sprache seiner Kindheit und Jugend, seine eigentliche Muttersprache, den

elsässischen Dialekt, zurückgeworfen. Das große elsässische Requiem »Schwàrzi segessle flàkkere em wénd« (Schwarze Brennesseln flackern im Wind) ist eine Frucht dieser Jahre.
Das Gedicht »Winterweiden« stammt auch aus dieser Zeit. Es ist das einzige hochdeutsche Gedicht im Werk des Elsässers. Er hat das Hochdeutsche immer als eine Fremdsprache empfunden und hat es nur gelegentlich, zitatweise, innerhalb eines französischen Textes benutzt. Nun ist es die Sprache seiner Todfeinde geworden. Gut für ein Gedicht, aus dem die ganze Verzweiflung und Hoffnungslosigkeit des Entwurzelten spricht.

ERIKA BURKART
FLOCKE UM FLOCKE

EINE
Flocke,
hexagonal,
der sechste Sinn freut sich
am Signum eines Gesetzes,
das über unser Auge Bescheid weiß:
wir lieben es, einen Stern zu sehn.

Fünf Sterne. Elf.
Siebzehn mit ihrer Zahl
identische Flocken.

Mit geschlossenen Augen
zählen wir weiter.
Flimmerpunkte, pulsierendes Dunkel,
bis uns die Un-Zahl hinabschlingt.

Flocke zu Flocke auf Flocke.
Unterm Schnee dieser Nacht
der Schnee der Kindheit.
Im Schlaf gräbst du dich durch.

Wirklichkeit Schnee,
wenn du erwachst.
Abstrakte Fülle. Du tauchst.

Durch weiße Wimpern siehst du
die Wasserzeichen
in deinen Jahren.

HERMANN BURGER
SPUREN IM SCHNEE

Erika Burkart, Jahrgang 1922, ist in der Schweiz eine bekannte Lyrikerin. Seit über dreißig Jahren publiziert sie mit stiller und zäher Beharrlichkeit ihre Gedichtbände, zuletzt »Sternbild des Kindes« (1984). Zurückgezogen lebt sie in der einstigen Sommerresidenz der Äbte des Klosters Muri im Kanton Aargau.
Man spricht deshalb gerne von Naturlyrik und sieht sie in der Tradition Annette von Droste-Hülshoffs. Näher scheint mir die Hieroglyphik eines Günter Eich zu liegen, denn Erika Burkart ist, wie das Gedicht »Flocke um Flocke« aus dem Band »Die Transparenz der Scherben« von 1973 zeigt, weit davon entfernt, in pseudomystischer Schwärmerei die Natur zu verherrlichen.
Zwar ist es ein Wintergedicht und somit nicht zuletzt ein Stimmungsbild, aber es spricht auch vom »sechsten Sinn« des Poeten, der das Übersinnliche wahrnimmt. Die Lyrik dieser Autorin ist erfüllt vom Zauber der Elementargeister, Kobolde sind ihr ebenso vertraut wie die Geister der Bäume und Fluren. »Elfen«, sagt Erika Burkart einmal, »sind Energien der Seele.« Wie Merlin ist sie eingeweiht in die Geheimnisse der Natur, vermag sie die Nebelschemen und die Verzierungen des Rauhreifs zu lesen.
Der Mystiker Jakob Böhme sagt: »Ein jedes Ding hat seinen Mund zur Offenbarung.« Wilhelm Lehmanns berühmtes Gedicht »Signatur« sieht in den Tierspuren die Geheimschrift der Kreatur. Wenn sie der Dichter zu ent-

ziffern weiß, braucht er nicht mehr besorgt zu sein um den »Sinn« seines Daseins. Hier knüpft Erika Burkart an, doch sie kehrt Goethes »Wär nicht das Auge sonnenhaft, / die Sonne könnt es nie erblicken« um: weil im Buch der Natur auch der Schlüssel zu unseren Sinnesorganen liegt, können wir, selbst mit geschlossenen Augen, die Ideogramme erkennen. Da wir von der hexagonalen Flocke »verstanden« werden, lieben wir die Sterne. Nicht umsonst ist das Wort »EINE« in Großbuchstaben gesetzt: das einzelne steht für das Ganze, der Mikrokosmos für den Makrokosmos.

Doch dann flimmert das mathematisch Umgrenzte, wird zur »Un-Zahl« und schlingt uns hinab. Unter der weißen Decke liegt der Altschnee der Kindheit, im Schlaf, im Traum gräbt man sich durch bis zu den tiefsten Schichten. Kindheit und Märchen sind bei Erika Burkart oft Synonyme, erwachsen werden heißt in die Verbannung gehen. Der Träumende ist seinem Ursprung näher, doch im Erwachen wird er mit der »abstrakten Fülle« konfrontiert.

»Abstrakt« will sagen: vom Sinnlichen abgezogen. Indem das Ich »taucht«, wird es zu einer Art Schneenixe, worauf die weißen Wimpern deuten. Man denke an Ingeborg Bachmanns Gedicht »Nebelland«, an die Verwandlung der Geliebten in eine winterliche Dryade. Erst wenn sich das Ich mit dem Element vermischt hat, entschlüsselt es die eigene Signatur, die »Wasserzeichen« in den Jahren.

Nun heißt »signum« nicht nur Merkmal, Zeichen, sondern auch Bildnis, Figur. So wäre denn der von der Flocke Inspirierte auch fähig, die abstrakte Fülle umzusetzen. Spuren im Schnee, eine alte Metapher für das poetische Wort. Lauschen, sagt Erika Burkart im Poem »Dazwischen«, sei ein Gespräch mit dem Schweigen, Gedichte seien »Grade des Schweigens«. Bei Paul Celan (»Mit wechselndem Schlüssel«) treibt das Wort im »Schnee des Verschwiegenen«.

»Flocke um Flocke« spricht vom Erkanntwerden und Erkennen, vom Lesen und Erzeugen der Schrift. Unverwechselbar eigen aber ist Erika Burkart der »sechste« Sinn für das Kleine und Kleinste, ihre Fähigkeit, die Natur so zu erleben und zu verwandeln, als sähe sie alles zum ersten Mal. Von einem Mann, der irgendwo im Gelände steht, sagt sie in »Homo faber«, ist alles zu erwarten: daß er eine Siedlung planen, eine Schnellstraße legen, einen Bach zubetonieren will. »Gesetzt«, fragt die Dichterin mit einem Funken Hoffnung uns Technokraten, »er schaute sich einfach ein Gras an?«

WALTER HÖLLERER
EIN BOOT IST IMMER VERSTECKT

Ein Boot ist immer versteckt an Ufern.
Bist du nicht hastig,
Stehst du vor ihm. Die Ruder
Liegen unweit.

Manchmal, dicht am Torschrei
Von Fußballplätzen
Oder an Mauern, wo die
Abwässer tropfen,
Braune schillernde Haut den
Spiegel zudeckt:
Glänzen die Boote.

Unredlichkeit der Worte
Begleitet nicht.
Sag ohne scheelen Blick dich selber.
Leicht wird der Ruderschlag.
Dankbarer bist du.

Immer auf Fahrt gestellt und
Unbesorgt um das viele
Nützliche in den zurückge-
Lassenen Hütten!

WALTER HINCK
DIE LEICHTESTE WEISE DER EXISTENZ

Schiff, Kahn, Boot – unzählbar sind die Beispiele für den Gebrauch dieser Bilder und Metaphern in der Weltliteratur. Zumindest an zwei deutsche Gedichte mag sich der Leser von Höllerers Versen erinnern: an Goethes »Auf dem See« und Conrad Ferdinand Meyers »Im Spätboot«. Beidemal ist mit der Abfahrt vom Ufer eine entscheidende Trennung vollzogen. Auch wenn man die autobiographische Anspielung in Goethes Gedicht (aus dem Tagebuch der Schweizerreise von 1775) nicht kennt und nicht weiß, daß Goethe von Lili Schönemann Abstand zu gewinnen suchte, wird das Motiv von Neugeburt und Aufbruch deutlich. In C. F. Meyers Gedicht geht umgekehrt die Fahrt in eine Stille, in der »Schmerz und Lust« ersterben, so daß der Steuermann des Spätboots die Züge des Totenschiffers Charon annimmt.
Höllerers Gedicht hält sich an das Leben, insofern steht es dem Goetheschen näher. Aber das Boot ist hier noch nicht wie dort (»Die Welle wieget unsern Kahn«) unterwegs; es ist nicht einmal ohne weiteres verfügbar, man muß erst auf es stoßen. Für den Gehetzten bleibt es versteckt. Nur der Gesammelte entdeckt es.
Er kann es auch finden, wo ihn der Massenschrei aus den Sportarenen oder der üble Geruch und der widerliche Anblick einer tristen Umwelt bedrängen. Ja, gerade hier »glänzen die Boote«, hier laden sie ein. – In der zweiten

Strophe ist »Boot« schon eindeutig zum uneigentlichen Bild, zur Metapher geworden.

Die dritte Strophe setzt voraus, daß das Boot bestiegen ist, daß es abgelegt hat. Mit welchen Motiven nun entfaltet sich die Metapher der Bootsfahrt? Die Verneinung von »Unredlichkeit« und »scheelem Blick« trägt dem Fahrenden Aufrichtigkeit auf, auch gegen sich selber. Selbstsein und Selbstausdruck verschaffen Entlastung (immer verhilft die Bootsfahrt zu besonderer Leichtigkeit des Zustands, auch in den Gedichten von Goethe und C. F. Meyer). Dankbarkeit ist hier vor allem als erweiterte Aufnahmefähigkeit und Empfänglichkeit zu verstehen, als die gesteigerte Offenheit dessen, der sich selber hat.

Die Sinnmöglichkeiten der Bootsfahrt-Metapher bestimmen sich aus der Opposition zum »Nützlichen«, das zurückgelassen wird und kein Gegenstand der Sorge mehr ist: weder daß es vermißt noch daß um seine Sicherheit gebangt würde. Die »Hütte«, den Ort des Schutzes, aber auch der Enge, verlassen haben, dem Zwang des Pragmatischen entronnen und von Sorge befreit sein, dem Unbekannten sich öffnen (immer auf Fahrt gestellt, nicht zielfixiert sein) – solche Daseinsweise kann sich auf mehrfache Art verwirklichen. Etwa im Spiel, im Abenteuer, in der Meditation. Oder in der Kunst, worin »die leichteste Weise der Existenz ist« (Brecht).

Unvergessen bleibt: nur dem Gesammelten wird sie zuteil. Aber zu solcher Weise der Existenz kann dann auch gehören: ein Gedicht schreiben – eines lesen.

GEORG KREISLER
FRÜHLINGSMÄRCHEN

Spielt ein Neger auf der Flöte Palestrina,
am Girardiplatz, im Winter, wenn es schneit,
ja, dann teilen sich die Wolken über China
und in Moskau spricht die jüngste Ballerina:
»Es ist Frühlingszeit!«

Dreht ein Mädchen namens Mia sich gen Mekka,
und der Wind zerreißt das Band auf ihrem Hut,
ja, dann wird man in Skutari plötzlich kecker
und in Sofia beginnt ein Streik der Bäcker.
Dann ist alles gut.

Flötenunterricht kann nicht viel kosten.
Und Palestrina sollte jedermann studieren.
Und die Mia dreh ich selber gegen Osten.
Nur muß man das genau synchronisieren.

Denn dann teilen sich die Wolken über China,
und am Balkan ruft man froh »Es ist soweit!«
Und in Moskau spricht die jüngste Ballerina:
»Es ist Frühlingszeit!«

HEINZ POLITZER
POLITISCH LIED IN LIEBLICHER TONART

Schauplatz: die Marietta-Bar in einer Seitengasse des Wiener Graben. Zeit: 1958. Handlung: Georg Kreisler singt Lieder und begleitet sich selbst dazu. Die Texte der Songs stammen von ihm, auch die Musik hat er komponiert. Unter den Stücken befinden sich solche Unvergeßlichkeiten wie »Das Mädchen mit den drei blauen Augen« oder »Unheilbar gesund«.

Mir ist von allem Anfang das »Frühlingsmärchen« am liebsten gewesen. Zunächst glaubte ich, es sei die Melodie, dieses Gemisch aus Leierkasten und Schubert (der selber nicht immer frei von Leierkasten ist). Haarscharf an der Grenze zwischen Dur und Moll, weht durch sie der Wind der Jahreszeit: Erwartung, und zugleich deren Parodie. Leise zieht durch mein Gemüt ... (Heines Parodie steckte in den konsequent unreinen Reimen.)

Die Worte habe ich erst viel später verstanden. Zu Beginn faszinierte mich ihr handfester Surrealismus, etwa aus der Schule Jacques Préverts: der Neger zum Beispiel, der auf der Flöte Palestrina spielt. Daß er dies »am Girardiplatz« tut statt »auf ihm«, siedelt den schwarzen Flötenbläser ebenso in Wien an wie der Platz, der nach einem Volksschauspieler benannt ist. Girardi hat in der Erinnerung des älteren Wieners einen märchenhaften Klang, und ein Märchen ist das ganze Gedicht ja auch, so will es sein Titel.

Es hat aber auch etwas von einem Rätsel. Den Schlüssel zu diesem Rätsel hat das Mädchen Mia in Händen, das sich

nicht nur aus Gründen der Alliteration gen Mekka dreht. Alle die surrealistisch willkürlichen Länder und Städte liegen mehr oder minder im Osten des winterlichen Girardiplatzes: Moskau und China, Skutari und Sofia. Daß man nun in Albanien freier atmet und in Bulgarien das Recht zu streiken in Anspruch nimmt, daß über China die Sonne durchs Gewölk bricht und in Rußland eine kleine Koryphäe ihrer Sehnsucht nicht etwa durch stumme Tanzgebärden, sondern in klaren Worten Ausdruck verleiht, all das klang, als ich das Lied zum erstenmal hörte, noch nicht nach einer politischen Utopie.
Inzwischen ist der »Prager Frühling« gekommen und vergangen. Wenn ich das Rätsel des Gedichts recht aufzulösen vermag, dann gilt es, dem Tauwetter, und zwar in ebenjenem Sinn von »Sozialismus mit einem menschlichen Antlitz«, den Alexander Dubček ihm gegeben hat. Weder der Titel noch die Musik glauben an diese Lösung zur Gänze. Aber der Glauben macht Fortschritte. So unwahrscheinlich es ist, daß ein Neger am Girardiplatz flötet, so möglich ist es schon, daß Mia sich gen Mekka wendet. Das »ja« der dritten Zeile klingt in der zweiten Strophe zuversichtlicher als in der ersten und wird in der dritten (die nur im Druckbild, nicht aber kompositorisch aus zwei Teilen besteht) durch ein schlüssiges »denn« ersetzt.
Waren die beiden ersten Strophen an Bedingungen geknüpft, so konstatiert die letzte reine und einfache Tatsachen: Flötenunterricht kostet kein Vermögen, Palestrina gehört zur Allgemeinbildung, und der Autor macht sich anheischig, in einer Art von Privataktion seine Mia selbst umzudrehen. »Nur muß man das genau synchronisieren.« Das »man« bleibt unbestimmt. Ist vom Schicksal die Rede? Von der Politik? Von Geschichte gar? Von einem

selber? Wir wissen es nicht, wir sind ja im Märchen, wenn auch in einem vorwärtsgewandten.
Der »Prager Frühling« war offenbar nicht »genau synchronisiert« gewesen. Aber noch ist Hoffnung. Irgendwann wird schon in Moskau eine Ballerina aus der Rolle fallen, an die Rampe treten und mit klingenden Worten den Frühling ankündigen. Nicht umsonst ist sie die Jüngste: sie gehört der Zukunft, die ihr gehört.
Und dann fällt auch am Girardiplatz kein Schnee mehr.

ALEXANDER XAVER GWERDER
ICH GEH UNTER LAUTER SCHATTEN

Was ist denn das für eine Zeit –?
Die Wälder sind voll von Traumgetier.
Wenn ich nur wüßte, wer immer so schreit.
Weiß nicht einmal, ob es regnet oder schneit,
ob du erfrierst auf dem Weg zu mir –

Die Wälder sind voll von Traumgetier.
Ich geh unter lauter Schatten –
Es sind Netze gespannt von dir zu mir,
und was sich drin fängt, ist nicht von hier,
ist, was wir längst vergessen hatten.

Wenn ich nur wüßte, wer immer so schreit –
Ich sucht ihm ein wenig zu geben
von jenem stillen Trunk zu zweit;
voll Taumel und voll von Seligkeit
würd ich den Becher ihm heben –

Weiß nicht einmal, ob es schneit oder regnet...
Sah die Sterne nicht mehr, seit ich dich verließ;
kenn den Weg nicht mehr, den du mir gesegnet,
und zweifle sogar, ob du mir begegnet –
Wer war denn das, der mich gehen hieß?

Aber, du findest doch her zu mir –?
Sieh, es wird Zeit, daß ich ende.

Die Wälder sind voll von Traumgetier,
und ich darunter bin nicht von hier...
Ich gäb alles, wenn ich dich fände!

PETER VON MATT
NAH AM TÖDLICHEN RAND

Ein Jahr nach seinem Tod kam Ingeborg Bachmanns erster Gedichtband heraus. Der Tod war freiwillig. Der ihn sich zufügte, 1952, stand in seinem dreißigsten Jahr. Wenn man seine Gedichte heute liest, kommt es einem vor, als kündigten sie die Strophen der Österreicherin an: verwandt ist die Bildlichkeit, verwandt die Freiheit im Setzen der Metaphern, verwandt die langsam wachsende Verzweiflung. »Zieh Wälder groß«, heißt es bei Ingeborg Bachmann, »daß mein Mund ganz im Schatten liegt.« Die Wälder sind bei ihr der Ort außerhalb, an dem für kurze Zeit, für jene »gestundete Zeit«, von der ihr erster Gedichtband spricht, das urtümlich tönende Reden möglich ist.

Ähnlich erscheinen die Wälder bei Alexander Xaver Gwerder. Auch bei ihm sind sie ganz zeichenhaft. Teil einer inneren Landschaft. Nur liegen sie näher am tödlichen Rand. Solche letzten Laute, solche blinkenden Gespinste der Einsamkeit, in die niemand mehr eindringt, aus denen nur noch die paar Töne kommen, finden sich bei Ingeborg Bachmann erst in der Zeit des »Todesarten«-Projekts. Dort könnte auch der Satz stehen, der dieses Gedicht hier so unheimlich macht: »Wenn ich nur wüßte, wer immer so schreit.«

Die Zeile eröffnet den Zugang zum Ganzen. Kein anderer schreit, als der das Schreien hört und sich fragt, woher es stamme. Das erinnert an die Geschichte vom wahnsinnigen Bauernburschen im »Werther«, der nie so ruhig und gelassen bei sich selber war wie zur Zeit, als er – für die andern – tobsüchtig im Asyl lag. Oder es erinnert an das Verhältnis von Ich und Malina in Ingeborg Bachmanns Roman, die auch zusammen nur eine Person sind, zusammen eine Person wären, wenn sie nicht immer weiter auseinanderglitten.

In dem Gedicht, einem der letzten des Autors, überlagern sich seelische und mythische Unterwelt. Vergils schwarze, von den Schatten bewohnte Wälder am Acheron und das Unbewußte im Sinn der modernen Psychologie, wo sich fängt, »was wir längst vergessen hatten«, stiften gleicherweise die Bildlichkeit der Verse. Nur entwächst diese rasch der Eindeutigkeit jener Vorstellungen und damit aller logisch schlüssigen Deutung. Das zeigt sich, wenn man die Liebesklage verfolgt, die durch das Ganze geht. Wer sucht hier wen? Hat wen verloren? Ist auf welchem Weg? Es ist nicht auszumachen. Alles bewegt sich und bleibt am Ort. Man geht und regt sich nicht vom Fleck. Das ist die Natur der Unterwelt. Oder: die Natur der Welt in den Augen der Verzweiflung. Deshalb die Wiederholungen. Sie zeigen, daß nichts sich verändert. Sie machen das Gedicht leicht, zu einem Rondo fast, und gefährlich suggestiv. Gwerder lebte in Zürich. Nach seinem Tod wurde er für eine ganze Generation von Schweizer Autoren zur Symbolfigur. Das schönste Denkmal setzte ihm Karl Krolow mit den »Elegien auf den Tod eines jungen Dichters«.

EVA ZELLER
DAS KIND
IN DEM ICH STAK

Das Kind in dem ich stak
es reicht mir bis zur Hüfte
nimmt überhand wächst mir
ans Herz und übern Kopf
füllt ganz und gar den
Horizont großäugig
angestrahlt von warmen Kerzen
beugt es die größere Ikone
sich über mich spiegelt
mir Bläue himmlische ins
Aug zurück ich möchte mich
auf Zehenspitzen stellen
und wäre doch zu klein
um es zu küssen

EGON SCHWARZ
ERINNERUNG, NICHT RÜCKKEHR

Der Titel ist deutlich genug. Ohne Umschweife nennt er die Pole der dichterischen Aussage, die ungleichen Partner, die nicht-identische Identität des heute lebenden Erwachsenen mit dem einstigen, längst in ihn eingegangenen Kind. Danach wird es schwieriger. Aber nur so lange, als man es sich aus Pietät vor dem Sprachgebilde aus einem Guß versagt, die Beistriche einzufügen, die das Stück, wäre es Prosa, gliedern würden. Auch so kann man natürlich die Bilder, die Rhythmen auf sich wirken lassen und ist belohnt genug. Begnügt man sich aber nicht mit dem Verständnis des »Herzens« wie die Persona des Gedichts, sondern will auch den »Kopf« engagieren, dann empfiehlt es sich, das imaginäre Gerüst der Syntax, das dem Bau aufgeholfen haben mag, wiederherzustellen. Man setzt also ein Komma nach Horizont, großäugig, Kerzen, es, Ikone, sich und so weiter – und die Schuppen fallen einem von den Augen. Das Geheimnis löst sich auf, das »es« des Kindes, »die größere Ikone« und das »sich« entpuppen sich als Identitäten, grammatikalisch gesprochen als Appositionen.

Das Gedicht zeigt (wie manche Gedichte Rilkes – auch das Bild des Kindes, das dem Erwachsenen nur bis zur Hüfte reicht, erinnert an die dem Engel bis zum Knie reichende Geliebte der Siebenten Elegie) einen »Umschlag«, einen radikalen Wechsel der Perspektive. Die ursprüngliche Kräfterelation wandelt sich, sobald man die konventio-

nelle Sicht, in der Kinder den Erwachsenen unterlegen sind, mit der inneren Sicht vertauscht.
Zuerst ist das Kind tief unter dem Erwachsenen, zum Schluß erreicht dieser es nicht einmal, wenn er sich auf die Zehenspitzen stellt. Erst dieser die alltäglichen Maßstäbe umwerfende Blick zeigt die wahren Größenverhältnisse, vermittelt die Erkenntnis, daß er, der auf seine Leistungen in der Welt so stolze »Große«, Unwiederbringliches verloren hat: die Totalität des Schauens (ganz und gar den Horizont), die Unschuld des Staunens (großäugig), die Intensität des Gemüts (die warmen Kerzen) und die Fähigkeit zur utopischen Projektion (himmlische Bläue). Rührend ist das »zurück«, das gleichzeitig anzeigt, daß doch nicht alles verloren ist.
Dennoch sind die Verluste so schwerwiegend, daß sie durch religiöse oder religiös gefärbte Vokabeln markiert werden. »Ein Kind sei euch heiliger als die Gegenwart«, hat Jean Paul gesagt, und dergleichen muß auch der Dichterin vorgeschwebt haben, als sie das in ihr versunkene Kind zur »größeren Ikone« steigerte. Wird hier eine plötzliche Einsicht gestaltet? Ein immerwährender Prozeß? Das Altern, das einen das Akzidentelle abstreifen und zu den Ursprüngen zurückkehren lehrt? Oder das Gesetz der Poesie, die immer von neuem aus der kindlichen Anschauung schöpfen muß? Beim zweiten Lesen macht noch ein Wort stocken, über das man das erste Mal hinweggelesen hat, weil es zur infantilen Bilderwelt der Frömmigkeit und Zärtlichkeit so vorzüglich paßt: küssen. Wer will denn hier eigentlich küssen und kann nicht? Der Erwachsene. Und wen? Sich selbst, das Kind, das er einmal war. Ist das Vernarrtheit in sich selbst, Narzißmus der Kunst? So könnte man es auslegen, aber es muß nicht da-

bei bleiben. Es gibt vielerlei Küsse, Küsse der Verliebtheit, ja, doch auch solche der Begrüßung, des Abschieds, der Freundschaft, sogar des Verrats, den Kuß der Muse. Sagen wir, es sei der Kuß der Dankbarkeit, der trauernden, aber dankbaren Unerreichbarkeit, die weiß, daß man sich erinnern, aber nicht zurückkehren kann. Ein schönes, zu vielem Nachempfinden einladendes, ein durch und durch romantisches Gedicht, romantisch wie alles, was das Frühere dem Späteren, das Verlorene dem Erreichten, die Möglichkeit der Wirklichkeit vorzieht.

EVA ZELLER
ZU GUTER LETZT

Such dir beizeiten ein Bild
das dein letztes sein soll
unseren fliederumzogenen
Garten zum Beispiel die
große grüne Blüte von der
du sagtest sie könne auch
eine getarnte Gottesanbeterin
sein den Briefkasten in dem
die Amsel nistete oder das
Mühlrad vorm Fenster wenn
der Frost es angehalten hat
und die hängenden Eisspeere
den Bach durchbohrten was du
gesehen hast hast du gesehen

Such dir beizeiten ein Bild
das die Unschuld der Augen
wiederherstellen könnte
sonst ist das letzte der
Triangel der vom Bettgalgen
hängt der Kolben in einer
Spritze der blaue Vorhang
rechts und links vom Fenster-
kreuz die Hand der Nacht-
schwester mit dem Schwamm
für die trockenen Lippen

Such dir beizeiten, woran
du dich halten willst sonst
erscheint dir zum Bilde
zu guter Letzt der
verspottete Leib
dem deine Zweifel
mit einem Speer
die Seite geöffnet haben

GERHARD SCHULZ
GLAUBEN UND WISSEN

Sorge um das, was nachher kommt, ist seit alters her Angelegenheit der Religionen. Der Glaube an ihre seelsorgende Metaphysik ließ allerdings im gleichen Maße nach, wie derjenige an die Macht der Wissenschaft an Boden gewann. Literatur, einst aus dem kultischen Gebrauch der Religionen hervorgegangen, muß sich zwischen Glauben und Wissen mit Unterhaltung und dem Schönen begnügen, womit man das Gemüt schmückt wie das Zimmer mit ansprechenden Bildern.
Solch innerer Bilderschmuck ist ausdrücklicher Gegenstand dieses Gedichts. Empfohlen wird als Bildquelle die Natur, und zwar eine idyllische Natur in vorindustrieller Welt: Garten und Mühlrad sind die Zeichen dafür, ganz als lebte man in den Zeiten von Eichendorffs Taugenichts.
Aber ein drohendes »Sonst« stellt dieser Idyllik die kalte Krankenhausatmosphäre der modernen Wissenschaft entgegen. Es ließe sich wohl eine ganze Anthologie zur Poesie der Blicke zusammenbringen. Der alternde Goethe wäre darin vertreten, der mit der fernen Geliebten den Mond als Begegnungsort der Augen verabredete. Auch Nelly Sachs' »Gebet für den toten« – den ermordeten – »Bräutigam« gehörte dazu: »Wenn ich nur wüßte, / Worauf dein letzter Blick ruhte.« Liebe liegt in dieser Frage und ein imaginärer Dialog zwischen der Lebenden und dem Toten. In Eva Zellers Gedicht hingegen gibt es nur einzelne; eine Rat-

geberin, Mentorin spricht aus Erfahrung zu einem Du, das jedermann ist. Den letzten Schritt muß man in der Tat allein tun.

Wer von letzten Blicken und mithin auch von letzten Dingen redet, macht sich zugleich Gedanken über etwas, wovon man nichts weiß. Religion und Metaphysik erheben ihr Haupt und treten der Physiologie gegenüber wie die beiden Sphären dieses Gedichts. Die Verweise sind unübersehbar, angefangen mit der »Gottesanbeterin«, einer großen grünen Heuschrecke, die ihre Präsenz hier wohl eher ihrem Namen als ihrer Gattung verdankt. Wir lesen ferner vom »Bettgalgen« – für die Schächer? –, vom tränkenden Schwamm für den Patienten und, in den »Eisspeeren« präfiguriert, vom Speere, mit dem die Kriegsknechte dem Großen Toten einst die Seite öffneten, so daß alsbald Blut und Wasser herausging, wie das Johannesevangelium erzählt. Eine säkulare Passion unter den Händen moderner Medizin? Oder vielmehr Gotteslästerung?

Transzendenz ist nur im Glauben zu erreichen, nicht im Wissen. Vom Zweifel wird am Ende dieser Verse gesprochen, was in deren Zusammenhang auf eine unsichere Mitte zwischen Glauben und Unglauben deutet. Aber das gerade ist der Ort, den sich Literatur angeeignet hat, seit sie sich aus den Diensten der Religion in die Pflege des Schönen, des Ästhetischen entließ. Es ist das Schöne, das die »Unschuld der Augen« wiederherstellt, die ihnen durch die wissenschaftliche Erkenntnis samt der ihr anhaftenden Überzeugung von menschlicher Allmacht verlorenging – nicht mehr, aber auch nicht weniger.

Das idyllische Angebot der Autorin ist ein privater Vorschlag, den jeder nach seiner Fasson austauschen mag. Daß man sich auf dem Weg in das unentdeckte Land, von des Bezirk kein Wandrer wiederkehrt, wie Hamlet meint, mit einem Blick voll Schönem ausrüstet, ist als geistliche Empfehlung ungenügend und als prosaisch-rationale haltlos oder wohl gar banal. Allein im Gedicht läßt sich dergleichen, aufmerksam machend, sagen. Religionsersatz wird Literatur damit keineswegs. Sie ist überhaupt kein Ersatz, sondern tritt in eigenem Recht auf, dem ästhetischen Recht ihrer Bilder.

LUDWIG GREVE
HANNAH ARENDT

Drei, vier Stufen tastet herab, als sei da
Wasser, diese Frau von woher – das bunte
Kleid, amerikanisch, bedeutet nichts, der Stolz ist das
Fremde,

so ein Zug von Wildheit um ihren Mund, wo
sah ich das? auf griechischen Münzen, unscharf
hie und da am Rand, wo die Fingerkuppen vieler
Geschlechter

diesem Gott ein bißchen Gefühl beibrachten,
seiner Jugend Hinfälligkeit. Die Stimme …
solches Wetter grollen und lachen hört man selten im
Alltag,

keine Sängerin, aus Gedanken holt sie
einen Klang wie die aus der Luft. Das Lächeln
grüßte mich im vollen Café – und angelehnt wie zu
Pessach

teilten wir den Vorrat, das Scharfe, auch das
Süße der Verbannung, die Freiheit. Ihre
Lippen zuckten, wenn ich wie früher, um ein Mädchen
zu halten,

vor Begeisterung das Verkehrte sagte,
und die Antwort hinwerfend, ohne lang zu
zielen, stand da wirklich ein Mädchen. Jeden Morgen am Schreibtisch

saß sie im Gespräch mit dem toten Lehrer,
seine Briefe ordnend, wer eintrat, solch ein
Blick empfing ihn voller Erwartung, daß sich noch der geringste

Mühe gab, sie nicht zu enttäuschen. Abends
schmeckte ihr das Essen, wenn Freunde kamen
aus der Welt, sie fand in drei Sprachen Wohnung. Aber von uns wer,

mitten im Gespräch sich nach vorne beugend,
kann noch so Gedichte hersagen, deutsche,
Wort für Wort … Sie trugen die Bürde, Hannah, nichts ging verloren.

KURT OESTERLE
EIN UNTERTON VON GLÜCK

Ein Mann preist im Gedicht eine Frau, was aber dabei entsteht, ist weder ein Liebesgedicht noch herkömmliches Frauenlob. Gerühmt wird eine Außergewöhnliche, einer der besten Köpfe dieses Jahrhunderts: Hannah Arendt, die deutsch-jüdische Philosophin, die 1975 gestorben ist. Schon ihr Auftritt hat etwas von einer Apotheose. Sie steigt eine Treppe herab, als käme sie – »diese Frau von woher« – aus einer anderen Welt. Doch darf man so rühmen, ohne gegen die Grundsätze der mißtrauischen Moderne zu verstoßen? Ohne im hohlen Pathos oder in unfreiwilliger Parodie zu enden?

Ludwig Greve, 1924 in Berlin geboren, emigrierte 1939. Auf der Flucht durch Europa verlor er Vater und Schwester; sie wurden deportiert und ermordet. 1950 kehrte Greve nach Deutschland zurück. Von 1968 an leitete er für zwanzig Jahre die Bibliothek des Deutschen Literaturarchivs in Marbach. Er ertrank 1991 beim Baden in der Nordsee. Greve, dessen Gedicht 1984 in seinem Lyrikband »Playback« zuerst erschienen ist, hat sich gegen alle Gebote des Zeitgeists getraut, Oden zu schreiben. Besonders auf Menschen, die wie er als Juden von den Nazis verfolgt wurden, die überlebten oder umkamen. Auch sein Arendt-Gedicht, vermutlich kurz nach dem Tod der Philosophin geschrieben, ist eine Ode. Genauer: Greve wählte die Odenstrophe einer Frau, die sapphische; er nahm sich nur die Freiheit, jeweils den vierten Vers dem vorausgehenden dritten einzuverleiben und den Zeilenbruch zu unterlassen.

In einer Rede begründete er einmal, weshalb er auf diese antike Form zurückgegriffen hatte. Sie mache ihm Mut vor dem kaum Sagbaren und erlaube ihm sogar einen »Unterton von Glück«. Der Dichter Ludwig Greve wollte sich Glück, Dankbarkeit und Bewunderung als poetische Gegenstände nicht ausreden lassen. Ausgeblendet ist der literarische Ruhm Hannah Arendts, den vor allem ihre Studie über den Totalitarismus und ihre Reportage über »Eichmann in Jerusalem« begründet haben. Die Philosophin, sie bleibt für Greve »diese Frau«, zugleich faszinierend und irritierend: durch ihren Stolz, ihre Wildheit und Ungezwungenheit; ihr unbürgerlich lautes Lachen; ihre rauchgebeizte, nicht gerade musikalische Bollerstimme, in der er gleichwohl die Arendtsche Gedankenmusik hört; ihren von Tag zu Tag verläßlich wiederkehrenden Appetit.

Es handelt sich um ein Erinnerungsgedicht, gleichsam freihändig nach dem Gedächtnis gestrichelt. Die beiden könnten sich in Marbach begegnet sein, wo die Arendt den Nachlaß ihres »toten Lehrers« sichtete. Doch hinter den Zufällen wird eine andere Wirklichkeit ahnbar, jene Welt, der Hannah Arendt in der ersten Strophe zu entsteigen scheint. Da ist einmal das Treffen im Café, wo die beiden sich in merkwürdiger Lage wiederfinden: »angelehnt wie zu Pessach«. Im Stehen und eilig, wie Gott es befahl, nahmen die Juden vor ihrer Flucht aus Ägypten ihr letztes Mahl ein. Mit dem hastigen Pessach-Essen begann ihre Wiedergeburt in Freiheit. Mühelos wechselt die Dichterphantasie zwischen den Zeiten und Ereignissen.

In das Frauenporträt ist auch ein Selbstporträt des Mannes eingewoben. Auf den ersten Blick nicht unbedingt schmeichelhaft für ihn. Er gibt sich nämlich als einer zu erkennen, der in der Nähe von Frauen gern dummes Zeug redet und dafür kaum verhohlenen Spott erntet. Andererseits wird an seiner Verwirrung, seiner Kopfscheu auch das Übermaß seiner Bewunderung deutlich. Wenn er je ein Macho war, diese Frau läßt ihn wieder schrumpfen, verwandelt ihn in einen schüchternen Knaben.

Aber so manches Verwandlungswunder ereignet sich hier. Die Frau, die ihm gegenübersteht und ihm so alt wie die biblischen Geschichten vorkommt, gleicht Sekunden später einem Mädchen, frech, spontan, ganz Gegenwart. Unmerklich hat sich da wohl Eros eingemischt. Die Ode ist drauf und dran, aus ihrer engen und strengen Bahn zu geraten und in ein Liebeslied umzukippen; man könnte sagen, sie errötet.

In der Anrede, ja Anrufung der letzten Strophe erreicht das Lob Hannah Arendts seinen Höhepunkt. Den Mann bewegt es, daß sie all die deutschen Gedichte »hersagen« kann – welch unfeierliche Lockerheit in diesem Wort. Doch dann verblüfft er mit einer schroffen Wende, mit einem Sprung hinüber zu dem feierlichen Wort »Bürde«. Man muß sich hüten, diese weitere Metamorphose zu zerreden. Aus der schönen, harmlosen Tradition, Gedichte auswendig zu können, ist in der Zeit barbarischen Gebrülls unversehens die Rettung einer ganzen Poesie geworden.

LUDWIG GREVE
MEIN VATER

Spät komme ich zu dir.
Wenn Staub mich riefe – aber ich höre nur
im Spiel der feuchten, meiner Lippen
diese gehorsame Stimme rufen.

Wo niemand wartet, Vater, im Schweigen, wo
in Salz und Asche kenne ich deinen Mund,
der nach den Kindern ruft und ächzend
bittet um Gnade die Menschensöhne.

Die ehmals gute Jacke verriet den Herrn.
Du ohne Mantel, war auch kein Tier dabei
noch Gott: wie sorgsam führtest du in
zwiefacher Kälte dein Kind zur Grube.

Dein Aug, die Stirne, Tafel vom Sinai,
der Nase starker Bogen: ich sehe nichts
und halte Nase, Stirn und deine
Bitternis doch in den hohlen Händen.

Ja, diese Hand, die unschlüssig Wort auf Wort
hier fügt, sie ahmte lange die Bögen nach
von deinem Namen, übte heimlich
Strenge und Mut des gerechten Mannes,

dem ich nie sagen konnte: ich bin dein Sohn.
Man hieß uns Fremde. Unsere Sprache war
ein Blick, ein Händetausch, und später
Auflehnung, bleiche Gewalt des Zornes.

Genügt die Trauer? Atem, Begeisterung,
die Liebesnächte danke ich deinem Tod
und auch die Kinder: unerschöpflich
höre sie lachen … Ich komme, Vater.

UWE PÖRKSEN
FORM ALS WIDERSTAND

Der Reim ist wieder erlaubt, die Restauration aller Formen hat ihre Stunde, und die Wetterfrösche verkünden jetzt die große Beliebigkeit. Sie nennen diesen Mumpitz Postmoderne.

Ludwig Greve hat damit nichts zu tun. Er hat Oden geschrieben, als es untersagt war, und die forsche moderne Trivialität *en vogue* – »lies keine oden, mein sohn, lies die fahrpläne: sie sind genauer« (Enzensberger) – hat den hohen Ton gewagt, als er sich damit nur unmöglich machen konnte. Und die Form hat in seinem Fall einen Grund. Der hohe Ton verrät, daß er, vor seinem Lebenshintergrund, den Alltag in veränderten Maßen sieht – als Begeisterter nämlich.

Er ist fast unbekannt. Man findet ihn in keiner Anthologie, er hält sich fern und wird nicht zugelassen, schreibt ein oder zwei Gedichte im Jahr, auch Autobiographisches und Porträts. In Berlin geboren, war er 1945 bis 1950 in Palästina und lebt seither in Stuttgart. Seine Familie wurde 1933 zu Juden ernannt, wie er sich ausdrückt, und begann vor dem Krieg eine lange Irrfahrt. Im Januar 1944 verlor er bei der Flucht über die Alpen Vater und Schwester. Dieser Schmerzenstag ist, Jahrzehnte später, der Anlaß für die Ode »Mein Vater«, die den Gedichtband »Bei Tag« eröffnet.

Die Verse sind auf den ersten Blick dunkel, ein rauh gefügtes stoßweises Sprechen, nicht zu Ende geführte Satzanfänge. Es ist, als stelle sich dem Andrang der Bilder ein ebenso starker Widerstand entgegen. Die Zeilen fallen und steigen, geregelt, in einem zögernden und springenden Rhythmus: »Dem ich nie sagen konnte: ich bin dein Sohn.«

Es ist das vielsagende Schlüsselwort. Der Sohn sucht nach dem ermordeten Vater und findet ihn – kein Fleckchen Erde nennt den Namen – nur mehr in der eigenen lebendigen Stimme. Er entwirft das Bild des Vaters, Auge, Stirn, Nase – um abzubrechen. Er sieht ihn nicht. Klagend, sein Gesicht verbergend, hält er das des Vaters in den Händen. Des Vaters Züge sind die seinen: »Ich bin dein Sohn.«

Man kann nur ahnen, was das Geschehen war, dem der Sohn sich so spät und zögernd nähert. Zweimal setzt er an, sich das Ende des Vaters zu vergegenwärtigen und ihn zu finden, hört ihn die Menschensöhne, die Christen, um Gnade anflehen und sieht ihn sein Kind in der zweifachen Kälte, der Natur und der Menschen, behutsam wegführen, wie einst Abraham Isaak – nur daß hier kein Widder im Dornbusch hing und keine Stimme von oben das Kind rettete.

Der Sprache der heimlichen Flucht folgen die biographischen Stationen der Erwiderung: Empörung, Trauer und Dank. Die späte Rückkehr zum Vater stößt das Tor auf zu einer leidenschaftlichen Dankbarkeit. Sie ist in der Sammlung »Bei Tag« der Tenor aller weiteren Oden und freien Rhythmen, gerichtet an die Kinder, die Frau, die Landschaft um Stuttgart.

Hier hat ein Inhalt durch die strenge Form der Ode seine Freiheit gefunden. Diese Form bringt eine Musikalität und Innigkeit hervor, wie es der ohne rhythmische Erwartung auskommende freie Vers nicht vermag. Es ist eine selten schöne Totenklage. Ich weiß nicht, was mehr zu bewundern ist, die wie mit der Präzisionswaage erwogene Form oder die moralische Kraft des Gedichts. Man kann es neben die stärksten Arbeiten Bobrowskis und Meisters, Bachmanns und Celans stellen – es hält stand.

FRIEDERIKE MAYRÖCKER
AN EINE MOHNBLUME
MITTEN IN DER STADT

aus meinen Köpfen sprießt
das Feuerwerk der Tränen, der
Flieder rostet, der Liguster
weht, die Camouflage des
Sommers läßt Gewitter ahnen –
Wolfsmilch besamt die Flur, die
Stare fallen, Mücken
flirren im Dorngebüsch, das
abgewelkte Blühen einer
Wolke von erbsengrüner Kirschenfrucht
gekrönt –
samt aufgeprägten kaiserlichen
Doppeladlern – Portraits auf roten Ziegeln – bröckelt
die Friedhofsmauer ab
gestützt nur noch von immergrünen
Efeuranken –
im Aufwind flügelschlagend
steht
raubvogelgleich mein Herz nach Beute äugend

PETER VON MATT
UNVERHOFFTE HERRLICHKEIT

Ich bitte, mit dem Ende beginnen zu dürfen. Die letzten drei Zeilen reden herrlich von einer hohen Stunde. Das liturgische »Sursum corda!«, der Aufruf, die Herzen gegen den Himmel zu werfen, von wo es ihnen mit Wind und Feuer entgegenbraust, wird hier befolgt. Aber es ist nicht die Tat einer frommen Seele, sondern die Erhebung geschieht einem dichterischen Geist, ihm wird der triumphale Aufschwung plötzlich und mächtig geschenkt.
Jetzt vermag das Herz alles. Es sieht alles, weiß alles, kann alles erjagen und schlagen. Es erfährt die Machtvollkommenheit der schöpferischen Zeit, den grenzenlosen Augenblick der Inspiration. »Raubvögel süß ist die Luft / So kreiste ich nie über Menschen und Bäumen«, heißt es bei Sarah Kirsch; und auch bei Ingeborg Bachmann ertönt der »Jagdruf« dieses Vogels, »der seine Schwingen steift« und tödlich auf die weißen Hühner niederfährt. Vorher war tote Zeit, und tote Zeit wird wiederkommen – was soll's? Auf das Jetzt kommt alles an.
So wie diese Stunde in der toten Zeit, so steht die unverhoffte Mohnblume mitten in der steinernen Stadt, ein flammendes Rot aus einem merkwürdigen Kapselkopf. Die Chiffre von der einsamen Blume, auf die ein Dichter stößt, ist alt. Platen redet so von einer Geißblattranke: ». . . in der Oede / Find ich, teure Blüte, dich so spat?«; Mörike von einer Christblume: »Im fremden Kirchhof, öd und winterlich, / Zum erstenmal, o schöne, find ich dich!«

Aber die sorgfältige allegorische Auslegung der lieblichen Erscheinung, die die Vorgänger im Vollzug ihrer Gedichte betreiben, ist Friederike Mayröckers Sache nicht. Bild und Sinnspruch, Emblem und Subscriptio werden bei ihr nicht bedachtsam getrennt. Da stürmt und bläst auch poetisch alles durcheinander im Wind der Inspiration, der jetzt – »mitten in der Stadt« – eine große Frühlingslandschaft heranträgt. Diese Landschaft ist beides zugleich: die wunderbar genaue Beschreibung, wie ein Jahr sich von der Blütezeit in die Zeit der Früchte, Samen und Gewitter wendet, und das bewegte Gleichnis poetischer Produktivität. Der Dornbusch lebt von Millionen Mücken. Es ist der gleiche, der einst in der Wüste plötzlich brannte. Der Friedhof, die Vergänglichkeit, die bröckelnden Kaiserwappen, verschollene Pracht und vergessene Tote: sie gehören in diese schwebende Fata Morgana, machen keinen Gegensatz. Aus allem »Abgewelkten« schwillt es »erbsengrün«, wie in der Krone des Kirschbaums, der mit dem scharfen Auge des alten Brockes gesehen wird.

Jetzt nehmen sich auch die Köpfe des redenden Ich, die Köpfe in der Mehrzahl, nicht mehr nur seltsam aus. So ganz verschieden sind ja die toten von den lebendigen Zeiten, so ganz anders jedesmal erfährt sich selbst, wer sie erlebt, daß von einer einzigen Person, einem einzigen Kopf fast nicht mehr die Rede sein kann. Der Schreck der Schöpferischen angesichts ihres Werks: »Wer hat das gemacht? War ich das, wirklich ich?«, hat schon in der Romantik zu Verdoppelungsphantasien geführt. Die Köpfe der Dichterin, mehrere offenbar, Köpfe und Mohnkapseln zugleich, aus denen nach dem Tränenregen das Rot schießt und in denen der Wahn kocht – anderswo heißt es: »stütz ich den Kopf, die Kapsel / schorfbedeckt, in meine

Hand ... die Kapsel ausgetrocknet / meiner Stirn und flammend Mohn und Wahn« –, sie sind ein drastisches Bild für das Unheimliche, das mit allem bedeutenden Dichten, mit jedem bedeutenden Gedicht, also auch mit diesem hier verbunden ist.

FRIEDERIKE MAYRÖCKER
SCHWARZER TITEL

ob du mit roten Füßen Vogel trittst meinen Weg
vorsichtig
ob rotfüßiges Tier rotkehliges Tier krallig in rot und rosa
ob flüchtig mit roten Zehen roten Fühlern was für ein
Tier
in meinem Schädel / mit rotem Gefieder vermutlich
mit weichen Kissen Händen die Hände wie rosa Kissen
der Mund
ich mich verfangen habe in roten Vogel in rosa Fleisch
und Gefieder
ob du rotfüßiger Vogel auftrittst: Menschenfuß
in der Straße minimal um die Weite der Weißheit des
Auges zärtlicher .. Auftritt
neben mir meinem Fuß rosa Gefieder zärtlicher Blust
rotgefiederten Tieres .. so nahe mir
keinen Schritt näher! *kippend Lektüre Blutung blutjung*

URSULA KRECHEL
VON VÖGELN UND FÜSSEN

Daß Farben Stimmungsträger sind, Transporteure einer gefilterten Wahrnehmung – wem könnte dies in einer jeden Tag bunter inszenierten Welt entgangen sein? Obwohl die Farbe Schwarz eine solche Wertigkeit hat, ist das Gedicht »schwarzer Titel« keinesfalls düster, tragisch umschattet. Eher scheint die Farbe Schwarz hier als ein Kontrapunkt, als eine Art Konzentrationsebene im Wirbel der Wahrnehmungen, der jeden ordentlichen Satzbau sprengt. Das Schwarz saugt auf, dämpft – aber nur ein wenig, denn im Gedicht selbst hat es keinen Raum.

Eine ganze Rotskala in ihrer lodernden warmen Lebendigkeit wird ausgebreitet. Das Tier »in meinem Schädel« könnte eine Halluzination sein. Der Phantasievogel schimmert und schillert, ist kaum zu fassen, ein Traumgebilde möglicherweise, wie sie häufig bei Friederike Mayröcker in Gedichte überführt werden. Zeile für Zeile wird das flammende Rot fort- und fortgetrieben in die fleischliche Helligkeit. Die Farbpalette streift das Körperhafte, es ist eher eine Francis-Bacon-Rot-Palette als eine von Tizian, keinesfalls ein naives Rot, sondern vielfach gebrochen. Das Fleisch liegt bloß, scheint sich nach außen zu stülpen. Über alle Körperteile hinweg wandert das Rot zum Rosafarbenen, in eine unsichere Anatomie, nicht Vogel, nicht Mensch, Zehen und Fühler passen nicht zu dem »rotkehligen«, »rotgefiederten« Tier.

Eine dritte Farbe wird aufgetupft: »um die Weite der

Weißheit des Auges zärtlicher«. Ist der weitere Menschenfuß (noch) zärtlicher als der zartfühlend ausgemalte des Tieres »mit roten Zehen«? Oder wird hier eine komplizierte poetische Meßeinheit für Zärtlichkeit erfunden? Das fremd klingende »minimal« deutet darauf hin. Die Substantivierung »Weißheit« ist ungewöhnlich, läßt vage an »Weisheit« denken, für die in diesem Gedicht, menschlich erregt, errötet oder vogelhaft »verfangen«, wie das Ich von sich bekundet, kein Platz ist.

Die Bezüge sind offen, sie werden verwischt, vieldeutig gehalten. Sind die Hände, die doppelt ins Spiel gebracht werden, »wie rosa Kissen«, oder ist der Mund Kissen? Für was? Die kompliziert verschränkte Syntax des Gedichts mit ihren Abbrüchen, der Anredeform, die erst am Ende wiederaufgenommen wird, beflügelt eine einzige Atemlosigkeit.

Die Frau und das Tier: eine geglückte Begegnung, ein Auftritt, in dem das Tier eine Wunschüberschreitung anzeigt. Die Motivgeschichte ist lang. Leda mit dem Schwan, Diana und der Hirsch (christlich umgewidmet in: die heilige Genoveva mit der Hirschkuh), die Dame mit dem rätselhaft bleichschönen Einhorn. Immer ist das Tier Projektionsfigur für Leser und Betrachter, eine Projektionsfigur, der nichts Menschliches fremd ist und die dennoch das Menschenmögliche dehnt.

Was geschieht zwischen dem sich einfindenden Tier und der von seinem Anblick schier überwältigten Figur? In den gleichmäßig ausschwingenden Zeilen des Gedichts gibt es zwei optische Leerstellen, die auch Stolperschwellen im Rhythmus sind. In alten Büchern sind drei Punkte Auslassungszeichen bestimmter Stellen, Wörter, die hinzugedacht werden mußten. Aber hier ist alles offenbar im glühenden, nur mit sparsamen Satzzeichen gegliederten Gedicht: »so nahe mir« und nach dem Zeilenbruch: »keinen Schritt näher!«

Das Ich übernimmt endlich die Regie, nachdem unendliche Nähe zwischen Vogelfuß und Menschenfuß zugelassen worden ist, die in dem altertümlichen Wort »Blust« gipfelt, das Blühen bedeutet, doch in seiner schwebenden Fremdheit unweigerlich an das Reimwort »Lust« denken läßt. Ein Begriff, der in dieser poetischen Vogelbegegnung mit Füßen, Händen, Krallen, Mündern und Gefieder klug ausgespart bleibt. Die kursiv gesetzten Wörter der letzten Zeile, wie ein Notat, eine Fußnote, sprechen von einem anderen Rot.

FRIEDRIKE MAYRÖCKER
ZUGESCHÜTTETES GESICHT

was wird sein wenn
ich schon bald vielleicht statt in den Büchern
zu lesen nur noch über die Buchrücken meiner
Bibliothek
werde streichen können weil ich mich zurückentwickelt
haben werde
in jenen Zustand meiner Kindheit in dem ich noch nicht
zu lesen imstande war also Analphabet war
und mir habe vorlesen lassen müssen von meiner Mutter
oder sonstwem
also eingegangen sein werde
in einen Zustand in dem ich nicht mehr
zu lesen imstande sein werde
also mir abermals werde vorlesen lassen müssen von wem
frage ich mich
und wieder geworden sein werde Analphabet

HAJO STEINERT
HEITERES FINALE IN FUTUR II

Geschrieben hat Friederike Mayröcker das Gedicht am 19. und 20. November 1993. Zu diesem Zeitpunkt ist die österreichische Schriftstellerin 68 Jahre alt. »zugeschüttetes Gesicht« findet sich in ihrem Band »Notizen auf einem Kamel«. Darin stehen noch andere Texte, die sich einem biographischen Umstand verdanken: dem Tod der Mutter. Ihr Sterben motiviert die schreibende Tochter dazu, über ihr eigenes Altwerden nachzudenken. Die Grundstimmung des Gedichts wird von der Befürchtung geprägt, im zunehmenden Alter nicht mehr das tun zu können, womit sich die Schriftstellerin zeit ihres Lebens am meisten beschäftigte: dem Lesen.

Friederike Mayröcker gehört zu jenen literarisch gebildeten Autorinnen unseres Jahrhunderts, deren Texte ausdrücklich den Dialog mit Texten von anderen Autoren eingehen und Botschaften enthalten, die allein von den Angeschriebenen entschlüsselt werden können. Deshalb widmet sie ihre Gedichte gerne Dichterfreunden. Darunter sind ihr Lebens- und Arbeitspartner Ernst Jandl sowie Elke Erb, Thomas Kling, Bodo Hell, Elfriede Czurda, Marcel Beyer oder Ulrike Draesner.

Ihr Zwiegespräch mit Dichtern gleicher Wellenlänge geht freilich ein Risiko ein: Ihre Texte werden von Außenstehenden, uns Lesern also, nicht auf Anhieb verstanden. Dies allerdings läßt sich von »zugeschüttetes Gesicht« nicht behaupten. Das Gedicht sucht den Dialog mit allen

Lesern, öffnet den Raum für eigene Assoziationen. Schon die Anfangszeile »was wird sein wenn« ist eine Einladung an den Leser, sich seinen eigenen Reim auf eine bange Ausgangsfrage zu machen. Das Nicht-mehr-lesen-Können ließe sich durch eine andere schlimme Ahnung ersetzen.

»zugeschüttetes Gesicht« ist bei allem existentiellen Pathos in formaler Hinsicht ein leichter Text. Mühelos liest man über die Zeilenbrüche hinweg, von kopfzerbrechender Metaphorik und Symbolik keine Spur. Das Gedicht hat kaum noch etwas gemein mit Texten der Lyrikerin in früheren Jahrzehnten, da sie, wie sie selbst einmal sagte, »eingekeilt zwischen den beiden Monstern Dadaismus und Surrealismus« ihren Weg suchte oder im Bann der Wiener Gruppe stand. Ihr zugehörende Autoren wie H. C. Artmann, Gerhard Rühm oder Konrad Bayer brachten in den fünfziger Jahren eine experimentelle Poesie hervor, die auf Sprachcollage, Sprachmontage und Lautmalereien beruhte. Friederike Mayröcker hat sich von diesem Einfluß mit den Jahren immer mehr entfernt. Er ist allenfalls noch, wie in unserem Gedicht, als ein Hauch spürbar. In Schubladen wie »Paradiesvogel der Avantgarde«, »Alchemistin der Sprache« oder »Magierin des Worts« läßt sie sich heute nicht mehr pressen.

An die Stelle von komplizierten linguistischen Textkonstruktionen ist das direkte Sprechen getreten, ohne das Sprachspiel ganz aufgegeben zu haben. Wer erinnert sich nicht an seine Kindheit, in der ihm von der Mutter vorgelesen wurde? Wer hat nicht Angst davor, einmal aus Altersschwäche um seine Lieblingsbeschäftigung, das Lesen, unwiederbringlich gebracht zu werden?

Der Verlust der Lesefähigkeit wäre für Friedrike Mayröcker ein Rückfall in die Sprachlosigkeit der frühesten

Kindheit. Der Titel des Gedichts – es könnte ihm ein Bild von Arnulf Rainer zugrunde liegen – deutet an: Wer nicht mehr lesen kann, verliert sein Gesicht, sieht nichts, existiert im Grunde nicht mehr. Aber: Wird da einer sein, der mir im Alter, wenn ich schon nicht mehr selbst lesen kann, wenigstens vorlesen wird?

Das lyrische Ich nimmt eine Einsamkeitserfahrung vorweg und erinnert sich zugleich an seine erste Vorleserin, die Mutter. Das grammatikalische Spiel mit dem Hilfsverb »werden« (es kommt siebenmal im Text vor) führt indes zu einem tröstlichen, geradezu heiteren Finale in Futur II: »und wieder geworden sein werde Analphabet«. Indem die Autorin das Wort »Analphabet« nicht unmittelbar an das Wort »wieder« anschließt, sondern an das Ende der Schlußzeile stellt, deutet sie an, worin der Ursprung ihres Dichtens liegt: im Durcheinanderbringen des Satzbaus, im Sprachspiel, im »Analphabet«. Insofern ist »zugeschüttetes Gesicht« auch ein poetologisches Statement.

SELMA MEERBAUM-EISINGER
SPAZIERGANG

… so viele Hühner und ein kleiner weißer Hund
und Himmel, der so farbenfroh und bunt –
der kahle Baum wirkt so gespensterhaft
und graue Häuser wie ganz ohne Kraft …
Ganz kleine Regenperlen hängen an den Zweigen
und ferne Berge sind getaucht in großes Schweigen.

Die Felder sind nur dunkelbraune Schollen
und hie und da ein bißchen gelbes Grün
und kleine Spatzen, dumm und frech und kühn,
laufen darüber hin wie Kinder, welche tollen …
Ganz fern die Stadt mit ihren vielen Türmen,
mit Häusern, welche licht und froh hinstürmen,

ist wie ein altes Bild aus einem Märchen.
Die Luft ist leis und voll von Sehnen,
so daß man wartet auf die blauen Lerchen
und fahren möchte in ganz schlanken Kähnen.

Hier stehen weiße Astern, weiß und rein,
und da ein Krautkopf, jung und klein.
Sie sind wie ein vergeßner Sonnenschirm
mitten auf tief verschneiten Straßen.
Ein Hase, der vorbeiläuft, kann sich gar nicht fassen:
es scheint, es würde Sommer wieder sein.

29. 11. 1939

ULLA HAHN
SIE WOLLTE DABEI SEIN

Kein überwältigendes Gedicht. Keines, bei dem ein Beckmesser nicht manche Kreide verbrauchen könnte. Nein, dieses Gedicht hat kein »Meister« geschrieben. Doch zeichnet die Verse aus, was am Anfang aller Dichtung steht: ein frischer, genauer Blick auf die Welt.

Die Verfasserin, ein fünfzehnjähriges Mädchen, Selma Meerbaum-Eisinger, wurde 1924 – wie Paul Celan und Rose Ausländer – in Czernowitz geboren. Ihr Vater starb, als sie anderthalb Jahre alt war, mit ihrer Mutter und ihrem Stiefvater wuchs sie in ärmlichen Verhältnissen auf. Früh entdeckt sie den Fluchtweg in die Welt der Bücher. Sie liest Heine, Rilke, Verlaine, Brecht, Kafka und den damals populären indischen Dichter Rabindranath Tagore. Ihr erstes Gedicht schreibt sie im September 1939, ihr letztes im Dezember 1941. »...Daß man wie Rauch in Nichts zerfließt« lauteten die letzten Zeilen, darunter hat sie mit Rotstift gekritzelt: »Ich habe keine Zeit gehabt weiterzuschreiben...« Anfang Juli 1941 marschierten die Deutschen in Rumänien ein; die Juden von Czernowitz mußten den Judenstern tragen, Zwangsarbeit leisten, abends galt Ausgehverbot. Im Getto wurden über 60000 Menschen zusammengepfercht. Kaum ein Jahr später, an einem Sonntag im Juni, wird Selma Meerbaum-Eisinger in ein Lager westlich des Bug deportiert. Dort starb sie am 16. Dezember 1942 an Flecktyphus.

»Blütenlese« hat sie das Heft betitelt, in das sie ihre 57 Gedichte schrieb, alle einem Freund gewidmet, der 1944 beim Versuch, Palästina zu erreichen, ums Leben kam. Die »Blütenlese« ging durch viele Hände und Länder, bis das Heft nach dem Krieg schließlich in Israel sicher war und die Gedichte Selma Meerbaum-Eisingers dann auch in Deutschland gedruckt wurden.

Der Anfang des Gedichts »Spaziergang« signalisiert: man ist unterwegs, läßt den Blick schweifen, willkürlich gleiten die Augen über die Dinge. Aber gleiten nur die Augen? Nein, es ist die ganze Person mit all ihren Sinnen und vor allem ihrer Phantasie. Kaum etwas bleibt wie es ist, nichts wird gesehen, wie es sich allein den Augen darbietet. Die Phantasie schaut mit einem zweiten Blick, schafft eine zweite Welt. Die vielen Wie-Vergleiche mögen ungelenk wirken, ihre bildhafte Substanz ist es nicht. Da kontrastiert ein farbenfroher Himmel mit einem kahlen Baum, der als »gespensterhaft« erlebt wird, Spatzen erinnern an tollende Kinder, die ferne Stadt an ein Märchen.

In diesen Vergleichen vermag sich die Lücke zwischen Beobachtung und Phantasie noch nicht zu schließen. Anschauung und ihre Transformation bleiben voneinander getrennt. Dies ändert sich, wenn es der Sprache gelingt, die äußeren und die inneren Blicke miteinander zu verschmelzen, innere Bewegung in sprachliche Dynamik zu übersetzen, etwa in dem Bild von den *Häusern, welche licht und froh hinstürmen*; wenn über Bilder von *blauen Lerchen* und Kahnfahrten eine bestimmte Qualität von Luft poetisch evoziert wird, glaubt man den Sommer zu riechen.

Die letzte Strophe schließlich: Eine Bildlichkeit jung und frisch, unbekümmert und unverbraucht. Hier spricht die fünfzehnjährige Dichterin ihre eigene Sprache, hat sie, jenseits alles Angelesenen, ihren Ton gefunden. Plastischer von Strophe zu Strophe wird ein trüber November- in einen strahlenden Sommertag, die Wirklichkeit in ein Bild der Sehnsucht verwandelt. Das lyrische Ich löst sich mit seinen Gefühlen, seinem Sehnen in die Wirklichkeit auf, taucht jeden äußeren Eindruck in inneres Erleben. Nicht einmal wird »Ich« gesagt; alle Subjektivität ist in Beschreibungen, Bildern und Vergleichen aufgegangen.

Selma Meerbaum-Eisinger wollte nicht nur Beobachterin, sie wollte dabei sein. Bis zuletzt soll sie Pläne für eine Flucht aus dem Lager entworfen haben. Nicht mehr als 57 Gedichte sind eine schmale, kaum wahrnehmbare, vom Vergessen gefährdete Spur. Doch es gehören diese Gedichte nicht nur zur spezifisch jüdischen, sie gehören zum Bestand der deutschen Dichtung.

WOLFGANG BÄCHLER
ERWARTUNG

für Michael Krüger

Die Schiffe fahren ohne mich aus.
Ich bleibe auf den Landungsstegen zurück,
umzingelt von Möwen.

Sie öffnen die Schwingen
wie Fenster,
durch die ich das Meer
mit anderen Augen sehe.

Langsam entfaltet der Himmel
ein mächtiges Segel
über dem Steg.
In der Abendbrise
beginnt die Fahrt
auch für mich.

WERNER ROSS
MIT ANDEREN AUGEN

Ich leugne nicht, daß dieses Gedicht, als ich es zum erstenmal hörte, vom Autor langsam, eindringlich, ganz unpathetisch vorgetragen, mich in seinen Bann geschlagen hat. Nun, da es vor mir liegt, befallen mich Zweifel. Was mich stört, ist der durchgehend metaphorische Charakter. Das ist gewiß kein Erlebnis-, kein Gelegenheitsgedicht. Die Schiffe im ersten Vers sind so gleichnishaft wie das Himmelssegel der dritten Strophe. Dann ist von Landungsstegen die Rede (warum von mehreren?), als stünde der Sprecher am Starnberger See statt am Meer.
Was drückt es denn aus, dieses Gedicht? Es schlägt einen Bogen von dem »Ohne mich« des ersten Verses zu dem »Auch für mich« des letzten. Aber wohin führt die Fahrt in der Abendbrise? Mit dem Titel »Erwartung« ist wiederum nichts Inhaltliches ausgesagt, nur eine Spannung. Jeder Versuch, zu konkretisieren, wäre plump. Zwischen Traum und Tod, beschwingender Phantasie und wegloser Trauer kann ich mir alles vorstellen, was ich will.
Lassen wir also fahren, wonach die Interpretation strebt: die Aussage. Was da steht, sagt nichts, sondern zeigt: wie ein Bild; und tönt: wie Musik. Das schönste Bild ist das der zweiten Strophe, ein ganz frisches, kühn und sofort überzeugend. Wiederum nicht ins Plastische zurückzuübersetzen: Schwingen wie Fenster, ach was! Nein, die Möwen öffnen die Schwingen, wie man Fenster öffnet. Bitte nicht versuchen, das auseinanderzuklamüsern!

Nur ein Satz in diesem Gedicht hat eine genaue Aussagefunktion: »durch die ich das Meer mit anderen Augen sehe«. Ja, die anderen Augen sind das Motiv, der Motor des Gedichts. Mit den anderen Augen gesehen verwandelt sich die Welt, das mächtige Segel des Himmels darf sich entfalten, die Fahrt wird angetreten. Die anderen Augen sind die lyrischen.

Die anderen Ohren hören die Welt als Klang. Dieses Gedicht ist reich an Klängen. Hier darf man hinweisen auf die langen, geschlossenen e von »Stegen«, »sehe«, »Segel« (dieses lange geschlossene e von »Leben«, »Seele«, »ewig«, »selig«, das die Münder anderer Völker nur mit Mühe reproduzieren), auch auf das Spiel zwischen a und i, das sich in der letzten Strophe in genauer Harmonie entfaltet wie ein innerer Reim.

Das Musikalische dieses Gedichts reicht freilich über solche Klänge hinaus. Musik enthält ungemein viel von dem, was wir fühlen: Spannung, Zögern, rasche Bewegung, Verstummen, Trauer, Trost, Munterkeit, Aufatmen, Versinken, und es enthält doch nichts von alledem so, daß man sagen könnte: Musik drückt eben dies aus.

In diesem metaphorischen Sinne ist Bächlers Gedicht »komponiert«. Die erste Strophe verharrt bleiern, tritt auf der Stelle, hemmt mit dem Partizip »umzingelt« jede mögliche Bewegung. Die zweite ist ein anmutiges Larghetto, Aufwind, Aufschwung, Möwentanz, Blick durchs Fenster, Landschaft. Dann das Maestoso, groß, schreitend, »Fahrt« statt »Flug«. Der Schluß ganz wie das berühmte goethische »ruhest du auch« sanft aufgesetzt, eine Fermate, die kompositorisch zum Ruhepunkt zurückkehrt, thematisch den Titel in sein Recht setzt und alle Horizonte öffnet. Das Gedicht ist *wie Musik*, aber nicht: Musik; es ist einfach, gesprochen, nicht gesungen. Es folgt keiner Mode und nähert sich der Klassizität.

WOLFGANG BÄCHLER
NÜSSE

Das blonde Haar der Toten
wächst aus der harten Erde,
vergilbt zu unseren Füßen.
Der Nußbaum wirft uns
welke Blätter zu.

Doch in den Nüssen
bilden sich Gehirne aus.
Bald werden wir die Schädel knacken,
die Gehirne aus den Schalen lösen
und zerbeißen, Geschmack
der Weisheit dieser Erde auf der Zunge.

HILDE DOMIN
UNTER KANNIBALEN

Fern ist dieses Gedicht den von Benn so gerügten »deutschen Bewisperern von Gräsern und Nüssen und Fliegen«. Das ist ein Totengedicht, ein Mord- und ein Mördergedicht, so vegetabilisch es auch daherzukommen scheint. Vielleicht nicht zufällig erinnert mich das »blonde Haar der Toten«, das »aus der harten Erde« wächst, an Jewtuschenkos Zeilen: »indes die Henker heiter Butter schmieren / aufs weiße Brot das aus den Toten wächst«. Obwohl es bei Jewtuschenko noch vergleichsweise klare Verhältnisse sind, deutlich benannt, und die sich unter Dritten abspielen: den Hingerichteten und ihren Henkern. Wir selbst sind raus aus der Sache, sind Zuschauer, für diesmal.

Nicht so bei Bächler, obwohl das Gedicht zwar trübe, aber relativ normal beginnt. Die Toten sind endgültig tot, Herbst, welke Blätter, vergilbte Gräser, verbleichendes Totenhaar. Nur die Gehirne der Toten wachsen in den Walnüssen als kleines Faksimile nach: »bilden sich aus«. Ein surrealistisches Bild, wie von Dali oder, besser noch, von Max Ernst gemalt. Sofort einleuchtend. Diese weißen Mini-Gehirne, die Nußkerne, enthalten, sozusagen metaphorisch, das von den Toten Gedachte, das somit den Lebenden wieder zur Verfügung steht. Das Erfahrungspotential der Toten wirkt weiter: die Vergangenen speisen die Lebenden. Kontinuität. Alles bestens.

Wirklich? Mitnichten. Da ist ein einziges Wort, das bringt

diesen an sich innerhalb des Überrealen geradezu natürlichen Ablauf in Unordnung, gibt die Angst, ja das Entsetzen wieder, das den Schreiber zu diesen Zeilen getrieben hat. Das Wort »Schädel«. »Bald werden wir die Schalen knacken«, das würde dasselbe sagen und wäre harmlos. Stattdessen: »Bald werden wir die Schädel knacken.« Der Toten? Oder der zu Tötenden? Bei dem Worte »Schädel« werden diese Toten wieder warm, werden – zumindest – zu frisch Erschlagenen.

Dabei ist »Schädel knacken« noch nah beim *brain-picking* der Angelsachsen: Ein gutes Gehirn wird »bepickt«. Es wird ihm durch dieses Bepicken Information abgefragt. Wenn auch für *pick* die erste Bedeutung im Lexikon »aufhacken«, »ein Loch machen« ist, so hat sich das Verb in dieser Redensart doch bedeutend abgeschwächt. Während »knacken« (»Schädel knacken«) etwas hörbar Zerstörerisches hat. Der Schädel des Feindes, dessen Gehirn man trinkt, um sich dessen Kraft anzueignen, ein magischer Akt unter Kannibalen. Noch bei Homer kommt das vor. Nestor trinkt das Gehirn des Feindes aus. – Auf jeden Fall ist hier das rein optisch vorgestellte Gehirn eine harte Substanz, die sich sauber herauspräparieren und mit Genuß zerbeißen läßt. Wir Kannibalen, Überkannibalen, brauchen uns dabei nicht einmal zu beschmutzen.

Daß der Autor ganz wesentlich ein Mann der Ängste ist, geht aus seinen »Traumprotokollen« hervor. Bächler hat »nicht von der blauen Blume geträumt, sondern von Stalin und von uns«, sagt Martin Walser im Nachwort zu diesen »Traumprotokollen« (Hanser, 1974).

Die in diesem Gedicht spürbare Angst ist eine doppelte: die des Mitschuldigen und des potentiellen Opfers. Denn Bächler identifiziert sich auch mit diesem Baum: »Doch dann wuchs mir / ein Baum aus der Brust ... / Die Wurzeln umklammerten mein Herz ... / er atmete mit mir aus und ein« (»Mein Baum«, ein Gedicht, von dem der Autor mir bestätigte, daß es gleichzeitig mit dem ersten, sozusagen im selben Atemzug entstanden ist). Ein Todesgedicht, wie so oft bei Bächler. Durch die Verbindung der beiden Gedichte wird klar, wie berechtigt es ist, den Schrecken mitzulesen nicht nur dessen, der mitmacht beim kannibalischen Miteinander, beim Knacken der Schädel der andern, sondern der in jedem Augenblick sich der Gefahr bewußt ist, selber »geknackt« zu werden. Ein, leider, ungemein heutiges Lebensgefühl von der Gefährdung und der Unmenschlichkeit unserer Existenz.

Der gehobene Abgesang der letzten Zeile: als habe der Autor sich in eine stabilisierende Formel flüchten wollen. Diesen tönenden Worten einen kleinen befreienden Fußtritt zu geben und sie auf Kante zu stellen, war vermutlich beabsichtigt. Diese Distanzierung gelingt ihm im Titel: »Nüsse«. Der Titel ist, wie so oft, die Selbstbefreiung des Autors.

EUGEN GOMRINGER

schweigen schweigen schweigen
schweigen schweigen schweigen
schweigen   schweigen
schweigen schweigen schweigen
schweigen schweigen schweigen

GERHARD KAISER
DER REST IST SCHWEIGEN

Seit der Goethezeit spricht das Gedicht von der Spiegelung der Welt in der Seele, aber in diesem Text kommen Seele und Welt nicht vor. Eugen Gomringer versteht ihn als Information, das heißt Mitteilung ohne Meinung, Sinn, Stimmung, Individualität, Ausdruck. Nach Personen- und Sachbezug dieser Wortserie zu fragen, wäre ebenso verfehlt wie die Frage an eine den Verkehr regelnde Lichtampel, warum »rot« das Haltesignal und »grün« das Bewegungssignal ist, welche Beziehung sie zwischen den Menschen oder welche Beziehung des Menschen mit sich selbst sie herstellt.

Die Verkehrsregelung durch die Ampel funktioniert gerade deshalb, weil die reine Konventionalität des Zeichens jede Sacherkennung oder Sacherinnerung erübrigt und weil es in seiner Personen- und Situationsneutralität an die Stelle der Kommunikation tritt. Schon die Straßenverkehrsordnung hat ihre Wirksamkeit darin, daß sie den Menschen nur in seiner Eigenschaft als Verkehrsteilnehmer anspricht – unabhängig von Alter, Geschlecht, Gesundheitszustand, Charakter oder Stimmung. Die Verkehrsampel reduziert den Verkehrsteilnehmer für den Augenblick, in dem er unter ihrer Regelautomatik steht, auf die abstrakte Funktion, ihrem Signal folgend regelmäßig zu funktionieren.

So Gomringers Text. Er erinnert an nichts. Er enthält keinerlei Gebrauchsanweisung außer, daß er nichts als gelesen sein will, weil seine Anordnung um ein Loch im Schriftgefüge nicht lautlich vergegenwärtigt werden kann. Da aber Schweigen als Tatbestand nicht lesbar ist, sondern nur als Buchstabenfolge, wird es vom Text ebenso unausdrücklich wie nachdrücklich als Tatbestand ausgeschlossen. Schweigen ist nicht das Gegenteil von Stimme; es ist das Wort für die Lücke im typographischen Gefüge; die Lücke im typographischen Gefüge ist kein Ausdruck des Schweigens, sie ist die pure Opposition zum Bedruckten.

In ihr führt sich vor, was Druck ist und was die Lesbarkeit von Gedrucktem ausmacht: so wie dieser weiße Fleck entsteht durch seine bedruckte Umgebung, so entstehen Druckbilder von Wörtern im Außenverhältnis durch Wortabstände und im Innenverhältnis durch Buchstabenabstände, wobei die Buchstaben ihrerseits durch die umgebende weiße Fläche definiert sind und diese definieren. Gomringer vollzieht damit den Durchstoß zum Technischen der Schriftherstellung in seinem Grundbestand.

Das Sprachgitter, bei Paul Celan Metapher der Sprache, ist auf das zurückgeführt, was es materialiter ist: Buchstabengitter, serielle Anordnung von schwarzen, gegeneinander isolierten Lineamenten auf weißer Fläche. Der Text ist autonym geworden, und die Autonymie vollendet sich in der Titellosigkeit, denn jeder Titel gibt Leseanweisungen, die über die Anweisung: du sollst das lesen! hinausgehen. Indem der Leser hier liest, liest er, wie Lesen funktioniert. Die Verkehrsampel vermittelt Informationen; Gomringers Text vermittelt die Information, was Information ausmacht. Das Medium ist hier in der Tat die Botschaft.

Hinter Signifikanten ohne Signifikat sind Welt und Seele

vergangen, ohne Andeutungen zu hinterlassen, wohin. Eugen Gomringer hat seine konkrete Poesie als Aufruf zu Konzentration, Sparsamkeit und Schweigen, als Beitrag zu einer neuen Ganzheitsauffassung bestimmt, aber verifizierbar am Gebilde ist diese Absicht nicht. Eben weil der Text nichts ist als er selbst, kann man keine und jede Relation zu ihm herstellen, alles und nichts mit ihm machen, alles und nichts in ihn hineinlesen. Er fordert an sich selbst zu nichts auf und leistet gegen nichts Widerstand, aber auch alles gleitet von ihm ab. Der Versuch, ihn auf etwas außer sich festzulegen, gliche dem Unternehmen, einen Pudding an die Wand zu nageln.

Mögen die von Bedeutung befreiten Menschen spielen, mögen die von Bedeutung verlassenen Menschen verzweifeln, mögen die von bedeutungslosen Informationen überschwemmten Menschen protestieren, mögen sie überhaupt verschwinden – der Rest ist jedenfalls: schweigen.

ERNST JANDL
AN GOTT

daß an gott geglaubt einstens er habe
fürwahr er das könne nicht sagen
es sei einfach gewesen gott da
und dann nicht mehr gewesen gott da
und dazwischen sei garnichts gewesen
jetzt aber er müßte sich plagen
wenn jetzt an gott glauben er wollte
garantieren für ihn könnte niemand
indes vielleicht eines tages
werde einfach gott wieder da sein
und garnichts gewesen dazwischen

WERNER ROSS
VOM KREISLAUF DER DINGE

Ernst Jandl hat sich zunächst als Sprachspieler einen Namen gemacht, zu der Zeit, als eine Poesie aus Buchstaben oder Lauten als der neueste Schrei galt oder mindestens als interessantes Formexperiment. Von dieser Art von Dichtung ist nicht mehr viel übriggeblieben, und Jandl selbst, solchen Experimenten immer nur schlitzohrig zugetan, hat den Weg beschritten, der allem Sprachspiel vorgeschrieben ist, wenn es ernstgenommen werden will: den zum Sinn-Spiel hin.

Was er damals gelernt und seitdem beibehalten hat, ist das Streben nach dem einfachsten Ausdruck. Die Beiläufigkeit des Sprechens, bis hin zum Schnoddrigen und zum Jargon, ist sein Metier geworden – auch seine Maske. Wenn er bewußt, wie in diesem Gedicht, die Wortfolge im Satz verbiegt, Umstellungen vornimmt, die den Vers beim ersten Hören hart und holprig machen, so vor allem, um dieser gespielten Beiläufigkeit ein Bein zu stellen. Ganz so harmlos, wie die schmucklosen Sätze vorgäben, meint das, sei er nicht.

Schon der Titel des Gedichts stellt eine Falle auf: »an gott« klingt wie eine Adresse, wie ein Anruf, Gebete werden »an gott« gerichtet. Aber genau dieses »an gott« wird gleich in den ersten Versen in Zweifel gezogen, mitsamt dem Verbum »glauben«, zu dem es gehört: Gott war einmal da, dann war er nicht mehr da, und dazwischen sei jenes »garnichts« gewesen, das eine Majuskel verdienen würde, wenn es in Jandls Texten überhaupt Majuskeln gäbe.

Mit den simpelsten Worten sagt der nach seinem Glauben Befragte, zwischen der durch Anwesenheit schlagend bewiesenen Existenz Gottes und seiner ebenso evidenten Abwesenheit gebe es nichts Drittes, das mit »glauben an« zu umschreiben wäre. Anders ausgedrückt: Wo der Glaube wirksam ist, nimmt er die Form der Gewißheit an, und es hat nur wenig zu sagen, ob dies die Gewißheit des Kindes ist oder die früherer Epochen oder die des von seinem Glauben Erfüllten. Für den scheinbar so naiv Daherredenden, diesen weisen Tor namens Ernst Jandl, fällt das Philosophieren über Gott mit dem »garnichts« zusammen.

Das Argument ist wiederum das simpelste, das aus dem Spruchvorrat des kleinen Mannes: Wofür sich plagen, wenn niemand den Erfolg garantiert? Die Ehe, die einmal das Credo mit dem Kredit eingegangen ist, das Vertrauen des Gläubigers verwandt mit dem des Gläubigen, gilt nicht mehr: zu viele Pleiten erlebt.

Aber dieser nüchterne Redner und Rechner, der das Glauben abgeschrieben hat wie eine faul gewordene Beteiligung, wagt dann doch ein »indes«, ein »vielleicht«, ein »eines tages«: Gott kann wiederkommen, wie er weggegangen ist. Das Dasein Gottes tritt überraschend ins Futur. Die Skepsis des Sprechers erfaßt nun diese selbst. Was bisher Entwicklung schien, vom Glauben weg, stellt sich als zyklische Möglichkeit heraus, als Kreislauf der Dinge, als ewige Wiederkehr.

Die Form des Gedichts nähert sich dem Rondeau. Wer biblisch bewandert ist, mag auch an die Rede Jesu von seinem Weggehen und seiner Wiederkehr denken. Wer aber lyrische Ohren hat, dem klingt das »und gar nichts gewesen dazwischen« diesmal wie Dur, und es wird ihm auffallen, daß in diesem Kehrreimsatz die Wörter ihre Stellung vertauscht haben: Das erste Mal liegt der Akzent in dem fast durchgängig auf »a« reimenden Gedicht auf dem »garnichts«; im Schlußvers rückt »garnichts« nach vorn, »dazwischen« bildet den hellen Schlußakkord. Das Nichts-gewesen bezieht sich diesmal auf die Negation Gottes, auf die laue Entscheidungslosigkeit des Zwischenzustandes, in dem wir befangen sind.

Jandl hat ein ganzes Theaterstück im Konjunktiv geschrieben; so darf man sich auch an dem durchgehenden Irrealis dieses Gedichts, an seiner metaphysischen List, die der Wirklichkeit Gottes ihren Platz einräumt, poetisch erfreuen.

ERNST JANDL
AUS DER DICHTUNG

aus der dichtung großem glück
langsam zieh ich mich zurück
oder tue einen schritt
der mein dichtersein zertritt
nur den lesern bleibe ich
noch ein weilchen dichterlich

HANS CHRISTIAN KOSLER
AUF ALLE EVENTUALITÄTEN VORBEREITET

Es gibt Dichter, die sich so sehr zum Sehen geboren und zum Schauen bestellt fühlen, daß sie ihr eigenes Verstummen mit einem nationalen Unglück gleichsetzen würden. Weil sie uns stets eine wichtige Botschaft zu überbringen haben, liegt es außerhalb ihres Vorstellungsvermögens, daß die Quelle ihrer immensen Produktivität eines Tages versiegen könnte. Andere sind bescheidener und selbstbezogener zugleich. Zu sehr fühlen sie sich von den alltäglichen Niederlagen hinabgezogen, als daß sie sich von geistigen Höhenflügen tragen lassen könnten. Sie stehen neben dem Dichter-Roß, das ihre Kollegen feierlich aufzäumen. Weil sie an allem zweifeln, zweifeln sie auch vehement am Nutzen der Poesie für die Menschheit. Nur an einem zweifeln sie nicht: Daß das tägliche Ringen um das geschriebene Wort, so wirkungs- und bedeutungslos es ihnen auch vorkommt, für sie selbst um so wichtiger ist, ja, daß es den eigentlichen Sinn ihres Lebens ausmacht.
Der 1925 geborene Ernst Jandl gehört zu der letztgenannten Spezies. Er ist ein Wiener, wie er im Buche – wenn auch nicht in den Fremdenverkehrsprospekten – steht: sekkant, boshaft und schwierig bis zum Selbstzerstörerischen. Ein später Nachkomme Grillparzers, der seine verletzlichen Gefühle hinter einer Maske aus Griesgrämigkeit und Mißtrauen verbirgt. Mit Vorliebe teilt er in seinen Gedichten den Lesern Wahrheiten mit, die unbequem sind, die man nicht gern hören will. Dabei trugen Jandls Laut-

gedichte, die ihn in den sechziger Jahren geradezu populär machten, zunächst eher zu der Vermutung bei, dieser Dichter könne ein Spaßvogel sein. Nichts ist falscher.
Die grellen lautmalerischen Effekte, die damals allgemeine Heiterkeit auslösten, übertönten Jandls radikales Programm, das diesen Versen zugrunde liegt: einen Sachverhalt auf die möglichst kürzeste Formel zu bringen. Wenn Dichten etwas mit Verdichten im Sinne von Verknappen zu tun hat, dann ist Jandl einer der größten Dichter unserer Zeit.
Auch dieses Gedicht, das von der Möglichkeit des Verstummens spricht, könnte lapidarer kaum sein. Beim Leser löst es eine Mischung aus Verblüffung und Desillusioniertheit aus. Jandls Lyrik ist ein Ernüchterungsprogramm, das er in erster Linie sich selbst verordnet. Hier sieht er der für einen Schriftsteller quälendsten Vorstellung, dem Ende der eigenen Kreativität, mit einer an Selbstverachtung grenzenden Schnödigkeit ins Auge. Er ist – so scheint es – auf alle Eventualitäten vorbereitet, für »der Dichtung großes Glück« hat er nur noch Spott und Hohn übrig, und mit dem Gedanken, von der literarischen Bühne abzutreten, frohlockt er geradezu. Doch es scheint eben nur so.
Man hüte sich davor, diesem Gedicht zu glauben. Jandl liegt an seiner literarischen Produktion mehr, als er zugibt, ja, es liegt ihm so viel daran, daß er die Bedeutung, die das Schreiben für ihn hat, hier absichtlich herunterspielt. Bietet es doch – wie eingangs erwähnt – den Ersatz für das, was er einmal das »mistige Leben« genannt hat. Jandls Gedicht erinnert an den kleinen Jungen, der in der Dunkelheit das Lied vom schwarzen Mann vor sich her singt. Er versucht das dräuende Unglück, den unerbittli-

chen Altersprozeß, zu bannen, indem er es benennt. »Sämtliche Angst berichten« – heißt es bei Jandl an anderer Stelle – würden die Zeilen, die er in die Maschine hacke. Auch dieses Gedicht, das so gewitzt und gelassen einherkommt, handelt in Wahrheit von Angst. Daß sie mit keinem Wort erwähnt wird, macht seine Besonderheit aus.

ERNST JANDL
DER FISCH

der holde fisch, den ich
in mein triefendes maul stopfe, sein flinkes
wasserspiel hat den angler so aufgereizt
daß er die angel ihm in sein argloses maul rannte
und ihn hoch in die luft riß, den in todesnot zappelnden
ihn zu boden schmiß und mit einem steinhieb ihm
die stirn zerschlug. die besudelte köchin
schlitzte den silberbauch des getöteten, riß
seine eingeweide heraus und schmiß
ihn ins siedende fett in der pfanne; spuckte
während er briet, auf den schmierigen teller
wischte ihn an der blutigen schürze und schmiß
den endlich freßreifen fischkadaver darauf,
gab der kellnerin als signal einen tritt in den arsch
die den teller nun packte und dem lechzenden vielfraß
mir, dem geheiligten gast, vors triefende maul
auf die tischplatte donnerte. komm!
rief mit ausgebreiteten armen ich, herr jesus!
sei unser gast und segne was du
uns bescheret hast, wie die vermoderte
mutter es mich todgeweihten gelehrt hatte.

HANSPETER BRODE
MEMENTO MORI AM WIRTSHAUSTISCH

An die »holden Schwäne« Hölderlins, an eine biedermeierlich stillgestellte Natur vom Typ der »launischen Forelle« Franz Schuberts scheint der Beginn des Gedichts zu erinnern; und auch das »flinke wasserspiel« des Fisches könnte den Rahmen bequemer Idyllik noch knapp durchmessen. Aber schon das »triefende maul« – nicht des Fisches, wie man meinen könnte, sondern des Fressers – stellt alles auf den Kopf und wirft den Leser aus eingefahrenen Gleisen.

Nicht friedvolle Natur nämlich gibt sich kund, sondern chaotische Brutalität in furioser Abfolge. Ein Gast sitzt im Lokal, und angesichts des aufgetragenen Gerichts rollt blitzartig eine Vorstellungskette durch seinen Kopf: dem verspielten und schönen Naturwesen, dessen »kadaver« vor ihm liegt, hat man eine Angel ins Maul gerannt, seinen Körper riß man in die Luft, die Stirn zerschmetterte ein archaischer »steinhieb«.

Schlitzen - reißen - spucken - schmeißen - treten - packen - donnern – ein wütendes *crescendo* an Zerstörung bricht sich Bahn; hämmernde Wortwiederholungen und bösartig grundierende Assonanzen (»riß«-»schmiß«) vermitteln das Hervorstürzen einer kaum vermuteten Schlagetot-Raserei. Dem rüden Fischer, »aufgereizt«, ein Killer mit psychopathischen Zügen, folgt die »besudelte köchin« in blutiger Schürze, eine Figur von märchenhaft-archetypischem Zuschnitt; sie wiederum setzt per Fußtritt eine

gänzlich entwürdigte Kreatur, die Kellnerin, in Bewegung; und der Bewirtete, als Vierter im widerlichen Bunde, erkennt sich als letztes Glied einer Kette von Trieb, Mord und Freßgier.
Obgleich der Gedichtanfang wiederkehrt, hat der Schock inzwischen alles umgeworfen. Vom Alltagserleben einer beiläufigen Restaurantsszene aus öffnet sich ein religiöser Erfahrungshintergrund, vorbereitet bereits durch die abgegriffene Touristenphrase vom »geheiligten gast«, verstärkt durch ein an Epiphanie gemahnendes Donnern. Regression findet statt, Rücksturz in kindliche Bewußtseinsräume, die »vermoderte«, also längst verstorbene Mutter besetzt ruckartig die Phantasie. Im Gefolge des früh gelernten Gebetsreims begreift der Erzähler die Endlichkeit seines Daseins, er ist »todgeweiht«.
Der Fisch dient allerdings nicht nur als Fingerzeig auf den beklemmenden Individualfall. Weit über den Einzelvorgang hinaus verweist dieses Tier auf antike und frühchristliche Traditionen. Schon die Pythagoreer verehrten den Fisch als göttliches Wesen; über griechisch *ichthys* wurde er später zum Anagramm Christi, zum Zeichen für Glaubensgemeinschaft und Kreuzestod, zur Chiffre des Abendmahls. In typologischer Verflechtung ist der im Gedicht herbeigerufene »herr jesus!« also tatsächlich längst gegenwärtig; die simple Mahlzeit am Wirtshaustisch schlägt um in ein *Momento mori* von uralter Bedeutungstiefe.
Umgangssprachliche Elemente, das Schmeißen, das Arschtreten, das Auf-den-Tisch-Donnern, dazu Kleinschreibung und eine reduzierte Interpunktion bei heftig vorwärtsdrängendem Satzbau machen das Gefälle vom banal Heutigen zum großen metaphysischen Ausgangs-

punkt nur um so deutlicher. Ein radikales, ein bis an die Wurzeln abendländischen Bilddenkens hinabreichendes Gedicht also – gleich weit entfernt von rührseliger Klage um erschöpfte Natur wie von kurzatmiger Alltagssensibilität.

ERNST JANDL
GLÜCKWUNSCH

wir alle wünschen jedem alles gute:
daß der gezielte schlag ihn just verfehle;
daß er, getroffen zwar, sichtbar nicht blute;
daß, blutend wohl, er keinesfalls verblute;
daß, falls verblutend, er nicht schmerz empfinde;
daß er, von schmerz zerfetzt, zurück zur stelle finde
wo er den ersten falschen schritt noch nicht gesetzt –
wir jeder wünschen allen alles gute
28. 7. 78

FRANÇOIS BONDY
DIE WEGGEWÜNSCHTE IDENTITÄT

Von der Kinder- oder Gastarbeitersprache mit »gewaltsamer Verformung auf der Wort- und Satzebene« – so charakterisiert Ernst Jandl den Zyklus »der gelbe hund« – ist in diesem strengen Gedicht mit seinen korrekt gebauten, weder deformierten noch vereinfachten Sätzen nichts zu merken. Eine Hypothese folgt auf die andere, jede erschreckender als die vorige. Besorgt, ja begütigend hofft der Dichter oder gibt zu hoffen vor, daß jeweils die Wendung zum Schlimmeren, die Eskalierung der Leiden unterbleiben möge, die er sich zugleich ausmalt.
Von der dritten Zeile an weiß der Leser, daß nichts dieser Mechanik des Schreckens Einhalt gebieten wird oder auch soll. Ließ noch die zweite Zeile, die als einzige vergebens nach einem Reim ausschaut, eine harmlosere Sequenz vermuten, so wirken die reichen Reime – zweimal »gute«, zweimal »blute«, zweimal »finde« und der Binnenreim »zerfetzt – gesetzt« – wie Garanten dafür, daß in diesem unheilvollen Geschehen nicht nur die Syntax in Ordnung ist, sondern auch Harmonie herrscht. Aber welcher Leidende, Blutende, Sterbende ist zugleich Garant der Weltharmonie, wenn nicht der Schmerzensmann selber?
Eines von zwei Gedichten dieses Zyklus, die den Titel »Choral« tragen, endet: »o haupt voll blut und wunden«; in »lamm gottes« kommt Jesus in parodiertem herzhaftem Balladenton vor, dramatischer in »der fisch«. Im erwähnten Text, den er für den Umschlag schrieb, stellt Jandl fest,

daß er in seine Gedichte »klägliche Reste« seiner Vergangenheit aufnehme. Jesus ist von der Kindheit her ein solcher Rest. Doch da der Dichter von der »Unmöglichkeit der Zukunft« überzeugt ist, kann sein Dichten nur Resteverwertung sein.

Die ersten und die letzten Zeilen wiederholen sich beinah. Wenn zuerst »alle jedem« alles Gute wünschen und zuletzt »jeder allen«, so ist das nicht nur ein für Jandl typisches Durchspielen der Permutationen. Denn wer ist »jeder«, wer sind »alle«? »Jeder« heißt »alle« als Einzelne und deshalb meinem »ich« näher. Da wir so gebaut sind, daß persönlich erlittene Schmerzen »jeden« anders treffen als solche, die von andern erduldet werden, kennen wir zwei Welten: »ich« und die übrigen.

Das fünfmalige »er« steht nicht für ein »ich«, sondern dagegen: es ist Abwehr, Verdrängung. Es geht nur um jene, denen ich zwischen Mitleid und Schadenlust vergebens alles Gute wünsche. Der Voyeur, die Betroffenen – das sind zweierlei. Und doch: das Gedicht hebt an mit »wir«. Die Situation des »ich« ist nicht nur meine, sie ist ein Plural, uns allen gemeinsam. Die nicht gewollte, ja, weggewünschte Identität zwischen mir und den andern, den Schmerz- und Todgeweihten, stellt sich dennoch her.

Die einzige unglaubhafte Hypothese ist die letzte: daß der Verblutende nachträglich den Weg zurückfinde. Doch solches »Hätte er nur dieses unterlassen, jenes vermieden« ist nutzlose späte Reue, ist das uns vertraute Begehren eines Rückgängigmachens, das keine Not wendet und das niemals vermag, Geschehenes in Ungeschehenes zu verwandeln.

Wenn dieser Hohn, in dem verborgene und gleichzeitig

offenbarte Ängste leben, ein »glückwunsch« ist – wie klänge dann eine Jandlsche Verwünschung?

ERNST JANDL
IN DER KÜCHE IST ES KALT

in der küche ist es kalt
ist jetzt strenger winter halt

mütterchen steht nicht am herd
und mich fröstelt wie ein pferd

KLAUS SIBLEWSKI
TANZ AUF DUNKLEM GRUND

In Ernst Jandls Werk hat auch das scheinbar Unfertige, das Aufgefundene und rasch Skizzierte seinen festen Platz. Selbst Notizen, nicht länger als eine Zeile, sammelt er in seinen Gedichtbänden. Zu den bemerkenswerten Trouvaillen unter den vielen Funden gehört sicher dieser Mitte der achtziger Jahre geschriebene Vierzeiler. Er enthält, lokker hingeworfen und auf gedrängtestem Raum, wesentliche Elemente seiner Dichtung.

Gestoßen ist Jandl auf diesen Vierzeiler zu einer Zeit, als sich seine Sicht auf das Leben schon drastisch verfinstert hatte. Am liebsten hätte er mit allem, was ihm wichtig gewesen war und was ihn ausgemacht hatte, nichts mehr zu tun gehabt. Dennoch konnte er eines nicht aufgeben, sein Schreiben von Gedichten, in denen er paradoxerweise kaum noch von jemand anderem sprach als von sich selbst.

Diese vier Zeilen bestehen aus einer Klage, aus der Beschreibung eines verdorbenen häuslichen Idylls. Der Ton, den Jandl allerdings anschlägt, will dazu nicht passen. Er versucht einen Witz zu machen, gibt sich betont heiter, stellt aus scheinbarem Mutwillen alles auf den Kopf. Banales wie die Küche wird mit einer hochromantischen Chiffre von Eis und Winter kombiniert. Ein seltsames »mütterchen«, halb Hexe, halb eine fidele Person, will sich dort nicht einstellen, wohin sie der Meinung des Dichters nach gehört: an den Herd. Und als bedürfe es einer weiteren

grotesken Zuspitzung, ist auch noch von einem Pferd die Rede, das wie ein Mensch »frösteln« kann.
Doch ganz unbeschwert kann sich der Leser im steten Wechsel von Hebungen und Senkungen, der an Abzählverse aus Kindertagen denken läßt, diesem merkwürdigen Personal und Jandls Witz nicht überlassen. Unversehens kommt ein Ernst ins Spiel, der sich umso weniger wegschieben läßt, als Jandl mit einer ansteckenden Leichtigkeit beginnt. Diese in einem gespensterhaften Neutrum gehaltene Frau ist nicht irgendein »mütterchen«, sie ist niemand anderes als seine Mutter, die für ihn zu einer Unzeit, als er knapp fünfzehn Jahre alt war, an einem Nervenleiden gestorben ist. Ihren Tod hat er nie überwunden.
Obwohl. An Versuchen, sich aus seinem Schicksal herauszuwinden, hat es nicht gefehlt – auch diese Petitesse zählt dazu. Jandl gibt sich ganz dem augenblicklichen Einfall, der Euphorie des Moments hin, läßt sich hier wie in anderen Gedichten von seinem Spaß am Schrägen und Verdrehten forttragen und scheint gar nicht genau darauf zu achten, in welche absurd-komischen Regionen ihn der Sog aus verspieltem Versmaß und munteren Reimen treibt. Hauptsache: fort von der beschwerenden Realität. Doch so leicht sich Jandls Verse auch geben, den Abgründen seines Schreibens kann er nicht entkommen. Mit diesem kurzen Schüttelreim-Tanz wie mit einem großen Teil seines Werkes insgesamt möchte Jandl die Erinnerung an seine Mutter wach halten. Durch sie, die auch Gedichte verfaßte, ist er zum Schriftsteller geworden, zu einem Dichter, der sehr viel erreicht hat, nur eines nicht: glücklich zu werden. Sein Leben ist ihm im Gegenteil schwergefallen, doch wenn er schrieb, spürte er die Kälte in seiner Küche weniger stark.

Deshalb wurde er auch bis zu seinem Tod im Juni 2000 nicht müde, über neue Verse nachzudenken, selbst wenn dabei manchmal nur Lyrik-Miniaturen von vier Zeilen und in einigen Fällen sogar von noch geringerem Umgang entstanden.

ERNST JANDL
LICHTUNG

manche meinen
lechts und rinks
kann man nicht
velwechsern.
werch ein illtum!

VOLKER HAGE
VERWECHSLUNG MÖGLICH

Wenn Komiker einen deutsch sprechenden Chinesen nachahmen wollen, so greifen sie zu einem einfachen Trick: Immer dort, wo ein »R« hingehört, sprechen sie ein »L«.

Nach diesem Muster funktioniert weitgehend auch das Gedicht »lichtung« von Ernst Jandl, das zu seinen bekanntesten gehört. Jedoch erschöpft sich der Witz hier nicht im mechanischen Vorgang des Austausches, im billigen Aha-Effekt.

Diese Behauptung läßt sich leicht überprüfen. Dechiffriert man nämlich das Umkehrprinzip, so erhält man zunächst nicht mehr als eine banale Mitteilung: Manche seien der Meinung, Rechts und Links könne man nicht verwechseln; doch sei dies ein Irrtum. Bleibt noch die Überschrift: Aus einer offenen Stelle im Wald wird »Richtung«.

Was aber weiter? Wieso Richtung? Bevor man danach zu fragen beginnt, muß man sich rasch noch einmal vergegenwärtigen, was im Moment der Auflösung im Leser vorgeht. So einfach steht die Sache nämlich nicht, daß Jandl die banale Weisheit einfach nur versteckt hätte.

Was das Gedicht sagt, ist bereits in seinem Bauprinzip enthalten. Eine Verdoppelung, die doch nichts Überflüssiges enthält. »werch ein illtum!« – welch ein Irrtum, daß man Rechts und Links nicht verwechseln kann! Das Gedicht verwechselt ja selbst: nicht Rechts und Links, doch

die jeweiligen Anfangsbuchstaben als für die Begriffe stehend.
Seine Freude hat der Leser also bereits gehabt, wenn er sich danach fragt, wieso Rechts und Links verwechselt werden könnten. Es ist übrigens, um noch einmal dabei stehenzubleiben, eine Freude ganz im Sinne der »konkreten Poesie«, zu der sich Jandl mit mancherlei Einschränkung bekennt (er hat nebenbei auch traditionelle Gedichte geschrieben). Den Irritations-, Erkenntnis- und (oft) Erheiterungscharakter hat diese Lyrik sich, obgleich Avantgarde von gestern, bewahren können. Und schaut man sich die gegenwärtige Lyrikproduktion an, der Spielformen nicht ganz geheuer sind und die wenig ästhetische Vitalität besitzt, kann man sich nach Gedichten dieser Art zurücksehnen. Allerdings: wiederholen läßt sich das wohl nicht.
Jandls »lichtung« erschien 1966 in dem Band »Laut und Luise«. Die Große Koalition gab es zur Entstehungszeit des Gedichts noch nicht. Immerhin: die Annäherung der beiden Volksparteien zeichnete sich schon ab. Ein Verlust des Profils auf beiden Seiten des politischen Spektrums: das kann, muß aber nicht gemeint sein.
Eine andere, politisch entgegengesetzte Auslegung der Verse ist denkbar: nach der These, Extremismus sei, von welcher Seite auch, in seinen Konsequenzen austauschbar; totalitäre Staaten seien vergleichbar, egal ob sie auf linker oder rechter Ideologie basierten. Die mißverständliche Vokabel vom »Linksfaschismus« gehört hierher. Und liest man das Gedicht vor der Folie aktueller Ereignisse, so fällt einem noch eine weitere Formel ein. Nämlich diejenige von den »Kindern Hitlers«, die im Ausland für die Mitglieder jener Gruppierung geprägt wurde, die sich selbst

»Rote Armee Fraktion« nennt. Terrorismus von heute, der sich selbst als links begreift, unterhöhlt das Vertrauen in jede linke Politik; oder läßt sich von rechter Seite doch gut dazu benutzen.

Es kann auch ganz anders sein. Einfach so: viele Menschen (Jandl gehört zu ihnen) haben Schwierigkeiten damit, Rechts und Links als Richtungen auseinanderzuhalten. Sie verwechseln das ständig. In der Fahrprüfung zum Beispiel kann das schlimm enden. Ärgerlich ist es auch für den, der sich einen Weg in einer fremden Stadt erklären läßt.

Das Gedicht ist für diese Auslegungen offen: ein Angebot an den Leser. Ohne Botschaft. Ohne Ewigkeitsansprüche. Was indes seine Unvergeßlichkeit nicht ausschließt. Für mich ist es eins der wenigen, die ich stets korrekt – und vollständig – aufsagen kann.

ERNST JANDL
MANCHMAL HAB ICH EINE SOLCHE WUT . . .

manchmal hab ich eine solche wut
daß es für keinen gut ist bei mir zu sein
grad dann bin ich nicht gern allein
denn wie bring ich meine wut los

das versteht jeder
denn jeder hat schon einmal eine wut gehabt
und manche haben auch verstanden
daß einer mit seiner wut nicht gern allein ist

die sind dann rasch weggegangen
oder sie sind bei ihm geblieben
vielleicht weil sie ihn lieben
aber sicher um ihm zu helfen
(manche sind dabei draufgegangen)

WERNER ROSS
DAS PARADOX DES MENSCHLICHEN

Wut-Werke sind selten. Mir fällt im Augenblick nur Beethovens »Wut über den verlorenen Groschen« ein, ein blitzendes Virtuosenstück, in dem nicht die Wut raucht, sondern die Laune funkelt.

In Jandls Wutgedicht ist der Augenblick der Entstehung mit Datum bezeichnet. Der Zyklus von neun Gedichten, dem dieses als Nummer 6 angehört, ist überschrieben: »notizen vom 17. 10. 78, dem todestag von jean améry«. Für die Wut, von der Jandl spricht, wird im Gedicht selbst freilich keinerlei akuter oder aktueller Anlaß festgestellt. Im Gegenteil: Die Wut kommt manchmal, sozusagen wie eine Krankheit, über den Sprechenden. Das wird im volkstümlichsten Umgangston festgestellt, wie vom Mund eines Zeitgenossen im Biergarten abgelesen, breite Prosa, und was sich anschließt, klingt wie die erstaunte Entdeckung eines solchen Biergarten-Grantlers: Wut ist für Nebenmenschen gefährlich, aber gerade wenn man wütend ist, braucht man Nebenmenschen, um Wut loszuwerden.

Bis jetzt bewegen wir uns noch im karl-valentinischen Bereich der Alltagsparadoxa, der pfiffigen Aufdeckung der Menschennatur in ihrem Widerspruch. Der eine Reim in der ersten Strophe (sein – allein) steht fast verloren im gänzlich und willentlich unrhythmischen Gefüge dieses brummelnden Sinnierens. Erst die dritte Strophe vollzieht das, was man leicht hochtrabend »Gedichtwerdung« nennen könnte. Bei Jandl gehört noch der Satz »die sind dann rasch weggegangen« in die prosaische Sequenz von »Ärger« und »Sich-Ärger-Ersparen«, die den Wütenden zum Mitmenschen treibt und die den Mitmenschen den Wütenden fliehen läßt.

Erst mit denen, die *nicht* weglaufen, eröffnet sich eine neue Dimension; »oder sie sind bei ihm geblieben« könnte im Rahmen einer Biergarten-Philosophie noch allerlei praktische Gründe haben. Aber diese wird nun mit einem einzigen kräftigen Flügelschlag unten gelassen. Der erste Vollreim darf ans Tageslicht: »geblieben« ruft »lieben«, das als Pathoswort – wenn auch möglichst unpathetisch gesprochen – den paradoxen Kreislauf von Annäherung und Flucht durchbricht.

Das Durchdachte dieses scheinbar so lässig dahingesprochenen Textes wird noch deutlicher, wenn man noch einmal die zweite Strophe heranzieht: »manche haben es auch verstanden / daß jemand mit seiner wut nicht gern allein ist.«

Wenn es dabei bliebe, wären die Verse beinahe ein Sozialgedicht, ethisch wie »Edel sei der Mensch«. Der letzte Vers erst rundet das Gedicht und reißt zugleich das tiefere Paradox des Menschlichen auf: in Klammern gesetzt, wie eine Fußnote, umschreibt er die Tragik der Helfenden und der Liebenden. *Sie* sind die wirklich Leidtragenden der Wut, von der sich der Wütende, sie gleichsam ausniesend, befreit. Was mit der Wut als einem dem Bürger zustehenden Normalbedürfnis begann (»Wer niemals eine Wut gehabt ... « könnte man variieren), endet in tiefer Trauer, als Elegie.

Zum Kunstcharakter dieses Dreizehn-Zeilen-Geplauders ist noch anzumerken, daß der letzte Vers den drei Vierzeilern wie eine Schlußkadenz, ein *rallentando,* angehängt ist und daß das burschikos formulierte, aber tragisch gemeinte »draufgegangen« die genaue Replik zu dem bequem-beiläufigen »weggegangen« des ersten Verses der letzten Strophe bildet.

Diesem Kunstcharakter entspricht genau, was man in alter Deutung die Anagogik genannt hätte: der Aufstieg. Er führt von der ordinären Wut des Ich zur not-wendenden Nützlichkeit des Du und erweitert sich dann zu einem Wir, das sich im Mit-Leiden und – sogar – im Lieben offenbaren kann. So wird eine nachdenkliche und bewegende Antwort auf die vulgär-psychoanalytische Ermunterung gegeben, die aufgestaute Aggression nur tüchtig abzureagieren – mag der andere sehen, wie er damit fertig wird.

ERNST JANDL
NACHTSTÜCK, MIT BLUMEN

im zimmer, drin ich schlafe
will keine blumen ich.
dem schläfrigen zur strafe
bewegt die fliege sich
wenn sie der blumen duft
zu sich ins zimmer ruft.
die blumen sind lebendig
lebendig bin ich auch;
die fliege ist es auch noch
und tot ist nur der rauch
den ich durch mund und nase
aus meiner lunge blase
die fliege zu vertreiben.
die will bei blumen bleiben
und wird dann mich entdecken.
die fliegenklappe hebend
steh ich im nachthemd bebend –
nie hat die fliege lebend
und dauerte es stunden
den weg zurück gefunden
wo fliegen der geschmack
liebender fliegen packt.

ULRICH WEINZIERL
DER DEPRESSIONSHUMORIST

Ein Text von vorgestern? Die Antwort ist ein kleines Ja und ein großes Nein. Er stammt aus den 1989 veröffentlichten »idyllen« und scheint auf den ersten Blick der verdächtigen Gattung tatsächlich am nächsten zu kommen. Denn rundum finden wir in dieser Sammlung das blanke Gegenteil alles Idyllischen: Wort gewordenen Überdruß und Ekel, Notate von Symptomen körperlichen und – drohenden – geistigen Verfalls, manchmal sogar die bewußt eingesetzte Drastik der Altersobszönität, im sexuellen wie im außersexuellen Sinn. Wir entdecken die für Ernst Jandls Spätwerk charakteristische »heruntergekommene Sprache«, eine Art Pseudo-Gastarbeiteridiom, wir entdecken den längst zu Ehren der Klassikeraltäre erhobenen Buchstaben-Rastelli der »konkreten poesie«. Dieses Gedicht indes erinnert an des Autors Anfänge, an den vermeintlichen Melancholie-Traditionalisten des Debütbandes »Andere Augen« von anno 1956, über den Jandl in der Folge schrieb: »beim berglandverlag / hab ich mein erstes / buch verlegt / und futsch wars.«
Keineswegs aber handelt es sich hier um die Regression eines verdienten Avantgardisten in den Schoß der alleinseligmachenden Konvention, sondern nur um Radikalisierung einer jener artistischen Ausdrucksmöglichkeiten, die dem schriftstellernden Proteus Jandl seit Jahrzehnten zur Verfügung stehen. Die List formaler Täuschung hat dieser spielerische Ernstmacher, der Depressionshumorist Jandl, immer virtuos beherrscht.

Schon der Titel »nachtstück, mit blumen«, weckt mancherlei Assoziationen, sowohl an die Welt der musikalischen Romantik als auch an die der bildenden Kunst. Einerseits schieben sich Robert Schumanns »Nachtstücke op. 23« ins Bewußtsein, andererseits wird ein gemaltes Stilleben beschworen, oder wie's im Französischen trefflicher heißt: *nature morte*.
Zweifellos hat die Szenerie etwas versponnen Kauziges – in der Mischung aus verpatztem Spitzweg-Genrebildchen und versifizierter Wilhelm-Busch-Tücke. Die Ich-Person, der autobiographische »Held«, führt einen leicht grotesken Kampf gegen Schlaflosigkeit und Insektenplage, und das allein wäre sicher nicht der literarischen Rede wert. Doch in Wirklichkeit geht es um ganz anderes, nämlich um die Menschheits- und Dichtungsthemen Leben, Liebe und Sterben. Vier Verse und ihr Unausgesprochenes enthalten bereits das Wesentliche: »die blumen sind lebendig / lebendig bin ich auch; / die fliege ist es auch noch / und tot ist nur der rauch«. Mit mehr Beiläufigkeit und *understatement* läßt sich das ewig gültige *Memento mori* kaum auf den Begriff bringen. Gerade was sich nicht reimt, »lebendig/noch«, ist Drohung und Klage zugleich, als deren Echo wir die Vergänglichkeitsmetapher »auch/rauch« vernehmen.
Anhänger herkömmlicher Lyrik bedient Jandl scheinbar bestens: Haufenweise serviert er ihnen dreifüßige Jamben, Kreuz- und Paarreime, einmal zudem einen dreifachen Reim. Zum Schluß freilich sprengt der Dichter das selbstauferlegte metrische Korsett. In den letzten beiden Zeilen verwendet Tonkünstler Jandl nicht mehr als vier Vokale, der Daktylus »liebender« unterbricht den einlullenden Rhythmus, und die Brutalität der Tötungsaktion, deren

direkte Darstellung ausgespart wird, offenbart sich in der verstörenden, weil winzigen Klangdifferenz von »geschmack« und »packt« – ein Paukenschlag an der rechten Stelle. Von diesem Schlußpunkt aus gelesen, so denke ich, zeigt das »harmlos«-koboldhafte Notturno seine wahre, unromantische Gestalt: ein Scherzo über Eros, Gewalt und Tod, also durchaus eine Botschaft von heute. Zu entziffern mit jenen »anderen Augen«, deren Gebrauch uns Meister Jandl hartnäckig und erfolgreich gelehrt hat.

ERNST JANDL

schtzngrmm
schtzngrmm
t-t-t-t
t-t-t-t
grrrmmmmm
t-t-t-t
s------c------h
tzngrmm
tzngrmm
tzngrmm
grrrmmmmm
schtzn
schtzn
t-t-t-t
t-t-t-t
schtzngrmm
schtzngrmm
tsssssssssssss
grrt
grrrrrt
grrrrrrrrrt
scht
scht
t-t-t-t-t-t-t-t-t-t
scht
tzngrmm
tzngrmm

t-t-t-t-t-t-t-t-t-t
scht
scht
grrrrrrrrrrrrrrrrrrrrrrrrrrrrrrr
t-tt

ROLF SCHNEIDER
MATERIALSCHLACHT

Ernst Jandls überschriftslose Verteilung von über zweihundert Buchstaben auf zweiunddreißig Verszeilen erscheint beim ersten Blick als die bare Sinnlosigkeit. Sofern hier ein künstlerischer Anspruch besteht, was man wohl annehmen darf, wenn dergleichen ein Gedicht heißt, ist man am ehesten geneigt (wir befinden uns im Zeitalter der künstlerischen Grenzüberschreitungen), auf eine Annäherung ans Graphische zu halten. Buchstaben sind nicht bloß Bedeutungsträger. Sie vertreten auch einen ästhetischen Wert für sich.

Mit Grenzüberschreitung hat Ernst Jandls Text in der Tat zu tun, allerdings begibt diese Grenzüberschreitung sich in Richtung aufs Akustisch-Musikalische. Jandl, Verfasser einer – übrigens recht erfolgreichen – Sprechoper, hat für eine bedeutsame Weile seines Lebens in der Nachfolge von Autoren aus dem französischen Symbolismus und dem deutschen DADA experimentiert. Dort stimmte man darin überein, daß Sprache außer Sinnbedeutungen auch Klangmaterial enthalte; letzteres lasse sich um seiner selbst willen verwenden. Man nennt diese Richtung aus nicht ganz einsehbaren Gründen Konkrete Poesie, ihre einzelnen Beispiele Lautgedichte.

Ernst Jandl selbst zieht den Ausdruck Sprechgedicht vor. Er notiert: »das sprechgedicht wird erst durch lautes lesen wirksam.« Liest man im vorliegenden Text die ersten beiden Zeilen laut, hört man plötzlich ein durchaus verständ-

liches und nicht sehr behagliches Wort: Schützengraben. Jandl hat es verändert. Er trieb ihm alle Vokale aus, weiterhin zog er die letzte Silbe auf einen Nasal zusammen.
Warum er so verfuhr? Mir scheint im Fortfall der Vokale zunächst die simple Einsicht versteckt, daß der Schützengraben ein Ort ist, wo sich Verluste ereignen. Das umgangssprachliche Verschleifen von Endsilben aber deutet auf ungepflegtes Sprechen hin, wie es sich in ungepflegten Umgebungen ereignet. Ein Schützengraben ist genau so.
Der Rest des Gedichtes ist dann teils aus Wiederholungen, teils aus Reduktionen gemacht, auch aus der Wiederholung von Reduktionen. Da alles miteinander von einem ausschließlich aus Konsonanten bestehenden Gebilde ausgeht, treten auch in der Folge ausschließlich Konsonanten auf. Verschlußlaute, Reibelaute, Zischlaute, Nasale. Sieht man genau hin, sofern man nicht vorzieht, die Sache durch lautes Lesen zu verfolgen, entdeckt man in der Zusammenstellung eine wohlüberlegte Dramaturgie.
Schon das t-t-t-t der dritten Zeile macht unüberhörbar deutlich, daß in dem hier gemeinten Schützengraben weder die Sterne der Heimat leuchten noch Männerzoten gerissen werden. Die aus dem Grundwort gefilterten Geräusche erzählen vielmehr eine moderne Materialschlacht mit Maschinengewehrsalven, Artilleriedetonationen und dem Zischen von Flammenwerfern. Die Geräusche sind von jener Art, wie sie mit ihren Bleisoldaten spielende Knaben erzeugen, um sich einem männlichen Abenteuer namens Krieg zu nähern.
Ernst Jandl hat außer »schtzngrmm« noch ein anderes Gedicht zum Gegenstand verfaßt: »vater komm erzähl vom krieg/vater komm erzähl wiest eingrückt bist/vater

komm erzähl wiest gschossen hast/vater komm erzähl wiest verwundet wordn bist/vater komm erzähl wiest gefallen bist/vater komm erzähl vom krieg.«
In diesen Versen des einstigen unfreiwilligen Jungsoldaten Ernst Jandl werden Grundeinsichten mitgeteilt, die »schtzngrmm« mit seinen Mitteln wiederholt. Die letzten Zeilen sollen dabei vermutlich nicht mehr (oder nicht mehr nur) jenes Geräusch wiedergeben, das vorbeijagende Projektile oder angefachte Feuer erzeugen. Notiert wird jenes Zeichen, mit dem man sich auf Friedhöfen oder an Orten des Grauens zum Schweigen ermahnt. Ungerührt und stupide antwortet darauf nochmals ein Detonationsgeräusch, dessen Kadenz t-tt wie »tot« klingt. Das Ende und die Logik der Schützengräben ist der Tod.
Außer einer Menge von Gedichten, die den Krieg bejubeln, besitzen wir in unserer Lyrik Gedichte, die den Krieg verurteilen. Die meisten sind bloß gut gemeint. Zu den anderen, wenigen, die betroffen machen können, gehört der Text Ernst Jandls.

ERNST JANDL
SOMMERLIED

Wir sind die menschen auf den wiesen
bald sind wir menschen unter den wiesen
und werden wiesen, und werden wald
das wird ein heiterer landaufenthalt
14. 6. 1954

WERNER ROSS
GRÜNES STERBELIED

Das wichtigste Wort in diesem von Kennern und Liebhabern geschätzten Gedicht Ernst Jandls ist »wiesen«. Es kommt dreimal vor, mehr als die Wörter »wir« und »menschen«, die nächsthäufigen. Lakonisch, bulletinmäßig oder wie eine philosophische Definition, fängt das »sommerlied« an: »wir sind die menschen auf den wiesen«.
Diese Behauptung ist mehr als kühn. Sie stimmt nur zeit- und ausnahmsweise, wenn wir uns unseren Sitten entgegen auf Wiesen begeben, zum Beispiel zu einem Spaziergang im wunderschönen Monat Mai. Wiesenwege sind sehr gesucht, aber selten. Leichter ist es, im Wald oder an einem See spazierenzugehen oder einen Berg zu ersteigen, wobei man eine Abart der Wiesen, die Almen, kennenlernt.
Aber Jandl hat sich bei der kategorischen Feststellung etwas gedacht. Er hat ein Datum unter das Gedicht gesetzt, den 14. Juni 1954. Das Datum gehört zum Gedicht. An jenem Tag, darf man vermuten, waren Ernst Jandl und sein (oder seine) Wir-Begleiter auf einer Wiese, und mit einer weiten Handbewegung konnte er sagen: »wir sind die menschen auf den wiesen.«
Beim nächsten Vers fällt das »die« fort, er verallgemeinert: »bald sind wir – alle – menschen unter den wiesen.« Das muß einem bei einem Spaziergang am 14. Juni, mitten unter Löwenzahn und Wiesenschaumkraut, nicht unbedingt einfallen. Die Lyrik ist seit Jahrhunderten (oder Jahrtau-

senden) darauf gedrillt, im Frühling an das Leben, im Herbst oder Winter an den Tod zu denken.

Ordnungsgemäß ist der Vers: »Geh aus mein Herz und suche Freud' in dieser lieben Sommerzeit an unsres Gottes Gaben.« Auch die Barockzeit, mit dem Tod gern und schnell bei der Hand, hat auf solche Anstandsregeln geachtet.

Man könnte demgegenüber mit dem österreichischen Neu-Barock operieren, mit den Düsternissen Thomas Bernhards zum Beispiel, wo der Tod seine Jahreszeit nicht abzuwarten braucht. Aber das hieße Jandl und sein Lied falsch verstehen. Er ist zunächst und vor allem anderen Sprachexperimentator, Bastler, Ausprobier-Spezialist. Das »auf« hat das »unter« experimentell angezogen, im Umkehrverfahren. Und siehe da, die Umkehrung ergibt einen Sinn.

Einen makabren ganz ohne Frage. Auch landläufige Euphemismen wie »die Radieschen von unten wachsen sehen« ändern nichts an unserer grundsätzlichen Abneigung gegen das Memento mori, das Schreckbild des Todes ausgerechnet inmitten allseitiger stürmischer Lebensbetätigung. Und hartnäckig setzt der Lyriker auf dem Wiesenspaziergang sein Memento und Lamento fort: »und werden wiesen, und werden wald«.

Erst der letzte Vers erschließt dann, als Pointe, den Sinn des Gedichts und das Ziel aller Metamorphosen: »das wird ein heiterer landaufenthalt«. Man könnte formulieren »Umweltschützers Grabgesang«, aber so boshaft ist es sicher nicht gemeint. Viel eher darf man an die Pastoralsymphonie denken, an das Erwachen fröhlicher Gefühle bei der Ankunft auf dem Lande. Das altmodische Wort »landaufenthalt« verweist auf Biedermeierliches. Gott sei

Dank, so darf man diesen letzten Vers verstehen, wir haben zwar noch ziemlich viel Asphalt und Beton, Benzin und Plastik vor uns, aber zum guten Schluß wird uns beschert, was wir so dringend brauchen: unverdorbene Natur.

Man kann an Jandls Gedicht pantheistische oder kosmologische Gedankenspiele anschließen; man kann es auch hamletisch deuten, indem man das »heiter« ironisch nimmt. Das scheint mir zu anstrengend und zu angestrengt. Lieber stelle ich die vier Verse zu den sechs von »Über allen Gipfeln ist Ruh«. Dazu mag es, was poetischen Gehalt, lyrische Stimmführung angeht, eine Schwundstufe sein, aber wenn man die vier Zeilen so vor sich hinspricht, wie sie genommen werden wollen: ohne Dramatik, gelassen, den heiteren Gleichklang der Worte, das Wort-Spiel auskostend – dann drücken sie den Rhythmus der Zeit, das Gefühl der Zeitgenossen überzeugend aus.

ERNST JANDL
VATER KOMM ERZÄHL VOM KRIEG

vater komm erzähl vom krieg
vater komm erzähl wiest eingrückt bist
vater komm erzähl wiest gschossen hast
vater komm erzähl wiest verwundt worden bist
vater komm erzähl wiest gfallen bist
vater komm erzähl vom krieg

ULRICH WEINZIERL
NEUE ALTE WEISE VOM KRIEG

Nach bewährtem Brauch hat der Dichter das Entstehungsdatum seines Gedichts festgehalten: »31. 10. 66«. Nicht das Jahr scheint wichtig, sondern die Jahreszeit: Es ist Herbst, zwei Tage vor dem Friedhofsfest des katholischen Totengedenkens »Allerseelen«. Nebelschwaden ziehen durchs Gemüt und machen auch den Körper frösteln. Von so vordergründig melancholischer Stimmung ist jedoch kein Hauch zu spüren. Dafür meldet sich deutlich der damals noch seinen Brotberuf ausübende Lehrer Jandl zu Wort. Der will mit Sprache stets etwas zeigen. Wessen Schüler mag er da sein?

Ernst Jandl hat ein zweites klassisches Kriegsgedicht geschrieben, also naturgemäß ein Antikriegsgedicht. Im Gedicht »schtzngrmm« führte er das Wesen des Schützengrabens, indem er ihm sämtliche Vokale verweigerte, lautmalerisch vor Augen und Ohren: ein Schreckensgemälde aus maschinengewehrknatternden Konsonanten. Später sollte Jandl sein »Sprechgedicht« nüchtern kommentieren: »Der Krieg singt nicht.« Literarhistorisch folgt »schtzngrmm« der Tradition des Expressionismus und von Dada, der Avantgarde unseres Jahrhunderts. Bei dem eher episch als lyrisch anmutenden Text »vater komm erzähl vom krieg« könnte freilich jemand anderer Pate gestanden haben, den Jandl kaum je erwähnt und vielleicht auch nicht einmal in solcher Rolle wahrnahm: Bertolt Brecht mit seiner Lakonik und seiner List der Vernunft.

Dieses Lehrgedicht besticht nämlich dank raffinierter Strenge und Schlichtheit. Mit regionalem oder gar künstlichem Dialekt hat sein Deutsch wenig gemein, Jandl verwendet bloß statt der Hochsprache die österreichische Umgangssprache. Indes zeitigt die atmosphärische Färbung buchstäblich dramatische Folgen. Wir sehen eine Familienszene vor uns, in der Stunde abendlichen Beisammensitzens. Der Vater schweigt, das Kind redet unablässig, weil es abenteuerliche Geschichten hören möchte. Daher seine litaneihafte Lästigkeit, sein bohrendes Betteln. Und hatte die kindliche Neugier nicht recht? Hat nicht jene Generation ihre Kriegserinnerungen am Stammtisch gerne und schwadronierend ausgepackt?

Materialverschwendung läßt sich den sechs Zeilen schwerlich vorwerfen. Sie benötigen, bei einem Gesamtverbrauch von fünfunddreißig Wörtern, nicht mehr als dreizehn unterschiedliche. Auch in puncto Metrik herrscht äußerste Sparsamkeit. Ausgerechnet an der Stelle »wiest verwundt worden bist« wird das Gleichmaß, der militärische Gleichmarsch der Trochäen, verletzt. Der Verwundete stolpert, bevor er gleich darauf tatsächlich fällt. Ohne Zweifel kein Zeichen von Ausdrucksarmut, im Gegenteil. Gerade das Beharren auf denselben Formulierungen verstärkt deren Intensität, und refrainartig kehrt der Anfangsvers »vater komm erzähl vom krieg« am Ende wieder. Dazwischen liegen die Stationen des Soldatenlebens, die heroische Ouvertüre mit Einrücken und Schießen und das erbärmliche Finale in Blut und Tod.

Doch die Botschaft des Gedichts wird nicht expressis verbis, nur durch die Form überbracht. Die im Aufforderungston versteckten naiven Fragen verstricken sich in ihrem eigenen Widerspruch. Und das ist auch schon die Antwort. Denn »vater komm erzähl wiest gfallen bist« heißt nichts als: Die Logik des gemütlichen Sprechens vom Krieg ist genauso absurd wie der Krieg selbst.

In einer seiner Frankfurter Poetik-Vorlesungen meinte Ernst Jandl, dem Gedicht sei leider anzumerken, »wie die Zeit darüber hinweggeschritten ist«. Hier irrt der Dichter. Das Motto des Bandes »dingfest«, aus dem es stammt, mündet in dem Bekenntnis: »zu sagen gäbe es schließlich nur eines; dieses aber immer wieder, und auf immer neue weise«. Die neue alte Weise »vater komm erzähl vom krieg« hat Bestand. Sie klingt genial einfach und bleibt darum einfach genial.

ERNST JANDL
VERSENKEN

diese gedichte sind nicht zum laut lesen
sondern zum sich darein versenken
und die goschen zu halten was ein mund ist
wenn aber die galoschen nicht mehr dicht sind
kann ja in patschen man neben dem ofen sitzen
und sinnend das gedicht betrachten worauf
warme freude einkehren wird in das herz
des poesiefreundlichen stubenhockers
den der schnee nicht dazu verlocken kann
feuchte socken sich zu holen

WOLFGANG BRENNEISEN
WOLF IM SCHAFSPELZ

Der Mann ist ein Nestbeschmutzer. Der Lyriker und ehemalige Gymnasialprofessor Ernst Jandl mißachtet die elementaren Anstandsregeln, die beim Umgang mit Gedichten üblich sind. Natürlich will sich der »geneigte Leser« in Seelenverwandtschaft mit dem Dichter in das Gedicht »versenken«, aber so, daß er bei dem Versenkungsprozeß, der ihn, so hofft er, schon fast ins Reich der Mütter führt, nicht unliebsam gestört wird. Genau das aber geschieht hier. Die eben begonnene Versenkung wird beinahe im selben Atemzug wieder verunmöglicht. Wer kann sich denn, wenn er das ordinäre Wort »goschen« liest, noch so richtig versenken?

Der Mann ist ein unsicherer Kantonist. Auf die Wortsteine, die er hinstellt, kann man nicht bauen. 1966 erschien sein erster wichtiger Gedichtband »Laut und Luise«, der in der Hauptsache Gedichte enthielt, die Ende der fünfziger Jahre entstanden waren. Der Mann wirkte als gehobener Spaßmacher, einfallsreicher Wortspieler, (auf der Schallplatte) als knorriger Sprecher und Interpret seiner Gedichte, die gelegentlich auch mit dem starken Tobak beißender Gesellschafts- und Zeitkritik gewürzt waren. Aber solche Prisen erhöhen ja den Genußwert. Jandl war und ist ein beliebter, dankbarer Unterrichtsgegenstand in der Schule. Wenn die Lyrik bei den Kids nicht mehr anzukommen droht, läßt sich mit Jandlschen Gedichten wieder glucksendes Wohlwollen erzielen.

Und nun, im neudeutschen Sprachgebrauch, der Hammer: Ernst Jandl setzt uns in seinem Band »selbstporträt des schachspielers als trinkende uhr« Gedichte vor, bei denen wir die »goschen« halten sollen. Das kommt doch einer Kastration gleich, damit sind die poetischen Gebilde ihres Besten beraubt. Jandls Gedichte drängen dazu, in die »goschen« genommen zu werden.

Der Mann ist ein Wolf im Schafspelz. Er sagt das eine, meint aber das andere. Die Jandlschen Gedichte sind nämlich denkbar ungeeignet »zum sich darein versenken«, und das weiß dieser perfide Ratgeber. Er ist kein Freund der Versenkungslyrik, die keineswegs mit Geibel, Rilke oder George in eine verstaubte Vergangenheit abgedriftet ist.

Es gibt nämlich in unserer Zeit eine spezifische Variante des lyrischen Versenkungskults. Der Lyriker möge zwei Teile dunkler Andeutungen mit einem Teil zeitgemäßer, opportuner Betroffenheit mischen – damit wird er unweigerlich die Sympathie »des poesiefreundlichen stubenhockers« gewinnen. Dergestalt mit dem süßen Manna tiefsinniger Worte bedient, findet der Leser seine Selbstverwirklichung unter der Käseglocke der Versenkung. Seine »galoschen«, also die Überschuhe, braucht er nicht mehr, um in den Schnee, also in die Außenwelt, in die rauhe, trügerische Wirklichkeit hinauszugehen. Ein gemütliches Dahocken in den »patschen«, den Hausschuhen, genügt vollauf. Poesie als Opium für den gebildeten Konsumenten.

Es muß befürchtet werden, daß Ernst Jandl gerade dieses zarte Gedicht öffentlich und mit knarrender Stimme vorgetragen und somit entweiht hat. Der Mann ist und bleibt ein Ärgernis.

ERNST JANDL
WIEN: HELDENPLATZ

der glanze heldenplatz zirka
versaggerte in maschenhaftem männchenmeere
drunter auch frauen die ans maskelknie
zu heften heftig sich versuchten, hoffensdick.
und brüllzten wesentlich.

verwogener stirnscheitelunterschwang
nach nöten nördlich, kechelte
mit zu-nummernder aufs bluten feilzer stimme
hinsensend sämmertliche eigenwäscher.

pirsch!
döppelte der gottelbock von Sa-Atz zu Sa-Atz
mit hünig sprenkem stimmstummel.
balzerig würmelte es im männechensee
und den weibern ward so pfingstig ums heil
zumahn: wenn ein knie-ender sie hirschelte.

HANSPETER BRODE
EIN KREISELTANZ DER BILDER UND METAPHERN

Diese Zeilen entfalten die »Erinnerung«, so Ernst Jandl in einer autobiographischen Notiz, »an eine Begebenheit aus dem Frühjahr 1938«. Als vierzehnjähriger Junge habe er, teilt der Autor mit, »auf der Wiener Ringstraße, nahe dem Heldenplatz, eingezwängt in eine Menge« gestanden. Jandl gibt völlig unverschlüsselt Nachricht vom historisch-katastrophischen Vorgang, welcher hier ins Bewußtsein zurückgeholt wird – der Anschluß Österreichs an Nazi-Deutschland: »Als Zentrum steht, ohne Namensnennung, Hitler im Gedicht.«

Jandls Destruktion von Sprache gibt den Blick frei auf ein Konglomerat von Vorstellungen und Assoziationsfeldern. Wir werden darauf aufmerksam, wie eklektisch die Nazi-Ideologie inhaltlich tatsächlich war, mit welch rabiater Überrumpelungskunst sie allerdings an ein breites Publikum herangetragen wurde. Politisches, Biologisches und Religiöses gehen wie in einer schmutzigen Sudelküche ineinander über, rauschhafte Massenzustände zielen ab auf kraß erotisch durchformte Vereinigungserlebnisse. Der Diktator konnte, nach damaligem Wortlaut, »die größte Vollzugsmeldung« seines Lebens, nämlich den Eintritt seiner Heimat ins Deutsche Reich, herausschreien, die Menge delirierte.

Durchgängig fallen Bilder des Zuschlagens, Begattens und Fressens ins Auge, ein Kreiseltanz von Jagdmetaphern stellt sich ein: von »maschenhaft«, von »aufs bluten feilzer stimme«, von »pirsch!«, »Sa-Atz« und »knie-ender« ist die Rede. Das Verbum »hirscheln« schlägt die Brücke zur Sexualität: Mit »frauen« und »weibern« geht Jandl, das Gedicht stammt von 1962, nicht eben zartfühlend um, aber auch die »männchen« dürfen »balzerig würmeln« und tragen mit gezieltem Einsatz ihrer Knie zur allgemeinen Vermischungsorgie bei. Mit dem Hinweis: »den weibern ward so pfingstig ums heil« gleitet die Bilderflucht in religiöse Beschwörung hinüber, Herabkunft und Ausgießung des Heiligen Geistes wird in Betracht gezogen; »gottelbock« nimmt diese Gemengelage nochmals auf. Unübersehbar kommt Völkisches zum Vorschein: »nach nöten nördlich« liest man in Anspielung auf Richard Wagners alliterierende Textbücher, die »Sa« als Kampfformation der Nazis ist zugegen. Die Stirnsträhne Hitler, die »feilze stimme«, das »heil« der letzten Strophe geben Auskunft über den, der da agiert. Der abschließende Vers: »wenn ein knie-ender sie hirschelte« läßt obendrein vermuten, daß die geschilderte Szene nicht nur politisch erschütterte, sondern auch so etwas wie sexuelle Initiation für den jungen Jandl bedeutete.

Was leistet also Jandls Verfahren, Wort- und Begriffsmaterial aufzuschlitzen und in eine atemlose Folge von Lauten und Silben zu überführen? Die Zerstörung von sprachlicher Mitteilung signalisiert den Einbruch des Gewalttätigen und Barbarischen. Wie der Faschismus die bürgerliche Ordnung in Deutschland und anderswo aus den Angeln hob, so ruiniert der Dichter hier semantische Strukturen.

Was übrigleibt, in der historischen Realität wie auf linguistischer Ebene, ist ein Trümmerhaufen, dessen Bestandteile sich allerdings unmißverständlich bezeichnen lassen:

Massenhysterie, gewaltsames Überrennen zivilisatorischer Schranken, ins Politische verdrehte Religiosität, erotische Anarchie und über allem Angst, Drohung, Terror, die Jagd auf jeden, der vernunftgeleitetes Bedenken entgegenstellen könnte. Das Rätselhafte, aus heutiger Sicht kaum noch Begreifliche und Nachvollziehbare jener Epoche findet in der Reminiszenz vom »Heldenplatz« einen knappen, eindringlichen Reflex.

ERNST JANDL
ZERTRETENER MANN BLUES

ich kann die hand nicht heben hoch zum gruß.
  schau her:
ich kann die hand nicht heben hoch zum gruß.
  wo ich doch weiß, wie schlimm das enden muß.

da steht der braune mann vor mir und schlägt.
  schau nur:
da steht der braune mann vor mir und schlägt.
  diesmal heb ich die hand, jedoch zu spät.

ich krieche mit zerdroschenem gesicht. schau weg:
ich krieche mit zerdroschenem gesicht
  vor meinem schlächter, doch ich bettel nicht.

ein stiefelriese tanzt auf meinem bauch. hilf mir:
ein stiefelriese tanzt auf meinem bauch.
  ich fresse feuer, und ich bettel auch.

bald fällt ein knochensack ins massengrab.
  ho ruck:
bald fällt ein knochensack ins massengrab.
  dann bin ich, wo ich meine freunde hab.

PETER WAPNEWSKI
TODES-LITANEI

Erst noch auf eigenen Füßen; dann fällt er, geschlagen, kriecht; fällt weiter, kriecht nicht mehr, fällt ins Grab. Ein Geschlagener erzählt sein Ende. Er tut es in der Ich-Form und in scheinbar kunstlosen, scheinbar improvisierten Aussagen zur Person, atemlos und wie schluchzend Worte und Sätze wiederholend – bis es keine Wiederholung mehr gibt.

Ich-Form, Improvisation, Erzählung und Person-Aussage, Anruf und Wiederholung des Anrufs, Zweiteiligkeit: all dies sind gesetzmäßige Elemente jenes Gesangs der Mühseligen und Beladenen, sind Elemente der Arbeitslieder, wie die amerikanischen Sklaven sie gesungen und späteren, sich befreit fühlenden Generationen als modische Tanzklänge übermacht haben: Blues.

Die Überschrift also dieses Gedichtes ist in ihrer harten Fügung von scheinbar unzusammengehörigen Begriffen ein durchaus konsequentes Programm. Der Blues *ist* das Lied des zertretenen Mannes – und so singt er:

Die zweite Zeile wiederholt jeweils die erste, das dazwischengeschobene Bindeglied, Regieanweisung und Appell, macht den Wiederholungscharakter noch deutlicher. Dieses Bindeglied übrigens zeichnet die Steigerungskurve, die fallende, des Ganzen. Von »schau her« über ein wiederaufnehmendes »schau nur« zum wiederum variierenden »schau weg«; weiter dann zu dem hilflos um Hilfe schreienden »hilf mir« bis zum endgültig verwerfenden

»ho ruck«: Das ist die Kurve vom Stehen über das Kriechen und Liegen in den Sturz. Gefaßt noch, jedenfalls trotzig setzt das Lied ein: er kann die Hand nicht heben zum Einheitsgruß – freilich, das »doch« in der Schlußzeile »weiß« schon, daß solches tapfere Nicht-Wollen und Nicht-Können sich wird dementieren müssen: Unter den niederfallenden Schlägen hebt sich, hebt er die Hand – und wieder signalisiert ein »(je)doch« die bittere und schmerzvolle Vergeblichkeit: erst des Widerstandes, jetzt des Parierens.

Auch die letzte Zeile der dritten Strophe klammert sich an ein widerständlerisches »doch«. Der Mann ist zerdroschen, der Mann kriecht nur mehr – indessen, er bettelt nicht, um Gnade nicht und nicht um sein Leben. Jedoch hat die Struktur der beiden ersten Strophen den zwanghaften Vollzug schon vorausgesagt: es widerlegt nämlich die jeweils folgende Strophe die verzweifelte Versicherung der ihr vorausgehenden. Nun also bettelt es doch, in der vierten Strophe, bettelt aus dem zerschlagenen Gesicht heraus, das – selber blind – den Angerufenen (den Bruder?) dieses Mal nicht bittet zu schauen, sondern auffordert wegzuschauen: Der des Gesichtes nun Beraubte will dem Dritten mitleidvoll das Gesicht ersparen, das Sehen, das Zusehen.

Und nun der Höllenspaß, das Gaukler-Inferno, es wird »getanzt«, und ein Feuerfresser ist da, das klingt, holla und heißa, nach Kirmes und Zirkus, wo auch die Bettler nicht weit sind – hier aber wird einer zu Tode getanzt, und verbrennend bettelt er – worum? Um sein Leben? Um seinen Tod?

Das »Ich« ist nunmehr deformiert zum Knochensack, der nicht einmal sein eigenes Grab hat. Ins Massengrab wird er geschleudert – aber die Umstände sind so, daß selbst dieser Schauder-Ort in schauerlicher Ironie noch etwas Tröstliches hat: Massengrab heißt hier Grab der Freunde; und der auf der Welt zertreten wurde und nur mehr Feinde hatte, findet, ausgelöscht, zu seinen Freunden zurück, zu einem Rest Ich zurück.

Die *Form* ist einfach und von einer hämmernden oder auch tretenden Monotonie. Alle Strophen enden auf den gleichen Reimklang, wobei Zeile eins und zwei im Sinne der Blues-Formel jeweils das gleiche Wort repetieren, und Zeile drei dann schickt ihm den Reim nach.

Eine Litanei, Sterbelied und Todesklage, den Henkern unterm Galgen, den Schlächtern unterm Messer noch gesungen und noch aus dem Grab heraus. Der Mensch dem Menschen ein Wolf? Das mutet an als ein nahezu idealer Zustand, so lange doch das Spiel eines ist zwischen Wölfen und Lämmern.

HEINZ PIONTEK
SCHLITTENROMANZE

Auf schnelleren Schlitten
werden sie dich einholen,

für einen Wolf dich halten
in deinem Schafpelz

und mit dem Daumen dir
eine neue Richtung empfehlen:

Mit lärmenden Schellen
wirst du in die Verbannung reisen.

HORST BIENEK
IN DIE VERBANNUNG GEWIESEN

Heinz Piontek ist neben Bobrowski unter den Jüngeren der einzige deutsche Lyriker, der sich immer wieder mit der Form der Ballade und deren lateinischer Spielart, der Romanze, beschäftigt hat. Er hat, genauer gesagt, diese einstmals literarisch überstrapazierte Versform benutzt, um sie zu biegen, zu verändern, durch Verkürzung und Verkargung von ihrer tradierten Redseligkeit zu befreien, auch um an ihr lyrische Widerstände auszuprobieren.
Er ging darin weiter als Georg von der Vring, der eine exemplarische Romanzensammlung herausgegeben hat, und als Günter Eich, denen er sich beiden auf seine trokken-erzählerische Weise annähert. Gewiß hängt das auch damit zusammen, daß er, einer »raunenden und erzählerischen« Landschaft wie Schlesien entstammend, für solche Überlieferungen eine besondere Affinität mitbringt. So hat er auch seine frühen balladesken Texte »Östliche Romanzen« (1956) genannt, ein anderer Zyklus heißt bezeichnenderweise »Romanzen, reflektiert« (1965). Später hat er dann von »Erzählgedichten« gesprochen, womit Piontek übrigens in einer schönen und anregenden Chresthomathie die Ballade auf einen neuen Begriff gebracht und zugleich rehabilitiert hat.
Die »Schlittenromanze«, die Heinz Piontek als Dreißigjähriger verfaßte, hat mit dem sie kennzeichnenden Genre nicht mehr als den Titel gemein, der mit gesicherter Tradition daherkommt und Vertrauen ausstreut – und zugleich

Sand in die Augen des Lesers. Denn da, wo eine Romanze sonst endet, fängt diese hier erst an: Zeile für Zeile zerstückelt sie die Situation, die man sich längst schon im Kopf zurechtgemacht hat, und hinterläßt ein Vexierbild, über das noch lange danach zu rätseln bleibt. Der schnelle, fast atemlose Rhythmus, der diese Zweizeiler forttreibt, treibt auch den Leser dorthin, wo sich am Schluß offensichtlich auch der Verfasser befindet: in die Verbannung.
Die Sentenz ist ausgesprochen, doch erst jetzt denkt man darüber nach: von Schneetreiben, Pferden, lachenden Menschen, fröhlichem Schellengeläut ist nicht die Rede, sondern immer wird zu den gewohnten und erwarteten Mustern das Gegenteil geliefert. Der Titel also nichts als eine schöne Täuschung. Statt dessen wird das hier entworfene Bild besetzt mit anonymen Verfolgern, die überall lauern, die sogar schneller sind, dich einholen und dir eine andere Richtung *weisen.* Es gibt gar keine andere Wahl (insofern finde ich das Verbum »empfehlen« nicht geglückt) als die Verbannung. Und das einmalige Reimpaar weisen/reisen hätte hier sogar so etwas wie einen prägenden Stempel in der Coda.
Es wird für den Leser nicht schwierig sein, in diesem Bild zugleich ein Symbol, eine Metapher zu entdecken, die darüber hinausweist. Pionteks Gedicht läßt an das Wort von Borges denken: »Das Gedicht geht in die Verbannung. Und verstehen wird es nur jener, der bereit ist, die Askese des Verbannten auf sich zu nehmen.«

INGEBORG BACHMANN
ALLE TAGE

Der Krieg wird nicht mehr erklärt,
sondern fortgesetzt. Das Unerhörte
ist alltäglich geworden. Der Held
bleibt den Kämpfen fern. Der Schwache
ist in die Feuerzonen gerückt.
Die Uniform des Tages ist die Geduld,
die Auszeichnung der armselige Stern
der Hoffnung über dem Herzen.

Er wird verliehen,
wenn nichts mehr geschieht,
wenn das Trommelfeuer verstummt,
wenn der Feind unsichtbar geworden ist
und der Schatten ewiger Rüstung
den Himmel bedeckt.

Er wird verliehen
für die Flucht von den Fahnen,
für die Tapferkeit vor dem Freund,
für den Verrat unwürdiger Geheimnisse
und die Nichtachtung
jeglichen Befehls.

THOMAS ANZ
KRIEG UND FRIEDEN

»Alle Tage« ist weit mehr als ein gut gemeintes Gedicht gegen den Krieg, bietet literarisch Besseres als bloß eine pazifistische Botschaft. Denn zusammen mit der Illusion, daß nach 1945 der Frieden zurückgekehrt sei, zerstört es von Vers zu Vers eine Denkgewohnheit nach der anderen. Die Gegensätze von Krieg und Frieden, von Unerhörtem und Alltäglichem, von kämpferischem Heldentum und ausweichender Schwäche gibt es nicht mehr. Der Krieg ist fortwährend gegenwärtig, aber er hat sich verändert.
Als das Gedicht 1953, acht Jahre nach Kriegsende, in Ingeborg Bachmanns Band »Die gestundete Zeit« erschien, hatte man für diesen Zustand zwei Begriffe bereit, einen politischen und einen philosophischen: »Kalter Krieg« und das »Absurde«. Der Krieg ist hier Bild für die allgegenwärtige Absurdität der Existenz. Ihr läßt sich, so hatte es Albert Camus am Mythos von Sisyphos veranschaulicht, mit einem trotzigen, erhabenen »Dennoch« standhalten. Etwas von diesem Aufbegehren ist dem Gedicht eingeschrieben. Das Absurde hat in ihm freilich auch ein politisches Gesicht. Gegen die verdeckte Fortsetzung des zuvor offen geführten Krieges, gegen Wiederaufrüstung und Militarisierung gerichtet, entsprach das Gedicht dem Protestwillen der jüngeren Generation.
Einer verkehrten Welt, so demonstrierte es, ist nur mit vollkommener Verkehrung alter Orientierungen beizukommen. Die Etikette und Werte, die im Krieg gelten, sind

hinfällig geworden. Statt der Uniform ist Geduld angesagt, und Orden verdient, wer sich einen Rest Hoffnung bewahrt. Die Todsünden innerhalb der militärischen Ordnung – Fahnenflucht, Geheimnisverrat und Befehlsverweigerung – sind zu Tugenden mutiert. Tapferkeit hat sich im Einsatz nicht mehr gegen den Feind zu beweisen, sondern für den Freund.

Als intellektuelle Mode hatte sich der Existentialismus in den sechziger Jahren verbraucht, der Kalte Krieg endete 1990. Das Gedicht scheint damit unwiederbringlich in historische Ferne gerückt zu sein. Doch noch heute irritiert sein strenger, ganz und gar entschiedener Ton. Denn den militärischen, »männlichen« Werten widerstreitet es mit knappen, begründungslosen Behauptungen, die wie Befehle klingen, selbst der militärischen Sprache nahestehen. Zu den traditionellen Konstruktionen von Geschlechterrollen gehört es, einer Dichterin das Terrain der Liebes- und Naturlyrik zuzuweisen. Wüßte man nicht, wer »Alle Tage« verfaßt hat, man schriebe, geprägt durch solche Traditionen, die Autorschaft wohl einem Mann zu.

Hinter Masken »männlicher« Perspektiven und Sprechweisen hat die Autorin immer wieder geschrieben. Der Militärhistoriker Malina ist in ihrem 1971 erschienenen Roman als eine Art Doppelgänger die männliche Seite der Ich-Erzählerin. Ihm legt die Autorin Sätze in den Mund, die an das alte Gedicht neu anknüpfen. Dem weiblichen Ich, das in Alpträumen einen Schauplatz aus Tolstojs »Krieg und Frieden« imaginiert, erklärt er: »Es gibt nicht Krieg und Frieden.« Und am Ende des Kapitels wiederholt die Protagonistin in seinem Sinn: *Hier ist immer Kampf. / Es ist der ewige Krieg.*

In einer der letzten öffentlichen Äußerungen vor ihrem

Tod hat Ingeborg Bachmann im Juni 1973, aus »Malina« zitierend, wiederholt: »Es gibt nicht Krieg und Frieden; es gibt nur den Krieg«; in dieser Gesellschaft sei »immer Krieg«. Und sie meinte damit die verborgene, psychische Gewalt in den alltäglichen »Beziehungen zwischen Menschen«, vor allem »zwischen dem Mann und der Frau«. Schon etliche Jahre vorher hatte sie in mehreren Vorrede-Entwürfen zu ihrem »Buch Franza« erklärt, daß 1945 kein geeignetes Datum war, »um sich beruhigt schlafen zu legen«. Die Verbrechen seien in der Gegenwart nicht verschwunden, »bloß weil hier Mord nicht mehr ausgezeichnet, verlangt, mit Orden bedacht und unterstützt wird«.

INGEBORG BACHMANN
AN DIE SONNE

Schöner als der beachtliche Mond und sein geadeltes
Licht,
Schöner als die Sterne, die berühmten Orden der Nacht,
Viel schöner als der feurige Auftritt eines Kometen
Und zu weit Schönrem berufen als jedes andre Gestirn,
Weil dein und mein Leben jeden Tag an ihr hängt, ist die
Sonne.

Schöne Sonne, die aufgeht, ihr Werk nicht vergessen hat
Und beendet, am schönsten im Sommer, wenn ein Tag
An den Küsten verdampft und ohne Kraft gespiegelt die
Segel
Über dein Aug ziehn, bis du müde wirst und das letzte
verkürzt.

Ohne die Sonne nimmt auch die Kunst wieder den
Schleier,
Du erscheinst mir nicht mehr, und die See und der Sand,
Von Schatten gepeitscht, fliehen unter mein Lid.

Schönes Licht, das uns warm hält, bewahrt und wunder-
bar sorgt,
Daß ich wieder sehe und daß ich dich wiederseh!

Nichts Schönres unter der Sonne als unter der Sonne zu
sein …

Nichts Schönres als den Stab im Wasser zu sehn und den
Vogel oben,
Der seinen Flug überlegt, und unten die Fische im
Schwarm,

Gefärbt, geformt, in die Welt gekommen mit einer
Sendung von Licht,
Und den Umkreis zu sehn, das Geviert eines Felds, das
Tausendeck meines Lands
Und das Kleid, das du angetan hast. Und dein Kleid,
glockig und blau!

Schönes Blau, in dem die Pfauen spazieren und sich
verneigen,
Blau der Fernen, der Zonen des Glücks mit den Wettern
für mein Gefühl,
Blauer Zufall am Horizont! Und meine begeisterten
Augen
Weiten sich wieder und blinken und brennen sich wund.

Schöne Sonne, der vom Staub noch die größte Bewund-
rung gebührt,
Drum werde ich nicht wegen dem Mond und den
Sternen und nicht,
Weil die Nacht mit Kometen prahlt und in mir einen
Narren sucht,
Sondern deinetwegen und bald endlos und wie um nichts
sonst
Klage führen über den unabwendbaren Verlust meiner
Augen.

PETER VON MATT
DIE UNERSÄTTLICHEN AUGEN

Ist das Gedicht nicht zu schön? Die fließende Pracht dieser langen Verse, feiert sie nicht die Welt, als wäre sie grenzenlos herrlich? Als wäre nichts Böses in ihr, nichts Häßliches und Widerwärtiges? Darf man denn das, lobsingen ohne Vorbehalt, wie einst die Erzengel am Anfang des »Faust«? Und tritt denn nicht sogar dort, kaum haben die drei sonnenverzückten Geister ausgesungen, der Teufel auf, höflich und heimtückisch, den Pferdefuß im eleganten Stiefelchen?

Das Gedicht ist schön, weil es den Mut hat, von der Schönheit zu reden. Was es verkörpert in der grandiosen Parade seiner Bilder, im Fall und Widerhall der Klänge, davon handelt es auch. Ohne Schönheit, meint es, kann niemand leben, so wie niemand leben kann ohne Liebe. Diese elementare Wirklichkeit ist der Gegenstand des Gedichts. Inszeniert wird sie als die dramatische Begegnung des Auges mit der Sonne.

Man achte auf die Verszahl der Strophen: 5 4 3 2 1 2 3 4 5. Das ist eine spiegelbildliche Fügung, und die Achse des Ganzen, der einzelne Vers in der Mitte, ist seinerseits noch einmal spiegelbildlich gebaut. ... *unter der Sonne als unter der Sonne* ... So steht jede Strophe einer Partnerstrophe gegenüber, mit Echowörtern und Echobildern, so steht im Ganzen des Gedichts das Wort »Auge« dem Wort »Sonne« gegenüber.

Soll man jetzt Goethe zitieren: *Wär nicht das Auge sonnen-*

haft, die Sonne könnt es nie erblicken? Das Wissen um diese Zeilen haust so gewiß in den Strophen Ingeborg Bachmanns wie die Erinnerung an die »glücklichen Augen« des Türmers im zweiten »Faust« und an Gottfried Kellers *Trinkt, o Augen, was die Wimper hält!* Alle Hymnen, die je an die Sonne gerichtet wurden, sind hier zu einem letzten Hochgesang vereinigt. Deshalb spielt das Gedicht auch so gezielt mit altertümlichen Klängen, mit barocken Reflexen schon im Auftakt.

Das wichtigste Zitat aber ist Hölderlin, die Anrede: »Schöne Sonne«, großartig und einfach, steht in einem der Diotima-Gedichte. Und erst wenn man sich erinnert, wie dort die Geliebte und das Licht zusammengehören, wie der Dichter die schöne Sonne wahrhaftig der schönen Frau verdankt – *Diotima! Liebe! wie sah von dir / Zum goldnen Tage dieses Auge* –, merkt man, daß sich auch bei Ingeborg Bachmann im Sonnengedicht ein Liebesgedicht versteckt. Das Du bleibt allerdings namenlos. Und in raffinierter Weise lassen die Verse immer wieder offen, ob der Anruf an die Sonne oder an einen Geliebten, an eine Geliebte gerichtet sei. *Daß ich wieder sehe und daß ich dich wiederseh!*: Man kann das »dich« auf das »schöne Licht« beziehen, und doch wird der Vers erst ganz wunderbar als Beschwörung eines geliebten Menschen. Selbst das blaue Kleid ist nicht so ganz unzweideutig nur der weite Himmel, in dem die Sonne schwimmt, und die »begeisterten Augen« brennen nicht allein wegen des Gestirns in solchem Entzücken.

Nein, was in der Mitte der Hymne lebt und bebt, sind keine philosophischen Überlegungen über die Verwandtschaft von Auge und Sonne, ist nichts Platonisches oder Plotinisches, sondern die wilde Leidenschaft zum Licht und zur Liebe zugleich. Aus ihr allein begründet sich die Verzweiflung am Schluß, in den letzten zwei Zeilen, wo alles in eine große Klage umschlägt, wo aber auch das so kunstreiche, artistisch perfekt gefügte Gedicht erst zur unbedingten und unkalkulierten, zur schutzlos vollkommenen Dichtung wird – ein Schrei von unvergeßlicher Melodie.

INGEBORG BACHMANN
ANRUFUNG DES GROSSEN BÄREN

Großer Bär, komm herab, zottige Nacht,
Wolkenpelztier mit den alten Augen,
Sternenaugen,
durch das Dickicht brechen schimmernd
deine Pfoten mit den Krallen,
Sternenkrallen,
wachsam halten wir die Herden,
doch gebannt von dir, und mißtrauen
deinen müden Flanken und den scharfen
halbentblößten Zähnen,
alter Bär.

Ein Zapfen: eure Welt.
Ihr: die Schuppen dran.
Ich treib sie, roll sie
von den Tannen am Anfang
zu den Tannen am Ende,
schnaub sie an, prüf sie im Maul
und pack zu mit den Tatzen.

Fürchtet euch oder fürchtet euch nicht!
Zahlt in den Klingelbeutel und gebt
dem blinden Mann ein gutes Wort,
daß er den Bären an der Leine hält.
Und würzt die Lämmer gut.
's könnt sein, daß dieser Bär

sich losreißt, nicht mehr droht
und alle Zapfen jagt, die von den Tannen
gefallen sind, den großen, geflügelten,
die aus dem Paradiese stürzten.

WOLFGANG LEPPMANN
TOTEM STATT TEDDY

Reiz und Wirkung des Gedichts beruhen auf dem unerwarteten Zusammentreffen dreier Motive, die sich auf symbolischer Ebene zu einer neuen Wirklichkeit verdichten, obwohl ein jedes – Sternbild, Bär, Tanne – zunächst seinerseits verfremdet erscheint. Am augenscheinlichsten ist dies beim Anblick eines nächtlichen Himmels, an dem keine goldnen Sternlein prangen und von dem weder Jenseitshoffnung ausgeht noch das Gewahrwerden einer göttlichen Ordnung. Was wir hier verspüren, ist nur mehr die Kälte, die aus dem Weltraum weht.

In ähnlicher Verwandlung erscheint der Bär, der durch Wortschöpfungen wie »Sternenaugen« und »Sternenkrallen« auch sprachlich mit der nach ihm benannten Konstellation verbunden (oder, um den Begriff des Symbolischen in der ursprünglichen Bedeutung anzuwenden, »zusammengeworfen«) wird. Der Hinweis auf Krallen und Zähne zeigt, daß dies kein possierlicher Teddy oder drolliger Tanzbär ist, sondern ein Verwandter des Tigers und der Schlange, ein Wesen, von dem wir uns die höchste Gefahr zu gewärtigen haben. So ist denn auch der Schauplatz weder Kinderzimmer noch Zirkus oder gar Zoo, sondern die unberührte Natur: Wald und Himmel.

Die eigentliche Anrufung wird von Adjektiven eingefaßt: großer Bär, alter Bär. Bei »groß« schwingt im Unterbewußtsein die kontrastierende Vorstellung vom Sternbild des Kleinen Bären mit; auch wirkt das Tier besonders furchterregend aus einer Perspektive, in der die Welt ein bloßer Tannenzapfen ist. »Alt« gemahnt zunächst an die Tatsache, daß wilde Tiere im Alter besonders unberechenbar sind; im übrigen erinnert man sich, daß der Bär als Sternbild ins Altertum zurückreicht und sowohl im »Buch Hiob« als auch in der »Ilias« vorkommt. Herden und Lämmer sind keine abgegriffenen Topoi, sondern Aspekte einer Wirklichkeit, die die nunmehr »alten« Augen des Bären-Sternbilds zur Zeit der »Tannen am Anfang« erblickten: als die Welt noch jung war.

Das Tier wird von einem Mann geführt, der es im Ernstfall kaum daran hindern kann, sich loszureißen und mit der Welt und allem, was in ihr ist, Ball zu spielen. Der Mann ist nämlich blind. Ist es der liebe Gott, der uns nicht mehr sehen kann, oder ist es ein von Almosen lebender Bärenführer? Haben wir es mit dem Klingelbeutel in der Kirche zu tun oder mit einem Hut, in dem die hineingeworfenen Münzen klimpern? Gleichviel. Sicher ist, daß wir zahlen und dem Mann gut zureden sollen. Denn außer ihm steht nichts zwischen uns und dem Bären.

Schließlich ist auch die vom Weihnachtsbaum und von vielen Liedern her vertraute Tanne den Assoziationen entrückt, die sie sonst auslöst. In der zweiten, vom Bären gesprochenen Strophe – und wie gesprochenen Strophe! Könnten Bären sprechen, dann sprächen sie so: gegenständlich, und kurzatmig-schnaubend – werden die Tannen zum Alpha und Omega des Lebens. Weltanfang und Weltende aus der Sicht des im Walde hausenden Bären: ein grandioses Bild, zumal es an einen ganz anderen Kulturkreis erinnert als den antik-frühchristlichen der Herden und Lämmer, in dem ja auch die Klassiker ihre existentielle Dichtung anzusiedeln liebten. Der unter der Lebens-

Tanne spielende Bär entstammt hingegen der Vorstellungswelt jener nordamerikanischen Indianer, die den Bären als Totemtier verehren.

Das Problem unseres Ausgesetzt-Seins ist spätestens seit dem Barock noch von jeder Generation neu gestellt worden. In der »Anrufung des Großen Bären« von 1956 hat es Ingeborg Bachmann für ihre eigene Generation in die Form einer lyrischen Aussage von großer Schönheit und Überzeugungskraft gebannt.

INGEBORG BACHMANN
ARIA I

Wohin wir uns wenden im Gewitter der Rosen,
ist die Nacht von Dornen erhellt, und der Donner
des Laubs, das so leise war in den Büschen,
folgt uns jetzt auf dem Fuß.

Wo immer gelöscht wird, was die Rosen entzünden,
schwemmt Regen uns in den Fluß. O fernere Nacht!
Doch ein Blatt, das uns traf, treibt auf den Wellen
bis zur Mündung uns nach.

HELMUT KOOPMANN
IM GEHEIMNIS DER WORTE

Es gab Zeiten, da erwartete man von einem Gedicht Belehrung und Aufklärung, Wissen, Erkenntnis. Von diesem Gedicht der Ingeborg Bachmann darf man nicht einmal Verständlichkeit verlangen. Das Gedicht überfällt den Leser mit einer Unbegreiflichkeit, denn hier ist miteinander verbunden, was nichts miteinander zu tun hat. Gewitter der Rosen? Eine von Dornen erhellte Nacht? Erst wer das Gedicht weiterliest, gefangengenommen von der unerhörten Kühnheit der Bilder, gerät in eine Zone halbwegs einleuchtender Impressionen. Denn »Donner des Laubs« – das mag maßlos übertrieben sein, ist aber nicht jenseits unseres Vorstellungsvermögens. Daß das Laub schließlich »leise war in den Büschen« – das ist begreiflich, liegt innerhalb unserer eigenen Erfahrungen und ist alles andere als aufregend: eine Allerweltsbeobachtung.

Wir ahnen, daß das Gedicht hier vielleicht seinen Ausgang nahm: im Geräusch bewegten Laubs in den Büschen. Alles andere ist poetische Imagination. Ein Nachtbild eigener Art tut sich auf: die Dunkelheit nicht von Blitzen, sondern von Dornen erhellt; der Donner als raschelndes Laub zu Füßen. Hängen die Rosenbüsche wie eine dunkle Wolke über uns? Oder erinnern die dunklen Wolken mit ihren grellen Blitzen an nächtliche Rosenbüsche mit roten Blüten? Doch die Fragen sind falsch gestellt, denn hier wird nichts miteinander verglichen.

Läsen wir das Gedicht verkürzt, ohne das Rosenbild, es

wäre ebenso verständlich wie banal. Denn es hieße dann: Wohin wir uns wenden im Gewitter, ist die Nacht erhellt, und der Donner folgt uns jetzt auf dem Fuß. Aber hier ist etwas beschrieben, was es realiter nicht gibt: ein Rosengewitter. Kein vergleichsweises Blumendekor, kein Als-ob – statt dessen ein neues, unendlich kühnes Bild. Es steht uns frei, an dunkle Rosen zu denken oder an ein tatsächliches Gewitter – das Gedicht beschreibt anderes. Sinneseindrücke einer Gewitternacht sind mit einer Impression aus dem Rosengarten verschmolzen, und ein gewaltiges neues Bild ist entstanden: Gewitter der Rosen.
Die zweite Strophe hat Ingeborg Bachmann später hinzugefügt. Der Rosenblitz hat eingeschlagen, Regen löscht das Feuer. Aber wieso schwemmt uns der Regen in den Fluß? Spätestens hier wird klar, daß das Rosengewitter imaginärer Natur war. Es hat sich, so anschaulich es sich darbot, am Ende doch nur in der Seele entladen. Schwemmt uns der Regen in den Fluß des Lebens? Das Gedicht gibt keine Antwort auf derartige Fragen. Ein Bild beschließt es: das nachtreibende Blatt, Erinnerung an das Rosengewitter, von dem wir nicht wissen, wie tatsächlich es war.
T.S. Eliot hat einmal vom *objective correlative* in der Lyrik gesprochen, der Bildentsprechung, die zu verdeutlichen vermag, was sonst unbezeichenbar wäre. Hier, im Gedicht vom Rosengewitter, scheint sich ein innerer Vorgang abzuspiegeln, der sich in Bildern naturalisiert hat. So könnte man das Gedicht lesen. Aber niemand zwingt dazu, am wenigsten das Gedicht selbst. Läßt man alles Fragen nach Sinn und Botschaft, nach Anlaß und Ursache weg, bleiben großartige Bilder: ein Sprachwerk, nichts weiter als ein Gespinst aus Worten, aber von großer

Kühnheit und einzigartiger Eindringlichkeit. Man wird es kaum vergessen können – vielleicht gerade, weil der Sinn dunkel ist und nur von Rosen erhellt wird.

INGEBORG BACHMANN
BÖHMEN LIEGT AM MEER

Sind hierorts Häuser grün, tret ich noch in ein Haus.
Sind hier die Brücken heil, geh ich auf gutem Grund.
Ist Liebesmüh in alle Zeit verloren, verlier ich sie hier gern.

Bin ich's nicht, ist es einer, der ist so gut wie ich.

Grenzt hier ein Wort an mich, so laß ich's grenzen.
Liegt Böhmen noch am Meer, glaub ich den Meeren wieder.
Und glaub ich noch ans Meer, so hoffe ich auf Land.

Bin ich's, so ist's ein jeder, der ist soviel wie ich.
Ich will nichts mehr für mich. Ich will zugrunde gehn.

Zugrund – das heißt zum Meer, dort find ich Böhmen wieder.
Zugrund gerichtet, wach ich ruhig auf.
Von Grund auf weiß ich jetzt, und ich bin unverloren.

Kommt her, ihr Böhmen alle, Seefahrer, Hafenhuren und Schiffe
unverankert. Wollt ihr nicht böhmisch sein, Illyrer, Veroneser,
und Venezianer alle. Spielt die Komödien, die lachen machen

Und die zum Weinen sind. Und irrt euch hundertmal,
wie ich mich irrte und Proben nie bestand,
doch hab ich sie bestanden, ein um das andre Mal.

Wie Böhmen sie bestand und eines schönen Tags
ans Meer begnadigt wurde und jetzt am Wasser liegt.

Ich grenz noch an ein Wort und an ein andres Land,
ich grenz, wie wenig auch, an alles immer mehr,

ein Böhme, ein Vagant, der nichts hat, den nichts hält,
begabt nur noch, vom Meer, das strittig ist, Land meiner
Wahl zu sehen.

HERMANN BURGER
BÖHMISCHE UNDINE

Zweimal hörte ich Ingeborg Bachmann dieses Gedicht aus dem Jahr 1964 vorlesen, in Basel und in Zürich, und nicht nur vom Text her, auch aus ihrer Vortragsweise wurde klar, daß es – kurz vor dem endgültigen Versiegen ihrer Lyrik – eines der letzten sein würde, die sie in melodischen Langzeilen geschrieben hatte. Darum liebe ich »Böhmen liegt am Meer« besonders, auch wenn es nicht zu ihren besten Gedichten gehört.

Mit dem Titel spielt die Autorin auf Shakespeares Irrtum im »Wintermärchen« an, wo es in der dritten Szene des dritten Aufzugs heißt: »Böhmen, eine wilde Gegend am Meer«. Die Reminiszenz wird in der sechsten Strophe auf weitere »Komödien« des englischen Dramatikers erweitert. Doch das geographische Paradox muß in Ingeborg Bachmanns Sinn gedeutet werden.

Wir kennen die zentrale Rolle, die das Element Wasser in ihrem Werk spielt, aus der lyrischen Erzählung »Undine geht«, die auf Motive in Fouqués Märchen »Undine« zurückgreift. Der Ritter Huldbrand, der an ihrem Kuß sterben wird, nennt die Nixe eine »Gauklerin«. Eine Seele – und damit eine menschliche Sprache – erlangen diese Elementargeister nur in der irdischen Liebe.

Mit ihrer »Undine« hat Ingeborg Bachmann den Kern ihrer Problematik als Frau und gelehrte Dichterin getroffen. Sie ist die Sirene mit dem betörenden Gesang – hier bedient sie sich streckenweise gar des sechsfüßigen Alexandriners –, aber auch das rastlose Wellenwesen, das nicht weiß, »wie man Platz nimmt in einem anderen Leben«. Einerseits wird die Liebe erfahren als stärkste Macht der Welt, andererseits ist sie als reine Größe nicht zu verwirklichen.

Was hat dies zu tun mit »Böhmen liegt am Meer«? Das Gedicht führt den Satz »Ich gehe ja schon« aus der Erzählung zu Ende: »Zugrund – das heißt zum Meer, dort find ich Böhmen wieder.« Ein »Böhme« ist ein besitzloser Vagant, den nichts hält.

Das Haus, in dem ihre Vorfahren wohnten, Österreicher und »Windische«, sagt Ingeborg Bachmann im Fragment »Biographisches«, trage heute noch einen fremden Namen. So nahe der Grenze noch einmal die »Grenze der Sprache«. Auch die Studierstadt Wien wird zur Heimat an der Grenze, zwischen einer »großen Vergangenheit und einer dunklen Zukunft«.

Das Gedicht bringt zwei der wichtigsten Lebens- und Schaffenselemente Ingeborg Bachmanns zusammen: das »Haus Österreich« und das Wasser, das Meer. Hier spricht noch einmal Undine, sie taucht im ersten Vers wie am Ende der Erzählung in das »grüne« Haus; sie muß, hier wie dort, zugrunde gehen und zu Grunde, um von »Grund auf« zu wissen: »Ich grenz noch an ein Wort und an ein andres Land.«

»Land meiner Wahl« steht als Chiffre für die eine, das Wasser als Zeichen für die andere Heimat, die Einsamkeit, in die ihr keiner folgt, die sprachlose, aber mächtige Untiefe. Wird Böhmen ans Meer »begnadigt«, im »Widerspiel des Unmöglichen mit dem Möglichen« findet die Dichterin ihren geometrischen Ort zwischen Ost und West, Kontinent und Ozean, Vergessen und Erinnern, auch den lebbaren Kompromiß zwischen Intellekt und Gefühl.

Das nach Verankerung drängende Wellenwesen verkörpert die »utopische Existenz«, von der sie in ihren Frankfurter Vorlesungen spricht: gebunden an die Vergangenheit, für die Zukunft verloren. Ein Liebesgedicht? Ja, eine Hommage an den Raum, wo »alles einen Begriff von mir hat«.

INGEBORG BACHMANN
DIE GESTUNDETE ZEIT

Es kommen härtere Tage.
Die auf Widerruf gestundete Zeit
wird sichtbar am Horizont.
Bald mußt du den Schuh schnüren
und die Hunde zurückjagen in die Marschhöfe.
Denn die Eingeweide der Fische
sind kalt geworden im Wind.
Ärmlich brennt das Licht der Lupinen.
Dein Blick spurt im Nebel:
die auf Widerruf gestundete Zeit
wird sichtbar am Horizont.

Drüben versinkt dir die Geliebte im Sand,
er steigt um ihr wehendes Haar,
er fällt ihr ins Wort,
er befiehlt ihr zu schweigen,
er findet sie sterblich
und willig dem Abschied
nach jeder Umarmung.

Sieh dich nicht um.
Schnür deinen Schuh.
Jag die Hunde zurück.
Wirf die Fische ins Meer.
Lösch die Lupinen!

Es kommen härtere Tage.

HILDE SPIEL
DAS NEUE DROHT, DAS ALTE SCHÜTZT NICHT MEHR

Ich liebe das Titelgedicht des Bandes *»Die gestundete Zeit«*, weil es alles enthält, was sich in anderen Gedichten Ingeborg Bachmanns findet, und durch seine Fülle und Dichte eben mehr. Was ergreift uns denn an einem Werk der Lyrik? Die Vielfalt der möglichen Assoziationen, die Eindringlichkeit der Aufrufe, die an uns ergehen, mitzuschauen, mitzudenken, mitzuempfinden, verwandte Erlebnisse heraufzubeschwören, so lange, bis dieses Wortgeflecht ein Teil von uns geworden ist.

An Bildern, Gedanken, Gefühlen und Analogien sind die vierundzwanzig Zeilen überreich. Mitleidlos werden wir zu Beginn in eine Lage des Ausgesetztseins, der wachsenden Gefahr gestoßen. Unsere Dauer ist begrenzt, schon zeichnet sich das Ende ab. Trotzdem müssen wir weiter, müssen dem Unausbleiblichen noch entgegeneilen, statt es in vertrauter Umgebung zu erwarten. Das Neue droht, aber das Alte schützt uns nicht mehr.

Und nun sogleich das Bild des ausziehenden Odysseus: jene Hunde, die den ermatteten Rückkehrer begrüßen, jagt er hier zurück in den Hof. Doch es ist keine übermütige Eroberungsfahrt, auf die er sich begibt. Dieser Odysseus wird nicht wiederkommen. Unter verhangenem Himmel, im Nebel und Wind, vorbei an den dörrenden Fischen – ich sehe sie an Schnüren hängen, die zwischen Pfosten gespannt sind, ihre Eingeweide, aus denen Böses

vorausgesagt wurde, in Bottichen auf der Erde – und bedrückt vom verblassenden Blau der Lupinen, macht er sich zur Reise zum Abbruch seiner Zeitspanne auf.
Jetzt aber der Anblick, der ihn das Unausweichliche, Unrettbare seiner Bestimmung erkennen läßt. Was er liebt, beginnt vor seinem sehenden Auge schon hinabzugleiten, und er kann nichts dagegen tun, muß es dulden, darf sich dem Marschbefehl nicht entziehen. In dieser Vision ist die antike Landschaft einer Dali-Wüste gewichen, Sand ringsum, eine gelbe rieselnde Öde, in der die Süße seines Lebens, gleich Minnie in Becketts »Glücklichen Tagen«, langsam versinkt.
Zuletzt noch einmal, wie Hammerschläge, die Sätze seines Auftrags. Sie sind an ihn gerichtet, den Wanderer und Dulder, der mit der vierten Zeile des Gedichts, stellvertretend, unser aller Schicksal auf sich nimmt. Nichts darf bleiben, was an das bisherige Dasein erinnert. Und keine Hoffnung diesmal. Kein Stern. Nur die Verfinsterung und der Weg an die Grenze. Ein existentielles Gleichnis, im Jahr des »Godot« entstanden und nicht minder profund bewegend als alles, was man später bei Beckett und Thomas Bernhard las.

INGEBORG BACHMANN
EINE ART VERLUST

Gemeinsam benutzt: Jahreszeiten, Bücher und eine
Musik.
Die Schlüssel, die Teeschalen, den Brotkorb, Leintücher
und ein Bett.
Eine Aussteuer von Worten, von Gesten, mitgebracht,
verwendet, verbraucht.
Eine Hausordnung beachtet. Gesagt. Getan. Und immer
die Hand gereicht.

In Winter, in ein Wiener Septett und in Sommer habe ich
mich verliebt.
In Landkarten, in ein Bergnest, in einen Strand und in ein
Bett.
Einen Kult getrieben mit Daten, Versprechen für
unkündbar erklärt,
angehimmelt ein Etwas und fromm gewesen vor einem
Nichts,

(– der gefalteten Zeitung, der kalten Asche, dem Zettel
mit einer Notiz)
furchtlos in der Religion, denn die Kirche war dieses
Bett.

Aus dem Seeblick hervor ging meine unerschöpfliche
Malerei.
Von dem Balkon herab waren die Völker, meine
Nachbarn, zu grüßen.

Am Kaminfeuer, in der Sicherheit, hatte mein Haar seine
äußerste Farbe.
Das Klingeln an der Tür war der Alarm für meine
Freude.

Nicht dich habe ich verloren,
sondern die Welt.

JOCHEN HIEBER
ZEICHEN DER LIEBE

Dies ist ein Gedicht an und gegen Max Frisch. Vier Jahre lang, von 1958 bis 1962, waren die beiden das Traumpaar der deutschen Literatur. Sie, die Magische, er, der Kritische: Wie außer ihnen nur noch Jean-Paul Sartre und Simone de Beauvoir prägten Ingeborg Bachmann und Max Frisch die Vorstellungen ihrer Zeitgenossen von der kongenialen Gemeinschaft hochmögender Geister. Aber die Legende, die sie verkörperten, hatte auch einen Alltag – und der Mythos, den sie lebten, mündete in ein Drama der Hörigkeit und der Eifersucht. »Das Ende«, notierte Frisch in der Erzählung »Montauk« von 1975, »haben wir nicht gut bestanden, beide nicht.«

Das Gedicht »Eine Art Verlust«, 1962 entstanden, 1967 von der Dichterin im Hörfunk gelesen und 1978 in der postumen Werkausgabe erstmals gedruckt, unterrichtet über dieses Ende aus ihrer Sicht – und doch ganz in seinem nüchternen, betont lakonischen Stil. Jedenfalls verzichten die sechzehn Verse völlig auf den ausgreifenden, beschwörenden, hochfahrenden, kurz: den unbedingten Ton, der die Poesie der Bachmann sonst so unverwechselbar kennzeichnet. Deshalb sind sie einzigartig in ihrem Werk. Höchst sachlich zieht das Gedicht Bilanz, macht Inventur.

Bereits der Titel gibt sich seltsam unbeteiligt, schafft Distanz zur Katastrophe, die er anzuzeigen hat. Das einst Verbindende wird dann schlicht aufgereiht. Nur ein genuin poetisches Bild erlauben sich die ersten Zeilen, jene *Aussteuer von Worten, von Gesten*, die das Paar – ohne Hochzeit, aber in seiner hohen Zeit – sich selbst bescherte. Den ersten vollständigen Satz gibt es erst zu Beginn der zweiten Strophe. Mit ihm meldet sich auch ein »Ich« zu Wort: müßig übrigens, hier zwischen lyrischer und autobiographischer Rede zu unterscheiden.

Nichts Dunkles an dieser Dichtung scheint zur Deutung zu nötigen. Kein weiterer Sinn etwa ergäbe sich, wenn man das *Wiener Septett* als Ludwig van Beethovens Es-Dur-Septett (opus 20) identifizierte, kein zusätzliches Signal, wenn man den »Strand« in Ostia vermutete: Rom war der Ort dieses Paars. Und die Frömmigkeit *vor einem Nichts* erklärt, in Klammern, die folgende Zeile gleich selbst.

Unüberhörbar indes eine allmähliche Steigerung der Emphase, ein Wachsen der Trauer im Erinnern zurückliegender *Freude*. Ästhetische Erleuchtung wird beschworen beim Blick auf den See, imperiale Phantasie gibt sich kund beim Grüßen vom Balkon, eigener Schönheit im Schein des Kaminfeuers wird gedacht: Diese Liebe, deren Zeichen die Dichterin nun inventarisiert, war jüngst noch sehr groß und sehr erhaben. Erhaben bis zur befreienden Blasphemie: *denn die Kirche war dieses Bett*. Ein ungeheuerliches Bild, vorbereitet durchs Benennen des Betts im zweiten und sechsten Vers, nun gesteigert zum heiligen Raum einer *Religion* der Erotik und der Sexualität, *furchtlos* überdies – den krassen Gegensatz zeigend zum Katholizismus Kärntner Provenienz, dem die Bachmann entrann.

»Eine Art Verlust« kündet in Wahrheit von einem totalen Debakel. Weil sie nur diese Summe ziehen können, sind die beiden letzten Verse ganz kurz. Und weil sie sich gegen die totale Verzweiflung wehren, schließen sie vom Verlust just jenes aus, das ihn bewirkte: Das verlorene Du, die eigentliche Welt. In seiner gesteigerten Sachlichkeit ein ergreifendes Poem.

INGEBORG BACHMANN
FORT MIT DEM SCHNEE

Fort mit dem Schnee von der gewürzten Stadt!
Der Früchte Luft muß durch die Straßen gehen.
Streut die Korinthen aus,
die Feigen bringt, die Kapern!
Belebt den Sommer neu,
den Kreislauf neu,
Geburt, Blut, Kot und Auswurf,
Tod – hakt in die Striemen ein,
die Linien auferlegt
Gesichtern
mißtrauisch, faul und alt,
von Kalk umrissen und in Öl getränkt,
von Händeln schlau,
mit der Gefahr vertraut,
dem Zorn des Lavagotts,
dem Engel Rauch
und der verdammten Glut!

WERNER ROSS
NEAPOLITANISCHE ELEGIE

Ingeborg Bachmann ist durch ihre Gedichte berühmt geworden, aber sie war im landläufigen Sinne keine Lyrikerin. Die beiden Gedichtsammlungen, die sie in aller Welt bekannt machten, »Die gestundete Zeit« und »Anrufung des Großen Bären«, sind im knappen Abstand von drei Jahren erschienen, 1953 und 1956, noch das Jahr 1957 war produktiv, die Gedichte danach sind an den Fingern zweier Hände abzuzählen. Ihr letztes Gedicht ist eine wortgewaltige und bildermächtige Absage an die Poesie.

Ein erstaunlicher Produktivitätsschub – früher hätte man gesagt: ein Musenanruf – hat sie in den fünfziger Jahren beflügelt. Es waren die Aufenthalte in Rom, in Neapel und auf Ischia, die ihn auslösten, zusammen mit einer Liebesgeschichte, einer glücklich-tragischen, die das eigene Ende und damit die Katastrophe der Welt voraussah.

Die Begeisterung der Hörer und Leser galt damals dem Kassandraklang, dem metallenen Pathos (»Es kommen härtere Tage«), den existentiellen Allgemeinheiten. Heute, meine ich, hören wir lieber die konkreteren Gedichte, in denen wenn schon nicht die Personen, so doch die Situationen faßbar werden, zum Beispiel die »Lieder auf der Flucht«, die auch »Neapolitanische Elegien« heißen könnten.

In allen dient das winterliche, im Schnee erstarrte Neapel als Szenerie. Der glühende Vulkan schafft den Kontra-

punkt dazu. Wie im Barock drückt sich das Wechselbad der Liebe im Aufeinanderprall von »Eis« und »heiß« aus. Unser Gedicht, das fünfte des Zyklus »Lieder auf der Flucht«, beginnt mit einer strahlenden Ouvertüre, einem trompetenhellen Imperativ. Verkündigung, Einzug eines hohen Herrn steht bevor; wie sonst Blumen werden Früchte ausgestreut, südliche, versteht sich. Der Winterschnee hat auch die Gerüche zugedeckt, nun sollen sie triumphieren. »Belebt den Sommer neu« heißt die Beschwörungsformel, und es stünde um ihn gut, wenn nicht in diesem Appell auch etwas Zaubermeisterliches steckte, das großmächtige Ingangsetzen einer versteckten Mechanik oder der Versuch der Auferweckung eines Toten.
Schon der nächste Vers, der den Kreislauf neu zu beleben heißt, schaltet jäh um. Statt Feigen, Kapern, Korinthen unvermittelt Blut, Kot, Auswurf, Tod. Tod wie ein Ausrufezeichen den neuen Vers einleitend. Und nun, nicht leicht verständlich, ein neues Kommando, scheinbar ganz weit weg von den Gewürzstreuern. »Hakt in die Striemen ein ...« Das schmerzt, ist grausam, könnte im umgangssprachlichen Deutsch heißen: »Reißt Wunden auf!«
Was nun folgt, scheint keinerlei Beziehung zu dem Jubelchor des Anfangs zu haben. Die Striemen, so darf man die nächsten Verse entschlüsseln, sind die Linien, die Falten und Runzeln, die das Schicksal den Neapolitanern eingezeichnet hat, und es ist gänzlich unwahrscheinlich, daß diese alt und schlau Gewordenen, diese Ausgekochten, diese »Verkalkten« sich noch zu irgend etwas hinreißen ließen. Wozu noch Düfte und Gewürze? Der Süden zeigt sein anderes Gesicht. Als feixende Zaungäste, als Dottori und Pantaloni, umstehen die Abgebrühten das Liebespaar.

Oder bedeutet dieser Chor doch anderes und mehr? Wieder wechselt die Tonart mitten im Vers: die Wendung »von Händeln schlau« (Liebeshändeln?) paßt noch ganz zu »mißtrauisch, faul und alt«. Aber die letzten vier Verse nobilitieren die Statistengesichter. Die hier leben, haben das Sensorium der immer gegenwärtigen Gefahr. Sie kennen die Bedrohung, deren die Liebespaare in ihrer Euphorie nicht achten. Sie wissen über das Vulkanische Bescheid, das auch der Liebe innewohnt. Der Gott namens Vulcanus ist ja der oft erhitzte und oft betrogene Ehemann der Venus. Da steigt der Unheilsengel Rauch auf, und unter dem Schnee rührt sich die Höllenglut, die verdammte, die der Verdammten.

Das Gedicht, von einem großen Schwung getragen, rhapsodisch, ist – etwa in der genauen Entsprechung von »Schnee« am Anfang und »Glut« am Schluß – höchst kunstvoll durchgearbeitet wie eines aus älteren Zeiten, als man Sonette drechselte. Der freie Vers klingt an Shakespeare an. Wie bei einem Musikstück wechseln die Tempi, und es wäre töricht, etwa zu meinen, der Zorn des Lavagottes und die Glut des Vesuvs widerlegten den Triumphzug der Früchte und Gerüche in den ersten Versen.

In dieser Vielstimmigkeit, dieser Verfügbarkeit der Register hat die Bachmann ihre Meisterschaft geschult und gesteigert, bis zu ihrem letzten poetischen Seufzer: »Wer wird sich den Schädel zerbrechen über so überflüssige Dinge.«

INGEBORG BACHMANN
HARLEM

Von allen Wolken lösen sich die Dauben,
der Regen wird durch jeden Schacht gesiebt,
der Regen springt von allen Feuerleitern
und klimpert auf dem Kasten voll Musik.

Die schwarze Stadt rollt ihre weißen Augen
und geht um jede Ecke aus der Welt.
Die Regenrhythmen unterwandert Schweigen.
Der Regenblues wird abgestellt.

EVA DEMSKI
DER REGEN SPIELT DEN BLUES

Ein verbotener, unsichtbarer Stadtteil. Die Taxifahrer weigern sich hinzufahren. Harlem: Wer in der Subway einschläft und sich unversehens dort wiederfindet, flieht, so schnell es geht, in die Gegenrichtung. Filme über das schwarze Viertel sind wie Kriegsberichte, von hundert Feinden ist die Rede, Drogen, Gewalt, Arbeitslosigkeit. Wir wissen nichts.

1955 ist der Dichterin Ingeborg Bachmann träumerisch gelungen, was als ausgeschlossen galt und gilt: Sie ist ohne Papiere in die Vereinigten Staaten eingereist. Henry Kissinger, der spätere Außenminister und *homme de lettres*, war dabei behilflich, denn die berühmte Poetin hatte ihren Paß vergessen. Wie ohne Ausweis, ohne bürgerliche Legitimation unsichtbar und so den Ängstlichkeiten und der Fremdheit gleichsam enthoben, schlendert sie durch das auch damals nicht ungefährliche schwarze Herz New Yorks und schreibt ein achtzeiliges lässiges Liedchen: Nichts ereignet sich.

Es regnet in Harlem, dann hört es wieder auf. Sie lauscht dem Regen nach, und er klingt anders als an anderen Orten. Es ist der Regen, der jene Musik spielt, die man in Harlem erwartet – den Blues. Den ahmt das Gedicht aber gerade nicht nach, sondern es klingt wie ein Kinderlied, eine Kindermelodie wird hörbar, von den acht Zeilen reimen sich nur die sechste und die letzte, und trotzdem scheinen Reime den Rhythmus anzugeben.

In der zweiten Strophe wagt sie ein Bild – »Die schwarze Stadt rollt ihre weißen Augen« –, das gefährlich nah an das Sarottimohrenklischee gerät, mit dem sie aber ganz souverän spielt. Auch das eine Kindheitserinnerung: Mehr noch als den Schokoladenmohren ruft die Zeile jene Kirchenmohren ins Gedächtnis, die kindergroß an den Eingängen der katholischen Gotteshäuser standen und die weißen Augen hin und her rollten, wenn man ihnen ein Geldstück in die Hand legte.

Ingeborg Bachmann gelingt mit diesem Gedicht etwas Wunderbares: Wie beiläufig trägt sie da eine kleine Normalität, eine freundlich beobachtete und neugierig wahrgenommene Alltäglichkeit vor an einem Ort, dem die auch in den versunkenen fünfziger Jahren kaum zugestanden worden ist. Die blondhaarige und weißhäutige Dichterin, ohne Papiere und offenbar ganz ohne Angst im Land der Befreier und der Sieger, zehn Jahre ist das damals grade her. Harlem bedeutet ihr nicht Mißtrauen, sondern Musik. Nicht die Menschen machen die Musik für sie, sondern der Regen spielt ihr den Blues, es kann also gar nichts passieren.

Es wäre ganz falsch, auf das kleine Liedchen zu viel Bedeutung zu häufen – dennoch: Es ist bedeutsamer und haltbarer als das berühmte Hörspiel vom Guten Gott von Manhattan mit seiner atemlos hochtönenden, bedrängenden und teilweise sehr angestrengten Sprache. Diese legendäre, vom Amerika-Aufenthalt inspirierte Arbeit ist heute kaum mehr zu lesen, Gefühle teilen sich nicht mehr mit, nicht nur, weil die Stadt ein zerstörteres Gesicht hat und die Menschen seither gegen ganz andere Dämonen kämpfen müssen. Der Gute Gott von Manhattan löst keine Sehnsucht nach dem Einst aus.

Dem kleinen Harlem-Gedicht aber gelingt das Kunststück, den Leser mit auf einen Weg durch den Regen zu nehmen, hinein in eine oft beschworene und dennoch fremd gebliebene Musik, den Blues. Die Dichterin läßt den Leser an ihrer Unbekümmertheit teilnehmen, an einer für immer festgehaltenen flüchtigen Minute, in der die Stille in die schwarze Stadt des Unheils eingezogen war. Man weiß, das wird nie wieder sein. Nur in der Poesie.

INGEBORG BACHMANN
HINTER DER WAND

Ich hänge als Schnee in den Zweigen
in den Frühling des Tals,
als kalte Quelle treibe ich im Wind,
feucht fall ich in die Blüten
als ein Tropfen,
um den sie faulen
wie um einen Sumpf.
Ich bin das Immerzu-ans-Sterben-Denken.

Ich fliege, denn ich kann nicht ruhig gehen,
durch aller Himmel sichere Gebäude
und stürze Pfeiler um und höhle Mauern.
Ich warne, denn ich kann des Nachts nicht schlafen,
die andern mit des Meeres fernem Rauschen.
Ich steige in den Mund der Wasserfälle,
und von den Bergen lös ich polterndes Geröll.

Ich bin der großen Weltangst Kind,
die in den Frieden und die Freude hängt
wie Glockenschläge in des Tages Schreiten
und wie die Sense in den reifen Acker.

Ich bin das Immerzu-ans-Sterben-Denken.

GERTRUD FUSSENEGGER
GEFÄHRLICHES LEBEN

Das Gedicht spricht vom Sterben, genauer gesagt, von der Fixierung des lyrischen Ich an Tod und Zerstörung. Das lyrische Ich spricht sich selbst vernichtende Wirkung zu. Zwar – der Schnee, der den Frühling des Tals zur Unzeit heimsucht, die kalte Quelle, die im Wind treibt, sind noch vergleichsweise freundliche Bilder. Dann aber ist vom Tropfen die Rede, der Fäulnis in die Blüte träufelt: Diese Metapher weist auf schleichend wirkende morbide Macht, ein starkes Bild.

Dagegen evoziert das Folgende eher den Auftritt eines ungebärdigen alpinen Poltergeistes, der ruhelos, weil schlaflos, umherfährt, Pfeiler stürzt, Mauern höhlt und Steinschlag niedergehen läßt, die personifizierte Erosionskraft, immerhin unter »aller Himmel sicherem Gebäude« – also ist die Welt noch irgendwie in Ordnung, dort mindestens, wohin das zerstörerisch wütende Ich nicht hinreicht. Andernteils warnt dieses Ich »mit des Meeres fernem Rauschen«; warnt es vor sich selbst? Und vor dem gefährlichen Leben, das es im »Mund der Wasserfälle« führt?

Dann aber lenkt das Gedicht in Gedankliches ein: »Ich bin der großen Weltangst Kind, die in den Frieden und die Freude hängt«. Was schon in Zeile 8 erklärt worden ist, wird in der Schlußzeile wiederholt: »Ich bin das Immerzu-ans-Sterben-Denken.« Das lyrische Ich identifiziert sich mit dieser düsteren Obsession. Ist diese Feststellung

Klage, ist sie Selbstbezichtigung, ist sie stolze Selbstabgrenzung? Der Titel des Gedichts »Hinter der Wand« läßt alle drei Deutungen zu.

Wir haben es hier mit einem frühen Text zu tun, den Ingeborg Bachmann als Typoskript hinterlassen hat. Sie hat ihn nie veröffentlicht. Er ist erst in der Gesamtausgabe erschienen. Wir dürfen fragen, was die Dichterin veranlaßt hat, dieses Gedicht zurückzuhalten. War sie nicht zufrieden mit ihm? Vielleicht störte sie die Doppeldeutigkeit dessen, was sie in diesem Gedicht »Sterben« nennt, vielleicht schreckte sie davor zurück, sich selbst verstörend-vernichtende Kräfte zuzuschreiben; vielleicht kam sie auch nur mit den zwei vorletzten Zeilen nicht zurecht – »wie Glockenschläge in des Tages Schreiten / und wie die Sense in den reifen Acker«. Das klingt weniger nach Bachmann als nach Weinheber oder nach noch Früherem, Pathetischem. So etwas ließ sie sich nicht durchgehen.

Was mich an dem Gedicht beschäftigt, ist ein Doppeltes: erstens, daß mir die plakative Aussage »Ich bin das Immerzu-ans-Sterben-Denken« als treffende Formel erscheint für die ganze österreichische Literatur von Grillparzer bis Bernhard; zweitens berührt mich das hier eingebrachte lokal-alpine Erfahrungsgut, das ich mit der Kärntnerin Bachmann gemeinsam habe: daß der Schnee im Frühling bis ins Tal herabkommt, daß die Quelle als Wasserfahne im Wind weht, daß Geröll vom Berg herabpoltert; und die Blüte, die »wie um einen Sumpf« fault, kann ich mir gut als Schneerose vorstellen.

Daß ein Gedicht beides leisten kann, Formel und Sinnfälligkeit, Sehr-Allgemeines und Ganz-Besonderes, hat mir den Text zu langem Nachdenken aufgegeben.

INGEBORG BACHMANN
MEIN VOGEL

Was auch geschieht: die verheerte Welt
sinkt in die Dämmrung zurück,
einen Schlaftrunk halten ihr die Wälder bereit,
und vom Turm, den der Wächter verließ,
blicken ruhig und stet die Augen der Eule herab.

Was auch geschieht: du weißt deine Zeit,
mein Vogel, nimmst deinen Schleier
und fliegst durch den Nebel zu mir.

Wir äugen im Dunstkreis, den das Gelichter bewohnt.
Du folgst meinem Wink, stößt hinaus
und wirbelst Gefieder und Fell –

Mit eisgrauer Schultergenoß, meine Waffe,
mit jener Feder besteckt, meiner einzigen Waffe!
Mein einziger Schmuck: Schleier und Feder von dir.

Wenn auch im Nadeltanz unterm Baum
die Haut mit brennt
und der hüfthohe Strauch
mich mit würzigen Blättern versucht,
wenn meine Locke züngelt,
sich wiegt und nach Feuchte verzehrt,
stürzt mir der Sterne Schutt
doch genau auf das Haar.

Wenn ich vom Rauch behelmt
wieder weiß, was geschieht,
mein Vogel, mein Beistand des Nachts,
wenn ich befeuert bin in der Nacht,
knistert's im dunklen Bestand,
und ich schlage den Funken aus mir.

Wenn ich befeuert bleib wie ich bin
und vom Feuer geliebt,
bis das Harz aus den Stämmen tritt,

auf die Wunden träufelt und warm
die Erde verspinnt,
(und wenn du mein Herz auch ausraubst des Nachts,
mein Vogel auf Glauben und mein Vogel auf Treu!)
rückt jene Warte ins Licht,
die du, besänftigt,
in herrlicher Ruhe erfliegst –
was auch geschieht.

LUDWIG HARIG
SCHLEIER UND FEDER

1955, ein Jahr bevor Ingeborg Bachmanns Gedichtband »Anrufung des großen Bären« erschien, hatte Max Bense mit seiner Zeitschrift »augenblick« Polemik und Widerstand gegen das »neue deutsche Nivellement« angekündigt. Eine Reihe junger Schriftsteller, darunter auch ich, teilte sein Mißtrauen gegenüber »metaphysischer Gemütlichkeit« und »ökonomischen Wundern«, vor allem Benses Angriffe gegen »artistische Regressionen« bewunderten wir; es leuchtete uns ein, daß die poetischen Versuche auf mathematische Prinzipien gestellt sein müßten.
Unsere Jugend war verdorben von hohler Feierlichkeit und phrasenhaftem Pathos einer heruntergekommenen, ja verluderten Bildersprache nationalsozialistischer Blut-und-Boden- und Parteilyrik: Erst die nüchterne, schmucklose Sprache des »Kahlschlags« und die experimentell erarbeitete Laborsprache der »Stuttgarter Schule« gaben uns wieder Vertrauen in die Literatur.
»Keine Anrufung des großen Bären«, hatte Bense geschrieben, »überhaupt keine Anrufung mehr.« Das tat seine Wirkung, und es hat Jahre gedauert, bis ich – einer seiner Jünger – nach und nach Zugang zur Lyrik der fünfziger und der sechziger Jahre fand. Etwas, das ich zwei Jahrzehnte nicht wahrgenommen hatte, wurde mir spät bewußt: nicht nur wir Wortmetzen und Sprachspieler, auch eine Dichterin wie Ingeborg Bachmann hatte an Wort-, an Sprach-, an Ausdrucksnot gelitten. Mit ihrem

oft geschmähten hochgestimmten Ton bekundet sie ihre Empörung, ja Verzweiflung. Im Gedicht fragt sie ratlos: *Soll ich/ keine Metapher ausstaffieren/ mit einer Mandelblüte?*, und verirrt sich im Labyrinth der Bilder. Sie sucht nach dem rechten, dem brauchbaren Wort, einem zauberkräftigen »Sesam, öffne dich!«, das die Tür zum Paradies aufschließt, aus dem die großen, geflügelten Tannenzapfen stürzen: Sinnfrüchte für Welt und Mensch, denen der große, angerufene Bär in Ingeborg Bachmanns Gedicht nachjagt. »Wort, sei bei uns!« ruft sie, »mein Wort, errette mich!«

Das Gedicht ist zum Schlüssel, zum Messer, zum Schwert geworden; Ingeborg Bachmann greift danach. Als einzige Waffe erscheint ihr die Feder der Eule, womit sie das rettende Wort niederschreiben kann. Die Eule sitzt auf ihrer Schulter, wie Pallas Athene tritt die Dichterin unter die Menschen. Das Gedicht »Mein Vogel« ist die Beschwörung des endlich gefundenen rettenden Worts, verkörpert im klugen Wappentier der Göttin. So wie die Eule stellt sich auch das Wort zur rechten Zeit ein, durchdringt den Nebel, folgt dem Wink, stößt hinaus und schwingt sich am Ende zur höheren Warte empor. Ingeborg Bachmann vertraut auf das Wort: Es steht ihr bei und raubt sie zugleich aus, es verschleiert und entlarvt, es wirbelt auf und besänftigt, ist sowohl durchsichtig als auch geheimnisvoll, dieses Wort auf Treu und Glauben!

Ingeborg Bachmann, die immer wieder zweifelt und sich mit Unwägbarkeiten quält: Hier auf einmal scheint ihr Sprachvertrauen unerschütterlich zu sein. »Was auch geschieht«: Mit diesen Worten hebt das Gedicht zweimal an und endet mit ihnen. Es gibt keine Macht der Welt, die dem rechten Wort zu widerstehen vermöchte. Im

Schleier, den die Dichterin über ihr Geheimnis breitet, und in der Feder, womit sie die Rätsel aufschreibt, verbergen sich die Gaben des Vogels, der die Weisheit symbolisiert. Was auch geschieht, nur das Dichterwort bannt die Wirklichkeit und Möglichkeiten in einem. Sechsmal beginnt ein Vers mit »wenn«, dem Zauberwörtchen und -schlüsselchen für Wünsche und unerwartete Erfüllungen. Es züngelt die Locke, schon ahnt man, was bald darauf ausgesprochen wird: das Feuer, das Knistern, der Funkenschlag, der die Dichterin in Brand setzt, im Wortrausch ihrer Phantasie und im wirklichen Leben.

INGEBORG BACHMANN
REKLAME

Wohin aber gehen wir
ohne sorge sei ohne sorge
wenn es dunkel und wenn es kalt wird
sei ohne sorge
aber
mit musik
was sollen wir tun
heiter und mit musik
und denken
heiter
angesichts eines Endes
mit musik
und wohin tragen wir
am besten
unsre Fragen und den Schauer aller Jahre
in die Traumwäscherei ohne sorge sei ohne sorge
was aber geschieht
am besten
wenn Totenstille

eintritt

WALTER HINCK
TRAUMWÄSCHEREI

Als ich diese Verse zum erstenmal las, fiel mir unmittelbar ein Gedicht aus dem siebzehnten Jahrhundert ein, das Sonett »Abend« von Andreas Gryphius. Ähnliche Motive: Dunkelheit, Sorge, Tod und die Frage nach dem Nachher. Dem Dichter des Barockzeitalters kommen der Tag und das Leben vor wie eine »renne bahn«, auf der »die zeit verthan« ist. Er sammelt alle seine Hoffnung im Gebet an den »höchsten Gott«: *Laß / wenn der müde Leib entschläfft / die Seele wachen / Und wenn der letzte Tag wird mit mir abend machen / So reiß mich auß dem thal der Finsternuß zu Dir.*

Im Sonett ist die Tageszeit, der Abend, nur Fingerzeig auf eine tiefere Bedeutung, das Sichtbare nur ein Flechtwerk von Zeichen für eine spirituelle Welt: in die Natur und Kreatur hat Gott bei der Schöpfung einen Sinn gelegt, den wir entsiegeln müssen. Für den Gläubigen lichtet sich das Dunkel des Diesseits durch die Verheißung von Ewigkeit.

Auch im Gedicht Ingeborg Bachmanns wird der Sorge Trost angeboten, ja aufgedrängt, in einer Wechselrede von Frage und Antwort (Scheinantwort). Die Kursivschrift deutet eine andere Art von Rede an, hilft uns die Antworten als Einflüsterungen zu verstehen. In der Abfolge der vier Fragen wird zunehmender Ernst erkennbar. Geht die erste Frage aus dem Bedürfnis nach Geborgenheit hervor, so wünscht die zweite Orientierung in der geistigen und existentiellen Unsicherheit, die aus der Gewißheit unserer Endlichkeit entspringt. Sie löst die Fragen nach einer letzten Instanz aus und nach dem, was beim Eintreten des Todes und danach geschieht.

Ständig unterbricht die Reklame das Fragen, und ihre Scheinantworten sind Versuche, die Fragenden zu beschwichtigen, zu beruhigen, einzulullen; sie möchte abwiegeln. Der Singsang der Werbesprache appelliert an die Sorglosigkeit und verspricht Heiterkeit – Musik ist Droge. Wo im Sonett des Barockdichters das Gebet zum Vermittler der Hoffnung wird, wiederholt die Reklame mit der Eintönigkeit von Gebetsmühlen ihr Beschwörungs- und Betäubungsvokabular. Werbung ist Abwerbung, Ablenkung des Menschen von seiner Suche nach einem Daseinsziel. Die Litanei der Werbesprache reizt Süchte nach flachem Glück.

Alle Züge der Reklame schillern noch einmal auf in der vieldeutigen Metapher »Traumwäscherei«. Erste Assoziationen, die sich bei mir einstellten, waren: Traumfabrik und Gehirnwäsche. Ingeborg Bachmann hat sowohl eine Erzählung wie ein Hörspiel mit dem Titel »Ein Geschäft mit Träumen« geschrieben (1952): Träume können Gegenbilder zur Welt der gesellschaftlichen Zwänge erstehen lassen oder solche Zwänge zu Albträumen verdeutlichen; fragwürdig sind die Geschäfte der Konsumindustrie, wenn sie mit den Mitteln der Massenbeeinflussung alle menschlichen Ängste, Sehnsüchte und Hoffnungen, die den Verkaufsstrategien entgegenwirken könnten, verdrängen, um dafür Ersatzbefriedigungen anzubieten.

»Traumwäscherei« ist eine Metapher für ebendiese Verdrängung. Das Gedicht zeigt nicht nur, wie der Mensch von verführerischen Stimmen umstellt ist und von Reklameverheißungen berieselt wird, die ins Unterbewußtsein drängen, sondern auch, wann und wo die suggestive Gewalt der Reklame versagt: im Angesicht des Todes. Das Wort »Totenstille« läßt die Sprache der Beschwichtigung plötzlich verstummen.

Zu ihrem Gedicht »Reklame« mag Ingeborg Bachmann Anstöße durch eine Amerika-Reise im Jahre 1955 erhalten haben. Bei uns waren damals Werbeindustrie und Medien, zumal das Fernsehen, noch in der Entwicklung zurück. Heute sind sie in unserem Leben eine Großmacht. Längst auch hat sich bei uns die Zivilisations- und Kulturkritik über das Thema der Bewußtseinsmanipulation hergemacht – und es zerschwätzt. Da ist es gut, wieder ein Gedicht zu lesen, das die Kniffe der Verführung nicht beredet, sondern sie selbst zum sprachlichen Ereignis werden läßt.

INGEBORG BACHMANN
RÖMISCHES NACHTBILD

Wenn das Schaukelbrett die sieben Hügel
nach oben entführt, gleitet es auch,
von uns beschwert und umschlungen,
ins finstere Wasser,

taucht in den Flußschlamm, bis in unsrem Schoß
die Fische sich sammeln.
Ist die Reihe an uns,
stoßen wir ab.

Es sinken die Hügel,
wir steigen und teilen
jeden Fisch mit der Nacht.

Keiner springt ab.
So gewiß ist's, daß nur die Liebe
und einer den andern erhöht.

ULLA HAHN
SCHAUKELBRETT, TRAGFÄHIG

Gelöster als in diesem Gedicht hat Ingeborg Bachmann nie wieder von der Liebe geschrieben. Leidenschaftlicher ja, pathetischer gewiß, mit kühneren Metaphern, grelleren Bildern und Tönen, doch nie wieder hat sie das »Unsägliche«, und dazu gehört nicht zuletzt die Einheit von Liebe und Glück, mit einer derartigen Gelassenheit zur Sprache gebracht, als sei diese Glücksgewißheit so selbstverständlich und alltäglich wie ein Gang zum Bäcker.

Dieser Selbstverständlichkeit entspricht das Bild. Zwei winzige Menschen umschlingen ein »Schaukelbrett«, so riesig, daß die sieben Hügel Roms auffliegen, wenn das Paar im »Flußschlamm« des Tiber versinkt. Das Bild ist kühn, die Sprache kühl, es ist der Tonfall des Berichterstatters, der ungerührt rapportiert. Der weit ausholende, dennoch klar gegliederte Satz, der sich über sechs Zeilen und die beiden ersten Strophen des Sonetts schwingt, formt im Auf und Ab der Betonungen die Schaukelbewegungen nach. Ein schwindelerregendes Bild, von Metrum und Rhythmus souverän gebändigt. Die Sprecherin weiß, daß, mit der Gesetzmäßigkeit von Naturereignissen, sie gemeinsam aufsteigen werden, »ist die Reihe an uns«.

Woher diese Sicherheit? Schaukeln kann nur, wer sein »Schaukelbrett« fest verankert hat. Worin besteht dieser Dreh- und Angelpunkt? Was garantiert die Balance? Es ist das »Wir«, das hält und in Bewegung hält, in tollkühner

Bewegung mitunter, und gleichwohl vor Absturz und Versinken bewahrt. Anders als üblich in Ingeborg Bachmanns Lyrik ist in diesem Gedicht der Gegensatz von Ich und Du überwunden, das »Wir« erobert. Jetzt wird es gelebt und erprobt, und siehe da: Es erweist sich als tragfähig im wahrsten Sinn des Wortes. Vergessen das heillose Entweder-Oder, das immer wieder in der Liebeslyrik, und vor allem später in der Prosa, den für die Bachmann typischen unlösbaren Widerspruch zwischen Liebe und Selbstbewahrung evoziert, da Liebe entweder als Selbstaufgabe oder als Zwang zur Unterwerfung erfahren wird.

Das Gegenteil hier. Dieses Bild des Schaukelns setzt den freien Entschluß und den Mut zweier selbständiger Menschen zu einem unbegrenzten, bedingungslosen Vertrauen in ein gemeinsames »Wir« voraus: »Keiner springt ab.« Denn der Absprung eines wäre beides: Selbstmord und Mord. So aber bildet sich das »Wir« im Prozeß des Schaukelns, des Miteinanderlebens, immer verläßlicher heraus und festigt sich gerade in der Gefahr. Nur dann sammeln sich die Fische im Schoß, fällt, was das »Wir« zum Leben braucht, ihm buchstäblich in den Schoß. Wer so eins ist, wer so selbst und doppelt ist, der kann teilen, mitteilen, denn er lebt aus der Fülle und aus dem Vertrauen, daß sie ihm nie versiege.

Die Sonettform legt sentenzhafte Überhöhungen der vorangegangenen Bilder in den letzten Zeilen nahe. Ingeborg Bachmann formuliert ihr Fazit mit geradezu luzider Klarsicht: »So gewiß ist's, daß nur die Liebe / und einer den andern erhöht.« Das ist ein Satz wie Lackmuspapier, ein Eichmaß für jeden, der behauptet zu lieben. Hier hat sie erfaßt, was Liebe unterscheidet von selbstzerstörerischer

Leidenschaft und demütigender Hörigkeit. Erklär mir Liebe! Dieses Gedicht tut es.

INGEBORG BACHMANN
WAHRLICH

für Anna Achmatowa

Wem es ein Wort nie verschlagen hat,
und ich sage es euch,
wer bloß sich zu helfen weiß
und mit den Worten –
dem ist nicht zu helfen.
Über den kurzen Weg nicht
und nicht über den langen.
Einen einzigen Satz haltbar zu machen,
auszuhalten in dem Bimbam von Worten.
Es schreibt diesen Satz keiner,
der nicht unterschreibt.

HORST BIENEK
WEM ES DAS WORT VERSCHLÄGT

Bei der Verleihung des Büchner-Preises an Ingeborg Bachmann im Jahre 1964 erklärte die österreichische Autorin, daß sie »wahrscheinlich keine Gedichte mehr schreiben werde«. Und in einem Fernseh-Interview in Rom, 1971, sagte sie schon fest und bestimmt: »Ich werde nie mehr Gedichte schreiben!« In den letzten zehn Jahren ihres Lebens (sie starb nach einem Brandunfall am 17. Oktober 1973) sind nicht mehr als sechs neue Gedichte entstanden, von denen sie fünf noch zu Lebzeiten in Druck gegeben hat (1968), das sechste mit dem Titel »Eine Art Verlust« wurde als einziges im Nachlaß aufgefunden.
Eines dieser späten Gedichte, mit dem biblisch anklingenden Titel »Wahrlich«, ist Anna Achmatowa gewidmet, der sie im Dezember 1964 in Rom begegnet ist – kurz danach soll auch dieser Text entstanden sein. Ingeborg Bachmann muß Achmatowas Biographie und einige ihrer Gedichte, bestimmt »Das Requiem« gekannt haben. Sie muß gewußt haben, daß die russische Dichterin in ihrem eigenen Land lange verfemt war und über zwanzig Jahre lang keine Zeile veröffentlichen durfte. Ihr lyrisches Werk ist schmal; darunter gibt es Verse, die als Zeitraum der Entstehung 1936-60 (so etwa das nur achtzeilige Mandelstam-Gedicht) angeben. Solches bedenkend, setzt wohl das Gedicht von Ingeborg Bachmann ein: »Wem es ein Wort nie verschlagen hat, ... dem ist nicht zu helfen.«
Angesichts einer Sintflut publizierter Lyrik, weist sie ent-

schieden darauf hin, daß es Erlebnisse und Erfahrungen für einen Dichter geben kann, die ihn zum Schweigen veranlassen. Ja, daß unter bestimmten Umständen das rechte Schweigen erst ihn zu einem wirklichen Dichter macht. In ihrer hochfahrenden poetischen Gestik hatte sie ohnehin Verachtung übrig für jene, die immer eine Antwort bereit haben, die sich »weißgott mit den Worten zu helfen wissen«, die »Metaphern ausstaffieren ... die Syntax kreuzigen«, wie sie in einem Gedicht (»Keine Delikatessen«) ein paar Jahre vorher schreibt. Denen sollte man besser gar nicht über den Weg trauen, auch nicht über Umwege. Brauchte man nicht ein Leben, eine »leiderfahrene Existenz« – um einen einzigen Satz haltbar zu machen? Um »auszuhalten in dem Bimbam von Worten«?

»Bimbam von Worten«, das klingt salopp, aber es steckt eine denunzierende Schärfe dahinter; in diesem trivialen Geläut der Wörter: darin muß man aushalten und seinen eigenen Klang hörbar, unüberhörbar machen. Manchmal sogar, indem man schweigt, verstummt. Und deshalb im Schluß dieser beschwörende, bekennende, von einer eisigen Entschiedenheit erfüllte Satz (bei dem man versucht ist, den Titel voranzustellen: »Wahrlich«) »Es schreibt diesen Satz keiner, der nicht unterschreibt.« Was wohl heißen soll: Der sein Urteil nicht unterschreibt! Und bedeutet das Urteil vielleicht: keine Gedichte mehr zu schreiben?

Man weiß, daß Anna Achmatowa nach zwanzig Jahren des Verbots schließlich im Krieg zwei Gedichtbände veröffentlichen durfte, doch bald danach wurde sie von der Partei angegriffen und 1946 aus dem Schriftstellerverband ausgeschlossen. Erst in den sechziger Jahren wurde sie rehabilitiert. – Sie hat geschwiegen. Sich nicht mit dem

Bimbam der Worte gewehrt. Aber sie hat die Sätze haltbar gemacht in ihren Versen. Eine Haltung, die dem poetischen Selbstverständnis von Ingeborg Bachmann nahegekommen sein muß. So ist »Wahrlich« ein Gedicht, das genausoviel über die russische Dichterin Anna Achmatowa wie über die österreichische Dichterin Bachmann aussagt. Und über das Ersticken der Poesie in dem uns umlärmenden Bimbam von Worten.

INGEBORG BACHMANN
WAS WAHR IST

Was wahr ist, streut nicht Sand in deine Augen,
was wahr ist, bitten Schlaf und Tod dir ab
als eingefleischt, von jedem Schmerz beraten,
was wahr ist, rückt den Stein von deinem Grab.

Was wahr ist, so entsunken, so verwaschen
in Keim und Blatt, im faulen Zungenbett
ein Jahr und noch ein Jahr und alle Jahre –
was wahr ist, schafft nicht Zeit, es macht sie wett.

Was wahr ist, zieht der Erde einen Scheitel,
kämmt Traum und Kranz und die Bestellung aus,
es schwillt sein Kamm und voll gerauften Früchten
schlägt es in dich und trinkt dich gänzlich aus.

Was wahr ist, unterbleibt nicht bis zum Raubzug,
bei dem es dir vielleicht ums Ganze geht.
Du bist sein Raub beim Aufbruch deiner Wunden;
nichts überfällt dich, was dich nicht verrät.

Es kommt der Mond mit den vergällten Krügen.
So trink dein Maß. Es sinkt die bittre Nacht.
Der Abschaum flockt den Tauben ins Gefieder,
wird nicht ein Zweig in Sicherheit gebracht.

Du haftest in der Welt, beschwert von Ketten,
doch treibt, was wahr ist, Sprünge in die Wand.
Du wachst und siehst im Dunkeln nach dem Rechten,
dem unbekannten Ausgang zugewandt.

RUTH KLÜGER
DER UNBEKANNTE AUSGANG

Wohl der bekannteste Satz von Ingeborg Bachmann lautet: »Die Wahrheit ist dem Menschen zumutbar«. Unser Gedicht fordert die Wahrheit, wenn auch mit der grundlegenden Abwandlung von der Abstraktion »Wahrheit« zu dem Seienden, »was wahr ist«. Doch das Gedicht sagt uns nicht, woraus das Wahre denn besteht, ob Vision, Ideal oder die schlichte Wirklichkeit. Wir erfahren nur, wie es sich offenbart, beziehungsweise was es unterläßt. Es treibt Sprünge in die Wand des Gefängnisses Welt, es streut dir keinen Sand in die Augen. Nach dieser anscheinend klaren Aussage liefert uns der Text jedoch rätselhafte Bilder und geht sprungartig von einem zum anderen über, wobei hier und da ein Lichtblick etwas zu verdeutlichen scheint, der nächste Vers das Halbverstandene aber wieder verwischt.
Einigermaßen deutlich sind zunächst die biblischen Anspielungen. Im vierten Vers ist die Wahrheit wie ein Engel der Auferstehung, der den Stein vom Grabe des in Schlaf und Tod befangenen Menschen rückt. In der fünften Strophe erinnern die Tauben, die einen Zweig in Sicherheit bringen sollen, an Noahs Taube, die Kundschafterin am Ende der Sintflut, wobei »der Abschaum« aus den Wellen der rückgehenden Flut stammen könnte. Das aber höchstens als Doppelbedeutung, denn die vorhergehenden »vergällten Krüge« lassen eher auf Bierschaum schließen. Ebenso willkürlich oder wortspielerisch zweideutig ist das Wort »Kamm« in der dritten Strophe. »Was wahr ist«,

kämmt die Erde und rauft ihr dabei die »Haare« aus. Doch als »geschwollener Kamm« wird daraus eher der Kamm eines aggressiv erregten Hahns. Dann wäre »was wahr ist« ein Vogel, dessen Schnabel in den Menschen »schlägt« (Vers 12). Wahr ist, was dich überfällt, in dich einschlägt, dich verrät (also dich verändert?).

Ähnlich passiv erscheint der Mensch in der folgenden vierten Strophe, wo er der »Raub« des Wahren wird. Das Bild vom ausgetrunkenen Menschen (Strophe 3) erinnert an Verse von Bachmanns Freund Paul Celan: »An den langen Tischen der Zeit / Zechen die Krüge Gottes. / Sie trinken die Augen der Sehenden leer und die Augen der Blinden. / . . . / sie führen das Leere zum Mund wie das Volle / und schäumen nicht über wie du oder ich.« Beide Gedichtstellen beunruhigen durch diese angedrohte Passivität.

Im faulen Zungenbett der zweiten Strophe wohnt vermutlich eine Sprach- und Denkfaulheit, die an Lüge grenzt und vor sich hin vegetiert (»Ein Jahr und noch ein Jahr . . .«), während die Wahrheit die Vergänglichkeit besiegt, die Zeit »wettmacht«. Die letzte Strophe mit ihrer scheinbaren Sicherheit, die uns einen Ausweg aus dem Gefängnis verspricht, erinnert an Platons Höhlengleichnis, in dem die Menschen Schatten und Schemen für die Wirklichkeit halten, während das wahre Leben draußen im Sonnenschein stattfindet. Hier wird dem Menschen, der »nach dem Rechten« sehen soll, wieder eine aktive Rolle zugestanden.

Ein Freund sagt mir: »Ich mag keine Gedichte, die mich an der Nase herumführen.« Tatsächlich scheint die Dichterin es darauf angelegt zu haben, uns zu verunsichern, und reizt uns mit Vorbedacht zum Herumrätseln. Der Sprachduktus tendiert zur Unwiderlegbarkeit, doch die Einzelheiten widerstehen der Deutung. In dieser Gegensätzlichkeit ist, meine ich, die Substanz des Gedichts enthalten. Die einprägsamen Bilder sind obskur in einem Zusammenhang, der uns mit der Hoffnung auf Eindeutigkeit ködert.

Es gibt Gedichte, die nicht entschlüsselt sein wollen, die zwar einen Gedankengang andeuten, ihn aber mit Vorbedacht nicht fortsetzen, sondern den Leser in einem Zustand der unerfüllten Erwartung belassen. Wenn Anfang und Ende uns auf ein didaktisches Gedicht vorbereiteten, so ist die rätselhafte Mitte eher prophetisch. Das Problem wird nicht gelöst, es wird uns nur noch einmal ans Herz gelegt.

»Es steht geschrieben« und »es ist uns gesagt« – doch die verschlüsselten Heilsverheißungen bleiben unerforschlich.

ELISABETH BORCHERS
DAS BEGRÄBNIS IN BOLLSCHWEIL

Wenn jemand gestorben ist,
den wir gut kannten,
prüfe ich unser Gedächtnis.
Es taugt nichts,
stelle ich fest.
Es ist nicht haltbar.
Wir sind bald verloren.

Wir nehmen den Berg wahr mit erstem Schnee
und den Nebel im Feld
und finden das passend und schön.
Unsere Bedürfnisse sind einfach und stark,
wir frieren, haben Hunger und Durst
und einen nächsten Termin.

Zwischen uns die kleinen langsamen Gespenster.

HILDE DOMIN
KLAGE UM DIE LEBENDEN

Das Begräbnis der Marie-Luise Kaschnitz. »Es war ein noch schöner aber schon deutlich kalter Tag, mit Schnee in den Bergen und diesem ländlichen, einfachen und ernsten Vorgang. Wir saßen im schnell fahrenden Auto, Elisabeth Borchers und ich, auf der Rückfahrt in den Norden«, schreibt hierzu Karl Krolow. Das Gedicht handelt ja nicht von dem Begräbnis, nicht von der Toten, die nicht mehr als ein Bezugspunkt ist, es handelt von dieser Rückfahrt.
Als merkwürdig fällt mir zunächst der Wechsel von »Ich« und »Wir« auf. Mitnichten ein *pluralis majestatis.* Die Sprechende »prüft« nicht das eigene Gedächtnis, sondern »unser« Gedächtnis, das kollektive. Dies Gedächtnis besteht das Examen nicht. Es hält nicht nur nichts fest. Es ist selber »nicht haltbar«, evaporiert, ein verdunstendes Nichts. Woraus der Schluß gezogen wird: »Wir sind bald verloren.« Das sprechende Ich und jeder. Ein Gefühl, das sich sehr unterscheidet von dem »Dahin, wie Blätter; nur wenige Tage / Gehn wir verkleidet umher« Klopstocks beziehungsweise Homers. Es ist nicht die Klage um unser aller Hinfälligkeit, es ist die Angst vor der Vergeßlichkeit der rapide Lebenden, des eigenen rapiden Lebens, die Elisabeth Borchers auf dieser Rückfahrt vor allem bedrückt. Dabei ist es doch die Rückfahrt von der Beerdigung eines Menschen, dessen Wort nicht mitbegraben wurde, dessen Wort lebt. *Non omnis moriar,* »Nicht ganz werd ich ster-

ben«, das gilt doch wohl auch für sie. »Dir in memorian ... endlos« hatte sie geschrieben, wieder und wieder, in ihren Gedichten. »Ich schreibe das Leben.«
Es wird der spätherbstlichen Kulisse dieses Begräbnisses gedacht: »passend und schön«. »Beinah noch nach zeitloser Sitte war die Dichterin zu Grabe getragen worden«, erinnert sich Karl Krolow, anläßlich dieses Gedichts. Intensiv hatte die Tote selber sich über diese Beerdigung ausgesprochen: »Zur Beerdigung meiner / Wünsche ich mir das Tedeum / Den Freudengesang / Unpassender- / Passenderweise. / ...Einen Freudensprung / will ich tun am Ende / Hinab hinauf ...« Ist der Freudengesang gesungen worden? »Es war während der Buchmesse und sehr kalt«, sagt man mir auf meine Frage. »Wir tranken scharfe Getränke.« Das Sterben der andern macht Hunger und Durst, die eigene Leiblichkeit meldet akut ihre Lebendigkeit an, deswegen wird ja auch anschließend meist reichlich aufgetischt, von den Primitiven bis heute.
In diesem so realistischen und selbstkritischen Gedicht gibt es, innerhalb der sich anmeldenden starken und natürlichen Bedürfnisse, und als eines von ihnen, auch noch »den nächsten Termin«: eine Feststellung, die rückblikkend und schon auf der Fahrt diese Beerdigung fast zu etwas wie einem »Termin unter Terminen« macht. Davon geht denn auch die Selbstkritik und die Kritik am Lebensstil aller aus, die einmündet ins Fazit: »Wir sind bald verloren.« Der Tote, die Toten, allerdings, fahren mit in dem schnellen Auto: »kleine langsame Gespenster«. »Winzige, ferne Gestalten«, wie die eben Beerdigte das selber einmal genannt hatte.
Elisabeth Borchers stimmt hier also keine Totenklage an, sie beklagt sich nicht über das Sterben, sondern über das

Leben: »Alles ist auswendig gelernt ... / Kein Abschweifen durch Wahrnehmungen«, heißt es an anderer Stelle. Oder, kurz darauf, die Klage, die Selbstanklage, an sich und alle gerichtet, ganz wie dies Gedicht: »Es wäre Zeit gewesen / zu hören und zu sehen.« Denn, und das ist mir sehr stark aufgefallen, dies »Bollschweil« ist nur ein Abschnitt in dem einen langen Gedicht, das diese Gedichte darstellen. Das Lebensthema, die Lebensfrage, immer neu gefragt, mit deutlich nachlassender Erwartung, aber um so kritischerer Aufmerksamkeit, ist auch in dies Gedicht eingeschrieben: »Was willst du reden / wenn du kein Herz hast / Worte ohne Lachen und Weinen / ... Sieh / es ist ein Augenblick.«

ELISABETH BORCHERS
DIE GROSSE CHANCE

Abends entspannen uns eilfertige Bilder,
die Story der Gerechtigkeit,
das Epos zu dritt.
Da geht mit dem Killer
das Unrecht des Tags.
Da wird Sehnsucht gelehrt und gestillt.
Da sind wir nach Maß.
Wenn alles vorbei ist
und die Schöne am verwilderten Grab
des Vaters ihr Haupt neigt,
gehen wir schlafen.
Der nächste Morgen
kommt
blütenrein.

WALTER HINCK
SCHÖNHEIT MIT WIDERHAKEN

Das Gedicht nimmt gefangen durch eine poetische Schönheit, die ohne Reim auskommt. Restlos nutzt die rhythmische Bewegung den Spielraum des freien Versmaßes und der freien Zeilenform. Wie entscheidend hier der rhythmische Fluß der Verse ist, zeigt ein Vergleich mit der ersten Fassung des Gedichts (im »Jahresring 76-77«). Dort noch lauten die vierte und die fünfte Zeile: »Da geht das Unrecht des Tags / mit dem Killer zu Grund.« Was als kleine rhythmische »Kante« empfunden werden mag, ist in der neuen Fassung verschliffen.

Die schöne Form fasziniert, aber sie verhindert nicht einen geheimen Widerstand des Lesers. Sie hat die Überredungskraft der »eilfertigen Bilder« selbst, deshalb gilt es auf der Hut zu sein. Das abendliche Fernsehen als Heilkur nach den Strapazen des Tags?

Gewiß, es ist die Rede von einer Wirkung der Kunst, die wir seit Aristoteles Katharsis nennen: von der Erregung, Entladung und Läuterung der Empfindungen und Affekte zum Zwecke größerer Ausgewogenheit im seelischen Haushalt und im Umgang mit den Mitmenschen, zum Zwecke – warum nicht? – größeren Wohlbefindens des einzelnen, vieler. In den Filmgeschichten – auch der sogenannten Western – finden wir unsere Unrechtserfahrungen, zwischenmenschlichen Spannungen und Ängste bestätigt und zugleich entschädigt, aufgehoben in der »poetischen Gerechtigkeit«. Da werden wir mit neuen Sehnsüchten bekannt und mit ihrer Erfüllung, da projizieren wir uns selbst in Menschen hinein, an denen alles stimmt. Und die melancholisch-versöhnliche Schlußsequenz bringt die nötige Gelöstheit für den Schlaf. Die »Bilder« also als Medikament zur Entspannung: »Der nächste Morgen / kommt / blütenrein.«

Es ist das »blütenrein«, vielmehr eine literarische Reminiszenz, die mich endgültig hat stutzig werden lassen: die Erinnerung an Ingeborg Bachmanns Gedicht »Reklame«; »wohin tragen wir,« heißt es dort, »unsre Fragen und den Schauer aller Jahre«, und die Reklame antwortet: *»in die Traumwäscherei ohne sorge sei ohne sorge«*. Das »blütenrein«, wir kennen es auch als einen Slogan der Waschmittelwerbung. Und haben nicht die »eilfertigen Bilder« von Filmgeschichten aus der »Traumfabrik« ähnliche Wirkungen wie die Reklameversprechen: »säubern« sie uns nicht vom existentiellen Ernst, bieten uns Glücksverheißungen als Drogen und beruhigen uns mit Surrogaten?

Das Schlußwort »blütenrein«, auf das Elisabeth Borchers' Verse hinführen, ist zugleich der Wendepunkt, von dem aus das Gedicht anders, also noch einmal gelesen werden will. Und nun fällt das Verführungsmoment in der »Eilfertigkeit« der Bilder auf, das Täuschungsmoment im Vergessenmachen des erlittenen Unrechts, das Schematische in dem Nach-Maß-Sein und in den Mythen des Films: alles Signale der Einschränkung, des Widerrufs.

Aber ist diese die endgültige Lesart? Von jeher hat Kunst auch eine Entlastungsfunktion, und sie ist nun einmal Schein oder Fiktion, nicht die Erfahrungswirklichkeit selbst. Sie vermag tatsächlich zu vermitteln, was mit der Metapher »blütenrein« umschrieben ist. Sie muß kein Surrogat, sie kann auch – nun wird der Titel wichtig – eine

»große Chance« sein, aber eine Chance eben, die richtig wahrgenommen werden will.

Das Gedicht zieht uns ins Gespräch über unser Verhältnis zu den neuen Medien des 20. Jahrhunderts, denen wir nicht entgehen können und wollen. Es gibt keine »eilfertige« Antwort, will nicht recht haben, keine Meinung oktroyieren. Es setzt Reflexion in Gang, löst im Leser produktive Zwiespältigkeit aus. Die Schönheit dieses Gedichts ist eine Schönheit mit Widerhaken.

ELISABETH BORCHERS
EIA WASSER REGNET SCHLAF

I
eia wasser regnet schlaf
eia abend schwimmt ins gras
wer zum wasser geht wird schlaf
wer zum abend kommt wird gras
weißes wasser grüner schlaf
großer abend kleines gras
es kommt es kommt
ein fremder

II
was sollen wir mit dem ertrunkenen matrosen tun?
wir ziehen ihm die stiefel aus
wir ziehen ihm die weste aus
und legen ihn ins gras

  mein kind im fluß ists dunkel
  mein kind im fluß ists naß

was sollen wir mit dem ertrunkenen matrosen tun?
  wir ziehen ihm das wasser an
  wir ziehen ihm den abend an
  und tragen ihn zurück

    mein kind du mußt nicht weinen
    mein kind das ist nur schlaf

was sollen wir mit dem ertrunkenen matrosen tun?
wir singen ihm das wasserlied
wir sprechen ihm das grasgebet
dann will er gern zurück

III

es geht es geht
ein fremder
ins große gras den kleinen abend
im weißen schlaf das grüne naß
und geht zum gras und wird ein abend
und kommt zum schlaf und wird ein naß
eia schwimmt ins gras der abend
eia regnet's wasserschlaf

ULRICH GREINER
SCHLAFENSANGST, ERTRINKENSANGST

Dieses Gedicht aus dem Jahr 1960, eines der ersten von Elisabeth Borchers, ist gewissermaßen ihre »Blechtrommel«, denn kaum einer, der sie später rühmte, hat versäumt, an den Skandal vor Urzeiten zu erinnern. »eia wasser regnet schlaf« erregte, als es vor rund vierzig Jahren in dieser Zeitung abgedruckt wurde, Aufruhr bei den Lesern. Keiner, schon gar nicht Elisabeth Borchers, hat ihn vorausgesehen oder gewollt. Tapfer wehrte sie sich gegen die Vorwürfe der »Volltrunkenheit«, der »Verdummung« und der »entarteten Kunst«.
In den letzten Tagen des alten Millenniums erscheint es absurd, daß ein argloses Gedicht solchen Wirbel auslösen konnte. »eia wasser regnet schlaf« gehört noch immer zu den schönsten Gedichten der Dichterin Borchers, und keiner, der es heute liest, fühlt sich dadurch verletzt, weder durch die Kleinschreibung noch durch das traumverlorene Spiel mit Wortklängen, Märchenmotiven und Mythenzauber.
Einige Leser verübelten es der Autorin, daß sie den ertrunkenen Matrosen frivol behandele, anstatt Sorge zu tragen, daß er anständig bestattet werde. Offenbar hatten sie das ehrwürdige Shanty »What shall we do with the drunken sailor« noch nie gehört. Hier allerdings ist der Matrose nicht be-, sondern leider ertrunken.
Schlaf und Tod sind miteinander verwandt, die literarische Metaphorik speist sich seit altersher aus dieser Nähe, und

die Sprache der Pietät schöpft daraus tröstliche Klischees. Insofern sind die Zeilen »mein kind du mußt nicht weinen / mein Kind das ist nur schlaf« ambivalent. Eltern kennen die Angst kleiner Kinder vor dem Schlaf. Auch Erwachsene haben sie. Hier erscheint sie als die Angst vorm Ertrinken. Nässe durchdringt die Bilder des Gedichts, das Wasser, der Regen, der Fluß. Alles schwimmt, und kein Trockenes bietet Halt.

Das älteste Mittel gegen die Schlafangst, gegen die Todesangst ist das Lied. Die Dichterin entsinnt sich vertrauter Beschwörungsformeln, des besänftigenden »eia popeia«, des einschläfernden Refrains, der Melodie der Vokale, und sie spendet sich selber Trost. Sie braucht ihn, denn: »es kommt es kommt / ein fremder«. Wer ist es? Wenn sie das wüßte, müßte sie keine Angst haben. Vielleicht ist es der Tod, vielleicht nur der Schlaf. Also singt sie ein Lied im dunklen Wald, singt das Wasserlied, spricht das Grasgebet. In der Abenddämmerung, wo hinter dem Busch oder hinter der Tür die Gespenster lauern, verfärben sich die Farben, das Wasser wird weiß und der Schlaf grün wie das Gras.

Poesie ist immer auch ein Selbstgespräch. Jemand spricht: das Ich. Ein anderer lauscht: das Ich. Das ist ganz ursprünglich, vegetativ, jeder kennt es. Aber wirkliche Poesie beginnt da, wo dieser halb bewußte Vorgang hinübergerettet wird in eine objektive Kunstform. Sie spielt ein Spiel mit Klängen und Formen. Man kann sehen, wie das Gedicht gemacht ist, wie geometrisch die Proportionen sind, wie lange Zeilen und kurze rhythmisch aufeinander bezogen sind (liedhaft eben) und wie die Klänge und Bedeutungen der Wörter einen Wechselgesang anstimmen. Man sieht auch die Tradition, auf die es sich bezieht, den Surrealismus, die Moderne. Ebenso gut kann man dieses Wiegenlied gegen die Verschwindens- und Verschwimmensangst vor sich hin summen oder einem Trostbedürftigen vorsingen und sagen: Schlaf gut! Mehr an Bedeutung muß gar nicht sein für ein gutes Gedicht.

Letzten Endes hat es seine Vorteile, daß wir nun sehr bald im Jahr 2000 leben und nicht mehr in den furchtsamen, furchtbaren fünfziger Jahren. Damals hatte man Angst vor der »Blechtrommel« und sogar Angst vor einem Gedicht wie diesem. Natürlich sind wir auch heute nicht gegen alle Gespenster gefeit, aber doch gegen manche. Womöglich haben uns die Dichter dabei geholfen.

ELISABETH BORCHERS
HERBST

Wie die Kirchtürme zittern im Licht
wir werden es nicht überleben.
Wie wir uns täuschen lassen
vom Licht, das die Türme bewegt.

GERT UEDING
LAUTLOSES BEBEN

Im Zyklus der poetischen Jahreszeiten kommt dem Herbst eine zwiespältige Rolle zu. Er erscheint mit Rebe und Weinlaub, dem ganzen Füllhorn der Natur, mit Zauberfarben und Erntesegen. Doch ist das nur die eine Seite, die, gleichsam dem Sommer zugeneigt, seine Krone und Erfüllung zeigt. Es gibt auch den anderen lyrischen Prospekt: fallendes Laub, durch das der Herbstwind fährt, die kalten Abendnebel, kahle Stoppelfelder, die absterbende Pflanzenwelt, dazwischen Astern, die todkündenden Lieblingsblumen Ottilies (in den »Wahlverwandtschaften«) und Gottfried Benns.

Das eine ist das Inwendige des andern. Sehr früh, aber unvergeßlich hat mich einst der Naturkundelehrer davon unterrichtet, daß gerade die Früchte mit den schönsten, den gesündesten Farben im Zerfallsprozeß besonders weit fortgeschritten sind, denn er ist verantwortlich für die Verfärbung der Natur. Auf der Jahreszeitenuhr steht der Zeiger dann eigentlich auf Abend, der Zenit ist längst überschritten, ein Wechsel tritt ein. Die Parallele zum Lebensalter liegt nahe und wurde auch immer schon gezogen. Kein Herbstgedicht, das nicht zugleich aufs menschliche Leben zielt und manchmal durch dies hindurch auch auf das späte Weltalter.

Elisabeth Borchers' Gedicht führt die Jahreszeit nur im Titel, die vertrauten Attribute fehlen sonst, allein das Licht könnte noch aus ihrem Kontext kommen. Ein Seh-

Erlebnis in vier Versen: sie berichten vom Anblick zitternder Kirchtürme in jenem besonders klaren und stillen Herbstlicht, das (um es mit Worten Albin Zollingers zu sagen) durch gebrochene Lüfte fällt und daher jenen Eindruck des Zitterns hervorruft, dem beim Zuschauer der jähe Schrecken folgt und die augenblickliche Gewißheit, dieses lautlose Beben nicht zu überleben. Eine apokalyptische Vision, doch gleich darauf die Erleichterung, daß die Erde sich nicht bewegt, die Kirchtürme fest und sicher und wir selber mit beiden Beinen unerschüttert auf dem Erdboden stehen.

Wirklich kein Grund zur Beunruhigung? Wenn der Schein immer die Außenseite von etwas inwendig Verborgenem ist, was hat dann eigentlich für einen Augenblick derart erzittert, daß es nachbebt in der Empfindung? Wofür wird das optische Erlebnis zum Gleichnis, vor dem jede Beruhigung dann als die wirkliche Täuschung erscheinen muß? Manès Sperber berichtete von einem Erlebnis ähnlicher Art. Es geschah in der Provence, einer Landschaft von kräftigen Farben, noch dazu im Städtchen Apt; als er den Fuß aufs Trottoir setzen wollte, fiel er zu Boden: »Ich wußte, daß ich nicht gestolpert war, sondern einen Augenblick lang, in der Tat blitzartig, das Bewußtsein verloren und es wiedererlangt hatte, noch ehe ich auf den Boden fiel ... Es war ein Signal ...«

Von einem solchen Signal handelt auch dieses kleine Gedicht, es kommt hier von außen, löst Erschütterung und Beschwichtigung aus, weil es als mahnendes Zeichen erlebt wird. Ein Herbsterlebnis anderer Art, als wir es sonst in Gedichten mit diesem Titel finden, und möglicherweise deutet der kleine apokalyptische Sprung darin noch auf eine andere, eine tiefere Hoffnungs-Schicht.

Ich komme darauf eines Bildes wegen, das von Caspar David Friedrich stammt; eine Sepiazeichnung, 1803 entstanden und im Besitz der Hamburger Kunsthalle. »Herbst« heißt ihr Titel, und sie wirkt wie eine allegorische Illustration zu unserem Gedicht. In der linken Bildhälfte zeigt sie eine gewaltige schattige Gebirgslandschaft, rechts vorne einen Obelisken mit Sarkophag, und dazwischen führt ein Weg hinab ins sonnendurchglänzte Tal, wo fern, aber doch deutlich die Kirchtürme und Zinnen der Stadt sichtbar werden. Ein Paar geht Hand in Hand den Weg hinab, gleichsam vor dem Betrachter her, und lenkt dessen Blick durch die grüßende Gebärde auf den prächtigen Anblick weit vorne.

Herbstzeit als Lebenszeit und Weltzeit in eins gefaßt: die Melancholie des Abstiegs von den Gipfeln der Berge, des Niedergangs aus erhabener Höhe, des Verfalls und Welkens – doch dann die zitternden Türme im gleißenden Licht, jenseits von Schatten, Urne und Erniedrigung, der Widerschein des himmlischen Jerusalem, der Vorschein einer neuen Frühlingswelt, so daß der Anblick, der uns beben macht, gerade die Versicherung gegen den Tod bedeutet: »Wie wir uns täuschen lassen / vom Licht, das die Türme bewegt.«

ELISABETH BORCHERS
ICH BETRETE NICHT

Ich betrete nicht den Festsaal der Sätze
die Gemächer der vor Grazie
          sich biegenden Nebensätze
die würdigen Hügel des Partizips.
Ich überlasse mich nicht
          den geschmeidigen Perioden
dem rauschhaften Absturz
den komödiantischen Untiefen.
Ich verweigere den Müßiggang der Addition
das Manöver der Unklarheit
die Dämmerung der Klarheit.
Ich stimme nicht an das Lied zur Verführung
          der minderjährigen Ewigkeit.
Ich lehne ab das Plagiat der Klage des Windes
          und des Flächenbrandes.
Ich bediene mich der Notdürftigkeit:
Sie ist gestorben
verdorben
und verfalle der irdischen Einfalt
dem Trost des himmlischen Fests.

JOCHEN HIEBER
DIE LAST DER TRADITION

Ein idealer Ort, um über das Gedicht nachzudenken, ist das Gedicht selbst; kaum ein Dichter, der diese Möglichkeit nicht genutzt hätte. Durch Lyrik über Lyrik zu reden gehört mithin schon seit den Anfängen zum festen Bestand der Gattung: Es gibt kein anderes künstlerisches Genre, das es in Sachen Selbstreflexion mit ihr aufnehmen kann. Noch die Poetik, die das Wesen der Dichtkunst ergründen und lehren will, findet nicht selten dann zu den einleuchtendsten Resultaten, wenn sie zuhört, wie Poesie über Poesie räsoniert.

Auch *Ich betrete nicht* ist ein Gedicht vom Gedicht – und Elisabeth Borchers eine gelehrte Poetin. Also kennt sie die Tradition des lyrischen Selbstgesprächs, gegen die sie ihr eigenes ästhetisches Programm bestimmen und behaupten muß. Entschiedenes Auftreten ist dafür nötig: sechsmal in sechzehn Versen das *Ich* gleich am Zeilenbeginn, fünfmal verbunden mit klaren Absagen an die Tradition. Und ihr gleichwohl von Anbeginn an unentrinnbar verhaftet. Denn was sie selbst poetisch wollen, haben die Dichter schon immer gern durch Verneinung ausgedrückt: »Buhlt länger nicht mit eitlem Wortgeklinge!«, lautete etwa Friedrich Schlegels Losung im Gedicht »An die Dichter«. Unter den Dichtern unserer Zeit ist die Negation fast epidemisch geworden, in jedem Fall aber gehört sie zum guten Ton des schlechten Gewissens: Schwer nämlich lastet spätestens seit Gottfried Kellers Stoßseufzer das »Loos der Epigonen« auf jedem neuen Vers.

Die Zeilen der Elisabeth Borchers sind also ein durch selbstbewußte Verweigerung kunstvoll kaschiertes Lamento über die Last der Überlieferung. Wogegen treten sie an? Wenn sie *das Plagiat der Klage des Windes und des Flächenbrandes* ablehnen: gegen die jahrhundertealten Debatten um die Mimesis, die Nachahmung der Natur durch die Kunst. Wenn sie *das Lied zur Verführung der minderjährigen Ewigkeit* nicht anstimmen: gegen den Topos von der Unsterblichkeit der Poesie. Wenn sie sich *den geschmeidigen Perioden / dem rauschhaften Absturz / den komödiantischen Untiefen* nicht überlassen: gegen die wundervollen Perioden etwa eines Novalis, den Rausch der Verse Baudelaires, das Komödiantentum Heinrich Heines. Und wenn sie sich weigern, *den Festsaal der Sätze* zu betreten, *die Gemächer der vor Grazie sich biegenden Nebensätze* und *die würdigen Hügel des Partizips:* dann lehnen sich diese Verse auf gegen das, was vielen als das Kostbarste unserer Dichtung gilt: nicht zuletzt gegen Hölderlins Gesänge und Rilkes Ton.

Sie müssen sich auflehnen – um des Eigenen willen. Aber sie lehnen nicht ab. Im Gegenteil: Zur Ironie dieses Gedichts zählt, daß es bewundert und herrlich beschreibt, was es verdammt. Paralipse nennt die Rhetorik jene Stilfigur, die etwas gerade dadurch nachdrücklich hervorhebt, daß sie erklärt, es vollkommen übergehen zu wollen; die ersten elf Verse dieses Gedichts sind Paralipse *par excellence.* Und die restlichen fünf? Ein Bekenntnis zur armen Kunst und zur christlichen Demut. Hat das übrige lyrische Werk der Dichterin dieses Programm eingelöst? Gewiß, nur wenige und allemal schmale Bände hat sie in den vergangenen dreißig Jahren veröffentlicht, skrupulös war sie bei jedem Wort und äußerst sparsam mit poetischem

Prunk. Und doch scheinen die Schlußzeilen allzu bescheiden. Ganz so, als habe die Last der Tradition ein letztes Mal obsiegt.

Dem aber widerspricht die Lyrik der Elisabeth Borchers sonst überall: Gerade auch in jenen Gedichten, die sich, widersetzlich und anerkennend zugleich, an traditionellen Motiven und Formen versuchen, hat sie das Epigonenlos keineswegs ereilt, hat sie höchst Eigenes zu finden, zu erfinden vermocht.

ELISABETH BORCHERS
VON EINER STADT

Die Stadt
hat dreizehn Linden
wir wollen sie festbinden
sie sind so grün

Die Stadt
lebt vom Brot und vom Fisch
es gehen zwei zu Tisch
der Weg ist weit

Die Stadt
lebt von frischen Steinen
wer will nun wen beweinen
es gibt doch zwei

Die Stadt
hat auch drei Eisen
ich kann es nicht beweisen
sie glühen heiß

PETER WAPNEWSKI
SANFTE KUNDE AUS DEM STEINLAND

Nicht: *Die* Stadt. Sondern: *Von* ihr. So beschwört der Titel nicht die mythische Vision von dem steinernen Ungeheuer, seinen sich drohend aufreckenden Hochhäusern, vom gemauerten Moloch, der den Menschen und seinen Garten (sein Biotop, sagen wir heute) verschlingt – wie etwa Dichtung und Malerei des Expressionismus das Leben fressende und Seelen mordende Steintier mit grellen oder dunklen Farben zeichneten. Sondern hingetupfte Impressionen, die sanfte Kunde andeuten von dem, was in der Stadt geschieht.

Das Gedicht entstammt dem zweiten Band der Lyrikerin: »Der Tisch an dem wir sitzen« (1967). Ein sehr eigentümliches Kunstgebilde – was als Urteil nicht eben originell klingt, da man von jedem Gedicht, jedem Kunstwerk, das als solches gelten will, Eigentümlichkeit erwarten wird. Aber die Gedichte der Elisabeth Borchers widersetzen sich auf eigenwillige Weise jeglicher Erwartung an Konvention und Tradition. Sie verzichten auf schlüssige Botschaften, sie schweben gestaltlos und verweigern sich dem auf- und erklärenden Zugriff, ja schließlich der plausiblen und resümierenden Deutung. Sie sind sich selbst genug in ihrem Ton, der klingt wie Kinderlied und summt wie Schlafweise und raunt wie Märchenstimmen, und vor dem Versuch einer eiligen oder handfesten Aneignung verflüchtigen sie sich in ihre eigene Welt, »ins Versteck der Bilder und Träume«, in das »Paradies der Metaphern«, wie der Kollege und Herausgeber Jürgen Becker sagt. So stand es schon um die ersten Verse, in denen sich die Dichterin vorstellte: »eia wasser regnet schlaf ...« (1960). Und empörter Protest aus den Gründen und Abgründen enttäuschter Gewohnheit versuchte, zornig oder wütend, den leisen Singsang zu übertönen – und ertrank doch in seinen verzauberten und verzaubernden Wellen.

Vier kleine Strophen, streng gebaut. Und, eine Seltenheit in den Gedichten von Frau Borchers, auch mit Reimen versehen (im Zentrum). Der Einsatz jeweils: *Die Stadt*, und sie will sich nicht dem Reim bequemen und bleibt antwortlos so wie der jeweils letzte Vers.

Ein Gedicht auch der Zahlen, wie sie als Strukturelement die Architektur von Häusern und Straßen bestimmen: Mit *dreizehn* setzt es ein in der ersten Strophe, die zweite kennt die *zwei*, die dritte wieder die *zwei*, die vierte gibt eines dazu: *drei*. Bedachte Strenge auch im Fortschreiten der Bilder von der organischen zur unorganischen Natur, von den Bäumen zum Eisen. Linden *hat* die Stadt, und um deren Grün zu erhalten und sie zu retten inmitten der Steine, muß man sie festbinden. Hier schlägt im Literaturhistoriker, immer im Dienst, eine Glocke an: *Dreizehnlinden* ist der Titel eines Trivialepos aus der Feder von Friedrich Wilhelm Weber (1878), das zum Ende des neunzehnten Jahrhunderts ein ungezählte Male aufgelegtes Lieblingsbuch des Bildungsbürgertums war. Aber das – fingierte – namengebende Kloster wird nur aus Zufall in die zweite Zeile unseres Gedichtes geraten und also ohne weiterführende Bedeutung sein.

Was *hat* sie noch, die Stadt? Sie hat *drei Eisen*, aber erst in der letzten Strophe. Die beiden mittleren *haben* nicht, sie sprechen von dem, was *lebt*. Sprechen von archaischer

Speise, von Brot und Fisch. Zu denen der Weg weit ist – weit zumal, wenn man zu zweit ist, den gemeinsamen Tisch suchend. Und noch einmal die Zweiheit: *Frisch* sind die Steine der Stadt, die in immerwährendem Aufbau ihrer selbst die alten Stücke verwirft und neue mauert. Wie alles Neue gebietet das: Abschied, und Abschied will weinen, macht weinen. Wer um wen von den *zwein*? Oder beide gemeinsam um das (eine oder das zweite) Verlorene? Schließlich: *drei Eisen*, auch die *hat* sie. Das heiße Eisen, es hält jeden ab, der es unbedacht meint fassen zu dürfen. Und es erinnert daran, wie schwer es ist, das Gottesurteil des glühenden Metalls zu bestehen.

Die Stadt als Gehäuse alles dessen, was Menschsein und Menschenlos einschließt. Sehnsucht nach immergrünender Natur, nach Nahrung der elementaren Art, und nicht leicht ist der Weg zu ihrem Tisch zu finden. Zwei ist die Symbolzahl der Gemeinsamkeit, zwei finden sich bei Fisch und Brot, zwei in ihren Tränen. Und das heiße Eisen will nicht berührt werden, will ein Geheimnis bleiben, unbewiesen. Wie denn überhaupt diese leisen Verse nichts wissen wollen von der Eindeutigkeit eines Beweises, ihre Wirklichkeit ist nicht die der klügelnden Vernunft, sondern liegt in dem autonomen Anspruch von Impression und Erinnerung, von aufblitzendem Bewußtsein und mäandernder Assoziation. Und die flüchtigen Bilder werden gehalten von der klaren Strenge einer sie bindenden Form.

DAGMAR NICK
HYBRIS

Wir sind nicht mehr die gleichen.
Uns ätzte das Leben leer.
Es gibt keine mystischen Zeichen,
es gibt kein Geheimnis mehr.

Wir treiben durch luftlose Räume
erloschenen Angesichts.
Die Nächte verweigern uns Träume,
die Sterne sagen uns nichts.

Wir haben den Himmel zertrümmert.
Das Weltall umklammert uns kalt.
Der Tod läßt uns unbekümmert.
Wir haben Gewalt.

GÜNTER KUNERT
TRAGISCHE FOLGEN

Manchmal haben Binsenweisheiten und Banalitäten das Recht, angemerkt zu werden. Etwa diese, daß unser Dasein oder, bescheidener gesagt, unsere Biographie der Herrschaft des Zufalls unterworfen ist. Was wir werden, was sich an uns vollzieht und dabei wie Schicksal ausschaut, stammt häufig genug aus der Hand anderer Mitmenschen, ohne daß diese, ohne daß wir davon ahnen.
Eine solche Zufallskonstellation mag Dagmar Nick zum Schreiben veranlaßt und später zu ihrer Entdeckung geführt haben. Da auch an meiner literarischen »Wiege« der Zufall Pate stand, und zwar im gleichen Jahrzehnt, schien mir die obige Präambel vonnöten. Gerd Kalow erwähnt im Nachwort zu Dagmar Nicks vorletztem Gedichtband »Fluchtlinien« wie beiläufig einen Umstand, der damals sich so oder ähnlich für junge Autoren abgespielt hat: Erich Kästner, im ach so fernen Jahre 1945 Redakteur der »Neuen Zeitung«, druckte dort selbst das erste Gedicht der damals erst Achtzehnjährigen. Ich habe ihre Gedichte zuerst in der Zeitschrift »Ulenspiegel« gelesen, wo Wolfgang Weyrauch nur kurze Zeit danach meine ersten Gedichte veröffentlichte. Wir, Dagmar Nick und ich, sind, einem billigen Wortspiel zufolge, die »Dichter der ersten Stunde« – ich wahrscheinlich schon der zweiten.
Wir sind beide nicht ausschließlich beim Gedicht geblieben, sondern vom Pfade der lyrischen Tugend immer wieder abgewichen. Dagmar Nick hat auch eines Tages Hör-

spiele geschrieben, Prosa, Reisebücher und bis dato vier Gedichtbände publiziert. Aber es ist keineswegs immer die Fülle, die wesentlich ist.
Mich hat das Gedicht »Hybris« nicht nur aus Gründen der Affinität zu gleichartigem Denken oder einer gewissen spezifischen Zeitgenossenschaft berührt, sondern weil ich es in bezug zu jenen Anfängen lese. Und mich dabei meiner (und nicht ausschließlich meiner) Hoffnungen, Illusionen und Träume erinnere. Ich stimme mit ein: »Wir sind nicht mehr die gleichen./Uns ätzte das Leben leer...« Eher als das Leben aber doch die global gewordene Misere, das Syndrom aus suizidärer Verblödung und Vergiftung, aus Menschenüberschuß und Willensmangel, am Gang der Dinge noch etwas zu ändern, statt bloß daran herumzudoktern.
Dieses in sich widersprüchliche »Wir«, das seine seelischen und spirituellen Verluste beklagt und zugleich auf seine Fähigkeit wissenschaftlichen »Machens« verweist, auf das Einverständnis mit Tod und Zerstörung, um in der Schlußzeile die einzige und letzte Kompensation für alles Verlorene zu nennen: »Gewalt« – dieses »Wir« umfaßt unsere schuldhafte Unschuld.
Aus einer gewaltbedingten Katastrophe vor über vierzig Jahren hervorgegangen, ist uns nichts anderes beschert worden als weitere Gewalt, auch wenn diese heute eine andere Erscheinungsweise zeigt. Aus der einstigen Gewalt gegen Menschen (die partiell hier und dort immer wieder aufflackert) ist nun eine Gewalt gegen die Sache der Natur entstanden. Und nicht nur gegen die Natur in ihren biologischen, vegetativen Formen, sondern auch und erst recht gegen unsere Menschennatur, indem diese von uns selber gegen uns geübte Gewalt uns »instrumentalisiert« und so-

mit zu Mitteln für die uns nicht mehr erkennbaren Zwecke gemacht hat.
Die »frevelhafte Selbstüberhebung mit tragischen Folgen«, als welche der Titel übersetzbar ist, verweist zurück in die Antike, wo über das uns jetzt erreichende Verhängnis schon größere Klarheit bestand als gegenwärtig. Und obschon das Gedicht den Bestand mystischer Zeichen leugnet, ist es doch selber eines, wenn auch ein verspätetes und wahrscheinlich nicht gar so sehr mystisches.
Zwölf Zeilen in einer einfachen Sprache, sachlich, nüchtern, eben so, wie man das Schreckliche einzig Wort werden lassen kann. Selbst der nahezu triviale Reim, der uns in jedem anderen Gedicht minderen Ernstes und geringerer Ängste unerträglich erschiene, hier ist er die absolute Entsprechung für die Absicht: ein Menetekel an die Wand zu malen, welche bereits zu stürzen droht.

DAGMAR NICK
TREIBJAGD

Spätsommer, dieses Gespür
von Abschied voraus.
Hinter dir fällt schon die Tür
ins beschattete Haus.

Wind, der die Weite durchmißt:
deine Wege von morgen.
Was du verloren hast, ist
aufs neue zu borgen.

Bis der Herbststurm erwacht,
magst du noch draußen zelten,
die Schüsse während der Nacht
brauchen nicht dir zu gelten.

Fuchsfallen, im Acker getarnt,
findest du blind.
Erst wenn der Häher dich warnt,
weißt du: die Treibjagd beginnt.

WALTER HINCK
ES GESCHIEHT MITTEN UNTER UNS

Ein Spätsommer-, ein Herbstgedicht? Es mag zunächst so scheinen. Die Abschiedsstimmung der August- und Septembertage, die Ankündigung des Herbststurms und sogar der Treibjagd – alles dies deutet auf die Wiederkehr des gleichen im Wechsel der Jahreszeiten, im Kreislauf der Natur.

Vers und Reim stören solchen Eindruck nicht. Das metrische Gerüst, durch die unregelmäßige Folge von Hebungen und Senkungen gelockert, bekommt Halt im Endreim der kreuzweise gereimten Zeilen. Die Strophen unterliegen der Spannung und zugleich dem Ausgleich von Freiheit und Fessel – einem Gesetz, dem auch der Rhythmus des Jahreslaufs sich beugt. Die elegische Stimmung ist in den Klangkorrespondenzen wohlaufgehoben. Ein Gedicht also, das vom herkömmlichen Spätsommer- oder Herbstgedicht nicht sonderlich abzuweichen scheint.

Der Widerruf ist denn auch zunächst überhörbar; der Gegenzug gegen den herkömmlichen Gang des Gedichts setzt unmerklich ein. Eine Tür fällt zu. Der scheinbar belanglose, scheinbar vorläufige Vorgang bekommt aber bald den Charakter des Endgültigen. Die Zuflucht, die Schutz vor den Herbststürmen gewährt, ist versperrt. Die Wege, deren Richtung der Wind weist, führen ins Ungewisse. Kein Besitz bietet Sicherheit. Mitgenommen in die Zukunft wird nur das befristet Entliehene.

Das adverbiale »Noch« bestimmt die Zeitperspektive: »noch« bietet ein Zelt Notquartier. Aber wie schutzlos der Untergeschlüpfte schon ist, zeigt sich sogleich: »die Schüsse während der Nacht / brauchen nicht dir zu gelten.« Sie brauchen nicht, also können sie.

Damit ist die Erwartung, die der Gedichttitel »Treibjagd« geweckt haben mag, widerlegt. Nicht ein Ereignis der Jagdsaison, nicht ein fröhliches Jäger-Spektakel steht bevor. Der Ausgesperrte selbst wird das Wild sein. Und auch die Vertrautheit mit dem Gelände kann nicht helfen. Die Menschenjagd wird beginnen.

Das Gedicht ist doppelbödig. Bis zum Schluß der dritten Strophe, wenn nicht gar bis zu den letzten beiden Versen bleibt ein versöhnlicher Ausgang immerhin möglich: seine Auflösung in eine Herbst- und Jagdidylle. So mag mancher Leser in die Falle des Gedichtes gehen. Da ist dann das Motiv des warnenden Hähers die letzte Warnung auch an den Leser.

»Keine Zeit mehr zum Warten und Hoffen / diese Jahre sind abgetan«, heißt es in einem anderen Gedicht des Bandes »Gezählte Tage«; »doch die Fluchtwege immer noch offen / über Länder und Ozean.« Von solcher Offenheit der Fluchtwege spricht das Gedicht »Treibjagd« nicht. Nimmt Dagmar Nick hier ein thematisches Grundmuster ihrer Dichtungen aus den frühen Nachkriegsjahren wieder auf, knüpft sie an die historischen Erfahrungen der Hitlerzeit, an die Schrecken der Juden-, der Menschenverfolgungen wieder an?

Die Zeitform der Sprache ist hier nicht das Präteritum. Vom »draußen zelten« in diesem Augenblick, von den »Wegen von morgen« ist die Rede. Vergangenheit ist wiederholbar, und Menschenjagden – wer abends die Nachrichten der Welt hört oder morgens sie liest, weiß es – sind finstere Gegenwart.

Doch lesen wir das Gedicht nicht zu einsinnig! Es gibt die Treibjagden jenseits des Scheinwerferlichts öffentlicher Medien, in den zwischenmenschlichen Verhältnissen, aus seelischer Verhärtung gegen die Außenseiter und Fremden, im psychischen Terror erkalteter Beziehungen. Das »du« des Gedichtes, die Nähe, ist ernst zu nehmen. Das Kesseltreiben geschieht mitten unter uns.

Wirklich, ein Jahreszeiten-Gedicht mit doppeltem Boden.

CHRISTA REINIG
DER ENKEL TRINKT

Wir küssen den stahl der die brücken spannt
wir haben ins herz der atome geschaut
wir pulvern die wuchtigen städte zu sand
und trommeln auf menschenhaut

wir überdämmern die peripetie
der menschheit im u-bahnschacht
versunken im rhythmus der geometrie
befällt uns erotische nacht

wir schleudern ins all unsern amoklauf
das hirn zerstäubt – der schädel blinkt
ein grauer enkel hebt ihn auf
geht an den bach und trinkt

GÜNTER KUNERT
DAS LEBEN GEHT WEITER

Diese wenigen, vor just zwanzig Jahren veröffentlichten Zeilen erweisen sich als einer der vielen ignorierten Appelle »an die tauben Ohren der Geschlechter«, wie Peter Huchel in einem Gedicht gleichen Titels unsere Unfähigkeit nannte, Warnungen rechtzeitig zu vernehmen, geschweige denn auf sie zu reagieren. Am allerwenigsten hören wir auf solche, wenn sie von einer derart »inkompetenten« Seite kommen, wie sie die Dichtung für unseren eingeschränkten Realitätssinn darstellt.

Dem »Wort der Dichter«, auf das wir immer dann pathetisch verweisen, sobald es andernorts unterdrückt wird, billigen wir nur geringes Gewicht zu. Es gilt uns als eine Art geistiges Sparguthaben, von dem wir aber, falls wir dessen bedürfen, doch nichts abheben können. Offenkundig handelt es sich um einen Besitz, dessen Wert ebenso fiktiv ist wie er selber. Wir, die wir jedem bramarbasierenden Politiker hypnotisiert aufs Maul schauen, bereit, jede Lüge zu glauben, würden uns hingegen schämen, auf die mahnenden Stimmen der Dichter zu hören. Denn wir können nicht glauben, daß Wahrheit sei, was nicht im ärmlichen Kauderwelsch unserer Halbbildung brabbelt.

Christa Reinigs Gedicht ist eine jener ahnungsvollen Prophetien, die man zustimmend liest, um sie rasch zu vergessen. Dazu verhilft, daß wir heute besserwisserisch feststellen können, daß auch diese apokalyptischen Verse

Verkennungen und Irrtümer enthalten. Etwa, daß der besagte graue Enkel einfach an den Bach geht, Wasser schöpft und trinkt, als habe es nicht einige Zeilen vorher vermutlich einen radioaktiven »Fallout« gegeben. Zumindest wäre nach dem Amoklauf jedes frei fließende Wasser nur mit Vorsicht zu genießen. Der Autorin, trotz ihres kassandrischen Anspruches, war die Umweltproblematik noch so wenig bewußt wie uns selber zur damaligen Zeit: von Luft- und Wasservergiftung kein Wort.

Auch will uns jetzt der Schluß des letzten Verses geradezu idyllisch, auf jeden Fall hoffnungsvoll vorkommen: Selbst wenn unser Enkel einem neuen Atavismus verfällt, jenseits einer Kultur, in der es uns ohnehin nie recht behagt hat, beweist allein seine Existenz, »daß das Leben weitergeht«. Und mehr kann man ja heutzutage an Positivem kaum von Literatur verlangen.

Doch viel bemerkenswerter als dieses nahezu rousseauisch wirkende Resümee der Katastrophe ist die Sprache des Gedichts. Obschon sie von nicht allzu ferne an Gottfried Benn und den Expressionismus gemahnt, ist sie keineswegs epigonal. Ganz unironisch und ernsthaft gesagt: Die bekannt erscheinenden verbalen Mittel verlieren durch die Stärke der Eingebung ihre Beziehung zur Überlieferung und erhalten damit ein neues Aussehen, eine andere Wirksamkeit. Sie erheben sich fast zur Originalität: einer jener seltenen Vorgänge, den man einen »Wurf« zu nennen pflegt. So etwas gelingt einem Autor nicht alle Tage, denn nicht alle Tage schafft er es, in sich das neurotisch-luzide Spannungsfeld herzustellen, diese eigentümliche Vibration, ohne die alles Geschriebene matt und glanzlos bleibt.

Was Christa Reinig bewegte und anregte, ist in den drei

Versen nahtlos aufgegangen. Und wenn wider alles Erwarten und entgegen allen Bemühungen der Weltuntergang doch nicht stattfindet oder zumindest noch ein Weilchen vertagt wird, so behält dieses Gedicht dennoch recht, indem es einen vorherrschenden Wesenszug des Homo faber enthüllt: von seinen eigenen technischen Möglichkeiten überwältigt zu werden, um den Preis der Zerstörung, und gleichzeitig gegen alle Verluste aufs neue blind beginnen zu können.

CHRISTA REINIG
DIE PRÜFUNG DES LÄCHLERS

für meine mutter,
die dem lächler das haupt gehalten hat.

als ihm die luft wegblieb, hat er gelächelt
da hat sein feind ihm kühlung zugefächelt
er lächelte, als er zu eis gefror
der feind rückt ihm die bank ans ofenrohr

er lächelte auch, als man ihn bespuckte
und als er brei aus kuhmist schluckte
er lächelte, als man ihn fester schnürte
und er am hals die klinge spürte

doch als man ihm nach einem wuchtigen tritt
die lippen rundum von den zähnen schnitt
sah man ihn an, erst ratlos, dann erstarrt
wie er im lächeln unentwegt verharrt.

HORST BIENEK
LÄCHELN ÜBER DIE WELT
UND ÜBER SICH SELBST

Das Gedicht ist wie die Beschreibung eines Bildes, das Francis Bacon gemalt haben könnte. Einfach und lakonisch, in grellen Aufrissen, mit einprägsamen, suggestiven Reimen: ein Mensch, der lächelt, über die Welt, über die Feinde, über sich selbst, rätselhaft lächelt – und dem man das Lächeln nicht wegnehmen kann, auch nicht in der Tortur. Ein Gedicht, das ein konkretes, wenn auch zeitloses Ereignis aufschreibt und das damit hinausweist in eine politische oder theologische Metapher. Etwa: der Glaube, der unverrückbar ist und schließlich den andern, den Feind, verändert; das weiche Wasser besiegt den harten Stein; der Schwache besiegt den Tyrannen.

Das sind schon Interpretationen, es ließen sich weitere hinzufügen. Darum geht es nicht. Es ist ein »offenes« Gedicht, und ich glaube, Christa Reinig geht es eher darum, auf diese Weise den Leser zur eigenen, aus der Selbsterfahrung bestimmten Interpretation aufzurufen. Erst von daher kann sich jene Betroffenheit einstellen, die, übers Literarische hinaus, ins Biographische (oder Nacherlebbare) geht.

Der Vorgang wird deshalb so lapidar wie möglich »erzählt«, kein Dekor, kein Milieu, keine definierte Zeit: im Grunde ein philosophischer Gedanke, eine theosophische Idee, die hier in einer zugegeben kühnen und schlüssigen Parabel konkretisiert werden. Der Titel »Die Prüfung«

verstärkt noch den ideengeschichtlichen Aspekt. Das Gedicht ist vielinterpretierbar, aber doch eindeutig. Es ist privat wie auch öffentlich, politisch wie religiös wie auch literarisch: in dieser Prüfung sind wir, die Leser, ebenfalls Gefolterte; das will in einem konkreten und metaphorischen Sinn verstanden sein.

Christa Reinig hat sich lange mit chinesischer Philosophie beschäftigt, von dort kommt das her – und von Brecht und auch aus der Erfahrung ihrer (damals) isolierten wie gefährdeten Existenz. Die konventionelle Form hält die Kühnheit, die Explosivkraft des Gedankens zusammen, ja, der Zwang des Reims, ohne Umweg, von Zeile zu Zeile, macht erst die Freiheit des Lächlers (auch in der Tortur) offenbar.

Dieses Gedicht, in den fünfziger Jahren entstanden, steht in dem neuen Band »Die Steine von Finisterre«, der alle ihre Gedichte versammelt, mit Ausnahme der römischen Gedichte in dem Buch »Die Schwalbe von Olevano«. Im ganzen sind es wenig mehr als ein halbes Hundert Gedichte; für jemanden, der seit dreißig Jahren schreibt, nicht zu viele. Hier wird deutlich, daß die »neue Einfachheit«, die heute das aktuelle Gedicht immer mehr bestimmt, von Eich, von Huchel und von der Reinig ihren Ausgang genommen hat. Besonders auffällig in ihren kurzen, aphoristisch zugespitzten Zwei- und Vierzeilern. Solche sprachliche Lakonik im Gedicht erreicht heute nur noch Reiner Kunze. Sie haben beide auch die gleiche Herkunft.

Christa Reinig immer noch, wie es seinerzeit Johannes Bobrowski von ihr sagte, ein Geheimtip? Ich glaube ja. Wie es die Lasker-Schüler zu ihren Lebzeiten war.

CHRISTA REINIG
ROBINSON

manchmal weint er wenn die worte
still in seiner kehle stehn
doch er lernt an seinem orte
schweigend mit sich umzugehn

und erfindet alte dinge
halb aus not und halb im spiel
splittert stein zur messerklinge
schnürt die axt an einem stiel

kratzt mit einer muschelkante
seinen namen in die wand
und der allzu oft genannte
wird ihm langsam unbekannt.

PETER MAIWALD
VOM INSELMENSCHEN

In der Lyrik kann Größe auch bedeuten: Ein Dichter, eine Dichterin hat unseren poetischen Wortschatz erweitert. Christa Reinig darf dies für sich in Anspruch nehmen. Wir verdanken ihr ein starkes Dutzend unvergeßlicher Gedichte, etwa »Die Prüfung des Lächlers«, »Die Ballade vom blutigen Bomme«, »Die Gerechten« – und eben auch die zwölf Verse über »Robinson«.
1926 in Berlin geboren, hat Christa Reinig manche Etappe deutscher Geschichte erlebt. Erfahren hat sie die Unliebsamkeit ihrer traurig-schönen Poeme in der aufbaufrohen und aufbaurohen DDR. 1964 verließ sie das Land: Nach einer kurzen Zeit der Anerkennung und der Ehrungen blieb ihr im Westen die Bekanntschaft mit dem schlechten Gedächtnis des literarischen Marktes nicht erspart. Nicht von ungefähr jedenfalls handelt »Robinson«, ihr noch in der DDR geschriebenes Gedicht, vom Abgeschnittensein, von Isolation und Vereinzelung, von der zerstörerischen Wirkung der Einsamkeit.
»Lyrik als Arbeit« – In einer ihrer raren poetologischen Notizen hat sich die Autorin zur handwerklichen Mühsal und zur zähen Geduld ihrer Kunst geäußert: »Ich mußte«, schreibt sie angesichts der verhärteten Verhältnisse und der bürokratisch verkrusteten Sprache, »mit Feilen und Fingernägeln eine Fuge herauskratzen, dann gibt es einen lockeren Stein, dann breche ich den Stein heraus.« Der herausgebrochene Stein, der auch von den Mauern zwi-

schen den Menschen spricht und von den Barrikaden in uns, ist ein zentrales Motiv ihrer Poesie. Im Robinson-Gedicht findet es seine Entsprechung im Bild vom Kratzen mit der Muschelkante.

Daniel Defoes 1719 erschienener Roman über die »seltsamen und erstaunlichen Abenteuer des Robinson Crusoe« führte uns einen risikobereiten Helden vor, der sich von Katastrophen und Rückschlägen nicht entmutigen ließ, vielmehr flexibel auf noch so schwierige Lagen reagierte. Kurzum: Ein *Selfmademan*, den Triumph des bürgerlichen Individuums verkörpernd. Nichts mehr davon bei Christa Reinig. Es ist, als habe ihr Robinson nach all den Überlebensmühen und Fortschrittskämpfen nur noch die Fähigkeit zu funktionieren bewahrt, darüber jedoch seine humane Energie eingebüßt – und mit ihr seine Sprache, ja seinen Namen. Gnadenlos ist diese neue Robinsonade. Kein rettendes Schiff in Sicht, und der Horizont leer. Kein edler Wilder, kein Freitag bietet die Illusion einer gelingenden Gesellschaft.

Und doch wirkt das Gedicht anmutig und leicht. Es verbirgt keineswegs die artistische Lust am unangestrengten Reim, es bekennt sich zur Leidenschaft fürs Lapidare und Lakonische. Natürlich moralisiert es nicht. Seine Moral ist die Sprache selbst, genauer: die Gegensprache zum herrschenden Idiom. Dies herrschende Idiom freilich gibt es nicht mehr: Mit der DDR verschwand auch ihre doktrinäre Diktion. Also hätte das Gedicht seine Wirkung getan, also hätte es uns nichts mehr zu sagen?

Weit gefehlt. Wer unsere Wohninseln und Bürowaben betrachtet, wer, bei anschwellendem Geschwätz, den zunehmenden Verlust an Kommunikation bemerkt, wer die Einsiedler mit ihren Handys und die Eremiten des Internet beobachtet, wird Christa Reinigs Robinson unschwer wiedererkennen. Fern aller befreienden Inselphantasien steht dieser alte Held heute eher für Autismus und Isolation. Immerhin: *manchmal weint er* – noch.

GÜNTER GRASS
EHE

Wir haben Kinder, das zählt bis zwei.
Meistens gehen wir in verschiedene Filme.
Vom Auseinanderleben sprechen die Freunde.
  Doch meine und Deine Interessen
  berühren sich immer noch
  an immer den gleichen Stellen.
  Nicht nur die Frage nach den Manschettenknöpfen.
  Auch Dienstleistungen:
  Halt mal den Spiegel.
  Glühbirnen auswechseln.
  Etwas abholen.
  Oder Gespräche, bis alles besprochen ist.
Zwei Sender, die manchmal gleichzeitig
auf Empfang gestellt sind.
Soll ich abschalten?
  Erschöpfung lügt Harmonie.
  Was sind wir uns schuldig? Das.
  Ich mag das nicht: Deine Haare im Klo.
Aber nach elf Jahren noch Spaß an der Sache.
Ein Fleisch sein bei schwankenden Preisen.
Wir denken sparsam in Kleingeld.
Im Dunkeln glaubst Du mir alles.
Aufribbeln und Neustricken.
Gedehnte Vorsicht.
Dankeschönsagen.
  Nimm Dich zusammen.

Dein Rasen vor unserem Haus.
Jetzt bist Du wieder ironisch.
Lach doch darüber.
Hau doch ab, wenn Du kannst.
Unser Haß ist witterungsbeständig.
Doch manchmal, zerstreut, sind wir zärtlich.
Die Zeugnisse der Kinder
müssen unterschrieben werden.
Wir setzen uns von der Steuer ab.
Erst übermorgen ist Schluß.
Du. Ja Du. Rauch nicht soviel.

JOCHEN HIEBER
ANATOMIE DES AUSEINANDERLEBENS

Im legendären Koffer mit Zeichnungen und Manuskripten, den Günter Grass 1960, nach einem vierjährigen Aufenthalt, in Paris zurückließ und der heute im Literaturarchiv Sulzbach-Rosenberg zu besichtigen ist, findet sich auch ein begeistertes Bekenntnis zur eigenen Ehe: »Seine Verehelichung mit Anna Margareta im Jahr 1954 ist das bisher größte Ereignis seit seiner Geburt«, notiert Grass da über sich selbst. Lange Zeit geht alles bestens: Der Dichter wird mit der »Blechtrommel« zur internationalen Berühmtheit und mit seinen Wahlkampfauftritten für die »Es-Pe-De« zur nationalen Figur, derweil Anna Grass vier Kinder zur Welt bringt und *für Frieden zuhaus* sorgt – *Halt mal die Leiter, während ich steige*, formuliert das selbstredend männliche Ich selbstironisch im Gedicht »Arbeit geteilt«.

Traditionell bürgerliche Verhältnisse also im Hause des bundesdeutschen Bürgerschrecks. Mitte der sechziger Jahre werden sie brüchig: »die Ehe mit Anna begann – wenn man Ehe als Brückenkonstruktion begreift – unter Materialermüdung zu leiden«, wird Grass im Rückblick konstatieren: Das technische Vokabular, hinter dem er sich verschanzt, läßt die Heftigkeit des Unglücks nur desto deutlicher erahnen. Geschieden werden Anna und Günter Grass, nicht zuletzt der Kinder wegen, erst 1978, lange nach der tatsächlichen Trennung. Das Gedicht »Ehe«, erstmals 1967 im Band »Ausgefragt« zu lesen, hält den Zustand einer zähen Dauerkrise fest, schildert die schleichende Agonie einer einst emphatischen Liebe – mühelos verwandelt sich eigenes Erleben darüber in einen poetischen Fall des Menschenmöglichen.

Absterbende Leidenschaften fördern fast zwanghaft die Lust, den jeweils anderen leidenschaftlich zu beschuldigen, ihn für die Malaisen des Miteinander verantwortlich zu machen: »Die Flamme der ehelichen Liebe«, wußte Jean Paul, »gibt oft nur Kohle, einander zu schwärzen.« Davon machen die Ehe-Verse des Günter Grass gründlich Gebrauch – und weil sie es auf subtile Weise tun, zeigen sie höchst realistisch, wie herb man mit Sprache zu verletzen mag. *Dein Rasen vor unserem Haus:* der Seelentreffer sitzt. *Ich mag das nicht: Deine Haare im Klo* – welch eine Demütigung.

Aber naturgemäß sind die vielen Szenen einer scheiternden Ehe, die das Gedicht fast enzyklopädisch und wie im Stenogramm versammelt, nicht nur bösartig und absichtsvoll aggressiv. Melancholie macht sich breit, *Dankeschönsagen* eingeschlossen, Selbstmitleid bricht sich Bahn und spielt sich als Größenwahn auf – *Hau doch ab, wenn Du kannst* –, alte Zweisamkeit erneuert sich für einen Moment auf ebenso lakonische wie rührende Weise: *Die Zeugnisse der Kinder / müssen unterschrieben werden.* Und es gibt ihn noch, den seidenen Faden des Eheglücks, es gibt ihn noch, *den Spaß an der Sache.* Aber die Versöhnungen im Bett werden, leicht vorauszusehen, die Entzweiungen des Alltags kaum mehr ausgleichen können.

Die Kunst dieses Gedichts ist seine unangestrengte Kunstlosigkeit, sein Geheimnis das protokollhaft Geheimnislose. Wiederholt hat sich Grass einen »Gelegenheitsdichter« genannt und schon 1958 die »Aufgabe des

Versemachens« darin gesehen, »klarzustellen und nicht zu verdunkeln«. Im Poem »Ehe« ist alles klar: eine Anatomie des Auseinanderlebens in siebenunddreißig Zeilen.
Selbst die Glücklichsten unter der Sonne werden in der »Ehe« des Günter Grass unschwer Züge ihrer eigenen erkennen. Eine lyrische Verlustanzeige jedenfalls: ziemlich traurig, sehr wahr und sehr weise.

GÜNTER GRASS
FALADA

Genagelt die gelockte Mähne,
windstill vergoldet, Ohren steif:
Faladas Haupt, Falada schweigt.

Blut tropft auf meines Metzgers Marmor,
gerinnt auf Fliesen, Sägemehl
saugt Blut auf aus Faladas Fleisch.

Das Fleisch sei abgehangen, kein Galopp,
kein Traben mehr, der Sattel sei vergessen,
verspricht der Metzger, doch Falada schweigt.

Blauschwarz rasiert die Wangen, zwinkert,
muß montags seine Schürze wechseln,
die hart ward von Faladas Fleisch.

Sein Messer, das die Poren schließt,
die Waage, die nur das Gewicht,
doch keinen Namen nennt – Falada schweigt.

Ich kauf mich los, an kalten Haken
hängt mehr als ich bezahlen kann;
zehn Hunde draußen, weil Faladas Fleisch ...

Genagelt die gelockte Mähne,
windstill vergoldet, Ohren steif:
Faladas Haupt, Falada schweigt.

GERTRUD FUSSENEGGER
UNHEIMLICHE GEGENWART

Wir haben es mit dem Gedicht eines Epikers, eines Märchenerzählers zu tun: zwischen dem glaszersingenden Oskar und dem weisen Plattfisch, zwischen »Schwarzer Köchin« (»Blechtrommel«) und den »schwarzgelederten Hechten« (»Butt«: Vatertag) hängt Falada »windstill vergoldet«, schweigsames Pferdehaupt, schweigsam geworden in unserer Zeit, doch immer noch präsent »Ohren steif«, Falada, der wissende Hengst, der sterben mußte, weil er zum Mitwisser geworden und der Sprache mächtig war.

Auch in diesem Text hat Günter Grass ein Grimmsches Märchen eingebracht, um an ihm, vor ihm seine Erfahrungen zu deponieren, Erfahrungen diesmal bei »seinem Metzger«, Pferdemetzger, möglicherweise in Berlin, wo Graß einzukaufen pflegt, ob für seinen Hund oder für den eigenen Tisch, davon erfahren wir nichts.

Das Märchen ist »Die Gänsehirtin« und erzählt die Geschichte einer Königstochter, die von ihrer eigenen Magd um Rang und Stand und damit um ihre Identität gebracht wird, die falsche Kammerjungfer gibt sich als Königsbraut aus, die rechte Braut wird zur armen Gänsehirtin degradiert. Aber ihr Pferd Falada hatte »alles gesehen und nahm's wohl in acht«. Deshalb wird es von der Usurpatorin dem Metzger übergeben und enthauptet, das Haupt aber wird unter das Stadttor genagelt, durch das die Gänsemagd Tag für Tag ihre Gänse hinaustreibt. Aus ihrem

Elend ruft sie den Mitwisser an: »O du Falada, da du hangest«, und der Kopf antwortet: »O du Jungfer Königin, da du gangest, / Wenn das deine Mutter wüßte, / Ihr Herz tät' ihr zerspringen.«
Dann geht das Märchen in eine andere Tonart über, es erzählt vom kecken Gänsehirten Kürdchen, der seiner Mit-Hirtin in unzweideutiger Absicht ein paar Haare ausraufen will, sie weiß sich seiner mit Anmut zu wehren, »Windchen, Windchen, nimm Kürdchen sein Hütchen!«, so geht es schäferisch-tändelnd, beinahe rokokomäßig weiter zum guten Ende, das braucht uns hier nicht mehr zu interessieren.
Das Falada-Motiv ist sicher uralt, entstammt früher heidnischer Schicht; in dieser Aura taucht es auch in Grass' Gedicht auf, ornamental verfestigt, durch das dreifache Partizip »genagelt«, »gelockt«, »vergoldet« zu zeichenhafter Bedeutung und Konsistenz stilisiert, das Pferdehaupt als kultische Gegenwart, Göttermaske, Gotteshaupt, Sitz der Weisheit und *conscientia*. Noch dazu schweigend. (Schweigen bezeichnet fast immer die höchste Position.)
Dann aber der Laden: zivilisierte, hygienisch abgesicherte Alltags-Wirklichkeit, marmorinkrustiert; hier herrscht der Metzger, »blauschwarz rasiert die Wangen«, ein trivialer Ritter Blaubart also, der statt Frauen nur (nur?) Pferde schlachtet, ein cleverer Bursche, Meister seines Fachs, der zwinkernd seine Ware anzupreisen weiß: »kein Galopp, kein Traben mehr, der Sattel sei vergessen«; der Mythos ist abgetan, er hängt an kaltem Haken, zehn Hunde warten schon vor der Tür, ihn endgültig zu verschlingen.
Den Autor ergreift Panik. Möchte er den Laden nicht am

liebsten auskaufen, aufkaufen, das heißt aufheben, diesen depravierten Rationalismus zurückverwandeln in eine andere, ferne, in Faladas Zeit? Doch das ist mehr, als er kann, so kauft er sich los, indem er kauft, und flüchtet durch das Gekläff der Meute, gefolgt von Faladas unergründlichem Schweigen.

In diesem Gedicht hat Grass ein großes Thema mit bewunderungswürdiger Eindringlichkeit durchgeführt; von den sieben Strophen zu je drei Zeilen lauten die erste und die letzte gleich. Damit montierte der Autor zwei Festpunkte. Überdies enden die Strophen abwechselnd in immer wieder denselben stumpfen Assonanzen »Falada schweigt«, »Faladas Fleisch«. Diese Wiederholungen hämmern uns das Ausweglose der Lage ein: der ermordete Mythos vertropft sein Blut. Auf der Waage unerbittlicher Kosten-Nutzen-Rechnung verliert er endgültig seinen Namen. Nur noch im Bild, in der die Gewohnheit durchbrechenden archetypischen Vision hält er die »Ohren steif« und behält Gegenwart.

GÜNTER GRASS
GLEISDREIECK

Die Putzfraun ziehen von Ost nach West.
Nein Mann, bleib hier, was willst du drüben;
komm rüber Mann, was willst du hier.

Gleisdreieck, wo mit heißer Drüse
die Spinne, die die Gleise legt,
sich Wohnung nahm und Gleise legt.

In Brücken geht es nahtlos über
und schlägt sich selber Nieten nach,
wenn, was ins Netz geht, Nieten lockert.

Wir fahren oft und zeigen Freunden,
hier liegt Gleisdreieck, steigen aus
und zählen mit den Fingern Gleise.

Die Weichen locken, Putzfraun ziehn,
das Schlußlicht meint mich, doch die Spinne
fängt Fliegen und läßt Putzfraun ziehn.

Wir starren gläubig in die Drüse
und lesen, was die Drüse schreibt:
Gleisdreieck, Sie verlassen sogleich

Gleisdreieck und den Westsektor.

CLAUS-ULRICH BIELEFELD
DIE WEICHEN LOCKEN, PUTZFRAUN ZIEHN

Nichts ist eindeutig in diesem Gedicht, Verunsicherung und Ambivalenz dominieren. Angst- und lustvoll schaut der Betrachter auf einen Ort, an dem die Gesetze der Zeit und der Logik außer Kraft gesetzt zu sein scheinen. Surrealität und eine diffuse Bedrohung teilen sich gleich in der ersten Zeile mit: Warum ziehen die Putzfrauen von Ost nach West? Was haben sie vor, und warum bewegen sie sich nicht in umgekehrter Richtung? Sirenenklänge ertönen nach diesem Auftakt, es gibt ein Hier und ein Drüben, und beide locken mit Versprechungen. Ein geheimnisvoller Sog geht von dem Ort aus, an dem klaustrophobische Enge herrscht und der zugleich Reisen ins ganz Andere verspricht.

Wie ein Bühnenbild für eine schwarze Messe wirkt Gleisdreieck – und ist doch ein ganz realer Ort. Am Anfang des Jahrhunderts entstand zwischen den Berliner Bezirken Schöneberg und Kreuzberg ein riesiges Areal, das von unzähligen Gleisen durchzogen wurde und als Verschiebeplatz für den Gütertransport und als Kreuzungsbahnhof für die U-Bahn diente, die hier bis heute auf gußeisernen Pfeilern als Hochbahn verkehrt. Nach dem Zweiten Weltkrieg und bis in die achtziger Jahre stand Gleisdreieck unter der Verwaltung der Ost-Berliner Reichsbahn, die das Gelände von einer eigenen Polizei bewachen und die Züge und Bahnhöfe von Putzfrauen aus dem Osten säubern ließ. Gleisdreieck war der letzte Bahnhof im Westsektor,

verließ man ihn in Richtung Osten, gelangte man in eine andere Welt, einen anderen Machtbereich.
Als Günter Grass, 1960, ein Jahr nach der Publikation seines Romans »Die Blechtrommel«, von Paris nach Berlin zog, war die Stadt noch nicht durch eine Mauer geteilt, das westliche Berlin noch nicht von einer scharf bewachten Grenze eingeschnürt. Dennoch: Eine Insel mit einem unverwechselbaren Klima war die in vier Sektoren segmentierte Stadt auch schon zu diesem Zeitpunkt. Hier rieben sich Ost und West aneinander, Kapitalismus und Sozialismus, »Frontstadt« und »Hauptstadt«. Die Narben des Krieges waren noch deutlich sichtbar in einer Stadt, die sich ihrer selbst nicht sicher war und die keine Sicherheit vermitteln konnte.
Am Gleisdreieck, einem Ort, der einst die Dynamik der Weltstadt Berlin verkörperte, wirkt nun die Spinne, baut und vernichtet in einem: eine hämische Muse der Destruktion. Böse blickt uns das überdimensionale Insekt an, das Grass mit schwarzer Fettkreide und in starken Strichen gezeichnet hat und das auf dem Einband des 1960 erschienenen Gedichtbandes »Gleisdreieck« abgebildet ist. Ein Monster, das den Betrachter zu verschlingen droht und das, schaut man genau hin, die Gestalt eines gußeisernen Stadtbahnhofs annimmt.
Berlin im Jahre 1960: Das seltsam Unwirkliche dieser Stadt, Stillstand und ziellose Bewegung, das Schwanken zwischen den Zeiten – nirgendwo war es wahrscheinlich intensiver zu spüren als am Gleisdreieck. Grass hat mit seinem Gedicht zum einen eine historische Momentaufnahme von großer Tiefenschärfe und atmosphärischer Dichte geschaffen, zum anderen aber weist das Gedicht mit seiner betörenden Sprache über Ort und Zeit hinaus:

Der verführerische Zauber von Angst und Lust, Sehnsucht und Abscheu, der hier beschworen wird, wirkt auch ohne die Fußnoten zur Zeitgeschichte.

Gleisdreieck verlor übrigens nach dem Mauerbau seine Transitfunktion und versank in einen langen Dornröschenschlaf. Die Natur eroberte das Gebiet zurück, Gebüsche und kleine Wälder breiteten sich aus, es entstand ein Märchenland, in dem die Zeit stillstand. Inzwischen hat der Ort eine neuerliche Metamorphose durchgemacht: Jetzt werden dort, in der Nähe des Potsdamer Platzes, eine Tiefgarage und moderne Bahnanlagen gebaut. Wieder wandern Putzfrauen von Ost nach West. Und die Spinne wartet auf ihre Zeit.

GÜNTER GRASS
KINDERLIED

Wer lacht hier, hat gelacht?
Hier hat sich's ausgelacht.
Wer hier lacht, macht Verdacht,
daß er aus Gründen lacht.

Wer weint hier, hat geweint?
Hier wird nicht mehr geweint.
Wer hier weint, der auch meint,
daß er aus Gründen weint.

Wer spricht hier, spricht und schweigt?
Wer schweigt, wird angezeigt.
Wer hier spricht, hat verschwiegen,
wo seine Gründe liegen.

Wer spielt hier, spielt im Sand?
Wer spielt, muß an die Wand,
hat sich beim Spiel die Hand
gründlich verspielt, verbrannt.

Wer stirbt hier, ist gestorben?
Wer stirbt, ist abgeworben.
Wer hier stirbt, unverdorben,
ist ohne Grund verstorben.

WOLFGANG WERTH
HIER HAT SICH'S AUSGELACHT

Als es ganz neu und noch nicht zu lesen war, habe ich dieses »Kinderlied« gehört: vorgetragen – nein, wie ein Abzählreim in Takte zerhackt – von Oskar Matzerath alias Günter Grass. Im Berliner Winter 1959/60 ist das gewesen. Der soeben zu Ruhm gelangte zweiunddreißigjährige »Blechtrommler« trat in einer von Walter Höllerers Lesereihen auf. Nach Kapiteln aus dem sensationellen Erstlingsroman hörten wir Gedichte eines angekündigten Bandes. »Gleisdreieck« sollte er heißen.

Die erste »Kinderlied«-Strophe ging mir nicht mehr aus dem Kopf. Und noch jetzt, nach vierzig Jahren, höre ich beim Wiederlesen dieses Gedichts die mechanische »Vertonung«, durch die es der Verfasser von sich weggehalten hatte. Zwar konnte und kann es ohnehin nicht als Äußerung in eigener Person mißdeutet werden. Aber Grass wollte auch nicht in der Rolle des (ihm und Oskar M. gleichermaßen verhaßten) Typus auftreten, dem dieser Text entspricht: in der Rolle des wild gewordenen, weil Macht ausübenden (Nazi-)Spießers, vorstellbar in diesem Fall als ein Lehrer übler alter Schule. Denn dieser Rollentext ist zum Gegen-Gebrauch bestimmt. Der Verfasser bietet ihn als Kinderlied an. Und das heißt: Die Kinder sind eingeladen, dem Peiniger am Pult seine eigene Melodie vorzusingen, ihn nachzuäffen, zu entlarven und damit zu entmachten.

Ein starkes Stück: Überwiegend aus einsilbigen Wörtern

gefügt, pro Strophe auf jeweils zwei Vokale oder Diphtonge und (ausgenommen die mittlere) auf viermal den gleichen Endreim gestimmt, obendrein durch Binnenreime, Wortwiederholungen, Taktwechsel rhythmisiert, hat diese Verbalattacke in der deutschen Lyrik kein klangverwandtes Vorbild. Nur aus dem jeweils ersten Vers der Strophen 1 bis 4 läßt sich ein Echo heraushören: das der fragenden oder klagenden Halbverse, mit denen die von Grass hochgeschätzten Barock-Kollegen so manches ihrer in Alexandrinern verfaßten Gedichte beginnen. Zum Beispiel: »Was sind wir Menschen doch?« (Gryphius); oder: »Die Welt, die hält dich nicht« (Angelus Silesius); oder: »Inmitten Weh und Angst« (Opitz, der Wahl-Danziger).

»Inmitten Weh und Angst« – das wäre auch eine Kennzeichnung des Zustands, in den wehrlose Kinder gerieten, würden sie nach der Methode angeherrscht, eingeschüchtert und bedroht, die Grass in der ersten Strophe entwikkelt und in den weiteren wie Stufen aufeinander folgenden Strophen verschärft.

»Hier«, heißt das Haupt- und Tabuwort des seine Macht entfesselnden Spießers. Elfmal kommt es vor, und es meint allemal: seine eigene enge Welt. Die will er erbarmungslos sichern und »sauber« halten. Verunsichert sieht er die menschenfeindliche Ordnung und sich selber groteskerweise durch die ihm ausgelieferten Kinder. Alles, was sie – unerlaubt! – tun oder unterlassen, erregt seinen Verdacht: Es könnte ja etwas dahinterstecken. Etwas gegen ihn Gerichtetes. Wer hier lacht, lacht vielleicht über ihn. Wer hier weint, ist womöglich mit seinen Anordnungen nicht einverstanden. Das Schweigen des einen könnte beredt sein, das Sprechen des anderen könnte etwas verbergen. Und das Spielen im Sand? Das ist von vornherein und überhaupt das Schlimmste. »Wer spielt«, dem droht die Höchststrafe. Er »muß an die Wand«.

Und wer eine so ungeheuerliche Drohung ausstößt, in dem steckt ein Henker! Selbst wenn er beteuerte, nur gemeint zu haben, daß sein Opfer an den Pranger gestellt werden müsse – an diesen Worten ist er zu erkennen.

Die mit ihnen nahe gelegte Assoziation führt zum Finale. Der weibliche – also in einer unbetonten Silbe ausklingende – Quartettreim der letzten Strophe, kompositorisch vorbereitet durch den weiblichen zweiten Paarreim der mittleren, ist auf das dunkle »o« des Todes gestimmt. »Wer stirbt hier, ist gestorben?« – Die letzte Frage gilt einem, der nicht mehr bedroht werden kann. Aber er wird verunglimpft. Dem Gestorbenen wird nachgesagt, er sei »abgeworben«. Ein seltsames Wort an dieser Stelle. »Macht« Grass da etwa »Verdacht«, er habe es nur um des Reimes willen verwendet? Im »Grimm« ist »abwerben« nicht zu finden. Um 1960 herum, also zur Entstehungszeit des »Kinderlieds«, aber wurde mit diesem Wort weidlich Mißbrauch getrieben: Die DDR-Sprachregler »erklärten« damit die für das Regime peinliche Massenflucht der Untertanen. Die Flüchtlinge wurden als »vom Klassenfeind abgeworben« diffamiert. – »Wer stirbt, ist abgeworben« hieße demnach: Er ist so »verdorben«, daß er lieber tot sein, als »hier« leben will.

Diese Sinn-Verdrehung aber will der Dichter nicht einfach so stehen lassen. Die letzten beide Verse blieben kryptisch, wenn sie nicht als seine Korrektur gelesen würden. Denn es sind ja stets die in Wahrheit »Unverdorbenen«, die »ohne Grund« bedrängt, verfolgt und »an die Wand« gestellt werden.

GÜNTER GRASS
KÖNIG LEAR

In der Halle,
in jeder Hotelhalle,
in einem eingesessenen Sessel,
Klub-, Leder-, doch niemals Korbsessel,
zwischen verfrühten Kongreßteilnehmern
und leeren Sesseln, die Anteil haben,
selten, dann mit Distanz gegrüßt,
sitzt er, die von Kellnern umsegelte Insel,
und vergißt nichts.

Diese Trauer findet an sich Geschmack
und lacht mit zwölf Muskeln einerseits.
Viel hört er nicht aber alles
und widerlegt den Teppich.
Die Stukkatur denkt er weg
und stemmt seine Brauen gegen.
Bis sich ihr Blattgold löst,
sprechen Barockengel vor.
Die Kirche schickt Spitzel;
ihm fehlen Komparsen.
Vergeblich ahmen zuviele Spiegel ihn nach.
Seine Töchter sind Anekdoten.

Im Hotel Sacher wird nach Herrn Kortner verlangt.
Herr Kortner läßt sagen, er sei auf der Probe.
In der Halle, in seinem Sessel, stellt jemand sich tot
und trifft sich mit Kent auf der Heide.

WALTER HINDERER
EIN SCHLÜSSIGES EXEMPEL

Gelungene Gedichte sind keineswegs bloß Luxusartikel für besinnliche Mußestunden, sondern beziehungsreiche Mitteilungen für interessierte Leser. Sie verschweigen oft mehr, als sie aussagen. Das Gedicht »König Lear« aus dem Band »Ausgefragt« (1967) von Günter Grass ist dafür ein schlüssiges Exempel. Schießt in seinen Romanen nicht selten die Phantasie allzu üppig ins Kraut, in seinen Gedichten weiß er sie meist zu zügeln. In diesem formalen Kunststück mit seinem geschickten dreiteiligen szenischen Aufbau stimmt alles bis ins kleinste Detail zusammen: Bild, Satzfügung, Rhythmus, Gliederung, ja, noch die Interpunktion. Es gehört für mich zu den überzeugenden Leistungen der deutschen Nachkriegslyrik. Warum?
Der Titel inszeniert ein literarisches Assoziationsfeld: Shakespeares »König Lear«. Auch das Gedicht ist wie ein Drama auf ein Ziel hin gespannt. Es arbeitet mit Steigerungen, die in drei gewichtigen metaphorischen Schlußzeilen gipfeln. Sie treffen in der letzten, im Höhepunkt zusammen, an dem eine schließlich enthüllte spezifische Gegenwart in die fiktionale Wirklichkeit der Tragödie umschlägt.
Die erste Strophe beschreibt in einem einzigen, rhythmisch ausgewogenen Satz einen modernen Lear, der isoliert zwischen verfrühten Kongreßteilnehmern und leeren Sesseln in irgendeiner Hotelhalle sitzt. Seine Beziehungen zur Außenwelt beschränken sich auf »distanzierte«

Grüße, die man ihm gelegentlich entbietet. Die Inselhaftigkeit seiner Existenz bildet die Parenthese (»die von Kellnern umsegelte Insel«) auch noch typographisch ab. Die vieldeutige letzte Zeile weist darauf hin, daß zu diesem offensichtlich heimatlosen, vielleicht auch verstoßenen Flüchtling ein besonders scharfes Gedächtnis gehört. Er vergißt nichts und kann nichts vergessen. Seine Töchter, Motive des Elends wie bei König Lear, sind, so heißt es später, Anekdoten, also gestaltete Erinnerungen.

Doch die zweite Strophe mit ihren immer epigrammatischer werdenden Aussagen scheint diesen Aspekt gleich wieder zu relativieren. Die »Trauer«, ein Stichwort sowohl für die erste Strophe als auch für das Stück Shakespeares, macht auf der Theatermaske nur eine Seite aus, auf der anderen »lacht« sie »mit zwölf Muskeln«: Tragik und Komik, Weinen und Lachen, Leben und Theater sind nur zwei Seiten *eines* Gesichts. In der Hotelhalle, die barocken Ingredienzien (Stukkatur, Putten, Spiegel) nehmen schon die exakte Angabe in Strophe drei (Hotel Sacher in Wien) vorweg, wird die reale Gegenwart stufenweise zu einem fiktionalen Spielraum entgrenzt.

Mit kalkuliertem Effekt verrät Grass erst in der Schlußstrophe die Identität seines modernen Lear: Es handelt sich um den berühmten Shakespeare-Regisseur und Schauspieler Fritz Kortner. Dessen Lebensgeschichte erläutert den Kontext, auf den fast alle Zeilen bezogen sind – und eine Stelle wie »Die Kirche schickt Spitzel« verliert nachträglich ihren Rätselcharakter. Sie spielt auf die Auseinandersetzungen des Wiener Regisseurs mit der Kirche an.

Aber das Gedicht über König Lear liefert nicht nur ein subtiles Porträt von Fritz Kortner, sondern es evoziert auch den geheimnisvollen Zusammenhang von Kunst und Leben. *En miniature* wiederholt die dritte Strophe thematisch und formal die vorher beschriebene Dialektik, um sie in der letzten Zeile wieder aufzulösen. Die erste oder reale Wirklichkeit geht in die zweite oder fiktionale über, das Hotel Sacher, wo sich Kortner mit der Probe entschuldigen läßt, öffnet sich zum dramatischen Ort Heide, wo sich »jemand«, der sich totstellt, mit Kent, dem Getreuen Lears, trifft. Kann man das Aufgehen individueller Existenz in einer bedeutenden Rolle noch prägnanter signalisieren?

Mit dieser schlagenden Schlußpointe, die auf den Tiefpunkt von Shakespeares Tragödie (III, 2, 4) anspielt, lenkt das Gedicht zu seinem Anfang zurück: Die dramatische Person König Lear erweist sich als ein Schlüssel zur realen Person Fritz Kortners und Literatur als eine ebenso präzise wie umfassende Perspektive von Wirklichkeit.

GÜNTER GRASS
POLNISCHE FAHNE

Viel Kirschen die aus diesem Blut
im Aufbegehren deutlich werden,
das Bett zum roten Inlett überreden.

Der erste Frost zählt Rüben, blinde Teiche,
Kartoffelfeuer überm Horizont,
auch Männer halb im Rauch verwickelt.

Die Tage schrumpfen, Äpfel auf dem Schrank,
die Freiheit fror, jetzt brennt sie in den Öfen,
kocht Kindern Brei und malt die Knöchel rot.

Im Schnee der Kopftücher beim Fest,
Pilsudskis Herz, des Pferdes fünfter Huf,
schlug an die Scheune bis der Starost kam.

Die Fahne blutet musterlos,
so kam der Winter, wird der Schritt
hinter den Wölfen Warschau finden.

HORST BIENEK
AUF DER SUCHE NACH EINEM LAND

Was Grass sich als Zeichner versagt, das teilt er als Schriftsteller mit breitem und kräftigem Pinselstrich aus: Farbe. Dieses Gedicht ist grundiert von Rot und Weiß, eben den Farben der polnischen Fahne. Aber es ist nicht so, daß er sie benutzt, um damit ein paar Charakteristika aus der polnischen Geschichte, dem polnischen Mythos und der polnischen Wirklichkeit zu zitieren – sondern er kreist, auf der Suche nach diesem Land, das Polnische ein, und siehe, es ergeben sich, zufällig und zugleich bestimmt, die Farben dieser Nation.

Kirschen, Blut, Inlett – Grass benutzt gleich zu Beginn solch heftige Anrufungen des Rot, um Aufsässigkeit und Armut abzubilden. Ein so schmuckloses und beredtes und doch selten gebrauchtes Wort wie Inlett, das rote (ich glaube, es bekommt hier zum ersten Mal die Weihen des Gedichts), was weckt das sogleich für Erinnerungen an Proletariat, an Mietskasernen, in denen das unbezogene Bett aus den Fenstern gehängt wird wie eine rote Fahne, da wird Armut vorgezeigt und der Protest dazu.

Dann ein schüchtern aufkommendes Weiß: die Rüben, die noch auf den Feldern liegen und die der erste Frost bestäubt, und die Teiche, die der Rauhreif blind macht, und der Rauch der Kartoffelfeuer, der den Männern in die Augen beißt – das alles noch diffus, verschwimmend; noch kein klares Weiß; Übergänge. Die Tage, die kürzer werden und die Kinder vor dem eisernen Ofen versammeln, der jetzt blustert und glüht und sein flammendes Rot in die Stube wirft, die Äpfel auf dem Schrank – und die Freiheit, der es kalt geworden ist, draußen.

Jetzt triumphiert das Weiß der Kopftücher, beim kirchlichen Fest, bei den Wallfahrten. Und, etwas atemlos, wird der polnische Mythos eingeholt, nach dem der tote Körper irgendwo in der Welt verstreut liegen kann, doch das Herz gehört diesem Land. Chopin liegt auf dem Père Lachaise, sein Herz ist in Warschau, in einem Pfeiler der Kirche zum Heiligen Kreuz eingemauert. Die Gebeine des Marschalls Pilsudski auf dem Wawel – aber sein Herz in alter polnischer Erde, auf dem Friedhof von Wilna, im Grab seiner Mutter.

Und das Pferd, das da an das Scheunentor schlägt – O Falada, da du hangest / O Falada, da du gangest –, es schlägt mit dem fünften Huf, dem unwirklichen, und wird deshalb nicht gehört, nur von den Alten, die, wie man im Osten sagt, dem Wind die Geheimnisse ablauschen.

Der Schluß bleibt rätselhaft: Noch einmal das blutige Rot der Fahne (aber was heißt hier: blutet musterlos?) und das Weiß des Winters mit Wölfen und Warschau – wenn den Dichter hier nicht die Klangassoziation, die pure Alliteration verführt hat? Wie kommt da der Schritt hinein, und wessen Schritt ist das? Schritte jedenfalls, die eine Bedrohung spürbar machen, die Bedrohung dieses Landes, dieser Fahne, Blut und Schnee, Kirschen und Kopftücher, Aufbegehr und Vergessen, Wölfe und Winter, Herz und Tod.

Grass sucht hier in Farben und Bildern ein Land, sucht es in immer neuen Anrufungen zu vergegenwärtigen. So wie dann Oskar Matzerath dieses Land, trommelnd, suchen wird: »Während man von hier aus das Land der Polen mit

Raketen suchen wird, suche ich Polen auf meiner Trommel und trommle: Verloren, noch nicht verloren, schon wieder verloren, an wen verloren, bald verloren, bereits verloren, Polen verloren, alles verloren, noch ist Polen nicht verloren.«

Das Gedicht ist 1955 entstanden. Es könnte heute geschrieben sein.

GÜNTER GRASS
RACINE LÄSST SEIN WAPPEN ÄNDERN

Ein heraldischer Schwan
und eine heraldische Ratte
bilden – oben der Schwan,
darunter die Ratte –
das Wappen des Herrn Racine.

Oft sinnt Racine
über dem Wappen und lächelt,
als wüßte er Antwort,
wenn Freunde nach seinem Schwan fragen
aber die Ratte meinen.

Es steht Racine
einem Teich daneben
und ist auf Verse aus,
die er kühl und gemessen
mittels Mondlicht und Wasserspiegel
verfertigen kann.

Schwäne schlafen
dort wo es seicht ist,
und Racine begreift jenen Teil seines Wappens,
welcher weiß ist
und der Schönheit als Kopfkissen dient.

Es schläft aber die Ratte nicht,
ist eine Wasserratte
und nagt, wie Wasserratten es tun,
von unten mit Zähnen
den schlafenden Schwan an.

Auf schreit der Schwan,
das Wasser reißt,
Mondlicht verarmt und Racine beschließt,
nach Hause zu gehen,
sein Wappen zu ändern.

Fort streicht er die heraldische Ratte.
Die aber hört nicht auf, seinem Wappen zu fehlen.
Weiß stumm und rattenlos
wird der Schwan seinen Einsatz verschlafen –
Racine entsagt dem Theater.

GERTRUD FUSSENEGGER
DER SCHWAN, DEN DIE RATTE BISS

Die Ratte scheint schon lange im symbolischen Repertoire von Günter Grass eine nicht eben geringe Rolle zu spielen. Beweis: dieses Gedicht, schon 1960 in dem Band »Gleisdreieck« erschienen. Zwar ist hier von einer *Ratte* die Rede, sie kann männlich oder auch weiblich sein: die feministische Verengung auf die *Rättin* seines jüngsten Romans ist noch nicht eingetreten. Sie wird auch nicht als Weihnachtsgeschenk präsentiert, sie ist Wappentier im Wappen eines großen Dichters, neben dem Schwan. Wir verstehen sofort, was sie dort zu tun hat: sie ist der Abgrund, der Untergrund, ist die Nachtseite des Daseins, ohne die auch höchste Kunst, ja, gerade höchste Kunst nicht auszukommen vermag.

In diesem Gedicht steckt, leicht auszumachen, eine ganze Kulturphilosophie. Wie nicht anders zu erwarten, ist sie pessimistisch, aber auch vitalistisch – wie der ganze Grass. Das ist seine Größe, seine Stärke. Durch keinen Pessimismus gebremst, durchackert der vitalistische Schub seiner Sprache die Welt, und wenn er, Grass, sich als Sisyphus bezeichnet, der immerzu und immer vergeblich seinen Felsen rollt, so rollt er ihn vielleicht verbissen, vielleicht sogar verzweifelt, doch nicht ganz ohne Lust am Kraftakt, am Spaß.

Nun also: das Wappen, Ratte und Schwan. Der Schwan ist das Inbild der Schönheit, leise, majestätisch, edel. Majestätisch und edel haben sich auch unsere Väter das Schöne vorgestellt, vor allem die Banausen unter ihnen, die Kunst-Fernen. Die Künstler selbst wußten schon eher Bescheid. Lächelnd wahrten sie den Schein, wenn sie nach ihrem »Schwan« gefragt wurden, also nach der akademischen Regelhaftigkeit ihrer Werke oder gar nach »Eingebung«, Vision und Traum.

»Schwäne schlafen / dort wo es seicht ist ...« Diese Verse machen das Schöne als das Seichte verdächtig. Schluß also mit der Illusion, was »selig in sich selbst scheint«, es ist nur Trug, und der Trug kann nicht lange dauern, denn unten ist die Ratte tätig, sie nagt, nagt sich durch zum Element, das den Schwan trägt, sie nagt sogar den Schwan selbst an – so wie Oskar die Welt seiner Eltern annagte, von unten und unerbittlich.

Freilich: Racine, der von 1639 bis 1699 lebte, war weit entfernt davon, seinen schönen schimmernden Schwan dem dunklen Nagetier aus dem Untergrund auszuliefern. Er strich die Ratte aus seinem Wappen, die Nachtseite des Daseins aus seinem Leben. Nur – er gewann nicht viel damit: der Schwan »weiß stumm und rattenlos« erstarrte zum Schemen: »Racine entsagt dem Theater«.

Die Moral der Geschicht? Kein lebendiger Schwan ohne Rattennähe? Sehr wahrscheinlich. Aber leiden wir nicht heute unter der Ratten-Rättinnen-Invasion? Wo bleiben die Schwäne?

GÜNTER GRASS
»TOUR DE FRANCE«

Als die Spitzengruppe
von einem Zitronenfalter
überholt wurde,
gaben viele Radfahrer das Rennen auf.

FRITZ J. RADDATZ
PRINZIP ZWEIFEL

Spruchweisheit, Apodiktum, Lakonie? Ganz anders: mir scheint, dieser Vierzeiler bannt auf seltsam intensive Weise ein Leitmotiv des Günter Grass – Skepsis. Das Gedicht will verstanden sein nicht lediglich als muntere Reporter-Parodie; es ist Metapher für Vergeblichkeit. Es hält Bewegung an. Die kunstvolle Balance aus Schweben und Bewegung erreicht ebendies: Einhalten.

Das aktivistische Hauptwort der ersten Zeile, das sich bewußt der Assoziation »Wirtschaftsführer« oder »politische Führungskräfte« stellt, wird durch das Hauptwort der zweiten Zeile derart »überholt«, daß sich der Bedeutungshof beider Wörter gegenseitig aufhebt. Was Grass vorführt, ist die Überwindung des Bemühten durch das Mühelose. Das gesamte Wortfeld des Gedichts ist mit nahezu graphischer Artistik – lyrische und graphische Phase fallen in Grass' Arbeit stets zusammen – ausgezirkelt. Ein Begriff des Sportmanagements wird aufgehoben durch ein gleichsam zärtliches Wort, das einem Liebesgedicht entnommen scheint. Das erste Verb verleiht dem Ganzen die anhaltende Bewegung, und das ist: das Spielerische. »Das Rennen aufgeben« ist eine in sich metaphorische Redefigur.

Es handelt sich um ein melancholisches Gedicht. Damit reflektiert es eine zentrale Kategorie des Werks von Günter Grass – »Niederschriften im Rauch« nennt er an anderer Stelle seine Arbeit. Begriffe des Zögerns, Bedenkens,

des Behutsamen durchziehen alle lyrischen Arbeiten von Grass; wenig Forderung findet sich.
Dieser Vierzeiler, eben weil im härenen Gewand Bertolt Brechts daherkommend, ist ein Gegen-Brecht-Gedicht. Genau dessen Appell-Charakter fehlt hier, dessen Aktivitäts-Credo wird geradezu geleugnet; nicht: der Mensch kann alles, sondern: der Mensch kann wenig. Er kann »überholt« werden, nicht nur beim Vorantreten. Grass sieht Geschichte – also menschliches Tun – als sehr kleine Einheit. So, wie die beiden Verben des Gedichts Nicht-Tätigkeits-Worte sind – überholt werden, aufgeben. Sehr oft sind eingesprengte Andeutungen auf andere Autoren solche Bewußtseinsverschübe; »Das lebt vor sich hin bis« (im Gedicht »Offenes Feuer«) – das ist kaum noch versteckte »Antwort« auf den politischen Dichter Büchner. Kein Zufall, daß Grass' Antwort an einen anderen glaubensgebundenen Kollegen, an den »Apostel Paulus und Peter Weiss« im Gedicht »Der Delphin«, ebenjene Furcht vor dem Ziehbar-Belehrbaren artikuliert:

> »als ich dran glauben sollte, dran glauben sollte,
> säuerte Angst mein Gelächter:
> ich sicherte den Ausgang,
> tauchte und schwamm mich frei.«

Auch dieser Freisprung zeigt den Grundgestus, den unser Gedicht so vollendet festhält: nicht Resignation etwa, aber die Fähigkeit zu fragen. Prinzip Zweifel.

LUDWIG HARIG
DAS SCHREIBENDE SUBJEKT

Ergreift der Mensch den Stift, schon wird er kategorisch.
Das schreibende Subjekt bedient sich der Poetik,
schmäht nicht das Regelwerk berechneter Ästhetik:
das Werk aus hohlem Bauch bleibt meistens illusorisch.

Gelehrtenverse sind gebildet und rhetorisch,
die auditive Kunst berauscht sich in Phonetik,
konkrete Poesie gefriert in Arithmetik,
das lyrische Gedicht ist meistens metaphorisch.

Ein ganzer Kanon steht dem Schreiber zur Verfügung,
dem schieren Leidensdruck, der köstlichen Vergnügung:
es ist die ganze Welt auf einmal kreativ.

Den einen quält das All, den andern plagt die Enge,
es wechselt freies Spiel in arge Ausdruckszwänge:
der eine ist erwacht, dieweil der andre schlief.

GERHARD SCHULZ
HOHE SCHULE

»Das Sonett entstand um 1220 bis 1230 am Hof Kaiser Friedrichs II. in Sizilien«, erklärt ein literarisches Lexikon. Siebeneinhalb Jahrhunderte später und fünfzehnhundert Kilometer weiter nördlich floriert es nun bei Ludwig Harig an der Saar. Dazwischen haben es viele dichtfreudige Hände gehandhabt. Petrarca, Shakespeare, Goethe: wer nennt die Namen, zählt die Völker? Kaum eine Form sei inzwischen so entwertet wie das Sonett, meinte Ernst Robert Curtius: »Sie ist der magere Zirkusgaul des Dilettanten geworden.« Curtius starb 1956 und hat den Sonettdichter Harig nicht gekannt. »Zirkusgaul« ist trotzdem gut; nur sollte man dieses Wesen nicht diskriminieren, muß es doch zu unserer Unterhaltung kargen Hafer mit viel Anstrengung und Geschick verdienen. Hohe Schule und die Poesie wollen gelernt sein. Da hat unser Harig ganz recht: »Das schreibende Subjekt bedient sich der Poetik.« Kunst und Kopf sind keine Gegensätze, und der Geist braucht gleichfalls seinen Hafer. »Das Werk aus hohlem Bauch bleibt meistens illusorisch.«

Je strenger die Regeln, desto größer der Reiz, sie sich zu unterwerfen. Goethe gab zwar zu bedenken, beim poetischen Kunststück des Sonetts müßte er, der gern aus ganzem Holze schnitte, doch auch »mitunter leimen«. Aber das wiederum sagte er in einem Sonett, und »leimen« reimt sich natürlich auf »reimen«. Der Reim: das ist der eine große Anreiz der sonettischen Grundregel vom abba-

abba-ccd-ccd. Je ausgefallener, desto besser, denn dies allerdings verlangt die uralte Form um der ewigen Jugend willen. Und was hat da Harig nicht alles zu bieten: »Verfügung« auf »Vergnügung«, »Enge« auf »Ausdruckszwänge«, »kreativ« auf »schlief«, von den schwergewichtigen Begriffen der beiden Quartette ganz abgesehen: ein poetischer Zirkus, an dem wir Spaß haben dürfen.

Der Vers ist der zweite Reiz: Ob man Alexandriner schreibt wie Ludwig Harig und die deutschen Poeten des siebzehnten Jahrhunderts (sechs Hebungen pro Vers und die Zäsur in der Mitte), ob man den Blankvers klingen läßt wie Goethe oder jene gleitende, alle Regeln scheinbar überspielende Musik veranstaltet wie Rilke in den Sonetten an Orpheus – irgendeine Ordnung muß sein. Gerade hier, wo er die größte Freiheit zu haben scheint, merkt der Poet, daß er die ganzen siebeneinhalb Jahrhunderte hinter sich hat und Glied einer langen Kette von Mustern ist.

Der dritte Reiz aber ist schließlich der unerbittliche Zwang der vierzehn Zeilen, von denen die Theorie meint, sie seien geteilt in acht Zeilen Aufgesang für Thesen und sechs eines Abgesanges für die Schlüsse daraus. Tatsächlich gehorcht Harig treulich solcher Theorie: Vers neun und zehn fassen *summa summarum* zusammen, was eins bis acht expliziert haben, um danach die deutende Weisheit folgen zu lassen. Sind es also am Ende »Gelehrtenverse«, »gebildet und rhetorisch«, nur eben mager und lahm? Aber wenn schon Harigs Sonett nicht »auditive Kunst« oder »konkrete Poesie« ist, kann man ihm nicht vielleicht doch zugestehen, »lyrisches Gedicht« zu sein, wenngleich ein bißchen »metaphorisch«? Wirklich metaphorisch ist der »Zirkusgaul« von Ernst Robert Curtius, und Harigs Sonett ist ihm verwandter als jeder Professorenpoesie.

Nur von Dilettantismus darf hier nicht leichthin die Rede sein. Denn es ist beste Hohe Schule, seinen Lesern sämtliche kategorischen Ausdrucksmittel des »schreibenden Subjekts« in acht Zeilen vorzureiten und dann zu dem herrlichen, den großen Drang der Menschheit nach Poesie in zwei Zeilen gebündelten Schluß zu kommen: *Ein ganzer Kanon steht dem Schreiber zur Verfügung, / dem schieren Leidensdruck, der köstlichen Vergnügung*. Dem zur Poesie Entschlossenen, ganz gleich ob ihn das »All« oder die »Enge« plagt, wird solcherart »die ganze Welt auf einmal kreativ«.

Eine Hürde bleibt. Leidensdruck und köstliche Vergnügung gehen in der Poesie selten rein auf, wofür die »argen Ausdruckszwänge« hinreichend sorgen. Da liegt die Grenze zwischen Meister und Dilettanten, zwischen Gelungenem und Gutgemeintem. Nicht alle Zirkuspferde traben gleich graziös, und gerade die besten müssen um des Spaßes für die anderen willen hart arbeiten, nur merken lassen sollen sie es nicht. »Eines echten Boeten Leyer darff nicht nach Schweiß stinken«, läßt Arno Holz seinen Dafnis sagen. Und ein echter Poet ist dieser Ludwig Harig von der Saar allerdings. Dazu braucht man nur seine »100 Gedichte« zu lesen.

OSKAR PASTIOR
ABENDLIED

Der Tag legt sein Verhalten an den Flauschhund.
Ein Kleeblatt bringt den Stadtverkehr zum Schäu-
men. Kein Schlußkapitel fällt vom Baum der Ener-

gie. Fast langsam wird die Schleife sanft magne-
tisch – die Induktion schließt Daten ein, nicht
aus. Verhalten knickt der Nachbar ins Papierbett.

Kein Lüftchen legt sich an, es geht mit Dingen
zu. Leicht unhygienisch liegt ein Arm im Schließ-
fach. Auch das Paniermehl schlingert aktenkun-

dig: Sachzwänge bringen etliches zum Tragen, ach
wann? Die Gurkenblüte schließt ihr Machtverhält-
nis aus. Es kehrt das heiße Fett sich nicht an

Kind und Kragen – den Phänomenen wächst die Spu-
le an den Kern. Postalisch wird ein schlankes
Haar gebogen: auf kleinem Fuße köchelt die Ver-

bene. Schon naht, was sich ins Stil-Empfinden
schickt, auf leisen Katalogen. Am Kühlturm geht
Dianas Schwester außen in die Knie. Verhalten

steigt die Induktion in Scheuerleisten – kein Irr-
tum legt den Mund ans Ohr. Der Tag schließt seine
Gurken an den Drehstrom. Steinzeit – gute Nacht.

WOLFGANG HILDESHEIMER
SUBLIMER UNERNST

Dieses Gedicht enthält fünfzehn klare Aussagen, eine davon mit einer rhetorischen Frage, dazu eine Evokation und einen Gruß. Es ist, wie die anderen Gedichte des Bandes »Wechselbalg«, in Terzinen geschrieben, deren Strenge jedoch nur scheinbar ist: die Silbenzahl der einzelnen Zeilen variiert zwischen zehn und dreizehn und ist konsequent so gehalten, daß alle diese syntaktisch stimmigen Sätze nicht etwa versgerecht stehen, sondern daß Satzteile, meist die letzten Worte oder das letzte Wort oder auch nur die letzte Silbe, in die nächste Zeile oder sogar in die nächste Strophe rutschen.

Die Absicht erscheint mir evident und einleuchtend: es soll möglichst kein Zitatcharakter aufkommen, damit sich diese dezidierten Aussagesätze nicht lesen wie »Wilhelm Tell«, mit dem Pastiors Gedichte auch sonst kaum vergleichbar sind. Denn im Gegensatz zu Schillers zeilengerechten Behauptungen – »Die Axt im Haus erspart den Zimmermann« oder »Der brave Mann denkt an sich selbst zuletzt« (deren keine eigentlich stimmt: die Axt im Haus erspart den Zimmermann nicht, und der brave Mann denkt an sich selbst zuerst) – stimmen Pastiors Aussagen genau.

In der Tat, keiner könnte da kommen und etwa behaupten, daß der Tag sein Verhalten *nicht* an den Flauschhund lege oder daß das heiße Fett sich an Kind und Kragen kehre. Nur natürlich ist der Leser dazu angehalten, der

Metapher beizustimmen und sie aktiv mitzuvollziehen, ohne sie zu übersetzen, was bei diesem Bilderreichtum nicht schwerfallen sollte. Der Dichter appelliert an die Fähigkeit des Lesers, das Gleichnis als solches zu rezipieren, ohne es bewußt umzusetzen; an die Empfänglichkeit für sublimen Unernst, die vielleicht nicht jedermann aufbringen mag, manchem mag Wilhelm Tell näherstehen.

Doch ist dieser Präferenz vielleicht durch die Lektüre anderer Gedichtbände von Pastior abzuhelfen. In ihnen kann der Leser sich schulen, neue Währung als bare Münze zu erkennen, er lernt, wie er sich, anstelle der Aufnahme von abstraktem Seelenmaterial, anstelle der Beschreibung und Umschreibung psychischer Gestimmtheiten, einer Parallelwelt voller Dinge, voller bestehender und erfundener Requisiten überlassen kann. Hier wird keine Befindlichkeit demonstriert – »kein Lüftchen legt sich an, es geht mit Dingen zu« –, das Lüftchen bleibt stets kühl und leidenschaftslos, und die Dinge bleiben neutral und distant, es wird hier nicht gewertet sondern berichtet.

Selbstverständlich liegt die Erkenntnis der Ähnlichkeit mit der surrealistischen Dichtung von einst nah, aber sie entfernt sich bald. Die Verse des Surrealismus enthielten eine didaktische Intention. Es ging weniger um den Stoff als um die Methode und damit die Demonstration, die mitunter auf thematische Kohärenz gänzlich verzichtete, um System und Gefüge freizulegen. Bei Pastior findet sich dergleichen nicht; der Leser, der es darauf anlegt, kann hier auch die weitesthergeholte Metapher in das Bild eines erkennbaren Sachverhaltes übersetzen, nur tut er es natürlich nicht, um sich des Vergnügens zu begeben, tägliches

Leben auf diese subtile und souveräne Weise verfremdet zu finden.

»Der Tag schließt seine Gurken an den Drehstrom. Steinzeit – gute Nacht.« Schöner läßt sich wohl kaum sagen, daß die Alltagsbanalität der mehrversprechenden Nacht weicht. Pastiors Humor erscheint mir der einzig legitime, außer dem schwarzen, der natürlich auch hier manchmal dunkel aufleuchtet. Wenn ich Verse schreiben könnte, würde ich mir Pastior zum Vorbild nehmen.

EDWIN WOLFRAM DAHL
FONTANA DI TREVI

Deine Jahre
eine Handvoll
wirf sie
wenn du mich küßt
über die Blätter
meiner Schulter
in den Teich
aus Zahlen

Laß liegen
was liegt
im Brunnen
di Trevi.

Frag mich nicht
wieviel Münzen
wieviel Jahre
ob sie Glück bringen
oder Zinsen.

Ich kann nur
zählen
bis zwei:

deine Augen.

MARIE LUISE KASCHNITZ
DIE AUGEN DER GELIEBTEN

Von den Lebensjahren einer blutjungen Freundin ist in dem Gedicht »Fontana di Trevi« von Edwin Wolfram Dahl die Rede. Die Geliebte soll dem Geliebten diese Jahre über die Schulter werfen, genau gesagt, über die Blätter seiner Schulter, da stutzt man, so sehr ist man gewöhnt, bei Blättern an Grünes oder Goldenes, aber nicht an Knöchernes zu denken. Das Stutzen ist beabsichtigt, es gehört zu dem Wecken, Wachmachen, dem Ruf »Habt acht«, den Dahl immer auf den Lippen trägt.
Im Fortgang des Fontana-di-Trevi-Gedichts ist die Rede von einem Teich aus Zahlen, das ist ein Bild, das ich so leicht nicht entschlüsseln kann. Es mag aber sein, daß Dahl da schon an die Münzen gedacht hat, Cinquelire, Diecilire, die bezifferten, die unter der Wasserfläche des Brunnens von Trevi liegen, Opfergabe der Fremden, die so ungern abreisen und so gern nach Rom zurückkehren wollen. Trotzdem ist das Gedicht kein Rom-Gedicht. Es ist die Aufzeichnung einer Erfahrung, die nicht rechnen und berechnen will, einer Liebeserfahrung, die über die zwei Augen der Geliebten nicht hinauszählen mag.
Man findet in Dahls Gedichten einiges von dem sogenannten Bildungsgut; und wie angenehm, ihm einmal wieder im Gedicht zu begegnen. Hyperion, Dürers Melancholie und dem Himmel, der nicht den Astronauten gehört. Auf recht eigenwillige Weise werden einmal das Palatium, Gaumen und Zähne mit einer abzubrechenden und neu zu

erstellenden Stadt verglichen, in der das Gold überflüssig geworden ist und für die der Techniker bereits Neues plant. Eskalation ist bedrohlich, wichtig sind Anstoß und Abstoß, auch Wortspiele, in denen der Beifall zum Fallbeil, das Schwarzsehen zum Hellsehen wird.

Die Gedichte sind bei aller Zartheit stark und absichtsvoll, es sind Aufrufe gegen die Gewalt, gegen den Krieg, gegen die Sattheit, alles ohne Wehleidigkeit, ohne Demagogie. Sie sind leicht lesbar und schwer zu schlucken, weil es um den Zustand der Welt geht, um nicht weniger als um den Zustand unserer Welt.

Um ihn geht es auch in Dahls Aphorismen, vor allem in seinen Prosastücken, die in diesem Band auch enthalten sind. Es sind, in ihrer bizarren Intensität der Prosa Gottfried Benns vergleichbar, Reihungen von Zeiterscheinungen, hintergründigen und abgründigen, bis hin zu dem letzten Stück, in dem die Titelfigur Amfortas mit dem Judenstern gefunden wird und Parzival fällt.

Edwin Wolfram Dahl ist 1928 in Solingen geboren, wo er heute noch lebt. Er hat Gedichte, lyrische und essayistische Prosa und Hörspiele geschrieben. Sein erster Gedichtband, »Zwischen Eins und Zweitausend«, ist 1970 erschienen.

GÜNTER BRUNO FUCHS
FÜR EIN KIND

Ich habe gebetet. So nimm von der Sonne und geh.
Die Bäume werden belaubt sein.
Ich habe den Blüten gesagt, sie mögen dich schmücken.

Kommst du zum Strom, da wartet ein Fährmann.
Zur Nacht läutet sein Herz übers Wasser.
Sein Boot hat goldene Planken, das trägt dich.

Die Ufer werden bewohnt sein.
Ich habe den Menschen gesagt, sie mögen dich lieben.
Es wird dir einer begegnen, der hat mich gehört.

MARTIN GREGOR-DELLIN
FLASCHENPOST FÜR NACHGEBORENE

Wer so einsetzt: »Ich habe gebetet«, der droht gewöhnlich mit schwerer Gedankenlyrik, er ist von Rilke und seinen Epigonen umstellt. Nicht so Günter Bruno Fuchs, dem alle Begrifflichkeit ein Graus war. Er war noch nicht siebenundzwanzig Jahre alt, als er in dem Gedicht »Für ein Kind« und einigen benachbarten madrigalesken Liedern und Gesängen einen Märchenton anstimmte, der ihm melodisch von sanften Lippen kam: »So nimm von der Sonne und geh.« Dieser Fuchs-Ton wurde von der Schrille des späteren Kreuzberger Kneipenpoeten und Tierstimmen-Imitators bis heute nicht übertönt, so wenig wie die Enttäuschungen und Verzweiflungen des Laubfegers und Trinkers die einstigen Hoffnungen und Träume des nach Reutlingen emigrierten Mitbegründers der pazifistischen Telegramm-Gruppe zu widerlegen vermochten.

Gewiß, auch in den frühen Gedichten standen Metaphern des Todes, der Melancholie und der Einsamkeit, und daß in den Versen für das Kind nur von *einem* die Rede ist, der die Botschaft gehört hat, nur *einen* die Stimme erreicht, verrät ja auch keine allzu freundliche Meinung von der Menschheit. Die immer mehr ins Skeptische sich wendende Ironie des 1977 in Berlin neunundvierzigjährig verstorbenen Günter Bruno Fuchs konnte gelegentlich bissig und verletzend sein, sein Witz subversiv, aber das war nicht immer so gewesen, sonst gäbe es

wohl nicht die so wenig apokalyptischen Verse von den belaubten Bäumen und den bewohnten Ufern.
Das Gedicht »Für ein Kind« entstammt dem Umkreis der ersten Gedichtsammlungen »Fenster und Weg« und »Zigeunertrommel«, in denen Fuchs Amseln, Seiltänzerinnen und dem sterbenden Barosh ein Notturno gesungen hatte. »Für ein Kind«, 1955 erstmals abgedruckt und 1957 in den Band »Nach der Haussuchung« aufgenommen, hat Fuchs mehrmals Kindern gewidmet, er hat es als Flaschenpost ausgesandt, in der Gesellschaft trauriger Abgesänge auf die Regenbogenzeit der Frühe und in einsamen Nächten, die »wieder heimwehkrank« geworden waren (»Dämmerung«), verstört von einer sich immer militanter gerierenden Gesellschaft, die wieder für Stiefelschritt und Ordnung warb. Aus dieser neuen Pfeil-und-Bogen-Zeit sollte das Kind sich heil davonmachen zum Strom, an dessen Ufern der Fährmann wartet, zu bewohnten Stränden, kurz: ins Zeitliche, für das die Bilder des Gedichtes stehen.
Im Grunde beziehen diese Verse ihre Spannung aus dem, was sie verschweigen oder in ihrer kunstvollen Schlichtheit aussparen: die zubetonierte Landschaft, das versteinerte Herz, die grassierende Gefühlskälte. Diese frühen Gedichte von Fuchs sind Rettungsbojen, nur verständlich aus ihrer desillusionierenden Umgebung: Möge es so sein, mein Kind, daß du mich in den guten Taten andrer eines Tages wiederfindest!
Natürlich können alle diese ausgesandten Wünsche vergeblich sein – man spürt förmlich die Angst, es wäre so –, alles endet doch in einer Hoffnung, die wider alle Vernunft ist, einem Schimmer von Glauben an ein Überleben in den Nachgeborenen, einem kaum faßbaren Vertrauen

in die Realität jenes Bootes, das »goldene Planken« hat. Man könnte sich vorstellen, daß dies ein Gedicht zum Abschreiben ist, das man seinen Kindern und Enkeln schenkt, wobei der Widmende sich selber vielleicht mehr Trost zuspricht als dem, der die Botschaft empfängt.

GÜNTER BRUNO FUCHS
LIED DES MANNES IM STRASSENWAGEN

Guten Tag, Straße!
Deine Stimme ist heiser und trocken.
Deine Worte sind müdegehetzt,
  guten Tag!

Von beiden Seiten meines Wagens
geb ich dir frisches Wasser zu trinken
  Fontänen wie Vogelschwingen
für die kleinen Randsteine
  die haben Durst und sagen Dankeschön
für die Platten des Gehsteigs
  die haben Durst und rütteln sich wach
für die buckligen Pflastersteine
  die haben Durst
  und wünschen dem Wasserwagen
  viel Glück und ein langes Leben.

KARL KROLOW
SOMMERLIED VON DER GROSSEN STADT

Günter Bruno Fuchs, in Berlin 1928 geboren und in dieser Stadt im April 1977 gestorben, hat, könnte man sagen, durch Berlin das Schreiben erlernt. Sein Schreibtisch stand unter dem offenen Himmel von Kreuzberg und Rixdorf. Hier und anderswo in seiner Geburtsstadt hat er sich Leute, Zeitgenossen angesehen und hat sie bei der Arbeit und beim Nichtstun beschrieben. Er ging auf die Straßen und um die Ecken, in die Kneipen, um zu träumen und zu trinken. Er kannte die Penner. Er liebte die Stadtbeschäftigungen und war unbekümmert jemand unter denen, die anderes taten, als Gedichte oder Prosa zu schreiben.

Seine Gedichte und Chansons, diese »Blätter eines Hofpoeten«, dieser lange »Pennergesang«, wirken wie Auszüge aus seinem Traum vom feuchten Leben im Hinterhof und in der Destille, unter Spreebrücken und in Galerien, in Malerateliers. »Herrn Eules Kreuzberger Kneipentraum« war sein eigener. Er war ein dicker Akrobat, der mit Worten hantelte und das »Brevier eines Degenschlukkers« verfaßte, ein poetisches, ungebundenes, schnoddrig-zärtliches Lehrbuch. Kerr, Klabund und Tucholsky sahen ihm zuweilen über die Schulter.

Der Poet aus Berlin, Günter Bruno Fuchs, Maler und Drucker, skurriler Graphiker, melancholisch verschmitzter, clownesker Schreiber und Zeichner, war ein stets aufmerksamer Beobachter.

Sein »Lied des Mannes im Straßenwagen« ist ein Straßenlied, ein Berliner Lied, direkt, solidarisch und ganz einfach mit Vergnügen beim Vorgang dabei. Es ist ein Sommerlied von der großen Stadt, in der das Straßenpflaster Durst hat, und vom Mann im Straßenwagen. Dieser Mann steht wie der Poet mit der Straße, dem Sommerdurst, den heißen Gehsteigen, den Steinen am Straßenrand sozusagen auf du und du. Er kennt sich aus. Er braucht die Steine nicht mehr zu zählen. An jedem heißen und trockenen Tag wird es so ähnlich sein: »Guten Tag, Straße!« kann er im Wiedererkennen sagen. Die Feuchtigkeit, das frische Wasser, bringt Glück, und die buckligen Pflasterstraßen wünschen dem Mann bei seinem Tun Glück und langes Leben.

Das Tränken der Steine geschieht selbstverständlich, und der Wasserstrahl kommt wie »Fontänen«, es sind »Vogelschwingen / für die kleinen Randsteine«, für die toten Steine, die man mit Schuhen und Füßen streift, für die übersehenen Steine am Straßenrand, die ihr Wasser wie auf Vogelschwingen leicht bekommen. Günter Bruno Fuchs, der dicke und feuchte Poet, der selige Trinker und Schreiber aus Berlin, mochte das Leichte, das, was ihn nach oben zog und gesellig machte und sich mit Leuten allen Kalibers verständigen ließ. Wer trinkt, liebt die leichte Zunge. Er besaß sie, trinkend und dichtend, spottend und voller Zärtlichkeit, solidarisch mit Kneipengängern und Tierstimmenimitatoren, mit Schnee- und Feldhasen, mit Eulenspiegel-Naturen. »Guten Tag, Straße«, mochte er sagen, wenn er sie auf der Straße traf, sie umarmte und mit ihnen einig und eins wurde.

Er sagte »Dankeschön« für ein Dasein, das so verlief. Er wußte, daß Glück schwer zu bekommen war. Aus diesem Grunde war er heiter und dichtete für Sperlinge und andere Vögel, für die Kreatur in der Stadt und Vorstadt, in den Randbezirken, in denen es menschlich zuging. Er suchte »Villons Herberge« auf und war ein klein wenig Villon und Ringelnatz. Er erzählte poetische Geschichten ohne Anfang und Ende. Er wollte nicht enden, weil er weiterdichten wollte. Und das Berlin, das er kannte und dichtete, wünschte ihm wie Fuchs seinem »Mann im Straßenwagen« Glück und langes Leben. Sein Leben war intensiv, eine Liturgie im Hinterhof und ein Zauberkunststück, eine melancholische Beichte und ein Spatzenschilpen, das in Lerchenlied übergehen konnte.

»Deine Worte sind müdegehetzt«, sagte er zur Straße. Seine Wörter, die er zu Wort kommen ließ, nahmen sich die Freiheit, aufmerksam und ungebunden zu sein. Sie liebten das gar nicht heitere Leben.

HERTHA KRÄFTNER
ABENDS

Er schlug nach ihr. Da wurde ihr Gesicht
sehr schmal und farblos wie erstarrter Brei.
Er hätte gern ihr Hirn gesehn. – Das Licht
blieb grell. Ein Hund lief draußen laut vorbei.

Sie dachte nicht an Schuld und Schmerz und nicht
an die Verzeihung. Sie dachte keine Klage.
Sie fühlte nur den Schlag vom nächsten Tage
voraus. Und sie begriff auch diesen nicht.

KURT KLINGER
UNTERWÜRFIGE REVOLTE

Wenn ich an Hertha Kräftner denke, fällt mir als erstes dieses Gedicht ein und der erschreckende Satz: »Er hätte gern ihr Hirn gesehn.« Es ruft mir den regenüberschwemmten Herbstabend 1950 in Erinnerung, an dem ich in einer obskuren Wiener Literatenwohnung im Kreis junger Autoren, die einander Gedichte vorlasen, Hertha Kräftner kennenlernte. Es war ihr nichts anzusehen: wer sie interessierte, wer sie gleichgültig ließ, was in ihr vorging, was sie dachte – nichts. Ein sehr »anständig« frisierter dunkelbrünetter Schatten war auf penetrant unauffällige Weise abwesend.
Als sie las, klang ihre Stimme für mich kühl und kraftlos, in sich zusammengesunken, mit jenem Timbre von Erschöpfung und Ohnmacht, dem man später bei der rezitierenden Ingeborg Bachmann wiederbegegnete. Man hätte die Sensibilität von Tieren besitzen müssen, die einen Schiffsuntergang vorausfühlen, um durch die Tristesse des Tonfalls schon die Botschaft zu ahnen, die Hertha Kräftner wenige Tage vor ihrem Selbstmord – am 13. November 1951, im Alter von dreiundzwanzig Jahren – an ihre Mutter schrieb: »Es ist einfach so, daß ich viel zu traurig und zu müde bin, um noch leben zu wollen.«
Das Gedicht »Abends« deckt brutal eines der Motive auf, die den scheinbar anpassungsfähigen, in Wirklichkeit aber hermetischen und selbstbesessenen Charakter Hertha Kräftners in die Lebensverweigerung getrieben haben.

Warum schlägt dieser Mann (in Kräftners Briefen trägt er den mißverständlichen Namen »Anatol«) so furchtbar auf seine Geliebte ein, daß sich ihr Gesicht in Brei verwandelt, in »erstarrten Brei«? Warum, wenn nicht aus Verzweiflung, daß es ihm nicht gelingt, sie so absolut in Besitz zu nehmen, wie er sich ihr ausliefern möchte? Ein totaler Anspruch auf Gemeinsamkeit stößt so lange auf eine Zone, die sich ihm entzieht, ihn ablehnt, ihn sogar in der intimsten Vereinigung zurückweist, bis er rasend wird. Er will den Widerstand brechen, in den Kopf hineinsehen, der diese Capricen ausheckt, er will das Innerste nach außen kehren: Prügel als mißglückte Austreibung einer unerklärlichen Gegen-Macht. Er muß es tun, und er wird es immer wieder tun müssen, bis zum Ende oder bis er die Antwort erpreßt hat, nach der er sich sehnt.

Die geschlagene Frau hingegen bringt keine Klage über die Lippen. Sie kann nicht einmal an Klage »denken«, auch nicht an »Schuld« und »Verzeihung«. Warum fühlt sie nicht den Schmerz des ersten Schlags, sondern den »Schlag vom nächsten Tage voraus«, den übernächsten und nochmals übernächsten – eine nicht mehr abreißende Kette von Schlägen? Weil sie in der Erstarrung des Nichtbegreifens doch eines sehr gut begreift: daß sie diesen Mann, obwohl er sie nur so akzeptieren kann, wie er sie haben will, nicht verlassen wird, nicht verlassen kann, da nur die Bindung an ihn die Selbsterkenntnis verzögert, sie sei weder der rückhaltlosen Hingabe noch der rückhaltlosen Einsamkeit fähig.

Immerhin beschwört er sie ja noch (wie Hertha Kräftner im Tagebuch gesteht): »Lebe für mich!« Wer sonst würde das zu ihr sagen? Der auferlegte Zwang ist immer noch besser als überhaupt kein Halt – die Konsequenz daraus kann nichts anderes sein als zielloses Aufbegehren, eine ständig prolongierte unterwürfige Revolte, die sich die Fähigkeit zur Selbstbefreiung abspricht. Wenn das geschieht, ist im Sinne existentialistischen Philosophierens bereits ein Todesraum markiert – Hertha Kräftner, die von Sartres Schriften fasziniert war, konnte das nicht entgangen sein.

»Abends«, datiert vom 20. März 1949, und benachbarte Texte, die das »Ausweglose« besingen, sind das melodramatische Komprimat einer Entwicklungskrise nicht nur der unrettbar an sich selber leidenden Autorin. Die autobiographische Grundierung birgt fatale Wesenszüge einer Nachkriegsgeneration, die nach den Verwüstungen, deren hilfloser Zeuge sie sein mußte, der erhofften besseren Zukunft mit so maßlosen Erwartungen entgegensah, daß sie dem Sturz aus der Illusion, dem ersten Schlag ins Gesicht, nicht gewachsen war.

HERTHA KRÄFTNER
»ANNA«, SAGTE DER MANN

»Anna«, sagte der Mann
»ich fahre jetzt heim. Im Schlafwagen...
Ich wollte immer schon einmal
im Schlafwagen reisen,
aber es war mir zu teuer.
Anna? Freust du dich nicht?
Es ist ein langer Zug.
Kannst du die Wagen zählen?«
Er hob die Hand aus seinem Totenbett
und zeigte auf die lange Reihe
der Einmachgläser auf dem Kleiderkasten;
das ist in kleinen Wohnungen üblich.
Da standen Aprikosen in dicken Säften,
geschälte, gelbliche Birnen und rote Beeren,
und die zarten Pfirsiche
leuchteten grün und ein wenig rosa.
»Ein schöner Zug«, sagte der Mann.
»Weine nicht, Anna. Es ist ein Glück,
so zu reisen. Ich glaube,
die Fahrkarte ist sehr teuer gewesen,
aber ich hab sie umsonst bekommen.«
Und die Birnen und Beeren
und die saftigen Aprikosen
begannen zu dampfen und zischen
und rollten in die Ewigkeit.

ELISABETH BORCHERS
MÄRCHEN FÜR ARME LEUTE

Ein Gedicht? Ein Märchen! Ein Märchen für arme Leute. Ausgestattet mit drei Personen. Der Mann (nicht »arm«, nicht »alt«, nicht »krank«) und: Anna. Sie spricht nicht, wird lediglich angesprochen: Anna, sagte der Mann. Und ein Erzähler. Es wird erzählt, daß der Mann die Hand hebt aus seinem Totenbett, nachdem er Wesentliches erzählt hat. Zum Beispiel, er fahre jetzt *heim*; sein innigster Wunsch, einmal Schlafwagen zu fahren, erfülle sich. Dieser Übergang zwischen Leben und Tod muß das Land sein, in dem Wünsche in Erfüllung gehen. Aus den leuchtenden Einmachgläsern oben auf dem Schrank wird ein *schöner Zug*.

Jedes Gedicht sucht sich seine Form, wenn es darauf besteht, vollendet zu sein. Das Besondere an diesem vollendeten Gedicht ist, daß das Formale nicht auf Kosten des Inhalts geht, daß beides aufeinander zukommt. Auf diese Weise geschehen zwei Wunder, das formale und das inhaltliche. Gedicht und Märchen. Und beide vertragen sich, sie vertragen sich so sehr, daß sie zum *Glück* werden. Wenn man Leben in Kleinheit und Armut zugebracht hat, dann ist es gerecht und höchste Zeit, ganz schnell noch ein Märchen zu erleben, ein Märchen, das einen Wunsch erfüllt, so daß man den Hinterbliebenen eine Wunscherfüllung zurücklassen kann. Statt einer Immobilie etwas Mobiles, und sei es ein Zug, der in die Ewigkeit fährt. Die Ewigkeit, ein Ehrenwort.

Während meiner Kinderzeit wohnte unweit, ja ganz in der Nähe, Kapitän Küppers, ein Geschichtenerzähler für Kinder. Unverheiratet, kinderlos, die Schwester führte den Haushalt. Und als er gestorben war, ließ sie uns, die Kinder der Nachbarschaft, ein ins Totenzimmer. Da lag er nun – der erste tote Mensch meines Lebens – inmitten der Dunkelheit, weiß war alles, die Kerze, das Flammenlicht, die Laken, die Haut, das Haar, der Bart, selbst das Lächeln war weiß. Da zieht er hin, sagte seine Schwester, das alte Fräulein Mathilde, auf seinem Kahn in die Ewigkeit. Dafür sind Gedichte gut, vor allem, wenn es Märchengedichte sind, sie zeigen den Weg.

Die Gedichte von Hertha Kräftner sind Einsamkeitsgedichte höchsten Grades. Es sind Totenlieder. Im Totenlied »An den großen Strömen« wird die Geschichte erzählt von einem, der nach Amerika ging, und von einer, deren Herz zerbrach, weil sie sich hätten in den Strömen Europas ertränken sollen. Erst später dann ertränkt sich der Geliebte »in großer Einsamkeit im Hudson River«. Oder im Gedicht »Dorfabend« begruben sie beim weißen Oleander ihr Kind, nachdem sie es erwürgt hatte. Der Schriftsteller Kurt Klinger hat nicht nur das grausame Gedicht »Abends« interpretiert, er hat Hertha Kräftner auch noch gekannt, hat gesehen, wie heillos sie dasaß und las inmitten der anderen.

Man sollte nun nicht behaupten wollen, sie habe hier eine Art Lieblingsthema gefunden. Es muß wohl zu Hertha Kräftner gehört haben, wie die Überdosis an Schlaftabletten, die sie im Alter von dreiundzwanzig Jahren zu Tode brachte. Das war 1951. So viel Unheil kann in einem Menschen stecken. Soviel in einem Gedicht.

HERTHA KRÄFTNER
DORFABEND

Beim weißen Oleander
begruben sie das Kind,
und horchten miteinander,
ob nicht der falsche Wind
den Nachbarn schon erzähle,
daß es ein wenig schrie,
als seine ungetaufte Seele,
im Halstuch der Marie
erwürgt, zum Himmel floh.
Es roch nach Oleander,
nach Erde und nach Stroh;
sie horchten miteinander,
ob nicht der Wind verriete,
daß sie dem toten Knaben
noch eine weiße Margerite
ans blaue Hälschen gaben ...
Sie hörten aber nur
das Rad des Dorfgendarmen,
der pfeifend heimwärts fuhr.
Dann seufzte im Vorübergehn
am Zaun die alte Magdalen:
»Gott hab mit uns Erbarmen.«

PETER HÄRTLING
DAS BÜNDNIS DER MARIEN

Seit ich dieses Gedicht kenne, hastet es durch mein Gedächtnis, höre ich seinen heftigen, am Ende seufzenden Atem. Es geht mir schon lange nach. 1953 las ich es zum ersten Mal, in dem von Hans Weigel herausgegebenen Jahrbuch »Stimmen der Gegenwart«, und aus einer »biographischen Notiz« erfuhr ich nicht mehr, als daß Hertha Kräftner 1928 in Wien geboren wurde, im Burgenland aufwuchs, hernach wieder in Wien Philosophie und Germanistik studierte und im November 1951 starb.

Es war mehr ein Gerücht oder schon der Keim zu einer Legende. Als dann 1963 Otto Breicha und Andreas Okopenko in einem längst vergriffenen Band die Gedichte und die Prosa Hertha Kräftners vorlegten, brach durch die Andeutungen eine verzweifelte, an ihrem Ungenügen erstikkende Existenz. Das Bild einer alles, aber auch alles Verlangenden: Von Kind auf hat sie gelesen, sich Ideale erträumt und sich vor großen Worten nicht gefürchtet, obwohl sie auf ihr lasteten; sie hat bedingungslos geliebt und erleben müssen, daß die Wirklichkeit vor ihrer hochfahrenden Phantasie zurückwich; schließlich fand sie nur noch schlichte Sätze, mit denen sie zwischen Anspruch und Verlust eine Grenze zog: »Es ist einfach so, daß ich viel zu traurig und zu müde bin, um noch leben zu wollen«, schrieb sie ihrer Mutter, bevor sie sich mit Schlaftabletten vergiftete.

»Dorfabend« entstand am 3. September 1951, zwei Monate vor ihrem Tod. Neben einem andern war es das letzte Gedicht, das Hertha Kräftner schrieb. In ihm gelingt es ihr, alle ihre Ängste zu bannen, das Grauen in der Schönheit eines Naturlauts aufgehen zu lassen. Es redet nicht mehr nur ihre Stimme, es ist auch die des Windes, der falsch und listig, Seelen verderbend durch die ersten neun Verse jagt. Der Wind, der die üble Nachrede mitnimmt und wie eine Krankheit verschleppt.

So weit der Raum des Gedichts auch scheint, die Zeilen reiben sich an einer tödlichen Enge. Und zugleich klingen sie ergeben, wie eine Rosenkranzlitanei. Der Widerspruch soll schmerzen, denn er ist das Thema: Aufruhr und Ergebung.

Das Gedicht hat drei nicht markierte Strophen. Zweimal setzt es, wie ein Volkslied, mit einem Blumenmotiv ein. »Beim weißen Oleander«, also in der verborgenen Wildnis und nicht auf dem Friedhof, begraben »sie« ein Kind. Man erfährt, daß Marie es mit dem Halstuch erwürgt habe, und der Schmerz teilt sich in einem beinahe unauffälligen Zeilensprung mit: »im Halstuch der Marie/erwürgt.« Das Kind kam wohl ledig zur Welt, nun bleibt es auch noch ungetauft. Alle Verbote einer dörflichen Gemeinschaft sind verletzt worden – um so mehr kann der »falsche Wind« erzählen.

»Es roch nach Oleander/nach Erde und nach Stroh«: das Grab ist frisch; und daß sie »dem toten Knaben/noch eine weiße Margerite/ans Hälschen gaben« ist ebenso das Eingeständnis der Schuld wie der unerlaubten Liebe.

Zwischen dem zweiten und dritten Einsatz steht gleichsam eine Generalpause: ein hilfloses Schweigen, in das die Umgebung mit banalen Geräuschen rettend einbricht. Die Enge, die »sie« zu Mördern machte, nimmt sie wieder auf.

Der Gendarm hört nicht auf den Wind, und der Rosenkranz der alten Magdalen schließt mit der überkommenen, tausendfach gemurmelten Floskel eine Geschichte, ein Gedicht, das die eine Marie mit der andern vereint, die der Kräftner mit der Büchners: »Das Kind gibt mir einen Stich in's Herz. Fort! Das läuft sich in der Sonne!«

Ich weiß nicht, ob Hertha Kräftner dieses im Trostlosen aufrührerische Bündnis wollte. Es ist auch gleich. Sie hat dem Elend Woyzecks auf ihre Weise – und es ist wirklich eine »Weise« – geantwortet.

Was er dumpf hat einsehen müssen, trägt der »falsche Wind« nun durch die Zeilen dieses großen Gedichts: »Es liegt in niemands Gewalt, kein Dummkopf oder Verbrecher zu werden.«

CYRUS ATABAY
SCHUTZFARBEN

Da habe ich mich verstellt
um meine Verfolger zu täuschen

da habe ich mich totgestellt
um dem Henker zu entkommen

da habe ich mir die Gedanken
meiner Häscher geborgt:

und doch war in all der Zeit
der Traum, den ich träumte, unversehrt,

in all der Zeit
in der ich die Schäden litt

so weit, daß ich mir selbst
unkenntlich wurde,

indes mein Traum
mich erkannte.

MARIE LUISE KASCHNITZ
ZEITGEMÄSSES HAKENSCHLAGEN

Das Gedicht »Schutzfarben« des Persers Cyrus Atabay ist nicht ins Deutsche übersetzt. Atabay spricht Deutsch seit seinem siebenten Lebensjahr, er hat in München Literaturgeschichte studiert und hat später iranische Gedichte und altpersische Mystiker übertragen und herausgegeben. Seine eigenen deutschen Gedichte sind von einer beinahe klassischen Ruhe und Einfachheit. Vielleicht schreibt man so, wenn man ein Fremder ist und aus lauter Ehrfurcht vor der nicht eigenen Sprache nicht experimentieren, nicht verfremden und schon gar nicht spielen will. Die neue Sprachheimat wird ernst genommen, ihre wechselnden Moden, aber auch manche wichtige Entwicklung übersehen.

Das Gedicht »Schutzfarben« ist folgerichtig aufgebaut, ein einziger Vorgang wird geschildert, ein einziger Gedanke logisch entwickelt und zu Ende geführt. Atabay schildert in diesen sieben Zweizeilern eine Flucht, freilich kein bloßes Weglaufen, sondern ein sehr zeitgemäßes Hakenschlagen, Sichverstellen, Sichtotstellen, wobei einer leicht sein Gesicht verlieren und seine Freunde verraten kann. Das Ich des Gedichts »Schutzfarben« wird aber gerettet, und zwar durch etwas, was ihm allein gehört, durch seinen Traum. Sein Traum erkennt den Dichter und bekennt sich zu ihm, auch als die zeitgemäßen Lügen und Finten ihn an sich selbst zweifeln und verzweifeln lassen. Klangvolle einfache Worte, klare Gedankengänge finden sich hier wie in anderen Gedichten des heute Fünfundvierzigjährigen. Ein Hauch der fernöstlichen Heimat, Tuschzeichnung mit feinem Pinsel, aber auch so Westliches wie die Schilderung der irischen Landschaft mit ihren Rhododendrongebüschen, ihren endlosen Ketten von Seen. Atabays persönliche Haltung ist eine große, respektvolle Aufmerksamkeit, ein genaues Feststellen der flüchtigen Erscheinungen.

Dabei will er selbst nirgends haften, nirgends lange bleiben, außer vielleicht in London, wo die ganze bewohnte Welt gegenwärtig ist. Zugvögel sind seine Tiere, und auf Verwandlung ist er bedacht. Er kann ungeziert von der Zärtlichkeit sprechen, mit der er die Wahrheit aufspüren will. Viele Fragen, viele Antworten, nicht zaghaft, aber behutsam geäußert, und gerühmt wird das »Beständig-Zarte« der Berglilien, die Natur, die nicht aufgibt, und die Zärtlichkeit der Bärentatze, die sich auf die Wange des Schläfers legt.

HANS MAGNUS ENZENSBERGER
ASCHERMITTWOCH

Privilegierte feria maior. Farbe: violett

I
Immutemur habitu in cinere et cilicio
Suche beim Gehen und Stehen festen Halt
auf einer Erde die Blut und Regen säuft
in einer Luft die alle Wimpern versengt
unter Himmeln von denen Asche rieselt
im Steinschlag keuchender Städte
nehmen die Männer Skalpell oder Preßlufthammer zur
Hand
huren ein wenig oder züchten Karnickel
trinken noch einen Martini:
aus.
Keiner kömmt wieder.

II
Ieiunemus et ploremus ante dominum
Das Auf- und Abspringen während der Fahrt ist verboten
inmitten von Steppen die Flüche brüllen
auf einem Meer das schrecklich tanzt
unter einer Sonne die Durst speit
im Eisgeruch lippenloser Gebirge
nehmen die Frauen Staubtücher oder Kronen zur
Hand
gebären Kinder oder schreiben Novellen

wählen noch ein Parfum:
aus.
Keine kömmt wieder.

III
Domine in adiutorium meum intende
Nicht mit dem Wagenführer sprechen
parce populo tuo
Alles aussteigen
aussteigen
aus.
Keiner kömmt wieder.

HERMANN KURZKE
WER WEISS, OB *ER* NICHT DOCH NOCH EINMAL VERZEIHT

Privilegierte feria maior, das stand früher im katholischen Meßbuch und bedeutete, daß die Aschermittwochsliturgie eine besondere war, unverdrängbar durch den gewöhnlichen Mittwochsgottesdienst oder ein auf diesen Mittwoch etwa fallendes Heiligenfest. Violett ist die Farbe der Kirchengewänder in der Bußzeit. Als das Gedicht entstand, 1954 oder 1955, spielten die Meßzitate noch auf etwas Gegenwärtiges an. Seit der Liturgiereform, die das Kirchenlatein in den Abstellraum der Geschichte verbannt hat, träumen sie mit anderen Kindheits- und Jugenderinnerungen vor sich hin, bei den Älteren eine Welt evozierend, für die Jüngeren wildfremd.

Mehrere Stimmen reden hier gleichzeitig in geregeltem Durcheinander. Das ist ein Kommandoton, heute schon nostalgisch angehaucht, der in der Tram für Ordnung sorgt: Suche festen Halt – Auf- und Abspringen verboten – Nicht mit dem Wagenführer sprechen – Alles aussteigen. Da ist ein Angstschrei, der von einer blutsaufenden Erde, einem schrecklich tanzenden Meer und einer durstspeienden Sonne fiebert. Da ist das unbeeindruckte Plappern des höchst gewöhnlichen Lebens, in dem Preßlufthämmer und Karnickelzucht, Novellen, Staubtücher und Parfums ihr disparates Wesen treiben. Da macht eine vierte Stimme einen Doppelpunkt und verkündet richtend das Urteil: »Aus. Keiner kömmt wieder.« Und unter allem fleht kontrapunktisch der Generalbaß der Aschermittwochsliturgie: *Immutemur habitu in cinere et cilicio*: Wir wollen das Bußgewand anlegen und uns in Asche kleiden. *Ieiunemus et ploremus ante dominum*: Wir wollen fasten und weinen vor dem Herrn. *Domine in adiutorium meum intende*: O Herr, komm mir zu Hilfe. *Parce populo tuo*: Verschone dein Volk.

Was machen 36 Jahre aus einem Gedicht? Enzensbergers Verse wirken heute sperrig und fern. Sein apokalyptisches Espressivo prallt an der postmodernen Spielwelt ab. Noch immer brüllen die Flüche und die Erde säuft Blut, aber die Entsetzensschreie sind zynischer Munterkeit der jeweils Unbetroffenen gewichen. Statt »Staub sind wir« hört man »Pech gehabt«. Dabei hat sich der Sache nach nichts geändert. Daß es nach dem Tode aus sei und keiner wiederkommt, das formuliert heute wie gestern zutreffend die durchschnittliche Meinung.

In der dritten, lapidarisierten Strophe sind zwei Stimmen verstummt, die des Todes und die des banalen Lebens. Übrig bleibt die Stimme des Wagenführers, die im »aus« mit der des Richters verschmilzt. Auch im Baß hat sich ein Wechsel vollzogen. Das *Immutemur, ieiunemus, ploremus* der ersten beiden Strophen mündet in der dritten in ein Gebet. Was unmöglich scheint: in einem modernen Gedicht zu beten, Enzensberger hat es fertig gebracht, ohne daß man sich windet vor Pein.

Es geht im Schutz des Lateins. Die Aschermittwochsliturgie transportiert eine Erfahrung, in der wir einig gehen mit den alten Jahrhunderten: die der Vergänglichkeit. Staub bist du und kehrst zurück zum Staub, spricht der Priester, wenn er dem Knienden das Aschenkreuz aufs Haupt zeichnet. Das ist hart, so hart wie das »Aus. Keiner kömmt wieder.« Von Trost ist nicht die Rede.

Andererseits: Wenn der Lippenlose sowieso das letzte Wort hat, wozu dann büßen, weinen oder fasten? Die religiöse Welt ist nicht auf wissenschaftliche Konsequenz vereidigt. Grundlos bietet sie eine Hoffnung an, ein fast schelmisches Vielleicht. Vielleicht nützt es ja doch etwas, das Büßen? Bekehret euch unter Fasten, Weinen und Wehklagen, heißt es in der Aschermittwochslesung aus dem Propheten Joel. »Wer weiß, ob Er nicht doch noch einmal verzeiht.«

Dieses unlogische und deshalb unwiderlegbare »Wer weiß« schwebt über dem »Aus«. Dem liturgisch initiierten Hans Magnus Enzensberger war und ist das Kirchenlatein geläufig. Während es damals eine harte und strenge Botschaft vermittelte, ist ihm Weichheit zugewachsen, seit es nicht mehr herrscht. Zugewachsen ist ihm ein Ton von Wehmut, der Märchenton beinahe des »Als der Herr noch auf Erden wandelte«, der Ton der Sehnsucht nach einer Hilfe, die es nicht gibt und doch geben sollte. Erretung vom ewigen Tod, wäre das nicht wunderbar? Die lateinischen Verse sind deshalb auch poetisch von starker Wirkung. Sie sind das Widerlager, auf dem eine ansonsten wacklig gewordene Konstruktion aufruht. Neben der feierlichen Kraft der liturgischen Worte wirkt die apokalyptische Stimme unnötig schrill, die Alltagsstimme unnötig aufgeregt, die Wagenführerstimme veraltet und die Richterstimme, mit ihrem fast lächerlich archaisierenden »kömmt« (das auf ein Gedicht von Matthias Claudius anspielt), zu laut; alles nur Gerede; alle vier sind sich ihrer Sache nicht sicher, während das *Domine in adiutorium meum intende* immerwährend und abnützungsfest über die Lippen geht.

HANS MAGNUS ENZENSBERGER
CALL IT LOVE

jetzt summen in den nackten häusern die körbe
auf und nieder
                lodern die lampen
                                betäubend
schlägt der april durchs gläserne laub
springen den frauen die pelze im park auf
ja über den dächern preisen die diebe den abend
als hätte wie eine taube aus weißem batist
als hätte unvermutet und weiß und schimmernd
die verschollene hinter den bergen, den formeln,
die ausgewiesne auf den verwitterten sternen,
ohne gedächtnis verbannt
                                ohne paß ohne schuhe
sich niedergelassen auf ihre bittern
todmüden jäger
                schön ist der abend.

JÜRGEN BECKER
EINE REALITÄT IM KONJUNKTIV

In das Taschenbuch, das seine zwischen 1955 und 1970 entstandenen Gedichte sammelt, hat Hans Magnus Enzensberger dieses Gedicht nicht aufgenommen. Das ist schade, denn es ist eines seiner schönsten. Veröffentlicht in seinem ersten, 1957 erschienenen Gedichtband »verteidigung der wölfe«, steht es dort in der Gruppe der »freundlichen gedichte«. Aus dieser Gruppe finden wir in der Taschenbuchausgabe nur drei Gedichte. Vergleicht man weiter, findet man die Gruppe der »traurigen gedichte« mit nur einem, die Gruppe der »bösen gedichte« dagegen mit sieben Beispielen vertreten.

Wer seine Bücher so bewußt und klug komponiert wie Hans Magnus Enzensberger, wird bei der Auswahl, der Bewertung seiner poetischen Arbeit nach bestimmten Prinzipien vorgehen. Auch wenn man diese Prinzipien nicht genau kennt, bleibt es in jedem Fall bemerkenswert, wie die Taschenbuchauswahl einen bestimmten Aspekt in der poetischen Existenz Enzensbergers herstellt. Es ist der, den man ohnehin zu kennen glaubt, der das Image vom politisch engagierten, zornigen, »bösen« Enzensberger bestätigt.

In der Situation des Jahres 1970 konnte man auch nichts anderes erwarten: die Debatte um den politischen Auftrag des Schreibens hatte den Höhepunkt der Polarisierung erreicht; das in Enzensbergers »Kursbuch« vorgesehene Ende der Literatur war durch die Praxis noch nicht widerlegt; Enzensberger selber dürfte voll beschäftigt gewesen sein mit dem Versuch, der durch ihn mitbestimmten Situation wieder zu entkommen, das heißt auch, wieder für eine Überraschung zu sorgen. Die Überraschung bestand darin, daß sich Enzensberger überhaupt zu seiner lyrischen Existenz bekannte; daß er zugab, in den Jahren des äußersten Mißtrauens gegen alles Poetische still und heimlich weiter seine Gedichte geschrieben zu haben; andere freilich als zuvor, sicher nicht seine besten, sicher nicht solche, die harmonisch mit dem »call it love«-Gedicht hätten koexistieren wollen.

Denn dieses Gedicht widerspricht dem Image des Polit-Poeten; es sorgt für eine Irritation, die mich vollends verwirrt, wenn ich mich an Enzensbergers alte Anweisung erinnere, seine Gedichte als Gebrauchsgegenstände zu verstehen. Zu welchem Gebrauch soll es nützen? Es war damals schon, zur Zeit seines Entstehens, Mitte der fünfziger Jahre, eine Ausnahme. Seine sprachliche Eigenart, die in den ersten Sätzen vorgenommene Verschmelzung syntaktischer Elemente zu einem Zusammenhang, in dem die Wörter und Satzteile sich mehrdeutig aufeinander beziehen können (ein Verfahren, das beispielsweise die Mehrschichtigkeit des Bewußtseins und das gleichzeitige Wahrnehmen verschiedener Vorgänge abbildet), diese Eigenart rückte das Gedicht in die Nähe einer literarischen Tendenz, die man damals die experimentelle nannte. Enzensberger hatte zu dieser Tendenz ein gebrochenes Verhältnis; er lehnte sie ab in dem Maße, wie sie ihn beschäftigte und interessierte. Die Spuren zeigt dieses Gedicht.

Es zeigt zugleich, wie frei man beim Gedichteschreiben verfahren kann, wenn nicht unmittelbare Absichten dabei wirken, sondern allein die Impulse der sprachlichen Phantasie. Deshalb entsteht kein lyrisches Nirgendwo. Die erste Zeile verweist deutlich auf eine konkrete Realität: anonyme Hochhäuser, in denen die Fahrstühle funktionieren. Gegen diese Erfahrung, gegen diese unbedingt zeitgenössische Wahrnehmung spricht aber zugleich etwas anderes, etwas von Natur, Jahreszeit, Frühling und Sinnlichkeit, etwas Kreatürliches und Märchenhaftes – ein Widerspruch also entsteht, der seinerseits eine Realität im Konjunktiv erzeugt; einen Zustand, der hätte sein können; eine Utopie.

»Call it love« – nenn' es Liebe, was immer auch dieses unbenennbare Etwas sein mag, das verschollen, ausgewiesen und verbannt ist; das wir zögern, beim Namen zu nennen, und das doch unsere Empfindungen und Gefühle bestimmt – das in jedem Fall imstande sein könnte, zurückzukehren, da zu sein und letzten Endes Versöhnung zu stiften.

Warum zitiert Enzensberger dieses Gedicht nicht mehr? Ich dementiere ja auch: dieses Gedicht kann durchaus zu etwas nützen. Und es gibt dann wirklich diese Abende, an denen man mit dieser Zeile hinausgehen und sagen kann: »schön ist der abend.«

HANS MAGNUS ENZENSBERGER
DAS ENDE DER EULEN

ich spreche von euerm nicht,
ich spreche vom ende der eulen.
ich spreche von butt und wal
in ihrem dunkeln haus,
dem siebenfältigen meer,
von den gletschern,
sie werden kalben zu früh,
rab und taube, gefiederten zeugen,
von allem was lebt in lüften
und wäldern, und den flechten im kies,
vom weglosen selbst, und vom grauen moor
und den leeren gebirgen:

auf radarschirmen leuchtend
zum letzten mal, ausgewertet
auf meldetischen, von antennen
tödlich befingert floridas sümpfe
und das sibirische eis, tier
und schilf und schiefer erwürgt
von warnketten, umzingelt
vom letzten manöver, arglos
unter schwebenden feuerglocken,
im ticken des ernstfalls.

wir sind schon vergessen.
sorgt euch nicht um die waisen,

aus dem sinn schlagt euch
die mündelsichern gefühle,
den ruhm, die rostfreien psalmen.
ich spreche nicht mehr von euch,
planern der spurlosen tat,
und von mir nicht, und keinem.
ich spreche von dem was nicht spricht,
von den sprachlosen zeugen,
von ottern und robben,
von den alten eulen der erde.

REINHARD BAUMGART
WIE EINE ALARMGLOCKE DRÖHNEND

Als dieses Gedicht 1960 in Enzensbergers zweitem Gedichtband »landessprache« erschien, firmierte sein Verfasser unter dem Image eines *angry young man*, in dem er sich genauso gut verbergen konnte wie nun in der Maske des *happy old snob*. Aber kein Zweifel, lebte er wirklich in England, man hätte ihn dort längst als Poet und Lord ins Oberhaus gewählt, – und dann müßten er und wir uns überlegen, ob man ihn nun mit Sir Hans oder nicht besser als Sir Hans Magnus ansprechen sollte. Denn als Hänschenklein wollte er nie durch die Welt laufen.

Wozu die längliche Vorrede? Um den gehörigen Abstand herzustellen zu einem gut vier Jahrzehnte alten Gedicht, das als ein unverkennbares Zeitgedicht die Frage stellt, ob und wie es denn überdauert hat. Jüngeren Lesern muß man womöglich schon entziffern, daß die alles verheerenden »feuerglocken« am Ende der zweiten Strophe den damals allgegenwärtigen Atombombenpilz metaphorisch verfremden, daß wir also ein Weltuntergangslamento im Schatten des Kalten Kriegs lesen. Es tönt selbst wie eine Alarmglocke, dröhnend, feierlich, archaisch laut und mit lang anhaltendem Atem, jedenfalls in den beiden ersten Strophen, die nach einem kurzen, das Thema anschlagenden Einsatz in einem einzigen Satz ablaufen, in mächtigen, kunstvoll gebrochenen Reihungen.

Vor Pathos, das der spätere Enzensberger so leise und graziös unterlaufen wird, hatte der damalige keine Scheu. Der

Ton der Droh- und Bußpredigt schlägt orgelnd durch – einem Gesang vom Weltende ja nicht unangemessen. Doch Prediger und Propheten pflegen warnend, strafend, drohend auf Menschen einzureden, und genau an denen will das Gedicht vorbeisprechen – das ist seine provokante Pointe von Anfang an. Nur vom Ende der Tiere, der Gletscher, Flechten, Gebirge und Sümpfe will es reden, nur vom Untergang einer vormenschlichen Welt klagen, die im »ticken des ernstfalls« zu Grunde gehen wird, hingerichtet von einer unmenschlich, roboterhaft funktionierenden Technik, die in der zweiten Strophe als Weltuntergangsmaschinerie inszeniert wird.

Braucht dieses Programm noch eine dritte Strophe? Nur um rekapitulierend wieder zum Anfang, zur Klage um die »alten eulen der erde« zurückzukehren? Doch plötzlich wird hier, in vier deutlich kürzeren, ruhigeren, nicht mehr durch die Versfügung gebrochenen Sätzen doch zu den nicht Angeredeten geredet, sogar zu den »planern der spurlosen tat«, obwohl doch weiterhin »von mir nicht, und keinem« die Rede sein soll. Sondern wieder nur von den »sprachlosen zeugen« in einer Natur, die vorher »arglos« genannt worden ist, die also klaglos, schuldlos, stumm untergehen wird. Sie, die taubstumme, die analphabetische Natur kann dieses Gedicht nicht lesen, das im Band von 1960 abgedruckt ist in der Abteilung »gedichte für die gedichte nicht lesen«.

Ein Mustertext also doch und gültig bis heute, auch wenn und gerade weil heute derart »engagierte« Gedichte kaum noch geschrieben werden und schon gar nicht von Enzensberger. Musterhaft, selbstbewußt noch in seiner Ohnmacht führt er hier vor, daß auch der engagierte Text nichts anderes zur Sprache bringen kann als eine Haltung, daß er sich nicht mißverstehen darf als verbalen Eingriff in den Weltlauf. Der melancholische Gestus des Gedichts, dieses »Euch habe ich nichts mehr zu sagen«, ist ebenso pathetisch wie ironisch, ist Spiel wie Ernst, bleibt paradox wie der ganze Text.

So souverän vieldeutig, so haltbar ist das Gedicht in seiner Grundanlage geblieben. Wir dürfen also ruhig zugeben, daß ein paar seiner damals so zeitgerecht schicken und provokanten Kniffe und Fügungen, die »mündelsicheren gefühle« oder »rostfreien psalmen« inzwischen stark vergilbt sind. Ein Zeitgedicht darf ruhig, ohne als Ganzes zu veralten, seine Altersspuren zeigen. Es ist ein Dokument von gestern, fremder als damals sicher und fast schon einen Schimmer zu schön.

HANS MAGNUS ENZENSBERGER
DER FLIEGENDE ROBERT

Eskapismus, ruft ihr mir zu,
vorwurfsvoll.
Was denn sonst, antworte ich,
bei diesem Sauwetter! –,
spanne den Regenschirm auf
und erhebe mich in die Lüfte.
Von euch aus gesehen,
werde ich immer kleiner und kleiner,
bis ich verschwunden bin.
Ich hinterlasse nichts weiter
als eine Legende,
mit der ihr Neidhammel,
wenn es draußen stürmt,
euern Kindern in den Ohren liegt,
damit sie euch nicht davonfliegen.

WULF SEGEBRECHT
ACH WER DA MITFLIEGEN KÖNNTE

Der Fliegende Robert – erinnern Sie sich? Das ist der kleine unfolgsame Bengel aus dem »Struwwelpeter«, der von seinem Schirm davongetragen wurde, als er bei stürmischem Regenwetter nicht daheimblieb, sondern draußen herumpatschte. Robert wurde davongeweht, weil er sich falsch verhalten hatte.

Es muß damals, wenigstens für manche Kinder, sehr verlockend gewesen sein, bei Regen durch die Pfützen zu waten. Sonst hätte es solche Warngeschichten nicht gegeben. Denn als hochmoralische Zeigefingerwarnung ist die Bildergeschichte des Dr. Heinrich Hoffmann natürlich gemeint – obwohl man auch daran zweifeln könnte, ob die angedrohte Strafe wirklich so abschreckend gewirkt hat. Erfüllt sich hier nicht vielmehr ein alter Wunschtraum der Menschen: »Ich kann fliegen«?

Man sieht: Die Geschichte vom Fliegenden Robert läßt sich (wie übrigens die meisten moralischen Märchen und Geschichten) leicht gegen den Strich lesen. So liest sie auch Enzensberger: Wer das Davonfliegen nicht nur riskiert, sondern es – unter bestimmten Umständen – sogar ausdrücklich betreibt, dem ist mit Strafandrohung nicht beizukommen. Ihn trifft Schlimmeres, nämlich das Verdikt der Gruppe, die bis dahin glaubte, auf ihn Anspruch erheben zu können. »Eskapismus« diagnostiziert sie vorwurfsvoll, und das heißt: Neigung zur Flucht vor den Anforderungen des Lebens, mangelndes Engagement für

die gemeinsame Sache, Abweichlertum, Ausscheren aus der geschlossenen Front.
Der Eskapismus-Vorwurf ist meist eine Kritik von links. Die Klassiker und die Romantiker mußten sich diesen Vorwurf gefallen lassen, und nach 1968 galt er denjenigen, die sich nicht linientreu genug mit den Zielen der außerparlamentarischen Linken solidarisierten. Wer sich über die Niederungen der Gleichmacher erhebt, ist, wie sie glauben, schon gerichtet.
Ganz anders der so Verunglimpfte. Ihn stört der Eskapismus-Verdacht nicht im geringsten. Für ihn ist es nur eine Selbstverständlichkeit und gewissermaßen die natürlichste Sache von der Welt, daß man sich davonmacht »bei diesem Sauwetter«; also angesichts des Klimas in diesem Lande, das ihm genauso wenig zusagt wie seinen Tadlern.
Ihnen entzieht er sich, erhebt sich über sie, ist nicht mehr erreichbar, kann also auch nicht vereinnahmt werden für diese oder jene Sache. Der Erhabene ist für die Zurückbleibenden nur noch als Legende zu haben: Sie deuten ihn um, benutzen ihn als warnendes Beispiel und legen ihn fest auf den Eskapismus. Doch sie tun das gegen ihr besseres Wissen. In Wirklichkeit sind sie neidisch auf ihn, weil er die Fähigkeit besitzt, sich mit Hilfe seiner Phantasie über sie zu erheben und sich von den Zwängen des Alltags zu befreien.
Und so geraten sie als Erzieher in einen unheilbaren Widerspruch: Sie fordern zwar das Engagement und verurteilen den Eskapismus, aber sie müssen, damit das Wegfliegen nicht Schule macht – denn wer wollte sich nicht über dieses »Sauwetter« erheben? –, mit bewußten Geschichtsfälschungen diejenigen disziplinieren und domestizieren, die sie eigentlich zum Engagement anhalten

wollten: ihre eigenen Kinder. Sie töten das Freiheitsbedürfnis der Kinder ab, das sie selbst empfinden, und sie reproduzieren so nur die Verhaltensweise derer, die eine verstaubte Stubenhocker-Moral predigen, keine kühnen Experimente zulassen wollen und ihre Zöglinge militärisch-knapp zum »Dageblieben!« anhalten. Der Geist des alten »Struwwelpeter« lebt in ihnen weiter.

Nur ein Zögling hat sich ihnen entzogen: Der Fliegende Robert, alias Hans Magnus Enzensberger. Ob er, trotz allem, Nachfolger findet?

HANS MAGNUS ENZENSBERGER
DER KAMM

Sie blenden mich. Sie sind schön im Vorübergehn.
Ich bewundere Sie, im Schnee, an der Haltestelle,
wie Sie sich morgens geschmückt haben, militant
und mit letzter Kraft. Eine, die nicht hinkt,
die sich nicht bücken will nach dem Groschen
im Schnee, die ihre Gebrechen verbirgt, unheilbar,
wie ich. Und diesen Kamm, der in Ihrem Haar glänzt.
Flammendes Schildpatt. Allerdings, dem
fehlen auch ein paar Zähne. – Ach bewundern,
das kann ein jeder sagen. – Verzeihen Sie,
ich meine nur das, was niemand braucht,
was keinerlei Eindruck an Ihnen macht:
den Zehennagel, der langsam gedeiht, das Haar,
die feuchte, hinfällige Haut; kleine Ströme,
nervöse Absonderungen, vorübergehend
wie Ihre Seele, die nicht geschickt ist,
mürbe, von Tabletten zerfressen, erbsenklein,
verloren in Ihrem Brustkorb. Ja, natürlich,
wir müssen fort, haben keine Zeit. Ich weiß.
Was wollte ich sagen? Ja. Weinen Sie weiter.
Ihr Kamm! – Wie bitte? – Sie haben ihn
fallenlassen. Dort auf dem Pflaster liegt er,
wo vorhin der Schnee war, geheimnisvoll
und gewöhnlich. Bald wird er zertreten sein.
Das ist unvermeidlich. Das kann ein jeder sagen.
Ich mache keinerlei Eindruck. Ich sehe ihn

in der Sonne glänzen. Hören Sie nicht auf mich.
Meine Wörter bücken sich nicht. Sie sind
nicht dazu da, etwas aufzuheben. Sie sind da,
eine Weile lang. Es kann sie ein jeder sagen.

MICHAEL ZELLER
UNSER ALLTÄGLICHER TOTENTANZ

Ein überkonzentriertes Schauen und ein zerstreutes Beiseite-Sprechen, das die Worte probt, und Notizen auf einen Zettel im Geh'n: der flanierende Poet, auf der Grenze zwischen Müßiggang und Arbeit.
An diesem Tag ist dem Blicke-Sammler der Zufall schon früh beigesprungen. Etwas leuchtet auf, morgens, an der Haltestelle, in einer Situation, die an sich mit stumpfer, unausgeschlafener Hektik geschlagen ist: »flammendes Schildpatt« im Haar einer Wartenden. Das Schildpatt des Kamms sammelt die Sonne und überstrahlt das Schneeweiß des hellen Wintermorgens. Eine Erscheinung des Lichts, das Licht selbst: es »blendet«. Ein vollkommener Augenblick der Schönheit also?
Nein, der Schauende läßt sich nicht blenden. Er hebt nicht ab in schönheitsseliges Raunen und Reimen. Sein Blick bleibt nüchtern. Das Schöne, das er sieht, ist schön nur »im Vorübergehn«. Denn an dem »flammenden Schildpatt« hängt eine Frau, die diesem kostbaren Material nicht gerecht wird. Ihre Haltung ist überanstrengt, der Kraftaufwand beim Schmücken erdrückt den Schmuck selbst. Die Schönheitsanfälligkeit des Betrachters wandelt sich in teilnehmende Reflexion über das unheilvolle Gebrechen, das die Frau zu verbergen hat wie der abseits stehende Voyeur, wie wir alle auch: das Gebrechen des Altwerdens, des Todes endlich: »wir müssen fort, haben keine Zeit«.
Der zweite Blick ist hart, fast böse. Das Pathos der Di-

stanz hält sich die Sentimentalität vom Leib. Die Frau mit ihrem Schmuck im Haar – sie weint und gibt sich damit die Blöße, ihre Seele »mürbe«, »erbsenklein« und »verloren« erscheinen zu lassen. Die Schönheit trog. Der zweite Blick entlarvt im Flammenglanz das Inbild menschlicher Hinfälligkeit und Schwäche. In diesem alltäglichen Totentanz, den die weinende Frau da vor fremden Augen stellvertretend für uns tanzt, verliert auch das Ding seinen Zauber. Dem Kamm fehlen ein paar Zähne, jetzt liegt er schon im Straßendreck, »geheimnisvoll und gewöhnlich. Bald wird er zertreten sein«.

Nichts Heilendes geht mehr von den Dingen aus wie noch bei Rilke. Ihre Pracht ist dahin. Das Schildpatt ist nur noch ein brüchiges Zitat. Schon in der Antike waren die Hornplatten der Schildkröte ein kostbarer Werkstoff für Luxusgegenstände; Möbel, vor allem Betten, wurden damit verziert. Im Barock legte man es in Kruzifixe, in Pokale, in Service ein. Heute ist es verdrängt durch synthetisch hergestelltes Plastik, das haltbarer ist, preiswerter und funktionaler. Die Restposten dieser ausgedienten Kostbarkeit werden auf Trödelmärkten vertrieben, in Second-hand-Shops, wo wir es einkaufen als Gag, fasziniert davon, daß es eine historische Aura umgibt, die Patina, die es im Gebrauch seiner ehemaligen Benutzer angesetzt hat, unserer anonymen Ahnen.

Mit diesem Schildpatt-Kamm im Haar inszenieren wir uns dann als aufgelesenen Stil-Bruch, der Punk-Ästhetik gar nicht so weit entfernt: Zum Batman-T-Shirt die Nadelstreifenhose, zum weißen Turnschuh die Wehrmachtsjacke aus dem Zweiten Weltkrieg oder – neuester Schrei des Pariser Opernpublikums – der Parka überm Seiden-Smoking. Das Authentische des Gegenstands ist heute

endgültig aufgerieben als Witz. Es ist das Allerbeliebigste geworden. Kein Halt mehr für unsere »mürben«, »erbsenkleinen« Seelen.
Und so der Dichter. Auch er stiftet keine Werte mehr. Seine Worte sind von »unvermeidlicher« Wirkungslosigkeit. Sie versprechen nichts, von Hilfe schweigen sie. »Sie sind da, eine Weile lang.« Warum dann die Mühen des Schreibens und des Lesens?
Enzensbergers Verse werfen ein Licht auf unsere Seelenlage, in der wir uns zu Beginn dieser achtziger Jahre befinden: »geheimnisvoll und gewöhnlich«. Sie sind – jenseits der Scheingefechte zwischen »Engagement« und »l'art pour l'art« – ehrlich. Und weil sie auch noch schön sind, ohne zu beschönigen, sind sie haltbar: über unsere Zeit hinaus.

HANS MAGNUS ENZENSBERGER
DIE SCHEISSE

Immerzu höre ich von ihr reden
als wär sie an allem schuld.
Seht nur, wie sanft und bescheiden
sie unter uns Platz nimmt!
Warum besudeln wir denn
ihren guten Namen
und leihen ihn
dem Präsidenten der USA,
den Bullen, dem Krieg
und dem Kapitalismus?

Wie vergänglich sie ist,
und das was wir nach ihr nennen
wie dauerhaft!
Sie, die Nachgiebige,
führen wir auf der Zunge
und meinen die Ausbeuter.
Sie, die wir ausgedrückt haben,
soll nun auch noch ausdrücken
unsere Wut?

Hat sie uns nicht erleichtert?
Von weicher Beschaffenheit
und eigentümlich gewaltlos
ist sie von allen Werken des Menschen
vermutlich das friedlichste.
Was hat sie uns nur getan?

PETER HORST NEUMANN
ANMERKUNGEN ZU EINER FÄKALIE

Eindeutige Verse, aus dem Umfeld der 68er Kulturrevolution. Ihre Sprache ist von Brecht geborgt. Zu interpretieren gibt es hier nichts. Doch die im Text gerühmte Fäkalie und ihr inflationärer Gebrauch als Fluchwort sind – aus nicht nur poetischem Anlaß – eine Glosse wert.
Sie ist, nach Freud, das erste *Geschenk* des Neugeborenen an die Welt, von den Eltern mit Freude entgegengenommen, etwas sehr Wertvolles, eine Art Währung, ein Gesundheitsbeweis, je nach Farbe und Konsistenz. Wer von ihr träumt, dem steht *Geld* ins Haus. Alten Traumbüchern war diese Gleichung geläufig, und falls es neuere gibt, die ich nicht kenne, hätten sie gutgetan, an ihr festzuhalten. Meine Großmutter hatte Beweise: ein Lotteriegewinn nach solch einem Traum.
Was das Verhältnis von Kot und *Schönheit* betrifft – ein Randproblem dieser Beziehungsgeschichte –, so steht dazu Nachdenkenswertes immerhin bei Jean Paul, in seiner »Vorschule der Ästhetik«. Im Paragraphen 26 (»Definitionen des Lächerlichen«) erwähnt er beiläufig die Nomaden Kamtschadkas. Die hätten einen Gott verehrt, der »seinen eigenen gefrorenen Unrat für eine Schönheitsgöttin der Liebe« hielt, allerdings »vor dessen Auftauen«. Aus welcher Quelle Jean Pauls Gewährsmann Karl Friedrich Flögel dieses Kuriosum schöpfte, ist nicht bekannt. Zweifellos handelt es sich um einen mythologischen Extremfall, gebunden an nördliche Klima-Bedingungen.

Aber auch um ein Beispiel – ein sehr apartes, fast modernes: Man denke an zeitgenössische Schrott-Art – für das Kunstschöne und die Beliebigkeit seines Materials.
Als Kaiser Vespasian (um 70 nach Christus) in Rom eine Klo-Steuer erhob, wenn auch nur für die öffentlichen Aborte, und seine Kritiker diese Methode staatlicher Geldbeschaffung anrüchig fanden, soll er nach einer Münze gegriffen, diese zur Nase geführt und der Nachwelt das Sprichwort *non olet* gestiftet haben.
Daß die Verbindung von Kot und Geld nachgerade zu unserer archetypischen Substanz gehören muß, erkennt man an einem Kulturgut besonderer Art, am *Fluchen*, und an der noch ungeschriebenen Geschichte seines Verfalls. Heiligkeiten, strenge gesellschaftliche Normen und allgemein respektierte Kultursymbole sind notwendige Voraussetzungen für phantasie- und kraftvolle Flüche. Davon ist uns fast nichts mehr geblieben. Das Wort, zu dessen Schonung uns Enzensbergers Gedicht so einsichtsvoll aufruft, ist der kümmerliche Restbestand einer vitaleren Fluch-Tradition. Daß es für alles Schmähbare herhalten muß und den stumpfsinnig Fluchenden einen so billigen Lustgewinn verschafft, deutet wohl insgeheim auf den »heiligsten« unserer Werte, das Geld, und entspricht unserer einzigen allgemein verbindlichen money-deistischen Religion.

HANS MAGNUS ENZENSBERGER
DIE VISITE

Als ich aufsah von meinem leeren Blatt,
stand der Engel im Zimmer.

Ein ganz gemeiner Engel,
vermutlich unterste Charge.

Sie können sich gar nicht vorstellen,
sagte er, wie entbehrlich Sie sind.

Eine einzige unter fünfzehntausend Schattierungen
der Farbe Blau, sagte er,

fällt mehr ins Gewicht der Welt
als alles, was Sie tun oder lassen,

gar nicht zu reden vom Feldspat
und von der Großen Magellanschen Wolke.

Sogar der gemeine Froschlöffel, unscheinbar wie er ist,
hinterließe ein Lücke, Sie nicht.

Ich sah es an seinen hellen Augen, er hoffte
auf Widerspruch, auf ein langes Ringen.

Ich rührte mich nicht. Ich wartete,
bis er verschwunden war, schweigend.

ANDREA KÖHLER
UNHEILBAR ÜBERFLÜSSIG

Ein jeder hat den Engel, den er verdient. Er ist da, so will es die biblische Mythologie (oder die kindliche Lesart), um uns zu beschützen, er kommt, so wollen es neuerdings viele Filme, um die Sterblichen hinüberzuleiten in eine schwebende Daseinsform. Seiner Bestimmung nach ist er der Bote, der uns Mitteilungen aus höheren Sphären macht; seit der himmlische Absender unbekannt verzogen zu sein scheint, ist er selber die Botschaft – der Knoten im Taschentuch zur Erinnerung daran, daß etwas vergessen zu werden droht. Gott ist tot, aber die Engel leben wie nie. Besonders den Dichtern statten sie gern ihren Besuch ab. Der Engel ist wahrscheinlich die populärste Verkörperung kosmologischer Nachrichtentechnik im zeitgenössischen Gedicht.

Ein Engel klopft nicht, er steht plötzlich im Raum. Und in welcher Lage sollte der Dichter seinen Besuch heftiger wünschen als vor einem leeren Papier? Der Wunsch jedes Autors: zu schlafen, während der Engel die im Traume erfundenen Werke aufs leere Papier schreibt. Doch der Augenblick der Empfängnis, der dichterischen Inspiration, mutiert hier zur Krise. »Die Visite« – klingt das nicht wie ein Krankenbesuch? Und nicht etwa der Chefarzt persönlich kommt, um die schlechte Nachricht zu überbringen, denn darum handelt es sich ja wohl in diesem Gedicht, sondern bloß irgendein Pfleger, unterste Charge. Eine Aushilfskraft verkündet die Diagnose: unheilbar überflüssig. Hat je ein himmlischer Bote verächtlicher zu den Menschen gesprochen? Nicht »Siehe«, spricht er, sondern »Sie können sich gar nicht vorstellen«, nicht große Freude verheißt er oder die Rettung des Menschengeschlechts, sondern die Entbehrlichkeit jener Spezies, die sich einst als die Krone der Schöpfung empfand.

Das ist vorbei; wir wissen um unseren Prestigeverlust. Doch offenbar ist der Dichter vor seinem weißen Blatt noch immer insofern ein Auserwählter, als er selber zum Boten geadelt wird. Wenigstens das Papier wird hinterher nicht mehr leer sein. Und wenn auch der Engel vergeblich auf Widerspruch, ja auf ein alttestamentarisches Ringen hofft, so ist doch am Ende nicht klar, ob er mit seiner Verachtung Recht behält. Im Gegenteil. Fast scheint es, als sei er, der Besucher, es, der durch uns Menschen an Größe verliert. Wenn wir entbehrlich sind, wer braucht dann die Engel? Und wer mißt die Lücken, wer wiegt das Gewicht der Welt?

Das Gedicht »Die Visite« stammt aus dem Gedichtband »Kiosk«; es steht unter der Rubrik »Belustigungen unter der Hirnschale«. Das ist eine sehr enzensbergerische Überschrift, nicht nur wegen der anatomisch unterfütterten Ironie. Allemal aber wird unter diesem Titel vom Verlust gesprochen: vom Schwund solcher Worte wie Wollust, Entsagung und Seligkeit, vom Schwinden der Grazie und Fehlen der Gnade, von Waldhörnern, Beichtzetteln und anderen aussterbenden Arten – wie beispielsweise jenen »Frauen von früher«, denen die schöne Seele noch so gut stand. Natürlich bietet der Verse schmiedende Kioskbetreiber seine Verlustanzeigen ohne postromantischen Katzenjammer und ökologische Schlagzeilen feil. Er handelt nämlich mit einer List.

Denn kündet der Engel auch nicht mehr von unserer Einmaligkeit, so preist er doch die Vielfalt des Daseins: Gibt es etwas Tröstlicheres als die fünfzehntausend Schattierungen der Farbe Blau? Gnade, Grazie, Nimbus, Mirakel – all die verlorenen Worte sind im Spektrum des Blaus aufbewahrt, Marias Gewand, Benns blaue Stunde, von Himmeln und Heiligkeit gar nicht zu reden. Mag ja sein: wir wissen nicht mehr, was das ist, Himmel und Heiligkeit. Doch Hand aufs Herz, wer weiß denn schon, was der gemeine Froschlöffel ist oder der Feldspat oder die Große Magellansche Wolke?

Erteilt diese himmlische Heimsuchung also eine Lektion in Sachen Demut? Nein, dieses Gedicht ist kein Zeugnis der Selbstzerknirschung, neun Zweizeiler lang spricht es von einem Kampf, den der Dichter gewinnt. Es ist ein metrisches Messen, ein Kampf zwischen Schweigen und Schreiben, den der Empfänger der Botschaft – in Tarnstarre wie ein bedrohtes Insekt – für sich entscheidet. Der Engel verschwindet, das Gedicht bleibt da.

HANS MAGNUS ENZENSBERGER
EMPFÄNGER UNBEKANNT – RETOUR À L'EXPÉDITEUR

Vielen Dank für die Wolken.
Vielen Dank für das Wohltemperierte Klavier
und, warum nicht, für die warmen Winterstiefel.
Vielen Dank für mein sonderbares Gehirn
und für allerhand andre verborgne Organe,
für die Luft, und natürlich für den Bordeaux.
Herzlichen Dank dafür, daß mir das Feuerzeug nicht ausgeht,
und die Begierde, und das Bedauern, das inständige Bedauern.
Vielen Dank für die vier Jahreszeiten,
für die Zahl e und für das Koffein,
und natürlich für die Erdbeeren auf dem Teller,
gemalt von Chardin, sowie für den Schlaf,
für den Schlaf ganz besonders,
und, damit ich es nicht vergesse,
für den Anfang und das Ende
und die paar Minuten dazwischen
inständigen Dank,
meinetwegen für die Wühlmäuse draußen im Garten auch.

KURT OESTERLE
DIE WIEDERGEFUNDENE ODE

In diesem Gedicht geht es so chaotisch zu wie in einem Kindergebet. Dinge von unterschiedlichster Art und Bedeutung finden sich aneinandergereiht: Gehirn, Koffein, Wühlmäuse. Doch das lyrische Ich ist gar nicht das eines Kindes, sondern unverkennbar das eines erwachsenen, gebildeten Menschen, der einiges von Musik, Mathematik und Malerei zu verstehen scheint. Gleich einem Kind, nur mit etwas virtuoserem Stammeln, sagt er Dank für die vortreffliche Einrichtung seiner Welt. Doch anders als das Kind weiß er nicht, wem er danken soll. So greift er aus Verlegenheit oder in einer Art von methaphysischer Übersprungshandlung zu einer Formel aus der weltweiten Postsprache: zurück an den Absender.

Doch wozu diese Umstände? Warum dankt er nicht ganz einfach der ältesten und höchsten dafür zuständigen Instanz? Weil das ohne Gesichtsverlust nicht ginge. Leicht möglich, daß ein Mensch von solcher Bildung, also eine aufgeklärte, moderne, autonome Persönlichkeit, es sich schuldig ist, Atheist oder wenigstens Agnostiker zu sein. Vielleicht glaubt er, alles nur sich selbst oder höchstens noch der Geschichte zu verdanken. Jedes »Danke!«, auch noch an eine transzendente Macht gerichtet, könnte seine eigenen Leistungen empfindlich relativieren. Der zu viel Dankende müßte womöglich als souveränes Individuum abdanken. Also erdichtet er sich einen großen Unbekannten, dem sein Dank wie ein zurückgesandter Brief zugehen soll. Ein leiser, verschämter Vorgang. Einem phantasiebegabten Philosophen würde er aber als Indiz vollauf genügen, um von einem Gottesbeweis zu sprechen; sozusagen von einem zuvor noch nie versuchten Gottesbeweis auf dem Postweg.

Enzensbergers so durchtriebene wie riskante Strategie erinnert an eine Voltaire-Anekdote: Der Philosoph hat seit längerem erstmals das Wort »Gott« in den Mund genommen. Ein Zuhörer wundert sich: »Ah, man spricht wieder miteinander!« Darauf Voltaire: »Nein, wir grüßen uns nur.«

Unauslöschlich scheint das Bedürfnis, Dank abzustatten, jenen umfassenden oder kosmischen Dank, den Dank für alles. Ein Bedürfnis, das sämtliche Gesellschaftsumbrüche und Säkularisierungsschübe überstanden hat – ja selbst den Verlust so manches Adressaten. Eine anthropologische Konstante? Oder ist dieses hartnäckige Danksagungsbedürfnis nur der tiefe Wunsch jener, die auch das Staunen nicht verlernt haben?

In Enzensbergers Gedicht sagt einer Dank, der ebenfalls nicht verlernt hat, sich beschenkt zu fühlen. So vieles – die kleinen Dinge wie das unerschöpfliche Feuerzeug, aber auch die großen Gefühle in den »paar Minuten dazwischen« – fällt ihm einfach zu, erhält ihn am Leben und vergnügt ihn. Er weiß, daß er ihr Urheber nicht ist. Doch drängt es ihn nun keineswegs danach, in Fausts Manier ihren Sinn und ihre Herkunft zu klären. Doch nicht, weil ihm das alles zur blinden, alltäglichen Gewohnheit geworden wäre. Vielmehr besitzt er die schöne Fähigkeit, im Geringfügigen oder Selbstverständlichen das Sonderbare und Wunderbare wiederzuentdecken. Das entspricht einem von Enzensberger schon länger verfolgten poetischen Programm: uns die Dinge nach so viel Wissenschaft und Fortschritt gleichsam wie am ersten Tag zu zeigen. Im Licht der Dankbarkeit wächst aber auch leicht der Verdacht, hier rede einer der prästabilierten Harmonie das Wort. Doch eine grundsätzliche Zustimmung zur politischen und moralischen Weltordnung ist in diesen Dank erkennbar nicht eingeschlossen.

Wer dankt, lobt auch. Vor mehr als vierzig Jahren hat Hans Magnus Enzensberger die große Lobliedform der Poesie, die Ode, aus seinem Werk verbannt und das Mißtrauen seiner Leser gegen sie genährt: »Lies keine Oden, mein Sohn, lies die Fahrpläne!« Dennoch hat ihn nie die Sehnsucht verlassen, »etwas zu loben mit starker Stimme auf Erden!« Immer wieder setzte er dazu an, doch meist entstanden ihm daraus nur Parodien, wenn auch glänzend zynische. Mit diesem Gedicht hat er die Ode wiedergefunden.

HANS MAGNUS ENZENSBERGER
FINNISCHER TANGO

Was gestern abend war ist und ist nicht
Das kleine Boot das sich entfernt
und das kleine Boot das sich nähert
Das Haar das ganz nah war ist fremdes Haar
Das ist leicht gesagt   Das ist immer so
Der graue See ist doch der graue See
Das frische Brot von gestern abend ist hart
Niemand tanzt Niemand flüstert Niemand weint
Der Rauch ist verschwunden und nicht verschwunden
Der graue See ist jetzt blau   Jemand ruft
Jemand lacht   Jemand ist fort
Es ist ganz hell   Es war halb dunkel
Das kleine Boot kehrt nicht immer zurück
Es ist dasselbe und nicht dasselbe
Niemand ist da   Der Felsen ist Felsen
Der Felsen hört auf Felsen zu sein
Der Felsen wird wieder zum Felsen
Das ist immer so   Es verschwindet
nichts und nichts bleibt   Was da war
ist und ist nicht und ist   Das
versteht niemand   Was gestern abend war
Das ist leicht gesagt   Wie hell
der Sommer hier ist und wie kurz

WOLFGANG HILDESHEIMER
DAS IST IMMER SO

Der Tango ist als Tanz beinah obsolet. Doch als Begriff des nostalgisch Mollgetönten, des Wohlig-Gestrigen lebt er weiter. Der Titel ist hier das einzige ironische Element. In der Tat werden in diesem Gedicht die Gefühle nur tangiert, es lebt vom Verzicht, die Saiten der Psyche anzuschlagen. Was gesagt wird, wird »leicht gesagt«, es wird mit dem Verstand, wenn auch mit Befremden registriert und wieder weggewischt (»Das ist immer so«) oder in Zweifel gezogen (»Das versteht niemand«), und man ist dem Autor dankbar, daß er sich nicht gestattet, das Geschehen dem Traum zuzuordnen, der auch das Disparate legitimiert. Aber eben das ist wohl der Grund, weshalb Enzensberger sich seiner nicht bedient.
Bei der ersten Lektüre dieses Gedichtes kam es mir vor, als habe man dem Autor die Aufgabe gestellt, sieben kurze Substantiva – Boot, Haar, See, Brot, Rauch, Felsen, Sommer – in kausal schlüssige Folge zu bringen, auf vierundzwanzig Zeilen zu verteilen und unter Zuhilfenahme von »jemand« und »niemand« Kohärenz herzustellen, gleichzeitig aber hermetisch zu bleiben. Diese Aufgabe wäre hier optimal gelöst. Von der Ortsbestimmung und der Atmosphäre her ist das Gedicht unmittelbar zu erfassen. Das Geschehen aber enthüllt sich nur durch ein Wägen der Wörter und durch Messung der Pausen, die durch das Maß der Abstände zwischen den Wörtern markiert werden. Die »Niemande« zum Bei-

spiel werden ohne Pausen gezählt, vor den »Jemanden« aber wird Atem geholt.

»Finnisch« ist ein Schlüsselwort, es suggeriert eine bestimmte Landschaft. In ihr herrscht die Melancholie des Nordens, anders in Farbe, in Stimmung und Wirkung als die des Südens. Am Abend zuvor hat sich ein kleines Boot entfernt und wieder genähert, darin war die, deren fremdes Haar ganz nah war. Der See war grau, es war Rauch in der Luft, es wurde getanzt, geflüstert, sogar geweint. All dies ist noch da und gleichzeitig verschwunden. Das frische Brot von gestern ist hart (prosaischer: die Flaschen sind geleert), was halb dunkel war, ist jetzt hell, der Felsen – das einzige Element, das ich selbst nicht ins Bild bekomme – ist nun wieder zum Greifen, der See ist jetzt blau, es sind da mehrere, jemand ruft, jemand lacht, aber die mit dem fremden Haar ist fort, »das kleine Boot kehrt nicht immer zurück«.

Das Untröstliche herrscht und wird gleichzeitig beherrscht, »der graue See ist doch der graue See«; das »doch« drückt das Erstaunen des Autors über sich selbst aus, es ist eine Art Selbstversicherung, daß alles so ist, wie es ist. »Das versteht niemand.« Was versteht niemand? Was Zeit ist, natürlich. Ein Schauer der Wehmut wird unterdrückt, jede Aussage steht im Ton gefaßter Beschwichtigung, der Erlebende erlaubt sich keine Anrufung von Abstraktem, geschweige denn eine Metapher. Nur zum Schluß ein Ausruf, der den Verzicht bezeichnet und ihn gleichzeitig beschließt, indem er empfiehlt, das Geschehen jahreszeitlich-zyklisch zu deuten.

»Was gestern abend war« ist zwar für andere und anderen gegenüber leicht gesagt, aber es wird nicht gesagt, weil es für den Autor nicht sagbar ist.

HANS MAGNUS ENZENSBERGER
FREMDER GARTEN

es ist heiß. das gift kocht in den tomaten.
hinter den gärten rollen versäumte züge vorbei,
das verbotene schiff heult hinter den türmen.

angewurzelt unter den ulmen. wo soll ich euch hintun,
füße? meine augen, an welches ufer euch setzen?
um mein land, doch wo ist es? bin ich betrogen.

die signale verdorren. das schiff speit öl in den hafen
und wendet. ruß, ein fettes rieselndes tuch
deckt den garten. mittag, und keine grille.

REINHOLD GRIMM
SILENT SUMMER

Gibt es ökologische Lyrik? Verse also, in denen die Verschmutzung, Verseuchung, Vergiftung, die langsame, so laut- wie erbarmungslose Verödung und Zerstörung unserer Erde Gestalt wird? Verse aber, die gleichwohl Lyrik heißen dürfen?
Es gibt Gedichte, die von Ökologie reden oder zu reden meinen; gewiß. Doch das meiste, was diesen Anspruch erhebt, ist entweder larmoyant oder militant, schlicht wehleidig oder einfältig auftrumpfend – naiv, mit einem Wort, und in jedem Fall von einer Modewelle getragen, die derlei längst ins allgemeine Bewußtsein geschwemmt hat. Ökologische Lyrik? Nein, nicht die fixen Verse der Modischen, der Macher oder Mitläufer, enthalten sie. Man muß um mehr als zwei Jahrzehnte zurückgehn, zu Hans Magnus Enzensbergers Erstlingsband von 1957, zu den neun Zeilen, die dort »fremder garten« überschrieben sind und damals, als eins der »traurigen gedichte« jener Sammlung, von fast allen »freundlich« oder »böse« überlesen wurden. Diese Verse nämlich, so erkennt man nun, bilden eine makellose, eine reine ökologische Elegie, wie paradox das auch klingen mag.
Süden, Sommer, die arglose, von jedermann »heiß« ersehnte Idylle? Nur einen Atemzug hält dieser Eindruck vor. Denn: »das gift kocht in den tomaten.« Die Früchte der Gärten und Felder sind verseucht; in ihnen brodelt »etwas, das keine farbe hat, etwas, das nach nichts riecht«,

wie es bald darauf – in einem anderen Gedicht – lauten wird. Etwas »zähes« kriecht »aus den poren der weit«; eine »dürre flut« breitet sich aus, so daß selbst die letzten »signale verdorren«. Ja, verdorren! Das Bild wirkt zwar völlig abstrakt, aber das Leben schrumpft und zerfällt tatsächlich. Nicht bloß das Laub, alle Zeichen von Leben verdorren wie unterm Pesthauch einer tödlichen *defoliation* ... Und Enzensberger setzt auch gar keinen Vergleich, sondern sieht diesen Vorgang als Wirklichkeit.

Sein Unheilsbild ist ebenso real, wie die übrigen, einst harmlos-alltäglichen Vorgänge, die er schildert, unheimlich bildhaft wirken. Ein »schiff speit öl in den hafen« – niemand heute kann dies mehr hören, ohne zugleich geborstene Tanker, vergiftete Strände, Klumpen toter Seevögel und Fische und die riesigen Ölflecke auf dem Meer zu erblicken. Nicht anders der »ruß«, der den Boden »deckt« – er, »ein fettes rieselndes tuch«, ist das alles verhüllende Leichentuch der *pollution*. Der Vorhang des Todes hat sich über die Erde gesenkt: »mittag, und keine grille.« Im südlichen Sonnenglast, wenn das Schrillen der Zikaden, ein einziger ununterbrochener Ton, wie ein Teil des Lichts und der heißen, zitternden Luft über der Landschaft hängt – nichts, kein Laut! Sogar die Insekten sind verstummt, zu schweigen von den Vögeln. Der *Silent Spring* ist zum *Silent Summer* geworden.

Doch nicht die Erde nur, die ein schöner, vertrauter »garten« sein könnte, erweist sich als »fremd«. Auch der Mensch ist sich selbst und der Welt entfremdet. Wo denn wäre ein »land«, auf dem seine »füße« rasten, wo ein »ufer«, auf dem seine »augen« ruhen könnten? Er ist um beides »betrogen« – und trotzdem, wortwörtlich, »angewurzelt«.

Blieben demnach allein noch Verlust und Vergeblichkeit: die »versäumten züge«, das »verbotene schiff«? Aber was dieses ökologische Gedicht (das vielleicht ursprünglich nicht einmal ganz als solches gedacht war) vor allen ähnlichen auszeichnet, ist etwas sehr Einfaches und doch Überwältigendes. »Das Gedicht spricht, wovon es schweigt.« So Enzensberger selber seinerzeit über Nelly Sachs. Seine Verse beschwören, was sie verneinen. Indem er trauert und klagt, vergegenwärtigt er. Nie habe ich die Grillen lauter und lieblicher vernommen als aus diesen leisen Worten, die so gänzlich ohne Hoffnung scheinen.

HANS MAGNUS ENZENSBERGER
INS LESEBUCH FÜR DIE OBERSTUFE

Lies keine Oden, mein Sohn, lies die Fahrpläne:
sie sind genauer. Roll die Seekarten auf,
eh es zu spät ist. Sei wachsam, sing nicht.
Der Tag kommt, wo sie wieder Listen ans Tor
schlagen und malen den Neinsagern auf die Brust
Zinken. Lern unerkannt gehen, lern mehr als ich:
das Viertel wechseln, den Paß, das Gesicht.
Versteh dich auf den kleinen Verrat,
die tägliche schmutzige Rettung. Nützlich
sind die Enzykliken zum Feueranzünden,
die Manifeste: Butter einzuwickeln und Salz
für die Wehrlosen. Wut und Geduld sind nötig,
in die Lungen der Macht zu blasen
den feinen tödlichen Staub, gemahlen
von denen, die viel gelernt haben,
die genau sind, von dir.

PETER VON MATT
AUFFORDERUNG ZUM VERDACHT

Der Titel des Gedichts war ironisch gemeint. Er ist längst Tatsache geworden. Wer heute mit seinen Schülern in der Oberstufe Oden liest, riskiert die Frühpensionierung. Die Fahrpläne haben gesiegt. Nur die Züge selbst haben immer größere Verspätung. Das Lesen von Fahrplänen hat sich zu einer kreativen Tätigkeit entwickelt wie einst das Odenschreiben: Wenn der 18.33er vor 19 Uhr eintrifft, könnte ich in Mannheim noch den 19.33er erreichen, der vermutlich gegen 20.15 dort ankommt ...

Enzensbergers erster Gedichtband, »Verteidigung der Wölfe«, erschien zehn Jahre vor dem Beginn der Studentenbewegung. Er nahm ihren Zorn vorweg, ihre Attacken auf Mief und Filz und klebrige Feierlichkeit, aber er war witziger, imaginativer und vor allem belesener als die Gedichte der Achtundsechziger. Dennoch war der Autor nicht etwa seiner Zeit voraus. Er kam genau richtig. Er besaß ein gutes Gehör und sagte, was es geschlagen hatte. Ein Luftzug fuhr durch die deutsche Literatur. Da und dort knallten Fenster. Im gleichen Jahr 1957 erschien in England das Stück eines Gleichaltrigen, John Osbornes »Look Back in Anger«. Es gab einer Generation den Namen. Man sprach von den *Angry Young Men*. Exakt dies war der achtundzwanzigjährige Enzensberger in Deutschland: der zornige junge Mann als Phänotyp der Stunde.

Der hier vor den Oden warnte, war ein Odenkenner. Er liebte sie, liebte die Literatur, liebte die Dichterinnen und

Dichter der weiten Welt. Aber er wollte sie nicht hinter Glas. Literatur war ihm strömende Luft, mächtiges Blasen, Passatwind über dem Planeten. Sie sollte den bösen Staub aufwirbeln, von dem das Gedicht am Schluß spricht.

Gefährlich will dieser Dichter sein Gedicht. »Sing nicht«, heißt es schon in der dritten Zeile. Das ist die alte Warnung vor der falschen Schönheit, ein Echo auf Brechts Parole: »Schlechte Zeit für Lyrik«. Dennoch singt dieses Gedicht, wie ja auch Brechts Parole den Titel zu einem tüchtigen Stück Lyrik abgegeben hat. Die Verse Enzensbergers sind zwar nicht nach dem antiken Odenmaß gebaut und nicht nach der allbeliebten Volksliedstrophe, aber sie intonieren einen berühmten hohen Klang, die Sprüche Salomonis. Sie sind durchrhythmisiert wie jene. »Sei weise, mein Sohn, so freut sich mein Herz«, heißt es dort, und: »Rühme dich nicht des morgenden Tages, denn du weißt nicht, was heute sich begeben mag«. – »Iß Honig, mein Sohn, denn er ist gut. Also lerne die Weisheit für deine Seele . . .«

Während jedoch Salomo den Sohn vor allem vor der Gottlosigkeit warnt und vor den schönen Frauen, ist der Vater in diesem Gedicht handfest politisch. Zwölf Jahre nur sind seit dem Ende der Naziherrschaft vergangen. Das leidenschaftliche »Nie wieder!« ist zur Phrase verkommen. Man kann im Zusammenhang mit Intellektuellen wieder von Nestbeschmutzern sprechen. Kultur soll zeitlos sein und die ewigen Werte vermitteln und keinesfalls stören.

Unter den Schriftstellern wächst der Verdacht. Koeppen warnt vor dem »Treibhaus«, Günter Eich vor der Wiederkehr alten Unheils: »Betrachtet die Fingerspitzen . . . Eines Tages kommt sie wieder, die ausgerottete Pest.« Ingeborg Bachmann spricht von einer Schonfrist: »Es kommen härtere Tage. Die auf Widerruf gestundete Zeit wird sichtbar

am Horizont. Bald mußt du den Schuh schnüren . . .« Man will keine Programme. Man will auch kein anderes System. Man traut nur den Mächtigen nicht und traut ihnen alles zu.
Das Gedicht, das sich gegen die Manifeste richtet, ist selber eines. Es bestimmt die Haltung der Intellektuellen gegenüber der politischen und wirtschaftlichen Macht und verpflichtet sie zum radikalen Mißtrauen. Wo Macht ist, ist Verfolgung möglich, immer und immer beginnt diese mit großen Worten. Sie sind die Nebelwand, hinter der sich die Häscher schattenhaft bewegen. Der Kult, den das Gedicht mit dem Wort »genau« treibt, hat hier seinen guten Sinn. Und also auch der Witz mit den Fahrplänen, mögen sie immer über die wahren Verhältnisse auf den Bahnsteigen der Gegenwart hinwegtäuschen.

HANS MAGNUS ENZENSBERGER
KIRSCHGARTEN IM SCHNEE

1

was einst baum war, stock, hecke, zaun:
unter gehn in der leeren schneeluft
diese winzigen spuren von tusche
wie ein wort auf der seite riesigem weiß:
weiß zeichnet dies geringfügig schöne geäst
in den weißen himmel sich, zartfingrig,
fast ohne andenken, fast nur noch frost,
kaum mehr zeitheimisch, kaum noch
oben oder unten, unsichtig
die linie zwischen himmel und hügel,
sehr wenig weiß im weißen:
fast nichts –

2

und doch ist da,
eh die seite, der ort, die minute
ganz weiß wird,
noch dies getümmel geringer farben
im kaum mehr deutlichen deutlich:
eine streitschar erbitterter tüpfel:
zink-, blei-, kreideweiß, gips, milch, schlohweiß und schimmel:
jedes von jedem distinkt:
so vielstimmig, so genau,
in hellen gesprenkelten haufen,

der todesjubel der spuren:
wieviel büschel von winzigen weißen schreien
vor der gähnenden siegerin ewigkeit!

3
zwischen fast nichts und nichts
wehrt sich und blüht weiß die kirsche.

HANS CHRISTOPH BUCH
DER POET, DER AUS DER KÄLTE KAM

Dieses Gedicht des knapp dreißigjährigen Hans Magnus Enzensberger ist ein Meisterstück, und wie jedes gelungene Werk ist es keine *creatio ex nihilo*, sondern knüpft an eine literarische Vorlage an: Barthold Heinrich Brockes' in vielen Anthologien nachgedrucktes Gedicht »Kirschblüte bei der Nacht«. Der Hamburger Poet, der an der Schwelle vom Barock zur Aufklärung und Empfindsamkeit neun umfangreiche Lyrikbände mit seinem »Irdischen Vergnügen in Gott« füllte, vergleicht die vom Mondschein umflossenen Kirschblüten mit Schneebällen und kommt ähnlich wie Enzensberger zu dem Schluß: »Unmöglich, dacht ich, kann auf Erden / Was weißers aufgefunden werden.«
Während der pietistische Dichter seinen Blick vom blühenden Kirschbaum zum Sternenhimmel lenkt und von dort weiter zu Gott, hält Enzensbergers Gedicht keinen metaphysischen Trost mehr für seine Leser bereit. Der blühende Kirschbaum im Schnee wird zur existentialistischen Metapher für den leeren Raum, in den das Subjekt ohne sein Zutun hineingestellt ist, für »das Sein und das Nichts«, wie Sartre an Martin Heidegger anknüpfend schrieb.
Aber es wäre einseitig, die Verse zu interpretieren als vagen Ausdruck einer ebenso universellen wie diffusen »Angst« – vor dem Atomtod, dem Aufstand der Massen oder dem Untergang des Abendlandes – jener Angst, die den Zeitgeist der späten fünfziger Jahre geprägt hat, als das Gedicht entstand.

Hans Magnus Enzensberger, einer der klügsten deutschsprachigen Essayisten, ist alles andere als ein Naturlyriker, im Gegenteil: Seine viel zitierte Verszeile: »lies keine oden, mein sohn, lies die fahrpläne« war auch eine Absage an die raunende Naturdichtung von Elisabeth Langgässer, Wilhelm Lehmann und anderen, damals berühmten Dichtern. Statt dessen knüpft Enzensberger an die unterkühlte Sachlichkeit und den Verfremdungseffekt Brechts an, ohne dessen kommunistische Utopie zu teilen, die im Zeitalter des kalten Krieges obsolet geworden war. Sein gesellschaftskritisches Pathos verbindet sich nicht länger mit einer Partei oder einem positiven Projekt, das nur noch als Leerstelle im Gedicht erscheint.

Die Leere hat auch und nicht zuletzt eine ästhetische Funktion. Die Formulierung: »wie ein wort auf der seite riesigem weiß:« verweist auf den poetischen Schaffensprozeß, den der Autor sichtbar macht, nicht im Sinne autobiographischer Faktizität (obwohl der ursprüngliche Titel des Gedichts »fränkischer kirschgarten im januar« eine Anspielung auf Enzensbergers Nürnberger Jugend enthielt), sondern eher so, wie der Künstler der chinesischen Legende nach getaner Arbeit ins Innere seines Gemäldes eintaucht. Der Vergleich mit asiatischer Kunst steht hier nicht von ungefähr: Die Kirschblüte ist eine beliebte Metapher in japanischer und chinesischen Malerei und Poesie, als Chiffre für Schönheit, die, weiß in weiß, eher angedeutet als ausgeführt wird.

Dieser Minimalismus bestimmt auch das vorliegende Gedicht, das, nach einem Wort von Hans Magnus Enzensberger, »gebrechlich, von äußerster Hinfälligkeit, entweder überraschend oder aber nicht nennenswert« ist.

HANS MAGNUS ENZENSBERGER
KOPFKISSENGEDICHT

Dafür, daß du bis in die Fingerspitzen
anwesend bist, daß es dich verlangt,
dafür, wie du die Knie biegst
und mir dein Haar zeigst,
für deine Temperatur
und deine Dunkelheit;
für deine Nebensätze,
das geringe Gewicht der Ellenbogen
und die materielle Seele,
die in der kleinen Mulde
über dem Schlüsselbein schimmert;
dafür, daß du gegangen
und gekommen bist, und für alles,
was ich nicht von dir weiß,
sind meine einsilbigen Silben
zuwenig, oder zuviel.

WERNER ROSS
DIE SEELE ÜBER DEM SCHLÜSSELBEIN

Die Abteilung in Enzensbergers letztem Gedichtband »Zukunftsmusik«, die mit »Alles Gute« überschrieben ist, bemüht sich, möglichst alles Böse in pfeilartig zugespitzten Sätzen dem Leser zu übermitteln. Mörikes »Denk es, o Seele« wird zum Beispiel parodistisch zu »Denk es, o Sohle« umgepolt. Aber das letzte Gedicht macht eine Ausnahme. Es heißt »Kopfkissengedicht« und meint es damit ernst.

Unter dem Kopfkissen bewahrt man, was man liebt oder was man braucht: ein Taschentuch zum Beispiel, zum Weinen oder Sichschneuzen. In früheren Zeiten gab es den Kopfkissendegen, wenn jählings jemand in das Gemach des Schlafenden drang. Das Kopfkissenbuch, in Frankreich ein geläufiger Ausdruck, ist dasjenige, das man vor dem Einschlafen liest, damit es schöne Träume beschere. Und das Kopfkissengedicht? Das kann man vor dem Einschlafen aufsagen wie ein Nachtgebet, und Enzensberger darf in diesem Fall, einem unverkennbaren Liebesgedicht, in aller Ruhe von »ironisch« auf »innig« schalten.

Nur natürlich immer auf seine Weise, das Innige möglichst zurücknehmend, den Lobpreis der Geliebten mit äußerstem Understatement behandelnd, mit Aussparungen eher als mit Ausschüttungen, mit Andeutungen arbeitend, die sich jeder nach Lust ausmalen mag. Es sind die Entdeckungen, die den Liebenden glücklich machen und die Geliebte entzücken, die vorher davon auch noch nichts gewußt hat, am schönsten im Mittelteil des Gedichts, mit dem »geringe(n) Gewicht der Ellenbogen« und jener allerspeziellsten Entdeckung »in der kleinen Mulde über dem Schlüsselbein«. Da ist die »materielle Seele«; mag sie ruhig materiell sein, wenn es nur eine Seele ist (nicht in Gefahr, in die Sohle abzugleiten).

Man kann aus dem Leiblichen dieser Augenblicks-Zitate beinahe die Geliebte zusammensetzen, feingliedrig, leicht, zärtlich, unaufdringlich, schwebend und, wie es sich seit alters her für geliebte Frauen ziemt, auch mit einer Portion Dunkel und Rätselhaftigkeit ausgestattet, nicht auf der Stelle zu erraten und dann so langweilig wie das Rätsel, das gelöst ist. Ihr Gehen und Kommen gehört auch dazu und unterscheidet sich drastisch und höchst positiv von Kommen und Gehen.

Noch eine Besonderheit dieses Gedichtes: Es fängt mit »dafür« an und ergeht sich dann in der Aufzählung dessen, wofür. Dafür, so ist die Lesererwartung, dafür muß ich dir danken. Aber dem Dichter fällt eine andere Lösung ein, die mit seinem Handwerk eng zusammenhängt. Die »einsilbigen Silben«, das liegt auf der Hand, sind die wie aus einem großen Schatten herausgehobenen Blitzaufnahmen – aber dann folgt noch das aufzulösende Paradoxon »zuwenig, oder zuviel«.

»Zuwenig« ist die klassische Bescheidenheitsformel der Rhetorik: Was ich auch Lobendes sagen kann, deine Güte, Schönheit und Größe überbietet es. Und zuviel? Das ist die andere, das Rhetorische ihrerseits überbietende und auslöschende Formel des Gefühls, das Aufhören der Worte, wo nur das In-die-Arme-Nehmen bleibt.

HANS MAGNUS ENZENSBERGER
STADTRUNDFAHRT

Da drüben kauert der Schuhputzer,
der keine Schuhe mehr braucht;
denn seine Beine sind verfault
im Fernen Osten vor langer Zeit.

Das ist der Rauch von den Werften.

Dieses Café war früher ganz schwarz
von Hausierern und armen Dichtern.
Spitzel wie Mücken saßen dort
und tranken aus kleinen Tassen Blut.

Hier gibt es weiche Mädchen
gegen harte Devisen.
Das Pflaster ist aufgerissen.
Dort standen damals die Panzer.

Da ist im Sommer immer
der Kaiser spazierengefahren –
Stadtwäldchenallee, heute Gorkij fasor.
Das ist das Zentralkomitee.

Das ist der Rauch von den Schlachthöfen.

Hier ist mein Freund Sandór geboren
vor dem Zweiten Weltkrieg,
in der Beletage,
wo es Tag und Nacht dunkel war.

Siehst du den Rauch?

Diese Brücke war ganz zerstört.
Hier trinken die reichen Dichter Tee
und schimpfen leise,
und dort wird das neue Hilton gebaut.

Auf dieser wackligen Parkbank
sitzt manchmal ein alter Mann,
der manchmal die Wahrheit sagt.
Heute ist er nicht da.

Aber der Rauch. Siehst du den Rauch,

den alten Rauch über Budapest?

EVA ZELLER
GESCHICHTE ALS SCHAUHAUS

Was ist sehenswert in Budapest? Natürlich das schönste Stadtpanorama Europas, da, wo Buda und Pest sich zu beiden Seiten der Donau vereinigen. Dann gilt es, die acht Brücken in Augenschein zu nehmen, die Fischereibastei, die Matthiaskirche, die Stephanskrone. Doch Enzensbergers »Stattbesichtigung« läuft der allgemeinen Erwartung zuwider. Die litaneihafte Aufzählung dessen, was hier für sehenswürdig erachtet wird, erinnert an Günter Eichs Überlebensgedicht »Inventur«: »Dies ist meine Mütze / dies ist mein Mantel / hier ist mein Rasierzeug ...« Drei Verse in Enzensbergers Poem beginnen mit »das ist«, drei mit »hier«. Nicht, daß Enzensberger sich auf Eich stützte; das banale Vorzeigen ohne formalen Aufwand und die Abwesenheit von Adjektiven schaffen nur eine ähnliche Lakonie wie bei Eich, und ein Überlebensgedicht ist die »Stadtrundfahrt« auch.

Durch dreiunddreißig Verse hindurch hält der Autor die prekäre Balance zwischen Überraschung und Pointe. Auf Schritt und Tritt stößt er den Leser auf Unvermutetes, aber der Sprachschock wird nicht zum Stilprinzip erhoben. Enzensberger hat sich für Zurückhaltung entschieden. Der Teilnehmer dieser Stadtrundfahrt wird nicht mit Aperçus unterhalten, vielmehr verblüfft ihn Paradoxes, das in einem Atem sagt, was zeitlich und räumlich weit auseinanderliegt.

Was da zwischen wunderschönen historischen und heruntergekommenen Kulissen gezeigt wird, ist das absurde Theater der Geschichte, trivial, illusionslos, für das einem eigentlich die Worte fehlen. »Die Zunge zögert zwischen den ausgeschlagenen Zähnen«, heißt es in einem Gedicht von Zbigniew Herbert. Enzensberger mißtraut den Worten und setzt doch auf die Sprache, mißtraut dem eigenen Wahrnehmungsvermögen und setzt doch auf Wahrnehmung und Bildintensität: hier ... dort ... da ... das darf nicht übersehen, nicht vergessen werden: die armen, die unbestechlichen Dichter früher in den Cafés neben Spitzeln, die Blut aus kleinen Tassen tranken; die Straße, wo immer der Kaiser spazierenfuhr ... Gorkij fasor ... Zentralkomitee; die reichen Dichter, die leise schimpfen; der Freund Sandór, der dort vor dem Zweiten Weltkrieg geboren ist (Sandór: ein Synonym für verfolgte Dichter hier und anderswo, für die ewig unbequemen Intellektuellen, die eine Distanz zur Macht haben?).

Blitzschnell muß der Leser ergänzen, auf welche historische Situation er jeweils gestoßen wird. Wie im Kristall dicht ineinandergestellte Spiegel sich gegenseitig durchdringen, spiegeln sich traumatische Bilder in einer Stadt, und trotz exakter Ortsangaben steht diese Stadt auch für die Erfahrungen, die andere in anderen Städten gemacht haben, in Warschau, in Prag, in Santiago, im Berlin der dreißiger und vierziger Jahre. Rauch steigt auf, aus den Werften, von den Schlachthöfen, »Siehst du den Rauch?«, zweimal die dringliche Frage, »den alten Rauch über Budapest?« Die Stadtrundfahrt nimmt kein Ende. Der Beteiligte fühlt sich zu einer stummen Fortsetzung des Gedichts aufgerufen.

Soviel Stoff in wenigen Strophen könnte leicht zu Stoffhuberei führen, wäre nicht alles wie im Vorübergehen, wie nebenbei gesagt; man braucht beim Lautlesen nicht einmal die Stimme zu heben. Die Anstrengung des Schreibens ist nicht sichtbar; das künstlerische Potential wird nicht durch Überbetonung der politischen Absicht verschenkt. Nichts gleitet ins Lehrstück ab. Aber unausweichlich der plötzliche Absturz in die Evidenz: Geschichte als Schauhaus.

HANS MAGNUS ENZENSBERGER
UTOPIA

Der Tag steigt auf mit großer Kraft
schlägt durch die Wolken seine Klauen.
Der Milchmann trommelt auf seinen Kannen
Sonaten: himmelan steigen die Bräutigame
auf Rolltreppen: wild mit großer Kraft
werden schwarze und weiße Hüte geschwenkt.
Die Bienen streiken. Durch die Wolken
radschlagen die Prokuristen,
aus den Dachluken zwitschern Päpste.
Ergriffenheit herrscht und Spott
und Jubel. Segelschiffe
werden aus Bilanzen gefaltet.
Der Kanzler schussert mit einem Strolch
um den Geheimfonds. Die Liebe
wird polizeilich gestattet,
ausgerufen wird eine Amnestie
für die Sager der Wahrheit.
Die Bäcker schenken Semmeln
den Musikanten. Die Schmiede
beschlagen mit Eisernen Kreuzen
die Esel. Wie eine Meuterei
bricht das Glück, wie ein Löwe aus.
Die Wucherer, mit Apfelblüten
und mit Radieschen beworfen,
versteinern. Zu Kies geschlagen
zieren sie Wasserspiele und Gärten.

Überall steigen Ballone auf,
die Lustflotte steht unter Dampf:
Steigt ein, ihr Milchmänner,
Bräutigame und Strolche!
Macht los! mit großer Kraft
steigt auf
der Tag.

GERTRUD FUSSENEGGER
TRÄUMEREI
ZWISCHEN HIMMEL UND ERDE

Enzensbergers Gedicht setzt im Choralton ein, als gelte es, ein österliches Halleluja anzustimmen. Auch die zweite Zeile bewegt sich noch in himmlischen Räumen: wenn *Klauen* zwischen Wolken erscheinen, so sind es vermutlich Löwenklauen, und Löwen signalisieren zumeist Feierliches. Erst in der dritten Zeile seilt sich der Text in vertrautere, in irdische Bereiche ab: zum *Milchmann*, dem braven, der uns allmorgendlich die weiße Labung bringt. Heute freilich scheppert er nicht wie sonst mit seinen Kannen, er trommelt *Sonaten* auf ihnen. Und gleich geht's wieder *himmelan*, auf Rolltreppen sind Bräutigame unterwegs, mühelos; Hüte werden geschwenkt, sogar *wild* geschwenkt in überschäumender und offenbar einhelliger Freude. Das wird ein toller Tag. Wird eine Hochzeit gefeiert? Spätestens die siebente Zeile läßt die politische Katze aus dem Sack. *Die Bienen streiken:* sogar die dümmsten Leistungsfanatiker haben begriffen, was die Stunde schlägt: Utopia, das Paradies.

Und gleich steht alles kopf. Die Päpste, die oft archaisch drohenden, sind in tschilpende Spatzen verwandelt. Hochwichtige Papiere, Bilanzen, werden zu Spielzeug, der Kanzler zu einem Gassenjungen, der mit Strolchen *schussert*. Das System pervertiert zu seiner eigenen Negation. Fast versteht es sich von selbst, daß die Bäcker ihre Semmeln verschenken – und daß die Eisernen Kreuze unter die Hufe der Esel genagelt werden. Allenthalben herrscht Jubel, Trubel, Heiterkeit. Doch nun heißt es weiter: *Wie eine Meuterei / bricht das Glück ... aus.* Ein starkes Bild. Ein nahezu ungeheuerlicher Vergleich. Unsere Vorstellungen von Meuterei sind bis jetzt andere gewesen. Unter Meuterei stellen wir uns Wutausbrüche, Morde, ja Blutbäder vor, Blutbäder auf beiden Seiten, zuerst unter den gestürzten Herren, dann unter den revoltierenden Knechten. Und nun soll *Glück* dieses Gesicht haben?!

Was schwebte dabei dem Autor vor? Dachte er bei dieser Wendung an den Panzerkreuzer Potemkin oder an die Meutereien der Matrosen 1917 vor Sankt Petersburg, 1918 vor Kiel? Wollte er andeuten, daß mit diesen Ereignissen das große Glück angebrochen sei? Nein, ganz so genau will er die Parallele nicht gezogen haben, denn noch in derselben Zeile reißt er das Steuer wieder herum, zum *Löwen*, das heißt in den symbolischen Raum. Der Löwe ist, wie bekannt, das Sinnbild der Kraft, der (etablierten) Macht, auch der Gerechtigkeit.

Und weil auch der Gerechtigkeit, schreitet der Text folgerichtig sofort weiter zu einer, wenn auch milden Justifizierung. Die Wucherer, die abscheulichen, müssen daran glauben, sie erstarren – wie einst Lots Weib zu einer Salzsäule – zu Brunnenfiguren aus Kieselstein. Nun neigt sich die Vision ihrem Ende zu. Schnell wird noch ein Volksfest in Gang gesetzt mit Luftballons und Vergnügungsschiffen. Die drohende Banalität wird in der letzten Zeile noch einmal abgewehrt; wieder klingt Choralton auf, aber in anderer Wortfolge, zögerlicher, gleichsam gebrochen. Der versprochene glückliche *Tag* scheint früh ermattet zu Boden zu sinken.

Das Gedicht erschien zuerst in Enzensbergers berühmt gewordenem Gedichtband *Verteidigung der Wölfe* 1957; damals ein Fanal. Inzwischen ein Stück Geschichte.

QUELLENHINWEISE

ILSE AICHINGER 1921 in Wien geboren, S. 13.

Briefwechsel. Nachruf. Schneeleute. Widmung. Winter, gemalt. Aus: Ilse Aichinger, Verschenkter Rat. © S. Fischer Verlag GmbH, Frankfurt am Main 1978.

Gebirgsrand. Aus: Ilse Aichinger, Wo ich wohne. © 1954/1957/1961/1963 S. Fischer Verlag GmbH, Frankfurt am Main.

Winterantwort. Aus: Ilse Aichinger, Verschenkter Rat. Gedichte. © Fischer Taschenbuch Verlag GmbH, Frankfurt am Main 1996.

H. C. ARTMANN 1921 in Wien-Breitensee geboren, gestorben 2000 in Wien, S. 41.

den hintern sollte ich dir. Aus: H. C. Artmann, Gedichte über die Liebe und die Lasterhaftigkeit. Ausgewählt von Elisabeth Borchers. © Suhrkamp Verlag Frankfurt am Main 1975.

ein reißbrett aus winter. Aus: H. C. Artmann, ein lilienweißer brief aus lincolnshire. © Suhrkamp Verlag Frankfurt am Main 1969.

es zupft die mandoline. Aus: H. C. Artmann, aus meiner botanisiertrommel. Balladen und Naturgedichte. Residenz Verlag, Salzburg 1975.

taprobane. Aus: H. C. Artmann, Das poetische Werk. 10 Bände. Band IX, Zimt und Zauber. © Rainer Verlag, Berlin, Verlag Klaus G. Renner, München Salzburg, 1995.

CYRUS ATABAY 1929 in Teheran geboren, gestorben 1996 in München, S. 449.

Schutzfarben. Aus: Cyrus Atabay, An diesem Tag lasen wir keine Zeile mehr. Gedichte. © Insel Verlag Frankfurt am Main 1974.

WOLFGANG BÄCHLER 1925 in Augsburg geboren, lebt in München, S. 191.

Erwartung. Aus: Wolfgang Bächler, Nachtleben. Gedichte. © S. Fischer Verlag GmbH, Frankfurt am Main 1982.

Nüsse. Aus: Wolfgang Bächler, Ausbrechen. Gedichte aus 30 Jahren. © S. Fischer Verlag GmbH, Frankfurt am Main 1976.

INGEBORG BACHMANN 1926 in Klagenfurt geboren, gestorben 1973 in Rom, S. 265.

Alle Tage. An die Sonne. Anrufung des Großen Bären. Böhmen liegt am Meer. Die gestundete Zeit. Eine Art Verlust. Fort mit dem Schnee. Harlem. Hinter der Wand. Mein Vogel. Reklame. Römisches Nachtbild. Wahrlich. Was wahr ist. Aus: Ingeborg Bachmann, Gesammelte Werke. Band I: Gedichte. © Piper Verlag GmbH, München 1978.

Aria I., Im Gewitter der Rosen. Aus: Ingeborg Bachmann, Gesammelte Werke. Band I: Gedichte. Piper Verlag GmbH, München 1978. Mit Genehmigung des Verlages SCHOTT MUSIK INTERNATIONAL, Mainz.

Elisabeth Borchers 1926 in Homberg geboren, lebt in Frankfurt am Main, S. 337.

Das Begräbnis in Bollschweil. Die große Chance. eia wasser regnet schlaf. Von einer Stadt. Aus: Gedichte. Ausgewählt von Jürgen Becker. © Suhrkamp Verlag Frankfurt am Main 1976.

Herbst. Ich betrete nicht. Aus: Elisabeth Borchers, Wer lebt. Gedichte. © Suhrkamp Verlag Frankfurt am Main 1986.

Wolfgang Borchert 1921 in Hamburg geboren, gestorben 1947 in Basel, S. 61.

Antiquitäten. In Hamburg. Aus: Wolfgang Borchert, Das Gesamtwerk. Copyright © 1949 by Rowohlt Verlag GmbH, Hamburg.

Erika Burkart 1922 in Aarau geboren, lebt in Althäusern/Argau, S. 135.

Flocke um Flocke. Aus: Erika Burkart, Die Transparenz der Scherben. Artemis Verlag, Zürich 1980. Abdruck mit freundlicher Genehmigung der Autorin.

Edwin Wolfram Dahl 1928 in Solingen geboren, lebt dort, S. 425.

Fontana di Trevi. Aus: Edwin Wolfram Dahl, Gesucht wird Amfortas. © by Bechtle in der F. A. Herbig Verlagsbuchhandlung GmbH, München.

Friedrich Dürrenmatt 1921 in Konolfingen bei Bern geboren, 1990 in Neuchâtel gestorben, S. 69.

Kronenhalle. Siriusbegleiter. Aus: Friedrich Dürrenmatt, Das Mögliche ist ungeheuer. Ausgewählte Gedichte. Copyright © 1993 by Diogenes Verlag AG Zürich.

Hans Magnus Enzensberger 1929 in Kaufbeuren/Allgäu geboren, lebt in München, S. 453.

Aschermittwoch. Aus: Hans Magnus Enzensberger, Gedichte. © Suhrkamp Verlag Frankfurt am Main 1996.

call it love. fremder garten. Ins Lesebuch für die Oberstufe. Utopia.

Aus: Hans Magnus Enzensberger, verteidigung der wölfe. Gedichte. © Suhrkamp Verlag Frankfurt am Main 1957.

das ende der eulen. Aus: Hans Magnus Enzensberger, Landessprache. Gedichte. © Suhrkamp Verlag Frankfurt am Main 1970.

Der Fliegende Robert. Der Kamm. Finnischer Tango. Aus: Hans Magnus Enzensberger, Die Furie des Verschwindens. Gedichte. © Suhrkamp Verlag Frankfurt am Main 1980.

Die Scheiße. Stadtrundfahrt. Aus: Hans Magnus Enzensberger, Gedichte 1950-1985. © Suhrkamp Verlag Frankfurt am Main 1985.

Die Visite. Empfänger unbekannt – Retour à l'expéditeur. Aus: Hans Magnus Enzensberger, Kiosk. Neue Gedichte. © Suhrkamp Verlag Frankfurt am Main 1995.

kirschgarten im schnee. Aus: Hans Magnus Enzensberger, Blindenschrift. Gedichte. © Suhrkamp Verlag Frankfurt am Main 1975.

Kopfkissengedicht. Aus: Hans Magnus Enzensberger, Zukunftsmusik. Gedichte. © Suhrkamp Verlag Frankfurt am Main 1991.

ERICH FRIED 1921 in Wien geboren, gestorben 1988 in Baden-Baden, S. 79.

Angst und Zweifel. Aus: Erich Fried, Die Beine der größeren Lügen/Unter Nebenfeinden/Gegengift. Drei Gedichtsammlungen. © Verlag Klaus Wagenbach, Berlin 1976.

Bevor ich sterbe. Links rechts links rechts. Aus: Erich Fried, Lebensschatten. Gedichte. © Verlag Klaus Wagenbach, Berlin 1981, 2001.

Die Maßnahmen. Logos. Aus: Erich Fried, Befreiung von der Flucht. © Claasen Verlag, jetzt München.

Mit den Jahren. Aus: Erich Fried, Um Klarheit. Gedichte gegen das Vergessen. © Verlag Klaus Wagenbach, Berlin 1985.

Neue Naturdichtung. Aus: Erich Fried, Die Freiheit den Mund aufzumachen. © Verlag Klaus Wagenbach, Berlin 1972.

Macht der Dichtung. Reden. Aus: Erich Fried, Es ist was es ist. © Verlag Klaus Wagenbach, Berlin 1983.

GÜNTER BRUNO FUCHS 1928 in Berlin geboren, dort 1977 gestorben, S. 429.

Für ein Kind. Aus: Günter Bruno Fuchs, Gemütlich summt das Vaterland. © 1984 Carl Hanser Verlag München Wien.

Lied des Mannes im Straßenwagen. Aus: Günter Bruno Fuchs, Gedichte und kleine Prosa. © 1992 Carl Hanser Verlag München Wien.

EUGEN GOMRINGER 1925 in Cachuela Esperanza/Bolivien geboren, lebt in Rehau/Bayern, S. 199.

schweigen. Aus: Eugen Gomringer, konstellationen, ideogramme, stundenbuch. Verlag Philipp Reclam, Stuttgart 1977. Abdruck mit freundlicher Genehmigung des Autors.

Günter Grass 1927 in Danzig geboren, lebt in Wewelsfleht und Lübeck, S. 383.

Ehe. Falada. Gleisdreieck. Kinderlied. König Lear. Polnische Fahne. Racine läßt sein Wappen ändern. »Tour de France«. Aus: Günter Grass, Gedichte und Kurzprosa. Werkausgabe, Band 1. © Steidl Verlag, Göttingen 1997.

Ludwig Greve 1924 in Berlin geboren, gestorben 1991, S. 163.

Hannah Arendt. Mein Vater. Aus: Ludwig Greve, ›Sie lacht‹ und andere Gedichte. © S. Fischer Verlag GmbH, Frankfurt am Main 1991.

Alexander Xaver Gwerder 1923 in Thalwil/Schweiz geboren, gestorben 1982 in Arles/Provence, S. 149.

Ich geh unter lauter Schatten. Aus: Alexander Xaver Gwerder, Dämmerklee. Gedichte. Arche Verlag, Zürich 1963. Abdruck mit freundlicher Genehmigung von Frau Trudi Federli-Gwerder.

Margarete Hannsmann 1927 in Heidenheim/Württemberg geboren, lebt in Griechenland, S. 119.

Pfad in Eftalu. Aus: Margarete Hannsmann, Drachmentage. © Verlag Eremiten-Presse, Düsseldorf 1986.

Ludwig Harig 1927 in Sulzbach/Saarland geboren, lebt dort, S. 417.

Das schreibende Subjekt. Aus: Ludwig Harig, 100 Gedichte. © 1988 Carl Hanser Verlag München Wien.

Helmut Heissenbüttel 1921 in Rüstingen bei Wilhelmshaven geboren, gestorben 1996 in Glückstadt, S. 123.

Tage abziehen Ärger zählen exakt funktionieren. Aus: Helmut Heißenbüttel, Textbücher 1-6. Klett-Cotta, Stuttgart 1980.

Walter Höllerer 1922 in Sulzbach-Rosenberg/Oberpfalz geboren, lebt in Berlin, S. 141.

Ein Boot ist immer versteckt. Aus: Walter Höllerer, Der fremde Gast. © 1964 Carl Hanser Verlag München Wien.

Ernst Jandl 1925 in Wien geboren, 2000 dort gestorben, S. 203.

an gott. der fisch. glückwunsch. manchmal hab ich eine solche wut. Aus: Ernst Jandl, der gelbe hund. gedichte. In: Gesammelte Werke in drei Bänden. Herausgegeben von Klaus Siblewski. © 1985 by Hermann Luchterhand Verlag, Darmstadt und Neuwied.

aus der dichtung. nachtstück, mit blumen. Aus: idyllen. gedichte. © 1989 by Luchterhand Literaturverlag, Frankfurt.

in der küche ist es kalt. Aus: Ernst Jandl, poetische Werke. Band 9: idyllen stanzen. © 1997 Luchterhand Literaturverlag GmbH, München.
lichtung. schtzngrmm. Aus: Ernst Jandl, Laut und Luise. In: Gesammelte Werke in drei Bänden. Herausgegeben von Klaus Siblewski. © 1985 by Hermann Luchterhand Verlag, Darmstadt und Neuwied.
sommerlied. Aus: Ernst Jandl, dingfest. gedichte. In: Gesammelte Werke in drei Bänden. Herausgegeben von Klaus Siblewski. © 1985 by Hermann Luchterhand Verlag, Darmstadt und Neuwied.
vater komm erzähl vom krieg. Aus: Ernst Jandl, poetische Werke. Band 5: dingfest & verstreute Gedichte. © 1997 Luchterhand Literaturverlag GmbH, München.
versenken. Aus: Ernst Jandl, selbstporträt des schachspielers als trinkende uhr. Luchterhand Literaturverlag, Frankfurt am Main 1986, jetzt: München.
wien: heldenplatz. Aus: Ernst Jandl, poetische Werke. Band 2: laut und luise. verstreute gedichte 2. © 1997 Luchterhand Literaturverlag GmbH, München.
zertretener mann blues. Aus: ernst jandl für alle. © Hermann Luchterhand Verlag, Darmstadt und Neuwied 1974.

HERTHA KRÄFTNER 1928 in Wien geboren, dort 1951 gestorben, S. 437.
Abends. Aus: Hertha Kräftner, Das blaue Licht. Lyrik und Prosa. Hermann Luchterhand Verlag, Darmstadt und Neuwied 1981. Abdruck mit freundlicher Genehmigung des Burgenländischen PEN-CLUB.
»Anna«, sagte der Mann. Aus: Hertha Kräftner, Das Werk. Gedichte, Skizzen, Tagebücher. edition roetzer, Eisenstadt 1978. Abdruck mit freundlicher Genehmigung des Burgenländischen PEN-CLUB.
Dorfabend. Aus: Deutsche Dichterinnen vom 16. Jahrhundert bis zur Gegenwart. S. Fischer Verlag, Frankfurt am Main 1978. Abdruck mit freundlicher Genehmigung des Burgenländischen PEN-CLUB.

GEORG KREISLER 1922 in Wien geboren, lebt in Basel, S. 145.
Frühlingsmärchen. Aus: Georg Kreisler, Zwei alte Tanten tanzen Tango. Sanccouci Verlag, Zürich 1961. Abdruck mit freundlicher Genehmigung des Autors.

KURT MARTI 1921 in Bern geboren, lebt dort, S. 127.
großer gott klein. Aus: Kurt Marti, Schon wieder heute. Hermann Luchterhand Verlag, Darmstadt und Neuwied 1982.

FRIEDERIKE MAYRÖCKER 1924 in Wien geboren, lebt dort, S. 175.
an eine Mohnblume mitten in der Stadt. Aus: Friederike Mayröcker,

Winterglück. Gedichte 1981-1985. © Suhrkamp Verlag Frankfurt am Main 1986.

schwarzer Titel. zugeschüttetes Gesicht. Aus: Friederike Mayröcker, Notizen auf einem Kamel. Gedichte 1991-1996. © Suhrkamp Verlag Frankfurt am Main 1996.

SELMA MEERBAUM-EISINGER 1924 in Czernowitz geboren, 1942 gestorben, S. 187.

Spaziergang. Aus: Selma Meerbaum-Eisinger, Ich bin in Sehnsucht eingehüllt. Gedichte eines jüdischen Mädchens an seinen Freund. Hrsg. von Jürgen Serke. © Hoffmann und Campe Verlag, Hamburg 1980.

DAGMAR NICK 1926 in Breslau geboren, lebt in München, S. 363.

Hybris. Aus: Dagmar Nick, Fluchtlinien. Gedichte seit 1945. Mit einem Nachwort von Gerd Kalow. Delp'sche Verlagsbuchhandlung, München 1978. © Rimbaud Verlagsgesellschaft mbH, Aachen. Abdruck mit freundlicher Genehmigung.

Treibjagd. Aus: Dagmar Nick, Gezählte Tage. Heiderhoff Verlag, Waldbrunn 1986. © Rimbaud Verlagsgesellschaft mbH, Aachen. Abdruck mit freundlicher Genehmigung.

OSKAR PASTIOR 1927 in Hermannstadt/Siebenbürgen, lebt in Berlin, S. 421.

Abendlied. Aus: Oskar Pastior, Wechselbalg. Gedichte 1977-1980. Verlag Klaus Ramm, Spenge 1980. Abdruck mit freundlicher Genehmigung des Autors.

HEINZ PIONTEK 1925 in Kreuzburg geboren, lebt in München, S. 261.

Schlittenromanze. Aus: Heinz Piontek, Gesammelte Gedichte. Hoffmann und Campe Verlag, Hamburg 1975. Abdruck mit freundlicher Genehmigung des Autors.

CHRISTA REINIG 1926 in Berlin geboren, lebt dort, S. 371.

der enkel trinkt. Robinson. Aus: Christa Reinig, Sämtliche Gedichte. Copyright © Verlag Eremiten-Presse, Düsseldorf.

die prüfung des lächlers. Aus: Christa Reinig, Die Steine von Finisterre. Gedichte. © Verlag Eremiten-Presse, Düsseldorf.

CLAUDE VIGÉE 1927 in Bischwiller/Elsaß geboren, lebt in Jerusalem und Paris, S. 131.

Winterweiden. Aus: Claude Vigée, Heimat des Hauches. Gedichte und Gespräche. © Elster Verlag. Baden-Baden 1985.

EVA ZELLER 1923 in Eberswalde bei Berlin geboren, S. 153.

Das Kind in dem ich stak. Zu guter Letzt. Aus: Eva Zeller, Stellprobe. © 1989 Deutsche Verlags-Anstalt GmbH, Stuttgart.